LA CASA

DANIELLE STEEL

LA CASA

Traducción de
Matuca Fernández de Villavicencio

PLAZA JANÉS

La casa

Título original: *The House*

Primera edición para Estados Unidos: abril, 2008
Primera reimpresión: junio, 2009

D. R. © 2006, Danielle Steel
D. R. © 2008, Matuca Fernández de Villavicencio, por la traducción

D. R. © 2007, de la presente edición en castellano para todo el mundo:
    Random House Mondadori, S. A.
    Travessera de Gràcia, 47-49. 08021 Barcelona

D. R. © 2007, derechos de edición para todo el mundo en lengua castellana:
    Random House Mondadori, S. A. de C. V.
    Av. Homero No. 544, Col. Chapultepec Morales,
    Del. Miguel Hidalgo, C. P. 11570, México, D. F.

www.rhmx.com.mx

Comentarios sobre la edición y contenido de este libro a:
literaria@rhmx.com.mx

ISBN 978-030-739-228-2

Impreso en México / *Printed in Mexico*

Distributed by Random House Inc.

A mis amados hijos,
Beatie, Trevor, Todd, Nick, Sam,
Victoria, Vanessa, Maxx y Zara,
que vuestras vidas y hogares sean dichosos,
que vuestra historia sea algo que valoréis
y que todas las personas que entren en vuestra vida
os traten con ternura, bondad, amor y respeto.
Sed siempre amados y bienaventurados.

Os quiero,

Mamá/D. S.

1

Sarah Anderson salió de su despacho a las nueve y media de la mañana de un martes de junio para acudir a su cita de las diez con Stanley Perlman. Cruzó con paso ágil la puerta del edificio de One Market Plaza, bajó del bordillo y detuvo un taxi. Como siempre, se le pasó por la cabeza que uno de esos días, cuando se vieran, sería realmente por última vez. Stanley siempre se lo decía. Sarah había empezado a creer que Perlman viviría eternamente, pese a las protestas de él y al paso implacable del tiempo. Su bufete de abogados llevaba más de medio siglo ocupándose de los asuntos de Stanley. Sarah, que tenía treinta y ocho años y hacía dos que era socia del bufete, era su abogada en temas patrimoniales y fiscales desde hacía tres años: había heredado a Stanley como cliente cuando su anterior abogado falleció.

Stanley los había sobrevivido a todos. Tenía noventa y ocho años, aunque a veces costaba creerlo: conservaba la mente tan despierta como siempre, leía con voracidad y estaba al corriente de todos los cambios en las leyes tributarias. Era un cliente estimulante y ameno, y había sido un genio de los negocios durante toda su vida. Lo único que había cambiado con los años era que su cuerpo había empezado a fallarle, pero no su mente. Llevaba cerca de siete postrado en la cama, atendido por cinco enfermeras, tres fijas repartidas en turnos de ocho horas y dos suplentes. Con todo, estaba a gusto casi siempre, aunque hacía años que no salía de casa. Otras personas lo encontraban irascible y cascarrabias, pero Sarah lo apreciaba y admiraba; pensaba que era un hombre excepcional.

Tras indicarle al taxista la dirección de la calle Scott, se incorporaron al tráfico del distrito financiero de San Francisco hacia el oeste, en dirección a Pacific Heights y a la casa donde Stanley vivía desde hacía setenta y seis años.

El sol brillaba cuando subían por la calle California hacia Nob Hill, pero Sarah sabía que la situación podía cambiar una vez arriba. Era habitual que la niebla se asentara en la zona residencial de la ciudad mientras abajo brillaba el sol y hacía calor. Los turistas, colgados felizmente de los tranvías, sonreían mientras miraban a su alrededor. Sarah llevaba unos documentos para que Stanley los firmara, nada extraordinario. El anciano siempre estaba retocando y añadiendo cosas a su testamento. Llevaba años preparándose para morir, desde antes de conocer a Sarah, pero cada vez que empeoraba o enfermaba lograba reponerse, para disgusto suyo. Esa misma mañana, sin ir más lejos, cuando Sarah le telefoneó para confirmar la hora, Stanley le había dicho que llevaba unas semanas que no se encontraba bien y que el final estaba cerca.

—Deja de amenazarme, Stanley —había protestado Sarah mientras guardaba los documentos en la cartera—. Nos sobrevivirás a todos.

A veces le daba lástima, aunque Stanley no tenía nada de deprimente y raras veces se compadecía de sí mismo. Todavía ladraba órdenes a las enfermeras; todos los días leía *The New York Times* y *The Wall Street Journal*, además de la prensa local; adoraba las hamburguesas y los sándwiches de pastrami, y hablaba de su infancia en el Lower East Side de Nueva York con pasmosa minuciosidad y precisión histórica. Se había mudado a San Francisco en 1924, cuando tenía dieciséis años, y había dado muestras de una sorprendente astucia para encontrar empleo, hacer tratos, trabajar con las personas adecuadas, aprovechar oportunidades y ahorrar dinero. Había comprado propiedades, siempre en circunstancias especiales, aprovechándose a veces de la mala fortuna de otros, algo que no tenía inconveniente en reconocer, realizando trueques y utilizando cualquier crédito que pudiera obtener. Durante la Gran Depresión se las había ingeniado para ganar dinero mientras otros lo perdían. Era el arquetipo del hombre hecho a sí mismo.

Le gustaba contar que en 1930 había comprado la casa en la que vivía por poco dinero. Y mucho después había sido de los primeros en construir centros comerciales en el sur de California. Stanley había obtenido la mayor parte de sus ingresos iniciales con el negocio inmobiliario, unas veces cambiando un edificio por otro, otras comprando terrenos que nadie quería y esperando el momento oportuno para venderlos o construir en ellos edificios de oficinas y centros comerciales. Más tarde volvió a demostrar su buen ojo para los negocios invirtiendo en pozos de petróleo. En la actualidad la fortuna que había amasado era literalmente asombrosa. Stanley Perlman había sido un genio de los negocios, pero a eso se había reducido su vida. No tenía hijos, no se había casado y solo se relacionaba con abogados y enfermeras. Nadie se interesaba por él salvo su joven abogada, Sarah Anderson, y nadie iba a echarle de menos cuando muriera salvo sus enfermeras. Los diecinueve herederos que figuraban en el testamento que Sarah estaba actualizando una vez más (en esta ocasión para añadir unos pozos de petróleo que Stanley acababa de comprar en el condado de Orange después de vender oportunamente otros) eran sobrinos nietos a los que no conocía o con los que no mantenía contacto alguno, y dos primos casi tan ancianos como él a los que no veía desde los años cuarenta pero por los que sentía, según explicaba, cierto apego. En realidad Stanley no sentía apego por nadie y tampoco intentaba ocultarlo. Su misión en la vida había sido solo una: ganar dinero. Y lo había conseguido. Contaba que en su juventud se había enamorado de dos mujeres, a las que nunca les propuso matrimonio, y que dejó de saber de ellas cuando se cansaron de esperar y se casaron con otro. De eso hacía más de sesenta años.

Lo único que lamentaba era no haber tenido hijos. Stanley veía en Sarah a la nieta que podría haber tenido si se hubiera casado. Sarah era la clase de nieta que le habría gustado tener. Era inteligente, divertida, interesante, aguda, guapa y buena en su trabajo. A veces, cuando le llevaba documentos para firmar, charlaban durante horas mientras él la miraba embobado. Y hasta le sostenía la mano, algo que nunca hacía con sus enfermeras. Estas lo sacaban de quicio, lo irritaban y fastidiaban, y lo mimaban de una forma que detestaba. Sarah no. Sarah era joven y guapa y le hablaba de cosas interesantes. Siempre estaba al corriente de las nuevas leyes tributarias. Le encantaba que le propusiera nuevas ideas para ahorrarle dinero. Al principio Stanley había tenido sus recelos, por su juventud, pero Sarah había conseguido ganarse poco a poco su confianza durante las visitas al pequeño cuartucho del ático. Subía con su cartera por la escalera de servicio, entraba en la habitación con sigilo, tomaba asiento junto a la cama y conversaban hasta que lo notaba cansado. Cada vez que Sarah iba a verlo, temía que pudiera ser la última. Entonces él la telefoneaba con una idea nueva, o con un plan nuevo, como algo que comprar, vender, adquirir o liquidar. Y fuera lo que fuese, su fortuna crecía. A sus noventa y ocho años, Stanley Perlman todavía convertía en oro todo lo que tocaba. Y pese a la enorme diferencia de edad, los años que Sarah llevaba trabajando con él los habían convertido en amigos.

Sarah miró por la ventanilla del taxi cuando pasaron por delante de la catedral Grace, en lo alto de Nob Hill, y se recostó de nuevo pensando en Stanley. Se preguntó si estaba seriamente enfermo y si ese sería su último encuentro. La pasada primavera había sufrido dos neumonías y en ambas ocasiones había salido milagrosamente airoso. Tal vez esta vez fuera diferente. Las enfermeras lo cuidaban con esmero, pero, dada su edad, tarde o temprano algo conseguiría llevárselo. A ella le horrorizaba esa posibilidad, pero era consciente de que era inevitable. Sabía que iba a extrañarlo mucho cuando ya no estuviera.

Sarah llevaba su larga melena castaña echada cuidadosamente hacia atrás, y sus ojos eran grandes y de un azul casi aciano. El día que se conocieron, Stanley había reparado en ese detalle y le había preguntado si llevaba lentillas de color. Sarah se echó a reír y le aseguró que no. Su piel, por lo general clara, estaba bronceada tras varios fines de semana en el lago Tahoe. A Sarah le gustaba hacer senderismo, nadar y montar en bicicleta de montaña. Sus escapadas de los fines de semana constituían un excelente respiro después de las largas horas que pasaba en el despacho.

Se había ganado a pulso su nombramiento como socia del bufete. Oriunda de San Francisco, se había licenciado cum laude por la facultad de derecho de Stanford. Con excepción de sus cuatro años de universidad en Harvard, siempre había vivido en San Francisco. Sus referencias y su entrega al trabajo habían impresionado a Stanley y a los socios del bufete. El día que se conocieron, Stanley la acribilló a preguntas y comentó que más que una abogada parecía una modelo: Sarah era alta, delgada, de complexión atlética, y poseía unas piernas increíblemente largas que Stanley admiraba en secreto.

Vestía un traje azul marino, la clase de atuendo con el que siempre iba a verlo. Como único adorno, unos pendientes de brillantes que Stanley le había regalado por Navidad. Los había encargado personalmente por teléfono a Neiman Marcus. Por lo general no era un hombre espléndido, prefería dar dinero a sus enfermeras por Navidad, pero sentía debilidad por Sarah, y ese sentimiento era mutuo. Sarah le había regalado varias mantas de cachemir. La casa siempre estaba fría y húmeda, pero Stanley reñía a las enfermeras cuando encendían la calefacción: prefería cubrirse con una manta a ser, en su opinión, descuidado con el dinero.

A Sarah le intrigaba el hecho de que Stanley hubiera vivido siempre en el ático, en las dependencias del servicio, en lugar de hacerlo en la zona principal de la casa. Él argumentaba que había comprado la casa como inversión, que su intención siempre había sido venderla, aunque al final no lo hizo. La conservaba más por pereza que por una cuestión de cariño. Era una casa grande y bonita, construida en los años veinte. Stanley le había contado que la familia que la mandó construir se había arruinado en el crack de 1929 y que él la había comprado en 1930. A continuación, se instaló en uno de los cuartos que habían pertenecido a las criadas con una vieja cama de bronce, una cómoda que habían abandonado allí los anteriores propietarios y una butaca con los muelles, a esas alturas, tan reventados que sentarse en ella era como hacerlo en un bloque de cemento. Hacía ya diez años que la cama de bronce había sido reemplazada por una cama de hospital. De la pared pendía únicamente una vieja fotografía del incendio ocurrido tras el terremoto; no había ni una sola fotografía de una persona: en la vida de Stanley no había habido personas, solo inversiones y abogados.

En la casa tampoco había objetos personales. Los primeros propietarios habían vendido los muebles en una subasta, por unas pocas monedas, y Stanley nunca se molestó en reamueblarla. Las estancias, elegantes en su día, eran espaciosas. De algunas ventanas pendían cortinas hechas jirones, mientras que otras estaban tapadas con tablones para que los curiosos no pudieran fisgonear. Y aunque Sarah no lo había visto, le habían contado que había un salón de baile. En realidad no conocía la casa. Siempre entraba por la puerta de atrás y subía directamente al ático por la escalera de servicio. Su único propósito cuando acudía a esa casa era ver a Stanley. No tenía motivos para pasearse por ella, aunque era consciente de que algún día, cuando él ya no estuviera, probablemente tendría que ponerla a la venta. Todos sus herederos vivían en Florida, Nueva York o el Medio Oeste, y a ninguno le interesaría poseer semejante mansión en California. Por muy bella que hubiera sido en otros tiempos, no sabrían, como le había sucedido a Stanley, qué hacer con ella. Costaba creer que llevara setenta y seis años en la casa y que jamás la hubiera amueblado ni hubiera abandonado el ático. Pero así era Stanley. Algo excéntrico quizá, modesto y sin pretensiones, y un cliente leal y respetado. Sarah Anderson era su única amiga. El resto del mundo se había olvidado de su existencia. Y los pocos amigos que había tenido en otro tiempo estaban muertos.

El taxista se detuvo en el número de la calle Scott que Sarah le había dado. Ella pagó, cogió la cartera, se apeó del taxi y pulsó el timbre de la puerta de servicio. Como había imaginado, allí arriba el aire era más frío y brumoso, y tiritó bajo la delgada tela de su chaqueta: debajo del traje azul marino llevaba solo un fino jersey de color blanco. Su aspecto era, como siempre, serio y profesional cuando la enfermera le abrió la puerta y sonrió. Sarah sabía que la casa tenía cuatro plantas y un sótano, y las enfermeras mayores que cuidaban de Stanley se movían despacio. La enfermera que le abrió era relativamente nueva, pero había visto a Sarah en otra ocasión.

—El señor Perlman la está esperando —dijo educadamente, haciéndose a un lado para dejar pasar a Sarah antes de cerrar la puerta tras de sí.

Siempre utilizaban la puerta de servicio, pues quedaba más cerca de la escalera que conducía al ático. Nadie había abierto en años la puerta principal, que permanecía cerrada con llave y cerrojo. Las luces del resto de la casa nunca se encendían. Desde hacía años, las únicas luces que brillaban eran las del ático. Las enfermeras preparaban la comida en una pequeña cocina situada en la misma planta, que en otros tiempos había servido de despensa. La cocina principal, actualmente una pieza de museo, estaba en el sótano. Tenía una fresquera, y neveras que antiguamente el vendedor de hielo llenaba con grandes bloques. Los fogones eran una reliquia de los años veinte y Stanley no los había encendido desde los años cuarenta. La cocina estaba diseñada para albergar a un gran número de cocineros y sirvientes que supervisaban un ama de llaves y un mayordomo, un estilo de vida que nada tenía que ver con Stanley. Durante años Perlman había llegado a casa con sándwiches y comida preparada que compraba en cafeterías y restaurantes modestos. Nunca cocinaba, y siempre salía a desayunar, hasta el día que quedó postrado en la cama. La casa no era más que el lugar donde dormía, se duchaba y se afeitaba por las mañanas. Después se iba a su despacho, situado en el centro de la ciudad, para seguir generando dinero. Raras veces regresaba a casa antes de las diez de la noche. A veces incluso pasada la medianoche. No tenía razones para darse prisa en llegar a casa.

Cartera en mano, Sarah siguió a la enfermera a un ritmo solemne. La escalera, iluminada por unas pocas bombillas peladas, siempre estaba en penumbra; era la que había utilizado el servicio en los tiempos gloriosos. Los escalones, de acero, estaban cubiertos por una estrecha franja de moqueta desgastada. Las puertas que conducían a las diferentes plantas permanecían siempre cerradas y Sarah no divisó la luz del día hasta que alcanzó el ático. La habitación de Stanley se hallaba al final de un largo pasillo, invadida en su mayor parte por la cama de hospital. Había sido preciso trasladar la estrecha y siniestra cómoda al pasillo para hacerle sitio. La cama tenía como única compañía la desvencijada butaca y una mesilla de noche. Cuando Sarah entró en el cuarto, el anciano abrió los ojos y la miró. Tardó unos instantes en reaccionar y eso la inquietó. Luego, poco a poco, una sonrisa se abrió paso en sus ojos y alcanzó finalmente los labios. Parecía cansado y Sarah temió que en esta ocasión Stanley no estuviera equivocado. Por primera vez aparentaba los noventa y ocho años que tenía.

—Hola, Sarah —le saludó con voz queda, aspirando la frescura de su juventud y belleza. Para él, treinta y ocho años era como el primer rubor de la infancia. Se echaba a reír cada vez que Sarah le decía que se sentía mayor—. ¿Sigues trabajando demasiado? —preguntó cuando ella se acercó a la cama. Verla siempre lo reanimaba. Sarah era como una ráfaga de brisa fresca, como una lluvia primaveral sobre un macizo de flores.

—Por supuesto. —Sarah sonrió al tiempo que él le tendía la mano. A Stanley le encantaba el contacto de su piel, su suavidad, su calor.

—¿No te tengo dicho que no lo hagas? Si trabajas tanto acabarás como yo, sola en un ático y rodeada de fastidiosas enfermeras.

Solía decirle que debía casarse y tener hijos, y la regañaba cuando ella contestaba que no quería ni una cosa ni otra. No haber tenido hijos era lo único que Stanley lamentaba con respecto a su vida. No se cansaba de decirle a Sarah que no cometiera los mismos errores que él. Las acciones, los bonos, los centros comerciales y los pozos de petróleo no podían reemplazar a los hijos. Él había aprendido la lección demasiado tarde. Sarah era ahora su único consuelo y alegría en la vida. Le encantaba añadir codicilos a su testamento, algo que hacía con asiduidad porque le proporcionaba un pretexto para verla.

—¿Cómo te encuentras? —preguntó Sarah, más como un familiar inquieto por su salud que como una abogada.

Estaba preocupada por Stanley, y siempre encontraba una excusa para mandarle libros o artículos, en su mayoría relacionados con nuevas leyes tributarias o con temas que pensaba que podían interesarle. Él siempre le enviaba notas escritas a mano dándole las gracias y haciendo comentarios. Conservaba intacta su agudeza.

—Estoy cansado —reconoció, sosteniendo la mano de Sarah con sus frágiles dedos—. A mi edad no puedo esperar encontrarme mejor. Hace años que el cuerpo no me responde. Solo me queda el cerebro. —Que mantenía completamente lúcido.

Sarah advirtió que tenía la mirada apagada. Normalmente había una chispa en ella, pero como una lámpara que va perdiendo intensidad, se dio cuenta de que algo había cambiado. Lamentaba no poder encontrar la forma de sacarlo de casa para que le diera el aire, porque exceptuando las visitas al hospital en la ambulancia, Stanley llevaba años sin salir de casa. El ático de la calle Scott se había convertido en el útero donde estaba condenado a terminar sus días.

—Siéntate —le dijo al fin—. Tienes buen aspecto, Sarah. Tú siempre lo tienes. —Le parecía tan fresca y llena de vida, tan guapa, ahí de pie, alta, joven y esbelta—. Me alegro mucho de verte —añadió en un tono más ferviente de lo habitual, y Sarah notó una punzada en el corazón.

—Yo también. Hace dos semanas que quería venir, pero estaba muy ocupada —se disculpó.

—Tienes pinta de haber estado fuera. ¿De dónde has sacado ese bronceado? —Stanley se dijo que estaba más bonita que nunca.

—He pasado algunos fines de semana en Tahoe. Es un lugar muy agradable. —Sarah sonrió mientras tomaba asiento en la incómoda butaca y dejaba la cartera en el suelo.

—Yo nunca salía de la ciudad los fines de semana, y tampoco hacía vacaciones. Creo que he ido de vacaciones dos veces en mi vida, una a un rancho en Wyoming y la otra a México. Y detesté las dos. Lo viví como una pérdida de tiempo. No podía dejar de pensar en lo que podía estar ocurriendo en mi oficina y lo que me estaba perdiendo.

Sarah se lo imaginó removiéndose en su asiento a la espera de noticias de su oficina y regresando a casa antes de lo previsto. Ella hacía eso mismo cuando tenía demasiado trabajo, o se llevaba carpetas a casa. Detestaba dejar cosas pendientes. Stanley no estaba tan equivocado con respecto a ella. A su manera, Sarah era tan adicta al trabajo como él. El apartamento donde vivía no era mejor que la habitación del ático, solo más grande. El aspecto que tuviera su hogar le interesaba casi tan poco como a él. La única diferencia estaba en que ella era más joven y menos extremista. Sus demonios internos tenían muchas cosas en común, como él llevaba tiempo conjeturando.

Charlaron durante unos minutos y ella le entregó los documentos que había traído. Stanley les echó una ojeada, aunque ya los había leído. Sarah le había enviado por mensajería varios borradores para que diera su visto bueno. Stanley no disponía de fax ni ordenador. Le gustaba ver los documentos originales y no tenía paciencia con los inventos modernos. Nunca había querido móvil y tampoco lo necesitaba.

Junto a su cuarto había una sala de estar diminuta para las enfermeras, que nunca se alejaban demasiado de él. Cuando no estaban en la salita o vigilándole desde la incómoda butaca, estaban en la cocina preparándole comidas sencillas. Al otro lado del pasillo había otros cuartos pequeños donde las enfermeras, si lo deseaban, podían dormir al terminar su turno o descansar si había otra enfermera presente. No vivían en la casa, solo trabajaban en ella. Stanley era el único residente fijo. Su existencia y su reducido mundo constituían un pequeño microcosmos en el piso superior de una casa en otros tiempos majestuosa que, como él, se estaba deteriorando de forma implacable y silenciosa.

—Me gustan los cambios que has introducido —la felicitó—. Tienen más sentido que el borrador que me enviaste la semana pasada. Este documento es más nítido, permite menos capacidad de maniobra.

Le preocupaba lo que sus herederos pudieran hacer con sus diversos bienes. Puesto que no conocía a la mayoría, y a los que conocía ya estaban viejos, era difícil saber cómo iban a tratar su patrimonio. Stanley daba por sentado que lo venderían todo, lo cual, en algunos casos, era una estupidez. Pero tenía que dividir el pastel en diecinueve partes. Era un pastel inmenso, y cada uno recibiría un pedazo imponente, mucho mayor de lo que podían imaginar. Pero estaba decidido a dejar todo lo que tenía a sus familiares en lugar de a organizaciones benéficas. Aunque había hecho generosas donaciones a lo largo de su vida, creía firmemente en que la sangre era más espesa que el agua. Y como no tenía herederos directos, lo dejaba todo a sus primos y a los hijos de sus primos, quienesquiera que fuesen. Había indagado sobre el paradero de todos, pero solo conocía a unos cuantos. Confiaba en que la vida de algunos mejorara cuando recibieran el inesperado legado. Empezaba a intuir que su momento estaba cerca. Más cerca de lo que Sarah quería creer mientras le observaba detenidamente.

—Me alegro —dijo complacida, tratando de no reparar en el brillo apagado de sus ojos para que no se le saltaran las lágrimas. El último acceso de neumonía lo había dejado agotado y avejentado—. ¿Quieres que añada algo? —preguntó, y Stanley negó con la cabeza. Sarah estaba sentada en la butaca, mirándole con serenidad.

—¿Qué piensas hacer este verano, Sarah? —preguntó Stanley, cambiando de tema.

—No he planeado nada especial. Más fines de semana en Tahoe, supongo. —Pensaba que Stanley temía que se ausentara demasiado y quiso tranquilizarlo.

—Pues deberías planear algo. No puedes ser una esclava toda tu vida, Sarah. Acabarás convirtiéndote en una solterona.

Sarah se echó a reír. Le había confesado que salía con alguien, pero siempre decía que no era nada serio ni permanente. Se trataba de una relación informal que ya duraba cuatro años, algo que Stanley calificaba de insensatez. No se tienen relaciones «informales» durante cuatro años, decía. Y lo mismo opinaba su madre. Pero Sarah no quería otra cosa. Se decía a sí misma y a los demás que por el momento estaba demasiado absorta en su trabajo para desear algo más serio. El trabajo era su principal prioridad y siempre lo había sido. Y también para él.

—Las «solteronas» ya no existen, Stanley. Ahora hay mujeres independientes que tienen una profesión y otras prioridades y necesidades que las mujeres de antes —repuso.

Stanley no se lo tragó. Conocía bien a Sarah y sabía de la vida más que ella.

—Lo que dices son bobadas y lo sabes —espetó severamente—. La gente no ha cambiado en dos mil años. Los listos todavía sientan la cabeza, se casan y tienen hijos. O terminan como yo.

Stanley había terminado muy rico, algo que a Sarah no le parecía tan malo. Lamentaba que el hombre no tuviera hijos ni parientes que vivieran cerca, pero era normal que la gente longeva como él acabara sola. Stanley había sobrevivido a todas las personas que había conocido en su vida. Puede que, de haber tenido hijos, ya los hubiera perdido y solo le quedaran sus nietos y bisnietos como único consuelo. Al final, se dijo Sarah, por mucha gente que tengamos cerca nos vamos de este mundo solos. Como Stanley, solo que su caso era más obvio. Ella sabía, por la vida que habían compartido sus padres, que podías sentirte igual de sola aunque tuvieras marido e hijos. No tenía prisa por crearse esa carga. Los matrimonios que conocía no le parecían muy felices, la verdad, y si alguna vez se casaba y la cosa no funcionaba, lo último que necesitaba era un ex marido que la odiara y atormentara. Conocía demasiados casos de ese tipo. Era mucho más feliz así, con su trabajo, su casa y un novio a tiempo parcial que por el momento satisfacía sus necesidades. Jamás se le pasaba por la cabeza la idea de casarse, y tampoco a él. Los dos habían coincidido desde el principio en que ambos deseaban una relación sencilla. Sencilla y fácil. Sobre todo porque los dos adoraban sus respectivos trabajos.

Sarah advirtió que Stanley estaba verdaderamente cansado y decidió acortar su visita. Le había firmado los documentos, que era cuanto necesitaba. Parecía que estuviera a punto de dormirse.

—Volveremos a vernos pronto, Stanley. Si necesitas algo, llámame. Puedo venir a verte siempre que quieras —dijo con dulzura, dando otras palmaditas a la frágil mano después de levantarse.

Sarah guardó los documentos en la cartera mientras él la contemplaba con una sonrisa nostálgica. Le encantaba mirarla, observar la relajada elegancia de sus gestos cuando conversaba con él o hacía otras cosas.

—Puede que para entonces ya no esté aquí —replicó Stanley sin el menor atisbo de autocompasión. Era, sencillamente, la exposición de algo que ambos sabían que podía ocurrir en cualquier momento, pero de lo que Sarah no quería ni oír hablar.

—No digas tonterías —le reprendió—. Estarás aquí. Cuento con que me sobrevivas.

—Gracias, pero no —repuso severamente Stanley—. Y la próxima vez que te vea, quiero que me hables de tus vacaciones. Haz un crucero. Ve a tumbarte a una playa. Lígate a un tío, emborráchate, vete a bailar, suéltate. Recuerda mis palabras, Sarah, si no lo haces, un día lo lamentarás. —Sarah rió mientras se imaginaba en una playa ligando con desconocidos—. ¡Hablo en serio!

—Lo sé. Tú lo que quieres es que me detengan y me inhabiliten como abogada. —Sarah esbozó una amplia sonrisa y le besó en la mejilla. Era un gesto muy poco profesional, pero entre ellos existía un cariño especial.

—Y qué si te inhabilitan. Probablemente te sentaría de maravilla. Disfruta de la vida, Sarah. Deja de trabajar tanto.

Stanley siempre le decía las mismas cosas y ella siempre las tomaba con reservas. Le gustaba lo que hacía. Su trabajo era como una droga a la que era adicta. No tenía el más mínimo deseo de abandonar su adicción, ni ahora ni probablemente en muchos años, pero sabía que las advertencias de Stanley eran sinceras y bien intencionadas.

—Lo intentaré —mintió Sarah con una sonrisa. Realmente era como un abuelo para ella.

—Inténtalo con más ahínco.

Stanley frunció el entrecejo y sonrió al recibir otro beso en la mejilla. Adoraba sentir la piel aterciopelada de Sarah en el rostro, su respiración suave y cercana. Le hacía sentirse otra vez joven, pese a saber que en su juventud habría sido demasiado idiota y habría estado demasiado absorto en su trabajo para fijarse en ella, por muy bella que fuera. Las dos mujeres que había perdido, por estúpido comprendía ahora, habían sido tan bellas y sensuales como Sarah, algo que solo últimamente había sido capaz de reconocer.

—Cuídate mucho —dijo cuando ella se detuvo en el umbral y se volvió para mirarlo.

—Tú también. Y pórtate bien. No persigas a las enfermeras por la habitación. Podrían despedirse.

Stanley soltó una risita ahogada.

—¿Las has visto bien? —preguntó con una sonora carcajada, y Sarah le secundó—. No pienso bajarme de la cama por ellas y aún menos con estas viejas rodillas. Que esté postrado, querida, no quiere decir que esté ciego. Envíame enfermeras nuevas y veremos si tienen alguna queja.

—Estoy segura de que no —dijo Sarah, y con un gesto de despedida se obligó a marcharse.

Stanley seguía sonriendo cuando desapareció, y le dijo a la enfermera que podía encontrar sola la salida.

Sarah tomó nuevamente la escalera de acero y el estruendo de sus pasos, que la vieja moqueta apenas conseguía sofocar, retumbó en el estrecho pasillo. Se sintió aliviada al cruzar la puerta de servicio y salir al sol del mediodía que finalmente había dado alcance a la zona alta de la ciudad. Caminó lentamente por la calle Union pensando en Stanley y detuvo un taxi. Dio la dirección de su despacho al taxista y durante el trayecto siguió pensando en él. Temía que no le quedara mucho tiempo. Se diría que finalmente había empezado la cuesta abajo. Stanley pareció animarse con su visita, pero la propia Sarah se daba cuenta de que el final estaba cerca. Casi era esperar demasiado que pudiera celebrar su noventa y nueve cumpleaños en octubre. Además, ¿para qué? Stanley tenía muy poco por lo que vivir y estaba muy solo. Su vida transcurría entre las cuatro paredes de su habitación, una celda en la que estaría atrapado hasta el final de sus días. Había tenido una buena vida, o por lo menos una vida productiva, y las vidas de sus diecinueve herederos iban a cambiar para siempre cuando él muriera. A Sarah le entristecía pensar en ello. Sabía que cuando Stanley se fuera le echaría mucho de menos. Trataba de no pensar en sus muchas advertencias. Todavía disponía de algunos años para pensar en el matrimonio y los hijos. Y aunque agradecía su preocupación, por el momento tenía una profesión que lo significaba todo para ella y una mesa repleta de trabajo esperándola en el despacho. Tenía exactamente la vida que quería.

Eran poco más de las doce cuando llegó a la oficina. Tenía una reunión de socios a la una, reuniones con tres clientes por la tarde y cincuenta páginas para leer por la noche con las nuevas leyes tributarias, leyes que afectaban, en parte o en su totalidad, a sus clientes. En su mesa había un montón de mensajes que logró atender, con excepción de dos, antes de la reunión con sus socios. Respondería a esos dos, y a los nuevos que llegaran, durante los huecos entre las reuniones con sus clientes de la tarde. No disponía de tiempo para comer... como tampoco disponía de tiempo para los hijos o el matrimonio. Stanley había hecho elecciones y cometido errores a lo largo de su vida. También ella tenía derecho a cometer los suyos.

2

Como era su costumbre, Sarah siguió enviando libros y artículos a Stanley a lo largo de julio y agosto. En septiembre Stanley contrajo una ligera gripe que no precisó su ingreso en el hospital. Y en octubre, cuando fue a verlo el día que cumplía noventa y nueve años, lo encontró de un humor excelente. Lo vivía como una especie de victoria. Llegar a los noventa y nueve años podía considerarse toda una proeza. Sarah le llevó una tarta de queso que coronó con una vela. Sabía que era su tarta favorita y que le recordaba a su infancia en Nueva York. Por una vez Stanley no la regañó por trabajar demasiado. Hablaron largo y tendido sobre el proyecto de una nueva ley tributaria que podía resultar ventajosa para su patrimonio. El tema interesaba a los dos por igual, y ambos gustaban de teorizar sobre el efecto que los cambios de legislación podían tener sobre las leyes tributarias. Stanley tenía la mente aguda y despierta de siempre y parecía menos frágil que la última vez. Tenía una enfermera nueva que se esforzaba por hacerle comer, y Sarah hasta pensó que había engordado un poco. Antes de marcharse le dio un beso en la mejilla, como siempre, y le dijo que el octubre siguiente celebrarían juntos su centenario.

—Cielos, espero que no —rió Stanley—. Ni siquiera había imaginado que llegaría hasta aquí.

Sarah le dejó una pila de libros nuevos, música y un pijama

de raso negro que Stanley pareció encontrar divertido. Nunca lo había visto de tan buen humor, de ahí que la llamada que recibió el 1 de noviembre, dos semanas más tarde, la afectara doblemente. Siempre había sabido que tarde o temprano sucedería, pero, así y todo, la noticia la cogió totalmente desprevenida. Después de más de tres años llevando sus asuntos legales y disfrutando de su amistad, había empezado a creer que Stanley viviría eternamente. La enfermera le contó que el anciano había fallecido plácidamente durante la noche, mientras dormía escuchando la música que ella le había regalado y luciendo el pijama de raso negro. Después de una buena cena se quedó dormido y se marchó de este mundo sin un suspiro, sin un gemido, sin una última palabra a nadie. La enfermera lo encontró una hora más tarde, cuando fue a ver cómo estaba. Dijo que la expresión de su rostro era de absoluta paz.

Los ojos de Sarah se llenaron de lágrimas. Había tenido una mañana difícil en el despacho, tras una acalorada discusión con dos de sus socios por algo que habían hecho y que ella no aprobaba. Tenía la sensación de que se habían confabulado contra ella. Y la noche previa había discutido con el hombre con quien salía, lo cual no era nada insólito, pero así y todo le afectó. En el último año habían empezado a discrepar más. Los dos llevaban una vida ajetreada y estresante y solo se veían los fines de semana. No obstante, a veces ella y Phil se irritaban por tonterías. Y la noticia de la muerte de Stanley era la gota que colmaba el vaso. Sarah sentía que se le había ido alguien importante, y le vino a la memoria el recuerdo de la muerte de su padre, acaecida veintidós años atrás, cuando ella tenía dieciséis.

En cierto modo, pese a ser su cliente, Stanley era la única figura paterna que Sarah había tenido desde entonces. Le decía constantemente que no trabajara tanto, que aprendiera de los errores que él había cometido. Ningún otro hombre le había dicho jamás esas cosas, y era consciente de lo mucho que iba a echarle de menos. No obstante, era para esto para lo que habían estado preparándose, la razón por la que ella había entrado en su vida, para organizar su patrimonio y la forma en que iba a ser repartido entre los herederos. Había llegado el momento de hacer su trabajo. A lo largo de los últimos tres años había estado elaborando las bases. Sarah lo tenía todo organizado, a punto y en orden.

—¿Se encargará usted de los preparativos? —preguntó la enfermera.

La mujer ya había comunicado la noticia a las demás enfermeras, y Sarah se ofreció a llamar a la funeraria. Stanley la tenía escogida desde hacía tiempo, pero había insistido en que no deseaba funeral. Quería que lo incineraran y enterraran con la máxima discreción. No quería dolientes. Todos sus amigos y socios estaban muertos y sus familiares no le conocían. Solo tenía a Sarah para organizarlo todo.

Después de hablar con la enfermera efectuó las llamadas pertinentes y comprobó, sorprendida, que la mano le temblaba al marcar los números. Stanley sería incinerado al día siguiente y enterrado en Cypress Lawn, en un espacio dentro del mausoleo que había comprado doce años atrás. Le preguntaron si habría oficio religioso y Sarah dijo que no. La funeraria recogió el cuerpo una hora después, y la congoja acompañó a Sarah durante todo el día, en especial mientras dictaba la carta para los herederos. En ella proponía realizar una lectura del testamento en las oficinas de su bufete, algo que Stanley había solicitado en el caso de que los herederos estuvieran dispuestos a viajar a San Francisco. Así podrían aprovechar la oportunidad de inspeccionar la casa que habían heredado y decidir qué hacer con ella. Existía la posibilidad de que alguno quisiera conservarla y deseara comprar a los demás su parte, si bien tanto Sarah como Stanley habían considerado esa opción muy poco probable. Ni uno solo de los herederos vivía en San Francisco y a ninguno le interesaría tener una casa allí. Sarah tenía numerosos detalles de los que ocuparse. Y el cementerio le había notificado que la inhumación de Stanley tendría lugar a las nueve de la mañana del día siguiente.

Sarah sabía que tardaría días o semanas en tener noticias de los herederos. Quienes no desearan o no pudieran asistir a la reunión recibirían una copia del testamento inmediatamente después de su lectura. Y era preciso autenticar el patrimonio. Liberar los bienes de Stanley llevaría su tiempo. Sarah puso en marcha la maquinaria ese mismo día.

Entrada la tarde, la enfermera jefe se personó en su despacho para entregarle las llaves de todas las enfermeras. La asistenta que llevaba años limpiando las habitaciones del ático seguiría haciéndolo. También mantendrían la empresa de limpieza que acudía una vez al mes para ocuparse del resto de la casa. Sarah se sorprendió de lo poco que había que hacer. Además, Stanley tenía tan pocos muebles y objetos personales que, cuando llegara el momento de vaciar la casa para ponerla a la venta, Goodwill podría llevárselo todo. No había nada en esa casa que los herederos pudiesen querer. Stanley era un hombre sencillo, con pocas necesidades y ningún lujo, y se había pasado los últimos años postrado en la cama. Hasta su reloj de pulsera carecía de valor. Había comprado un reloj de oro en una ocasión, pero lo había regalado. Todo lo que tenía eran inmuebles y centros comerciales, pozos de petróleo, inversiones, acciones, bonos y la casa de la calle Scott. Stanley Perlman había poseído una enorme fortuna y muy pocos objetos. Y gracias a Sarah, en el momento de su fallecimiento su patrimonio estaba en perfecto orden.

Sarah se quedó en el despacho hasta las nueve de la noche examinando archivos, respondiendo correos electrónicos y archivando documentos que llevaban días descansando sobre su mesa. Finalmente comprendió que estaba retrasando el momento de volver a casa, como si temiera que el vacío de la calle Scott se hubiera trasladado a su hogar. El dolor que le producía la ausencia de Stanley era profundo. Telefoneó a su madre, pero no la encontró. Telefoneó a Phil, miró la hora y cayó en la cuenta de que estaba en el gimnasio. Pocas veces, por no decir nunca, se veían entre semana. Phil iba al gimnasio todas las noches después del trabajo. Era abogado laboralista de un despacho de la competencia especializado en casos de discriminación y trabajaba tantas horas como ella. Cenaba con sus hijos dos veces por semana porque no le gustaba quedar con ellos los fines de semana, que prefería dedicar a actividades de adultos, casi siempre con Sarah. Trató de localizarlo en el móvil, pero Phil lo apagaba cuando estaba en el gimnasio. No dejó ningún mensaje porque no sabía qué decir. Sabía que Phil la haría sentirse como una estúpida. Podía imaginar la conversación. «Mi cliente de noventa y nueve años murió anoche y estoy muy triste.» Phil se reiría de ella y respondería: «¿Noventa y nueve años? ¿Estás bromeando?... Se diría que hace mucho que salió de cuentas.» Sarah le había mencionado a Stanley una o dos veces, pero casi nunca hablaban de trabajo. A Phil le gustaba dejarlo en la oficina. Ella, en cambio, lo trasladaba a casa de muchas maneras. Se llevaba carpetas para estudiarlas y se preocupaba de sus clientes, de sus problemas y planes tributarios. Phil dejaba a sus clientes en la oficina, y sus preocupaciones sobre la mesa. Sarah iba con ellos a todas partes. Y la tristeza por la muerte de Stanley le pesaba profundamente.

No tenía a nadie con quien hablar. Nadie con quien compartir su abrumadora sensación de vacío. Le era imposible explicar lo que sentía. Experimentaba la misma sensación de pérdida que el día que su padre falleció, pero esto era mucho peor. Esta vez no sentía estupefacción, y tampoco alivio. En realidad no había vivido la muerte de su padre como la pérdida de un ser querido, sino como la pérdida de una idea. La idea del padre que nunca había sido, de la fantasía que su madre había creado para ella. Pese a vivir en la misma casa, Sarah llevaba años sin hablar con su padre cuando este murió. Era imposible. Siempre estaba demasiado borracho para poder hablar o pensar, o para salir con ella. Cuando llegaba del trabajo bebía hasta perder el conocimiento y llegó un momento en que ya ni se molestaba en ir a trabajar. Se quedaba en el dormitorio y bebía mientras su madre se esforzaba por encubrirlo, trabajaba en una inmobiliaria para mantenerlos a los tres y pasaba por casa varias veces al día para comprobar su estado. El padre de Sarah murió a los cuarenta y seis años de una afección hepática siendo un completo extraño para su hija. Stanley, en cambio, había sido su amigo. Y el dolor, en este caso, era mucho más intenso. Ahora que Stanley no estaba, tenía alguien a quien echar de menos.

Permaneció sentada en su despacho y lloró, finalmente, mientras pensaba en ello. Luego cogió la cartera y se marchó. Tomó un taxi hasta su apartamento situado en Pacific Heights, a doce manzanas de la casa de Stanley, y se dirigió directamente al escritorio para escuchar los mensajes. Había uno de su madre. A sus sesenta y un años seguía trabajando, pero había cambiado el negocio inmobiliario por el interiorismo. Siempre estaba ocupada, ya fuera con amigas, con clientes, en clubes de lectura o en las reuniones de alcohólicos anónimos a las que asistía desde hacía treinta años, aun cuando su marido ya llevara muerto veintidós. Sarah opinaba que su madre era adicta a esas reuniones. Nunca paraba, pero parecía feliz así. La había telefoneado para ver qué tal se encontraba, y contaba que se estaba arreglando para salir. Sarah escuchó el mensaje mientras se dejaba caer en el sillón con la mirada perdida. No había cenado, y tampoco tenía hambre. Había una pizza de hacía dos días en la nevera y sabía que si quería podía hacerse una ensalada, pero no le apetecía. Lo único que deseaba era el consuelo de su cama. Necesitaba llorar la pérdida de Stanley antes de ocuparse de todas sus cosas. Sabía que por la mañana se encontraría mejor, o eso esperaba, pero ahora necesitaba desahogarse.

Se tumbó en el sofá y puso la tele con el mando. Necesitaba oír voces, ruido, algo que llenara el silencio y el vacío que se estaba abriendo paso en su interior. Su apartamento se hallaba tan vacío como ella lo estaba esa noche. Tenía el mismo desorden que ella sentía en su interior. Pero nunca reparaba en él y tampoco lo hizo ahora. Su madre siempre la estaba riñendo y Sarah se la quitaba de encima respondiendo que le agradaba así. Le gustaba decir que su apartamento tenía un aire intelectual. No quería cortinas vaporosas ni colchas con volantes. No necesitaba cojines en el sofá ni platos que hicieran juego. Conservaba el destartalado sofá marrón de sus años de universidad y la mesa baja que había adquirido en Goodwill cuando estudiaba derecho. El escritorio era una puerta apoyada sobre dos caballetes con varios archivadores de ruedas amontonados debajo. Las estanterías ocupaban toda una pared y estaban abarrotadas de libros de derecho, con los que no cabían amontonados en el suelo. Había dos butacas de cuero marrón muy bonitas, regalo de su madre, y un gran espejo colgado sobre el sofá. También dos plantas muertas y un ficus de seda que su madre había encontrado en algún lugar, un sillón de bolitas de poliestireno de aspecto gastado que Sarah se había traído de Havard y una maltrecha mesa de comedor con cuatro sillas, todas diferentes. Las ventanas, en lugar de cortinas, tenían persianas venecianas, pero a Sarah le traía sin cuidado.

El aspecto que ofrecía su dormitorio no era mucho mejor. Sarah hacía la cama los fines de semana, antes de que llegara Phil. La mitad de los cajones de la cómoda ya no cerraban. En un rincón del cuarto descansaba una vieja mecedora cubierta con una colcha hecha a mano que había encontrado en un anticuario. Había un espejo de cuerpo entero con una raja y, sobre el alféizar, otra planta muerta. La mesilla de noche tenía encima una pila de libros de derecho, su lectura nocturna favorita. Y en un rincón, el osito de peluche que había rescatado de su infancia. Probablemente nadie le propondría anunciar su apartamento en *Casa y Jardín* o en *Architectural Digest*, pero a ella le gustaba. Era práctico y habitable, tenía platos suficientes sobre los que comer, vasos suficientes para invitar a una docena de amigos a tomar una copa siempre que le apeteciera y dispusiera de tiempo, lo cual no era a menudo, toallas suficientes para ella y Phil y ollas y sartenes suficientes para preparar una comida decente, lo que hacía un par de veces al año. El resto del tiempo compraba comida preparada, se tomaba un sándwich en el despacho o hacía una ensalada. Tenía cuanto necesitaba, por mucho que eso disgustara a su madre, cuyo apartamento estaba siempre impecable, como si fueran a fotografiarlo en cualquier momento. Ella decía que era su tarjeta de visita como interiorista.

El apartamento de Sarah no se diferenciaba de aquellos en los que había vivido en sus años de universidad. No podía decirse que fuera bonito, pero era funcional y satisfacía sus necesidades. Tenía un buen equipo de música y un televisor que Phil le había comprado para poder ver la tele cuando estaba en su casa, principalmente los programas de deportes. Sarah tenía que reconocer que a veces le gustaba verla, como era el caso de esa noche. Estaba escuchando el murmullo de voces de una serie banal cuando le sonó el móvil. Pensó en no contestar, hasta que cayó en la cuenta de que podía ser Phil devolviéndole la llamada. Consultó el número y, presa de una mezcla de alivio y temor, comprobó que era él. Sabía que si Phil hacía el comentario equivocado se disgustaría, pero tenía que arriesgarse. Esa noche necesitaba algún tipo de contacto humano para compensar la ausencia definitiva de Stanley. Bajó el volumen del televisor con una mano, abrió el móvil con la otra y se lo llevó al oído.

—Hola —dijo, sintiendo que se quedaba en blanco.

—¿Qué ocurre? He visto que me has llamado. Estoy saliendo del gimnasio.

Phil era de esas personas que insistían en que necesitaban ir al gimnasio todos los días después del trabajo para sacudirse el estrés, salvo cuando quedaba con sus hijos. Se pasaba allí dos o tres horas, de modo que Sarah nunca podía cenar con él durante la semana porque Phil nunca salía del despacho antes de las ocho. Una de las cosas que le atraían de él era su voz sensual. Esa noche necesitaba oírla, independientemente de lo que dijera. Le echaba de menos y le habría encantado que fuera a verla. Ignoraba cuál sería su reacción si se lo pedía. Tenían el acuerdo, en su mayor parte tácito, de verse exclusivamente los fines de semana, unas veces en casa de ella y otras en casa de él, dependiendo de donde fuera mayor el desorden. Generalmente ganaba el de Phil y pasaban la noche en casa de Sarah, aunque él se quejaba de que el colchón era demasiado blando y le fastidiaba la espalda. Lo soportaba para poder estar con ella. Después de todo, no eran más que dos días a la semana, y a veces ni eso.

—He tenido un día horrible —dijo Sarah con voz monótona, tratando de no sentir todo lo que sentía—. Mi cliente favorito ha muerto.

—¿El viejo que tenía por lo menos cien años? —preguntó Phil. Sonaba como si estuviera haciendo algún esfuerzo, entrando en el coche o levantando una bolsa pesada.

—Noventa y nueve. Sí, él. —Sarah y Phil se comunicaban con un lenguaje lacónico que habían desarrollado a lo largo de cuatro años. Al igual que su relación, era poco romántico, pero parecía que les funcionaba. Su relación no era, ni mucho menos, perfecta, pero Sarah la aceptaba. Pese a no ser del todo satisfactoria, era fácil y relajada. Ambos vivían en el presente y nunca se preocupaban por el futuro—. Estoy muy triste. Hacía años que no me sentía tan mal por la muerte de alguien.

—Te he dicho un montón de veces que no deberías implicarte tanto con tus clientes. No es práctico. Los clientes no son nuestros amigos. ¿Entiendes lo que quiero decir?

—Este sí lo era. Stanley solo me tenía a mí y a un montón de familiares a los que ni siquiera conocía. No tenía hijos. Y era un hombre muy agradable. —La voz de Sarah sonaba queda y triste.

—No lo dudo, pero noventa y nueve años son muchos años. ¿No me digas que su muerte te ha sorprendido?

Sarah podía oír que Phil estaba en el coche, camino de casa. Vivía a seis manzanas de su apartamento, lo cual resultaba muy cómodo la mayoría de las veces, sobre todo si decidían cambiar de casa en mitad del fin de semana u olvidaban algo.

—No estoy sorprendida, solo triste. Sé que puede parecer absurdo, pero lo estoy. Me ha hecho pensar en la muerte de mi padre.

Sarah se sentía vulnerable al reconocer eso, pero después de cuatro años de relación, entre ella y Phil no había secretos. Siempre podía decir lo que quería o necesitaba decir. Él la entendía unas veces y otras no. Por el momento, esa noche no la estaba entendiendo.

—Para el carro, nena. Ese tío no era tu padre, era un cliente.

Yo también he tenido un día horrible. Me lo he pasado en una declaración y mi cliente es un auténtico gilipollas. A media declaración me entraron ganas de estrangular al hijo de perra. Pensé que el abogado de la parte contraria lo haría por mí, pero no lo hizo. Ojalá lo hubiera hecho. Es imposible que ganemos el caso. —Phil detestaba perder un caso, del mismo modo que detestaba perder en los deportes. A veces el mal humor le duraba semanas.

En verano jugaba a béisbol los lunes por la noche, y en invierno a rugby. Había jugado a hockey sobre hielo en Dartmouth y perdido los dientes de arriba, pero le habían puesto unos nuevos que le quedaban muy bien. Phil era un hombre muy atractivo. A sus cuarenta y dos años todavía aparentaba treinta y estaba en excelente forma. Sarah se había quedado prendada de su físico el primer día que lo vio, y aún lo estaba, aunque detestara reconocerlo. Entre ellos existía una fuerte química que iba más allá de la razón o las palabras. Phil era el hombre más sexy que Sarah había conocido en su vida, lo cual no justificaba los cuatro años que había pasado en una relación estrictamente de fin de semana, pero sin lugar a dudas era un aspecto importante. A veces las rígidas opiniones de Phil la sacaban de quicio y a menudo la decepcionaban. No era un hombre muy sensible, ni muy atento, pero no había duda de que la excitaba.

—Lamento que hayas tenido un día tan malo —dijo, pensando que no podía ni compararse con el suyo, aunque tenía que reconocer que las declaraciones podían ser una lata, y también los malos clientes, sobre todo en la especialidad de Phil. El derecho laboral era sumamente estresante. Phil llevaba muchos casos de acoso sexual y discriminación, casi siempre para hombres. Se comunicaba mejor con los clientes masculinos, quizá debido a su vena deportista. Y en su bufete había muchas socias que trabajaban mejor con las clientas femeninas—. ¿Te importaría pasar por aquí camino de tu casa? No me iría mal un abrazo.

Sarah nunca le pedía esa clase de cosas a menos que la situación fuera desesperada. Y esa lo era. Estaba muy afligida por la muerte de Stanley. Seguía siendo su amigo, no solo su cliente, por mucho que Phil opinara, quizá con razón, que era una actitud poco profesional. Phil nunca se implicaba emocionalmente con sus clientes, de hecho no se implicaba con nadie, salvo con ella hasta cierto punto y con sus tres hijos, todos ellos adolescentes. Phil llevaba doce años divorciado y odiaba profundamente a su ex mujer. Le había dejado por otro hombre, de hecho por un defensa de los 49ers, lo que en su momento casi hizo que Phil perdiera la cabeza. Le habían dejado por un hombre aún más deportista que él. No podía existir un insulto mayor.

—Me encantaría, nena —dijo Phil—, en serio, pero estoy destrozado. He estado dos horas jugando a squash. —Sarah dio por sentado que había ganado, o de lo contrario habría estado de un humor de perros—. Mañana debo estar en el despacho a las ocho para preparar otra declaración. Esta semana la tengo llena de declaraciones. Si voy a tu casa, una cosa llevará a la otra y acabaré acostándome muy tarde. Necesito dormir bien si quiero estar despejado para las declaraciones.

—Puedes dormir aquí. —A Sarah le habría gustado—. O simplemente puedes pasar un momento para darme un abrazo. Lamento ponerme tan pesada, pero me encantaría verte aunque solo fuera un minuto.

Sarah se detestó a sí misma, porque sabía que estaba implorando y se sentía tremendamente necesitada. Phil odiaba esa clase de comportamiento. Decía que su ex esposa se pasaba el día implorando y no le gustaba ver eso en Sarah. Las mujeres necesitadas le parecían un fastidio y Sarah le gustaba porque no lo era. Su conducta de esa noche era indigna de ella. Sarah conocía bien las reglas de su relación. «No pedir. No implorar. No quejarse. Simplemente pasarlo bien cuando estamos juntos.» Y la mayor parte del tiempo lo pasaban bien. Pese a las restricciones temporales, durante cuatro años les había ido bien así.

—Tal vez mañana, pero hoy de verdad que no puedo.

—Phil, como siempre, se negaba a dar su brazo a torcer. Tenía claros sus límites—. Nos veremos el viernes.

En otras palabras, no. Sarah entendió el mensaje y comprendió que si insistía solo conseguiría enfadarle.

—En fin, no perdía nada por intentarlo —dijo, tratando de ocultar la decepción en su voz, pero tenía lágrimas en los ojos.

No solo había muerto Stanley, sino que se había topado de frente con el peor rasgo de Phil. Su egocentrismo, su falta de apoyo. Para Sarah no era ninguna novedad, y en esos cuatros años había terminado por aceptarlo. Phil solo era capaz de dar hasta cierto punto, y siempre y cuando no se lo pidieras, porque eso le hacía sentirse acorralado o controlado. Como no se cansaba de repetir, él solo hacía lo que quería hacer. Y esa noche no quería pasar por casa de Sarah para darle un abrazo. Lo había dejado bien claro. Sarah obtenía más cosas de él cuando no imploraba. Y esa noche había implorado. Mala suerte.

—Puedes intentarlo siempre que quieras, nena. Si puedo, puedo. Si no puedo, no puedo.

No. Si no quieres, no quieres, pensó Sarah.

Llevaban años con esa discusión y esa noche no tenía ganas de pelearse. Esa era la razón de que Sarah no siempre estuviera satisfecha con la relación. Opinaba que Phil debería ser más flexible en las situaciones especiales, como era el caso de la muerte de Stanley. Pero Phil raras veces se desviaba de su camino, y cuando lo hacía era porque le convenía a él, no a los demás. Le desagradaba que la gente le pidiera favores especiales y ella lo sabía. Pero se gustaban y estaban acostumbrados a las peculiaridades y las formas de hacer del otro. Unas veces era fácil, otras no. Phil no quería volver a casarse y siempre había sido muy franco al respecto. Sarah le había dicho con igual franqueza que no estaba interesada en el matrimonio, y a Phil le encantaba eso de ella. Tampoco quería tener hijos. Sarah se lo había dicho desde el principio. No quería darle a otra persona una infancia tan horrible como la suya, con un padre alcohólico, aunque Phil no lo fuera. Le gustaba beber de vez en cuando, pero con moderación. Él, por su parte, ya tenía hijos y no quería tener más. Así pues, al principio había sido un buen acuerdo. De hecho, durante los tres primeros años los dos habían estado encantados con la situación. La cosa solo había empezado a cojear un año atrás, cuando Sarah mencionó que le gustaría verlo más, quizá una noche entre semana. La primera vez que Phil le oyó decir eso se indignó y lo sintió como una intrusión. Dijo que necesitaba las noches de entre semana para él, salvo las que dedicaba a sus hijos. Después de tres años de relación Sarah opinaba que había llegado el momento de dar otro paso, de pasar más tiempo juntos. Phil no daba su brazo a torcer, Sarah no había conseguido ningún avance en el último año y ahora discutían a menudo por ese tema. Un tema, para ella, doloroso.

Él no quería pasar más tiempo con ella y decía que lo bonito de su relación siempre había sido la libertad de que gozaban, los días de entre semana para ellos y los fines de semana en compañía, y la ausencia de un compromiso serio puesto que ninguno de los dos quería casarse. Lo que tenían era exactamente lo que él quería. Diversión los fines de semana y un cuerpo al que abrazarse dos noches por semana. No estaba dispuesto a dar más y probablemente nunca lo estaría. Hacía un año que discutían sobre lo mismo sin llegar a ninguna conclusión, y eso había empezado a irritarla seriamente. ¿Tanto le costaba a Phil cenar con ella un día entre semana? Actuaba como si prefiriera que le arrancaran una muela, y Sarah lo encontraba insultante. Últimamente el tema desembocaba en peleas cada vez más amargas.

Pero a esas alturas Sarah ya había invertido cuatro años en la relación y no disponía de tiempo ni de energía para ponerse a buscar otro candidato. Con Phil sabía lo que había y le asustaba la posibilidad de conocer a alguien peor, o a nadie en absoluto. Se acercaba a los cuarenta y los hombres que conocía preferían mujeres más jóvenes. Ya no tenía veintidós años, ni veinticuatro, ni veinticinco. Aunque poseía un cuerpo estupendo, no era el mismo que cuando iba a la universidad. Trabajaba cincuenta o sesenta horas a la semana en una profesión sumamente estresante. ¿De dónde iba a sacar el tiempo para encontrar un hombre que quisiera algo más que solo fines de semana? Le resultaba más fácil seguir con Phil y tolerar sus defectos y ausencias. Era lo malo conocido y por ahora le bastaba. No era una situación ideal, pero estaba disfrutando del mejor sexo de su vida. Sabía que era la razón equivocada para no romper una relación, pero una razón que había conseguido mantenerla unida a Phil durante cuatro años.

—Confío en que tu ánimo mejore —le dijo Phil mientras entraba en su garaje, a seis manzanas de su apartamento.

Sarah oyó cerrarse la puerta del garaje. Probablemente Phil había pasado por delante de su casa mientras le decía que no podía detenerse a darle un abrazo. Procuró no prestar atención al nudo que se le estaba formando en el estómago. ¿Realmente era mucho pedir que le diera un abrazo? Era un día entre semana, y Phil no estaba dispuesto a atender las necesidades emocionales de Sarah durante la semana. Él tenía sus propios problemas y mejores cosas que hacer con su tiempo.

—Seguro que mañana me sentiré mejor —dijo, entumecida.

Poco importaba que al día siguiente se sintiera mejor. Lo que importaba era que ahora se sentía mal y que él, como siempre, había sido incapaz de ceder. Phil era inteligente, encantador cuando quería, sexy y guapo, pero solo pensaba en él. Nunca había querido hacerle creer lo contrario, pero después de cuatro años Sarah habría esperado de él cierta flexibilidad. Pero no. Phil tenía que atender primero sus propias necesidades. Ella lo sabía y no siempre le gustaba.

Al comienzo de su relación Phil le había contado que estaba muy entregado a sus hijos, que era preparador de la Little League y que iba a todos los partidos. Con el tiempo Sarah se dio cuenta de que, sencillamente, Phil era un fanático del deporte, y renunció a su trabajo de preparador porque le robaba demasiado tiempo. Y no veía a sus hijos los fines de semana porque quería ese tiempo para él. Cenaba con ellos dos veces por semana pero nunca dejaba que durmieran en su casa porque lo volvían loco. Tenían trece, quince y dieciocho años. El mayor estaba ahora en la universidad, pero las dos hijas seguían viviendo con la madre y, en opinión de Phil, eran un problema de su ex mujer. Creía que el vérselas con ellas todos los días era castigo más que suficiente por haberle dejado por otro.

Sarah había sentido en más de una ocasión que Phil descargaba sobre ella la rabia que sentía contra su ex mujer. Pero Phil necesitaba castigar a alguien no solo por los pecados de su ex mujer, sino por los de su madre, por haber tenido el atrevimiento de morirse y dejarlo solo a la edad de tres años. Tenía muchas cuentas que ajustar, y cuando no podía acusar de algo a Sarah, acusaba a su ex mujer o a sus hijos. Phil tenía un montón de «traumas» por resolver. Pero luego estaban esas cosas de él que le gustaban lo suficiente para mantenerla ahí. Al principio Sarah había visto su relación con Phil como algo temporal, de ahí que le costara tanto creer que ya llevaran cuatro años. Se resistía a reconocerse a sí misma, y no digamos a su madre, que Phil era una relación sin futuro. De vez en cuando alimentaba la esperanza de que con el tiempo se vieran más, sin llegar por eso al matrimonio. A estas alturas cabría esperar que Phil estuviera más unido a ella, pero no lo estaba. El hecho de verse únicamente dos veces por semana y llevar vidas separadas los mantenía distanciados.

—Te llamaré mañana cuando regrese del gimnasio. Y nos veremos el viernes por la noche... Te quiero, nena. He de colgar. En este garaje hace un frío que pela.

A Sarah le dieron ganas de responder «me alegro», pero no lo hizo. A veces Phil la sacaba de sus casillas y hería sus sentimientos cuando la decepcionaba, lo que ocurría con frecuencia, y ella se decepcionaba a sí misma por tolerar la situación.

—Yo también te quiero —dijo, preguntándose qué significado tenían esas palabras para él.

¿Qué significaba el amor para un hombre que había perdido a su madre siendo un niño, cuya ex mujer lo había dejado por otro hombre y cuyos hijos querían de él más de lo que él era capaz de darles? «Te quiero.» ¿Qué significaba eso exactamente? Te quiero, pero no me pidas que renuncie al gimnasio o que nos veamos entre semana... o que pase a darte un abrazo una noche que no toca simplemente porque estás triste. Era poco lo que Phil podía dar. Sencillamente no estaba en su hucha emocional, por mucho que Sarah la sacudiera.

Miró la tele durante otra hora, tratando de no pensar en nada, y finalmente se quedó dormida en el sofá. Eran las seis de la mañana cuando despertó. Pensó de nuevo en Stanley y tomó una decisión. No iba a permitir que lo enterraran en el mausoleo sin nadie presente. Quizá fuera poco profesional, como decía Phil, pero quería estar al lado de su amigo.

Después de eso pasó cerca de una hora debajo de la ducha, llorando por Stanley, por su padre, por Phil.

3

Sarah se dirigió en coche al cementerio de Colma y, tras dejar atrás la larga hilera de concesionarios de automóviles, llegó a Cypress Lawn poco antes de las nueve. Explicó a la secretaria de la oficina por qué se encontraba allí y a las nueve en punto estaba en el mausoleo, aguardando la llegada del personal del cementerio con las cenizas de Stanley. Colocaron la urna dentro de una pequeña cámara y, bajo la mirada atenta de Sarah, tardaron otra media hora en sellarla con la pequeña lápida de mármol. A Sarah le molestó que la lápida no llevara inscripción, pero los del cementerio le aseguraron que en un mes la sustituirían por otra lápida con el nombre y las fechas.

Cuarenta minutos después todo había terminado. Sarah salió al fuerte sol de la mañana vestida con un traje y un abrigo negros. Algo aturdida, levantó la vista al cielo y dijo: «Adiós, Stanley», antes de subir de nuevo al coche y poner rumbo a su despacho.

A lo mejor Phil tenía razón y su comportamiento era poco profesional. Pero en cualquier caso estaba terriblemente afligida. Ahora tenía trabajo que hacer para Stanley, el trabajo que habían planificado con tanto esmero durante los años que habían dedicado a organizar juntos su patrimonio y comentar las nuevas leyes tributarias. Sarah tenía que esperar a tener noticias de los herederos. Ignoraba el tiempo que llevaría eso, o si tendría que perseguirlos. Sabía que tarde o temprano conseguiría ponerse en contacto con todos ellos. Tenía muy buenas noticias que darles, de un tío que ni siquiera conocían.

Durante el trayecto trató de no pensar ni en Phil ni en Stanley. Repasó mentalmente la lista de cosas que tenía que hacer. Había enterrado a Stanley con la sencillez y la discreción que él deseaba. Había iniciado los trámites para autenticar el patrimonio. Tenía que llamar a la agente inmobiliaria para tasar la casa y ponerla a la venta. Tanto ella como Stanley ignoraban cuánto podía valer. Había pasado mucho tiempo desde la última tasación y el mercado inmobiliario se había disparado desde entonces. Así y todo, nadie había reformado la casa en sesenta años, y necesitaba muchos retoques. Quien la restaurara, tendría que hacerlo desde el sótano hasta el ático, y probablemente costaría una fortuna. Sarah tendría que preguntar a los herederos cuántos arreglos querían hacer antes de poner la casa en venta. A lo mejor preferían venderla como estaba y dejar el trabajo a los nuevos propietarios. A ellos les tocaba decidir. Aun así, quería obtener una valoración antes de que los herederos viajaran a San Francisco para la lectura del testamento.

En cuanto llegó al despacho llamó a una agente inmobiliaria. Quedaron en ir a ver la casa la semana siguiente. Iba a ser la primera vez que Sarah la recorrería entera. Tenía las llaves pero no quería ir sola. Sabía que se pondría muy triste. Recorrer la casa le parecía, en cierto modo, una intrusión, así que sería más fácil en compañía de la agente inmobiliaria y, como había dicho Phil, más profesional. Estaba trabajando para un cliente además de un amigo. A su sepelio Sarah había asistido exclusivamente como amiga.

Después de hablar con la agente inmobiliaria su secretaria le comunicó por el interfono que tenía a su madre al teléfono. Sarah vaciló unos instantes, respiró hondo y atendió la llamada. Adoraba a su madre, pero le desagradaba la forma en que conseguía invadir su espacio.

—Hola, mamá —dijo en un tono alegre y despreocupado.

No le gustaba compartir con ella sus congojas, porque siempre acababan hablando de cosas de las que no quería hablar. A Audrey no le importaba sobrepasar los límites que Sarah le ponía. Sus años en terapia y en grupos de alcohólicos anónimos no habían conseguido enseñarle eso—. Anoche oí tu mensaje, pero como decías que estabas preparándote para salir no te llamé —explicó Sarah.

—Pareces deprimida. ¿Qué te ocurre?

Al cuerno con el tono alegre y despreocupado.

—Nada, es solo que estoy cansada. Tengo mucho trabajo. Uno de mis clientes falleció ayer y estoy intentando organizarlo todo para el tema de la herencia. Hay mucho que hacer.

—Lo siento de veras. —Audrey sonaba sincera, lo cual era de agradecer. A Sarah no le molestaban las muestras de solidaridad de su madre, sino lo que solía venir después. Sus preguntas, y hasta sus comentarios amables, resultaban siempre invasores y excesivos—. ¿Te ocurre algo más?

—No. Estoy bien. —Sarah advirtió que su voz se debilitaba y se odió por ello. Arriba, arriba, arriba, se dijo, o mamá empezará a acorralarte. Audrey siempre notaba si estaba disgustada, por mucho que ella se esforzara por disimularlo, y después de eso empezaban el interrogatorio y las acusaciones. O, peor aún, los consejos. Todo aquello que Sarah no tenía ganas de escuchar—. ¿Cómo estás tú? ¿Adónde fuiste anoche? —preguntó, tratando de distraer a su madre. A veces funcionaba.

—A un nuevo club de lectura con Mary Ann.

Mary Ann era una de las muchas amigas de su madre. Audrey había pasado sus veintidós años de viudez distrayéndose con otras mujeres, jugando al bridge, asistiendo a cursos, yendo a grupos de mujeres y haciendo viajes con ellas. A lo largo de los años había salido con algunos hombres, pero el que no era alcohólico era problemático o estaba casado. Se diría que atraía a los hombres disfuncionales como un imán. Y cuando se hartaba de ellos, regresaba con sus amigas. En esos momentos se hallaba en una de sus fases célibes después de un breve idilio con otro alcohólico, o eso decía ella. A Sarah le costaba creer que hubiera tantos alcohólicos en el planeta, pero si había uno en los alrededores, seguro que Audrey daba con él.

—Qué divertido —dijo Sarah, refiriéndose al club de lectura.

No podía imaginar nada peor que asistir a un club de lectura con un montón de mujeres. El simple hecho de imaginar algo así la animaba a seguir viendo a Phil los fines de semana. No quería terminar como su madre. Y aunque Audrey llevaba años insistiéndole, jamás había asistido a una reunión de Hijos Adultos de Alcohólicos, un grupo que su madre estaba convencida de que era lo que Sarah necesitaba. Sarah había hecho terapia durante un breve período entre la escuela universitaria y la facultad de derecho, y creía haber resuelto al menos algunos de sus traumas, tanto con respecto a su madre como a su padre. Nunca había salido con un alcohólico. Los hombres que elegía eran emocionalmente inaccesibles, su especialidad, porque pese a su presencia física en la casa, en realidad nunca llegó a conocer a su padre. Este, como consecuencia de su alcoholismo, había vivido desconectado de ellas.

—Quería informarte de que vamos a celebrar Acción de Gracias en casa de Mimi.

Mimi era la madre de Audrey y la abuela de Sarah. Tenía ochenta y dos años, hacía diez que había enviudado tras un largo y feliz matrimonio y llevaba una vida amorosa más sana que su hija o incluso que Sarah. Se diría que había una fuente inagotable de viudos agradables, normales y felices de su edad. Mimi salía casi todas las noches y, a diferencia de Audrey, casi nunca con otras mujeres. Se lo pasaba mucho mejor que su hija y su nieta.

—Muy bien —dijo Sarah, anotándolo en el calendario—. ¿Quieres que lleve algo?

—Puedes ayudarme a preparar el pavo.

¿Irá alguien más?

A veces su madre invitaba a alguna amiga que no tenía dónde ir. Y su abuela solía invitar a algún amigo, o incluso al novio de turno, algo que siempre conseguía irritar a Audrey. Sarah sospechaba que era envidia, pero nunca se lo decía.

—No estoy segura. Ya conoces a tu abuela. Dijo algo de invitar a uno de esos hombres con los que sale porque tiene a los hijos en las Bermudas. —Mimi poseía una fuente inagotable de hombres y amigos y nunca había estado en un club de lectura. Tenía cosas mucho más divertidas que hacer.

—Ya —dijo distraídamente Sarah.

—No estarás pensando en invitar a Phil, ¿verdad? —preguntó deliberadamente Audrey.

Con el tono de su voz lo decía todo. Había catalogado acertadamente a Phil de problema desde el principio. Audrey era una experta en hombres neuróticos. Lo había dicho como si estuviera preguntando si pensaba llevar un tubo de ensayo con lepra a la cena. Cada año hacía la misma pregunta y cada año conseguía irritar a Sarah. Conocía perfectamente la respuesta. Sarah nunca invitaba a Phil el día de Acción de Gracias. Él pasaba ese día con sus hijos y nunca la invitaba a sumarse a ellos. En cuatro años, Sarah jamás había pasado una festividad con Phil.

—Naturalmente que no. Estará esquiando con sus hijos en Tahoe.

Cada año hacían lo mismo, como bien sabía Audrey. Ese año no sería diferente. Nada en la relación lo era desde hacía cuatro años.

—Imagino que no te ha invitado, para variar —repuso su madre en un tono ácido. Había odiado a Phil desde el primer día y la situación no había hecho más que empeorar desde entonces. De lo único de lo que no lo había acusado aún era de homosexual y alcohólico—. Me parece una vergüenza que no te invite. Eso demuestra lo poco que le importa esta relación. Sarah, tienes treinta y ocho años. Si quieres tener hijos será mejor que te busques a otro hombre y te cases. Phil nunca cambiará. Tiene demasiados traumas. —Su madre, naturalmente, tenía toda la razón, y

Sarah sabía que Phil se negaba a recibir cualquier tipo de ayuda terapéutica.

—Eso no es lo que me tiene preocupada esta mañana, mamá. Tengo otras cosas de que ocuparme aquí, en el despacho. Además, Phil necesita estar con sus hijos y es bueno que pase tiempo a solas con ellos.

Aunque no tenía intención alguna de confesárselo, hacía un año que ese asunto también le molestaba a ella. Había coincidido con los hijos de Phil en varias ocasiones pero él nunca la incluía en los fines de semana o las vacaciones que pasaban juntos. Phil le decía exactamente lo que ella acababa de decirle a su madre. Que necesitaba pasar tiempo a solas con sus hijos, que eso era sagrado. Como ir al gimnasio cinco noches por semana, lo que excluía la posibilidad de verse si no era durante los fines de semana. Después de cuatro años de relación, a Sarah le habría gustado que Phil la hubiera invitado a pasar las vacaciones con él, pero eso no formaba parte del trato. Ella era estrictamente su novia de fin de semana. No le resultaba fácil aceptar el hecho de que llevara tanto tiempo aguantando esa situación. En cuatro años nada había cambiado. Aunque no fuera su intención casarse, a Sarah le habría gustado que en esos cuatro años Phil hubiera suavizado un poco sus rígidas normas.

—Creo que te estás engañando, Sarah. Phil es un vago.

—No, no lo es. Es un abogado muy reconocido —repuso, sintiendo que volvía a tener doce años. Audrey siempre conseguía hacerla sentir acorralada.

—No me refiero a su profesión, sino a su relación contigo, o a la ausencia de relación. ¿Hacia dónde crees que va esto después de cuatro años?

Sarah nunca había esperado que su relación fuera a ningún lugar, salvo, quizá, a verse uno o dos días más por semana. Así y todo, siempre la incomodaba que su madre sacara el tema. Le hacía sentir que estaba haciendo algo mal.

—Por el momento no queremos nada más, mamá. ¿Por qué no te relajas un poco? En estos momentos no tengo tiempo para pensar en otra cosa. Estoy muy concentrada en mi profesión.

—A tu edad, yo ya tenía una profesión y una hija —replicó Audrey con suficiencia.

Sarah se reprimió las ganas de recordarle que su marido sí había sido un vago en todos los sentidos. Un cero a la izquierda como esposo y como padre, incapaz incluso de conservar un trabajo. Pero calló, como siempre hacía. No quería pelearse con su madre, y ese día menos que nunca.

—Ahora mismo no quiero hijos, mamá. —Y quizá nunca los quisiera. Tampoco un marido, si existía la más mínima probabilidad de que acabara siendo como su padre—. Estoy feliz así.

—¿Cuándo piensas cambiar de apartamento? Por Dios, Sarah, vives en una choza. Es hora de que te mudes a un lugar decente y tires todas esas porquerías que arrastras desde la universidad. Necesitas un apartamento como Dios manda, propio de una persona adulta.

—Soy una persona adulta y me gusta mi apartamento —dijo Sarah con la mandíbula apretada. Acababa de enterrar a su amigo y cliente favorito, Phil la había decepcionado y lo último que necesitaba era que su madre la pinchara con el tema de su apartamento y su novio—. Tengo que trabajar. Nos veremos el día de Acción de Gracias.

—No puedes pasarte la vida huyendo de la realidad, Sarah. Has de enfrentarte a tus problemas. Si no lo haces, malgastarás tus mejores años con Phil o con hombres como él.

Audrey tenía más razón de la que Sarah estaba dispuesta a reconocer. Quería más de Phil, pero no estaba segura de que, en el caso de pedírselo, las cosas fueran a cambiar. A lo mejor decidía dejarla, y entonces no tendría a nadie con quien pasar los fines de semana. La idea de quedarse sola no la atraía lo más mínimo, y no quería sustituir a Phil por clubes de lectura, como su madre. Era un problema al que Sarah tenía que enfrentarse, pero no se sentía preparada para hacerlo en esos momentos.

Y lo último que necesitaba era tener a su madre encima. Eso solo conseguía que la situación le pareciera aún más terrible.

—Gracias por tu interés, mamá, pero ahora he de colgar. Tengo mucho trabajo. —Sarah cayó en la cuenta de que hablaba como Phil. Evitaba el problema. Uno de sus juegos favoritos. Y lo negaba. Ella llevaba años practicando eso último.

Estaba nerviosa cuando colgó. Le costaba apartar de su mente las preguntas y las críticas mordaces de su madre. Audrey siempre intentaba despojarla de sus defensas y dejarla completamente desnuda para examinarle hasta el último poro. Su escrutinio era intolerable y los juicios sobre su vida la hacían sentirse aún peor lo que ya se sentía. Temía el día de Acción de Gracias. Ojalá pudiera irse a Tahoe con Phil. Al menos estaría su abuela para animar la velada. Siempre lo hacía. Y probablemente invitaría a uno de sus novios, siempre hombres agradables. Mimi tenía un don especial para atraer a los hombres agradables allí donde iba.

Al rato recibió una llamada de su abuela para confirmar la invitación de Acción de Gracias que ya había recibido a través de su madre. La conversación con Mimi fue animada, cariñosa y breve. Su abuela era una joya. Después de eso Sarah ató los últimos cabos sueltos relacionados con el patrimonio de Stanley, elaboró una lista de preguntas para la agente inmobiliaria y comprobó que las cartas para los herederos hubieran salido ya. Hecho esto, se puso a trabajar para otros clientes. Sin apenas darse cuenta el día se había convertido en otra jornada de trece horas. Eran cerca de las diez cuando llegó a casa y medianoche cuando Phil la llamó por teléfono. Sonaba cansado y dijo que estaba a punto de meterse en la cama. Había regresado del gimnasio nada menos que a las once y media. A Sarah se le hacía extraño que Phil viviera a unas manzanas de su casa y, sin embargo, cinco días a la semana actuara como si residiera en otra ciudad. Le resultaba difícil no sentirse todo lo unida a él que quería, sobre todo cuando había otras cosas inestables en su vida. A veces le costaba comprender por qué el simple hecho de verse algún día entre semana representaba tanto problema. Después de cuatro años, Sarah no creía que fuera mucho pedir.

Charlaron durante cinco minutos, hablaron de lo que harían ese fin de semana y a los diez minutos de haber colgado Sarah concilió un sueño agitado, sola en la cama que no había hecho en toda la semana.

Tuvo pesadillas relacionadas con su madre y se despertó dos veces durante la noche llorando. Cuando, al día siguiente, se levantó con la cabeza y el estómago doloridos, se dijo que era por Stanley. Nada que una taza de café, dos aspirinas y un duro día de trabajo en el despacho no pudieran curar. Siempre lo hacían.

4

El viernes por la noche Sarah se sentía como si un tanque le hubiera pasado por encima. La había telefoneado uno de los herederos de Stanley, pero del resto aún no sabía nada. El lunes tenía una cita con la agente inmobiliaria. Estaba impaciente por ver la casa. Durante años había sido un misterio para ella. Jamás había asomado la cabeza a las demás plantas y estaba deseando que llegara el lunes para recorrerlas.

Mimi le había dicho, durante su conversación por teléfono, que podía invitar a quien quisiera a la comida de Acción de Gracias. Los amigos de Sarah siempre eran bienvenidos en casa de su abuela. Aunque no mencionó concretamente a Phil, Sarah sabía que la invitación también lo incluía a él. A diferencia de Audrey, Mimi nunca hurgaba, criticaba o hacía preguntas que pudieran incomodarla. La relación de Sarah con su abuela siempre había sido fluida, tolerante y cálida. Era una persona adorable y Sarah no conocía a nadie que no la quisiera, hombre, mujer o niño. Le costaba creer que ese ser humano afable y feliz hubiera traído al mundo una criatura tan áspera. Cierto que a Audrey no le había ido tan bien en la vida ni en el matrimonio como a Mimi, y que los errores cometidos habían hecho mella en ella. Mimi había disfrutado de una larga y feliz vida marital, y el hombre con quien se había casado y con quien había compartido más de cincuenta años había sido una joya. Nada que ver con el padre de

Sarah, que había resultado ser un auténtico desastre. Audrey se había convertido desde entonces en una mujer amarga, crítica y suspicaz. Sarah detestaba todo eso, pero no se lo reprochaba. El padre de Sarah, con su galopante alcoholismo y su incapacidad para interesarse por los demás o por sí mismo, no solo la había marcado a ella, sino también a su madre.

Cuando Sarah llegó a casa el viernes por la noche, estaba físicamente agotada y emocionalmente exhausta. Presenciar cómo sellaban las cenizas de Stanley en el mausoleo había supuesto una experiencia dolorosa. Era tan irrevocable, tan triste... Adiós a una vida larga y, en muchos aspectos, vacía. Stanley había dejado tras de sí una fortuna, pero poco más. Sarah no podía evitar recordar sus advertencias sobre la forma en que también ella estaba dirigiendo su vida. La vida era algo más que trabajo, y ahora lo veía más claro que nunca. Las palabras de Stanley a lo largo de los últimos tres años no habían caído en saco roto. Estaban empezando a influir en la forma en que Sarah veía las cosas, incluida la ausencia de Phil durante los días de entre semana. De repente sentía que estaba harta de la situación y que tenía problemas para aceptar sus pretextos. Aunque a él no le fuera bien, aunque no encajara en sus planes, ella necesitaba y esperaba más de la relación. La negativa de Phil a pasar por su casa para consolarla la noche que Stanley falleció le había dejado un mal sabor de boca. A pesar de que no pensaran en el matrimonio, en cuatro años de relación deberían haber desarrollado, como mínimo, la capacidad y el deseo de satisfacer las necesidades del otro y de estar ahí en los momentos difíciles. Pero Phil no estaba dispuesto a ofrecerle eso. Por tanto, ¿qué sentido tenía seguir juntos? ¿Era solo cuestión de sexo? Ella quería algo más. Stanley tenía razón. La vida era algo más que trabajar sesenta horas a la semana y ver pasar los barcos por la noche.

Por un acuerdo tácito, Phil normalmente aparecía en su casa los viernes a las ocho en punto, después del gimnasio. A veces podían dar las nueve. Insistía en que necesitaba como mínimo dos o tres horas en el gimnasio para relajarse y sacudirse el estrés del trabajo. Con eso conseguía, además, mantener un cuerpo fantástico, algo de lo que él era tan consciente como ella. A Sarah a veces le molestaba. Físicamente, Phil estaba en mucha mejor forma. Ella se pasaba doce horas al día sentada en el despacho y solo hacía ejercicio los fines de semana. Estaba estupenda, pero menos tonificada que él con las veinte horas semanales que pasaba en el gimnasio. El tema le importaba menos, y en cualquier caso tampoco disponía de tiempo. Phil conseguía hacerse un hueco de varias horas todos los días. A Sarah siempre le había molestado eso y aunque trataba de ser magnánima, cada vez le era más difícil, teniendo en cuenta el poco tiempo que pasaban juntos, sobre todo entre semana. Ella nunca era su principal prioridad. Deseaba serlo, pero sabía que no lo era. Siempre había creído que con el tiempo llegaría a tener un mayor peso en la vida de Phil, pero últimamente esa esperanza había empezado a desvanecerse. Él no estaba dispuesto a ceder ni un milímetro. En su relación nada cambiaba ni evolucionaba. Él mantenía diligentemente el statu quo. Parecían estar congelados en el tiempo, y Sarah se sentía como una aventura de un par de noches que ya duraba cuatro años. No sabía muy bien por qué, pero desde la muerte de Stanley era más consciente que nunca de que eso no le bastaba. Necesitaba algo más. No estaba hablando de matrimonio, pero sí de ternura, apoyo emocional y amor. Desde la muerte de Stanley se sentía, en cierto modo, más vulnerable.

El hecho de no obtener lo que necesitaba estaba despertando su resentimiento hacia Phil. Ella se merecía algo más que dos noches informales a la semana. Por otro lado, sabía que si quería seguir con él no tenía más remedio que aceptar las condiciones que habían establecido al principio de la relación. Phil no iba a dar su brazo a torcer. Y a Sarah le asustaba la idea de dejarle. Lo había pensado, pero tenía miedo de acabar sola como su madre. El fantasma de la vida de Audrey la perseguía. Prefería aferrarse a Phil que terminar metida en partidas de bridge y clubes de lectura. En los últimos cuatro años no había conocido a otro hombre que la atrajera tanto como Phil. Pero su relación con Phil era cada vez más una relación física, no una relación basada en el amor. Estar con él significaba renunciar a muchas cosas. A la posibilidad de algo mejor y al amor de un hombre más tierno, que la quisiera más. Después de mucho tiempo volvía a ser consciente de su dilema. La muerte de Stanley la había removido por dentro.

Phil apareció esa noche antes de lo habitual. Abrió la puerta con las llaves que ella le había dado, entró y se despatarró en el sofá. Agarró el mando y encendió el televisor. Sarah se lo encontró al salir de la ducha. Phil la miró por encima del hombro, volvió a apoyar la cabeza en el brazo del sofá y soltó un gemido.

—Dios, he tenido una semana horrible.

En los últimos tiempos Sarah había empezado a percatarse de que Phil era siempre el primero en hablar de su semana laboral. Las preguntas sobre la semana de ella llegaban después, si es que lo hacían. Se sorprendió de las muchas cosas que últimamente habían empezado a molestarle de él. Y sin embargo ahí seguía. Ahora observaba los sentimientos y las reacciones que Phil le provocaba con una fascinación desapasionada, como si ella fuera otra persona, un *deus ex machina* colgado del techo contemplando lo que sucede en la estancia y haciendo comentarios en silencio.

—Yo también. —Sarah se inclinó para darle un beso envuelta en una toalla, todavía goteando y con el pelo empapado—. ¿Qué tal las declaraciones?

—Interminables, aburridas y absurdas. ¿Qué vamos a cenar? Estoy hambriento.

—Todavía nada. No sabía si querrías cenar fuera.

Los viernes por la noche solían quedarse en casa porque los dos estaban agotados después de una larga semana de trabajo, sobre todo Sarah. Phil también trabajaba mucho, y su especialidad era decididamente más estresante. Siempre estaba metido en litigios, y aunque le gustaban, generaban mucha más ansiedad que las interminables horas que Sarah dedicaba a examinar las nuevas leyes tributarias para favorecer o proteger a sus clientes. Su trabajo era meticuloso y estaba plagado de detalles a veces tediosos. El del Phil era más dinámico.

Raras veces hacían planes para los viernes por la noche o incluso los sábados. Sencillamente improvisaban sobre la marcha.

—No me importaría salir, si quieres —dijo Sarah, pensando que eso la animaría.

Todavía estaba triste por la muerte de Stanley. Había empañado todas sus actividades de la semana. Y se alegraba de ver a Phil, a pesar de sus interrogantes y quejas no verbalizadas, o incluso de sus dudas sobre la relación. Siempre se alegraba. Con él se sentía cómoda, y verlo los fines de semana era una forma fácil de relajarse, y a veces lo pasaban muy bien. Estaba tan atractivo tumbado en su sofá, viendo la tele, con ese aire saludable y vigoroso... Phil medía metro noventa, tenía el pelo rubio rojizo y sus ojos, en lugar de azules como los de Sarah, eran verdes. Con sus espaldas anchas, su cintura estrecha y sus piernas interminables, constituía un bello ejemplar del género masculino. Desnudo estaba aún mejor, si bien esa semana Sarah tenía la libido algo baja. La tristeza, como la que ahora sentía por Stanley, siempre reducía su apetito sexual. Esa semana le apetecía más acurrucarse en los brazos de Phil, lo cual no sería un problema. Los viernes por la noche casi nunca hacían el amor, estaban demasiado cansados. Pero los sábados por la mañana o por la noche recuperaban el tiempo perdido, y también el domingo, antes de que Phil regresara a su apartamento a fin de organizarse para la semana de trabajo. Sarah llevaba años intentando convencerle de que se quedara los domingos por la noche, pero él decía que los lunes por la mañana prefería salir al trabajo desde su casa. En el apartamento de Sarah, sin sus cosas, se sentía perdido. Y tampoco le gustaba que ella durmiera en su casa los domingos. Solía comentar que antes de volver al ring el lunes por la mañana necesitaba una buena noche de sueño y que ella lo distraía. Lo decía como un cumplido, pero para Sarah era una decepción.

Sarah siempre estaba buscando formas de pasar más tiempo juntos y él estrategias para mantener las cosas como estaban.

Por el momento ganaba Phil. O puede que últimamente estuviera perdiendo. Sarah estaba empezando a sentir que no era lo bastante importante para él. Aunque odiaba reconocerlo, probablemente su madre tenía razón. Necesitaba más de lo que Phil estaba dispuesto a darle. No se refería al matrimonio, puesto que eso tampoco figuraba en sus planes, pero sí algunas noches entre semana y unas vacaciones de vez en cuando. Sarah sentía que desde la muerte de Stanley había empezado a reevaluar su vida y lo que deseaba de ella. Se daba cuenta de que no quería terminar como Stanley, con dinero y logros profesionales como única compañía. Quería algo más. Y no parecía que Phil fuera ese algo más o deseara serlo. De repente se estaba planteando las cosas desde un nuevo ángulo. Probablemente Stanley tenía razón cuando le advertía que trabajaba demasiado y no sabía disfrutar de la vida.

—¿Te importa que esta noche encarguemos comida por teléfono? —preguntó Phil, desperezándose con cara de felicidad—. Estoy tan a gusto en este sofá que no creo que pueda levantarme —añadió, felizmente ajeno a los disgustos que Sarah había tenido durante la semana.

—No, en absoluto. —Sarah tenía todas las cartas de los lugares en los que solían encargar comida india, china, tailandesa, japonesa e italiana. Las posibilidades eran infinitas. Vivía, básicamente, de comida preparada. No tenía tiempo ni paciencia para cocinar, y sus aptitudes culinarias eran bastante limitadas, algo que ella reconocía abiertamente—. ¿Qué te apetece esta noche? —preguntó, pensando que, en realidad, se alegraba de ver a Phil. Le gustaba tenerlo en casa. Pese a sus defectos y limitaciones, peor era la soledad. Su proximidad física pareció disipar algunas de las dudas que la habían asaltado durante la semana. Le gustaba estar con Phil, de ahí que deseara verlo más a menudo.

—No lo sé.... ¿Comida tailandesa?... ¿Sushi?... Estoy harto de pizza. Llevo toda la semana comiendo pizza en la oficina... ¿Qué me dices de comida mexicana? Dos burritos de ternera y

un poco de guacamole me sentarían de miedo. ¿Te parece bien?
—A Phil le encantaba la comida picante.

—Me parece genial —respondió Sarah con una sonrisa. Le gustaban sus noches perezosas de los viernes, cenar en el suelo, ver la tele y relajarse después de una larga semana. Casi siempre cenaban en casa de Sarah, y alguna que otra vez dormían en casa de Phil. Él prefería su cama, pero no le importaba dormir en la de Sarah los fines de semana. Lo bueno de dormir en casa de ella era que al día siguiente podía marcharse cuando quería para hacer sus cosas.

Sarah encargó por teléfono lo que él había pedido junto con enchiladas de pollo y queso para ella y doble ración de guacamole, y se sentó en el sofá. Phil la rodeó con un brazo y la atrajo hacia sí. Estaban viendo un documental sobre enfermedades en África que en el fondo les traía sin cuidado, pero les daba algo que mirar mientras sosegaban sus agotadas mentes después de una semana frenética. Como esos caballos que necesitaban calmarse después de una larga carrera.

—¿Qué quieres hacer mañana? —preguntó Sarah—. ¿Tienen partido tus hijos?

—No. Este fin de semana he sido eximido de mis obligaciones paternas. —Su hijo se había marchado a UCLA en agosto, para su primer año de universidad, y los fines de semana sus hijas salían con las amigas. Ahora que su hijo no estaba, Phil tenía que asistir a menos partidos. Sus hijas estaban más interesadas en los chicos que en el deporte, y eso le facilitaba la vida. La mayor era excelente al tenis y le gustaba jugar con ella. Pero, a sus quince años, sus padres eran las últimas personas con las que quería pasar el fin de semana, de modo que Phil quedaba libre. Y la menor no era deportista. Parecía que Phil solo se relacionaba con sus hijos a través del deporte—. ¿Te apetecería hacer algo? —preguntó despreocupadamente.

—No sé. Podríamos ir al cine. Hay una excelente exposición de fotografías en el MoMA. Podríamos ir a verla, si quieres. —Sarah llevaba semanas deseando ir, pero todavía no había encontrado el momento. Esperaba poder verla antes de que la retiraran.

—Mañana tengo un montón de recados que hacer —recordó de repente Phil—. He de comprar neumáticos nuevos, lavar el coche, recoger la ropa de la tintorería, poner una lavadora. En fin, las chorradas de siempre.

Sarah sabía lo que eso significaba. Phil se marcharía temprano por la mañana y regresaría a tiempo para la cena. Era una estrategia que utilizaba a menudo: primero le decía que no tenía nada que hacer y luego no paraba en todo el día, ocupado en cosas que decía que no quería que ella se molestara en hacer con él. Prefería hacerlas solo. Decía que era más rápido, y que no tenía sentido que ella malgastara su tiempo así. Sarah habría preferido hacer esas cosas con Phil. Se sentía más conectada con él, justamente lo que Phil quería evitar. El exceso de conexión le incomodaba.

—¿Por qué no pasamos el día juntos? Podrías lavar tu ropa aquí el domingo —propuso Sarah. Su edificio tenía una sala con lavadoras. No eran mejores ni peores que las del edificio de Phil, y mientras la ropa se lavaba podían ver una película juntos, o un vídeo. Si quería, hasta podía ponerle ella la lavadora. A veces le gustaba hacer pequeñas tareas domésticas para Phil.

—No digas tonterías. La lavaré en mi casa. O podría comprar más ropa interior. —Phil solía recurrir a ese truco cuando estaba demasiado ocupado o le daba pereza poner una lavadora. La mayoría de los solteros lo hacían. Y cuando no tenía tiempo de pasar por la tintorería para recoger sus camisas, compraba otras nuevas. Como consecuencia de ello, tenía ropa interior para dar y regalar y un armario repleto de camisas. Le gustaba así—. Compraré los neumáticos por la mañana. Quiero hacerlo en Oakland. ¿Por qué no vas al museo mientras yo hago mis recados? La verdad es que la fotografía no me entusiasma. —Tampoco pasar los sábados con ella. Phil prefería hacer sus cosas a su aire y regresar junto a ella por la noche.

—Preferiría pasar el día contigo —repuso Sarah con firmeza, sintiéndose patética, cuando llamaron al timbre. Era la cena. No quería discutir con él acerca de sus recados o de lo que ambos harían al día siguiente.

La comida estaba deliciosa y después de cenar Phil se estiró de nuevo en el sofá y Sarah guardó las sobras por si les apetecía comerlas otro día. Se sentó en el suelo, junto a Phil, y él se inclinó para besarla. Ella sonrió. He ahí lo que le gustaba de sus fines de semana, no los recados que no podía hacer con él, sino los gestos cariñosos que Phil compartía con ella cuando estaban juntos. Pese al distanciamiento que mantenía la mayor parte del tiempo, Phil era una persona sorprendentemente cariñosa. Esa mezcla de independencia e intimidad formaba una interesante dicotomía.

—¿Te he dicho hoy que te quiero? —preguntó, atrayéndola hacia sí.

—No. —Sarah sonrió. Lo echaba tanto de menos durante la semana... Las cosas mejoraban entre ellos el fin de semana, pero cuando llegaba el domingo él se ausentaba durante cinco días enteros—. Yo también te quiero —dijo, devolviéndole el beso, y se acurrucó a su lado acariciándole el pelo rubio y sedoso.

Vieron juntos el telediario de las once. Las noches de los viernes siempre pasaban volando. Para cuando terminaban de cenar, se relajaban un rato, charlaban sobre sus respectivas semanas o sencillamente permanecían en silencio, ya era hora de acostarse. La mitad del fin de semana había transcurrido antes de que Sarah hubiera tenido tiempo de recuperar el aliento, relajarse y disfrutarlo. Nunca dejaba de sorprenderle lo deprisa que pasaba.

El sábado por la mañana se despertaron relativamente temprano. Era un día frío y gris de noviembre. Una suave llovizna empañó las ventanas mientras se levantaban, él se metía en la ducha y ella iba a preparar el desayuno. Sarah siempre se encargaba del desayuno. Phil decía que le encantaban sus desayunos. Hacía unas torrijas, unos gofres y unos huevos revueltos deliciosos. Los huevos estrellados y las tortillas no eran su fuerte, pero en una ocasión había hecho unos huevos Benedict buenísimos. Esta vez hizo huevos revueltos con mucho tocino frito, fino y crujiente, y bollos dulces, un gran vaso de zumo de naranja para él y café con leche que preparaba con gran destreza en su cafetera exprés. Phil se la había regalado por Navidad en su primer año juntos. No era un regalo romántico, pero le habían sacado mucho partido en esos cuatro años. Sarah solo la utilizaba cuando Phil estaba en casa. El resto de los días, cuando salía corriendo a trabajar, paraba en Starbucks y compraba un capuchino que se llevaba al despacho. Pero los fines de semana disfrutaban del suntuoso desayuno que ella preparaba.

—Está delicioso —dijo, encantado, Phil mientras engullía los huevos y el tocino. Sarah abrió la puerta del apartamento, recogió el periódico y se lo tendió.

Era una perfecta y perezosa mañana de sábado, y le habría encantado volver a la cama y hacer el amor. No hacían el amor desde la semana pasada. A veces, si uno de los dos estaba demasiado cansado o no se encontraba bien, se saltaban una semana. A Sarah le gustaba la regularidad y la familiaridad de su vida amorosa. Conocían mutuamente sus gustos y llevaban cuatro años disfrutando enormemente en la cama. Sería difícil renunciar a eso. Había muchas cosas de Phil que Sarah no quería perder: su compañía, su inteligencia, el hecho de que también fuera abogado y le interesara lo que ella hacía, al menos hasta cierto punto, aunque tenía que reconocer que el derecho tributario era mucho menos interesante que el laboral.

Lo pasaban bien cuando se veían, les gustaban las mismas películas y la misma comida. A Sarah le caían bien sus hijos, aunque los viera en contadas ocasiones. Y cuando salían con los amigos, parecían congeniar con las mismas personas y hacer los mismos comentarios sobre ellas una vez en casa. Había muchas cosas que funcionaban en la relación, por eso resultaba tan frustrante para Sarah que Phil no quisiera más de lo que tenían. Últimamente había pensado que no le importaría vivir con él, pero sabía que era algo impensable. Phil le había dicho desde el principio que no estaba interesado en la convivencia ni el matrimonio, que quería una relación sin compromisos. Y esa era una relación sin compromisos. A él le bastaba y a ella le había bastado durante cuatro años.

En los últimos tiempos se sentía un poco mayor para esa clase de relaciones. Sexualmente eran fieles y se reservaban los fines de semana para estar juntos, pero eso era todo cuanto compartían. Y a veces Sarah tenía la sensación de que llevaba demasiado tiempo metida en relaciones informales. A sus treinta y ocho años había tenido demasiadas, de adolescente, de universitaria, de abogada y ahora de socia de un bufete. Había prosperado en su profesión y en su vida, pero seguía teniendo el mismo tipo de relaciones que cuando estudiaba en Harvard. Y dada la inflexibilidad de Phil y de sus límites, poco podía hacer al respecto. Él siempre había sido muy claro sobre la clase de relación que deseaba. Pero hacer lo mismo un año detrás de otro hacía que a veces se sintiera atrapada en una neblina. Su relación era estática. Nada en ella avanzaba ni retrocedía. Flotaba en el espacio, permanentemente, mientras solo ella se hacía mayor. Sarah encontraba extraña esa situación, pero él no. Phil todavía se sentía como un niño y le gustaba. Sarah no quería casarse ni tener hijos, pero desde luego quería algo más, sencillamente porque Phil le gustaba y en cierto modo le quería, pese a saber que podía ser egoísta y egocéntrico, que podía ser arrogante e incluso pedante, y que tenía otras prioridades. Pero nadie era perfecto. Para Sarah, sus seres queridos estaban por encima de todo. Para Phil, él estaba por encima de todo. No se cansaba de recordarle que en el vídeo sobre normas de seguridad de los aviones decían que uno debía ponerse la máscara de oxígeno primero antes de ayudar a los demás. Que primero debías ocuparte de ti mismo. Siempre. Él lo veía como un principio fundamental en la vida y lo utilizaba para justificar la manera en que trataba a la gente. La forma en que lo planteaba hacía difícil discutir con él, de modo que Sarah callaba. Sencillamente, eran diferentes. A veces se preguntaba si era una diferencia fundamental entre hombres y mujeres o una deficiencia exclusiva de Phil. Era difícil saberlo. Pero eso no quitaba que Phil no fuera un egoísta que siempre se ponía por delante de los demás y hacía lo que a él le convenía. Ante semejante actitud, la posibilidad de pedir más quedaba descartada.

Después de desayunar Phil se marchó a hacer sus recados mientras Sarah hacía la cama. Phil había hablado de dormir esa noche de nuevo en su apartamento, de modo que cambió las sábanas y puso toallas limpias en el cuarto de baño. Fregó los platos del desayuno y fue a buscar su ropa a la tintorería. Ella tampoco tenía tiempo de hacerlo durante la semana. La gente soltera y trabajadora nunca lo tenía. El único día que podía ocuparse de sus cosas era el sábado, que era la razón por la que Phil estaba ocupándose de las suyas. Pero le habría gustado hacerlas juntos. Phil se reía de ella cuando se lo decía, le restaba importancia y le recordaba que eso era lo que hacían los casados. Y ellos no estaban casados. Ellos estaban solteros, decía siempre con voz alta y clara. Hacían la colada y los recados por separado, tenían vidas, apartamentos y camas separados. Se veían un par de días a la semana para pasarlo bien, no para fundir sus vidas en una. Él no se cansaba de repetírselo. Ella comprendía la diferencia. Pero no le gustaba. A él sí. Y mucho.

Sarah regresó a su apartamento para guardar la ropa de la tintorería y se marchó a la exposición de fotografía. Le pareció muy bonita e interesante. Le habría gustado compartirla con Phil, pero sabía que a él no le entusiasmaban los museos. Luego dio un paseo por Marina Green para respirar aire fresco y hacer un poco de ejercicio, y volvió a casa a las seis, después de pasar por Safeway para comprar provisiones. Había decidido preparar la cena, y después de cenar podrían alquilar una película o ir al cine. Últimamente tenían muy poca vida social. Casi todos los amigos de Sarah estaban casados y con hijos, y Phil los encontraba terriblemente aburridos. Los amigos de Sarah le caían bien, pero ya no le gustaba la vida que llevaban. Todas las personas que habían conocido al comienzo de su relación estaban ahora casadas. Y a Phil le deprimía intentar mantener una conversación inteligente con alguien mientras un niño de dos años y un recién nacido pegaban berridos porque querían la cena o les dolía el oído. Decía que él ya había pasado por todo eso muchos años atrás. Sus amigos actuales eran, en su mayoría, hombres de su edad o más jóvenes que no se habían casado o llevaban años divorciados, estaban bien así y hablaban con resentimiento de sus ex mujeres o de sus hijos, que supuestamente recibían la influencia perniciosa de sus despreciables madres, y detestaban la pensión, siempre excesiva, que debían pasarles. Todos coincidían en que habían sido exprimidos y estaban decididos a que eso no volviera a ocurrir. Aunque al principio le habían caído bien, últimamente Phil encontraba a los amigos de Sarah demasiado caseros, y a ella sus amigos le parecían superficiales y amargos, lo cual limitaba sobremanera su vida social. Sarah había notado que casi todos los hombres de la edad de Phil salían con mujeres mucho más jóvenes. Cuando quedaban a cenar con ellos, se descubría intentando mantener una conversación con mujeres a las que casi doblaba la edad y con las que no tenía nada en común. Así que últimamente ella y Phil se quedaban en casa, y por ahora eso no era un problema, aunque los aislaba. Cada vez veían menos a sus amigos.

Phil veía a sus amigos durante la semana, ya fuera en el gimnasio, o antes o después para tomar una copa, otra razón por la que no tenía tiempo de ver a Sarah entre semana, y se negaba a renunciar a esos momentos. Le había dejado bien claro que necesitaba ver a sus amigos independientemente de si a ella le caían bien o no, o si aprobaba a sus novias o no. Por tanto, durante la semana las noches eran suyas y solo suyas.

Phil no la telefoneó en todo el día y Sarah, suponiendo que estaba ocupado, tampoco le llamó. Sabía que aparecería en su casa cuando hubiera terminado de encargarse de sus cosas. Finalmente llegó a las siete y media, vestido con vaqueros y un jersey de cuello alto negro. Estaba más atractivo que nunca. Sarah tenía la cena casi lista y le tendió una copa de vino en cuanto entró por la puerta. Phil sonrió, la besó y le dio las gracias.

—Caray, me mimas demasiado... Qué bien huele... ¿Qué hay de cena?

—Patatas asadas, ensalada César, filete y tarta de queso. —La comida favorita de Phil, aunque a ella también le gustaba. Y había comprado una buena botella de burdeos francés. Le gustaba más que el de Napa Valley.

—¡Genial! —Phil dio un sorbo a su copa y dejó escapar un suspiro de satisfacción. Diez minutos después se sentaban a cenar en la destartalada mesa del comedor.

Phil nunca se quejaba de los viejos muebles de Sarah. De hecho, cuando estaba en su casa ni siquiera parecía reparar en ellos. La colmó de elogios por la cena. Sarah había hecho el filete exactamente como a él le gustaba, crudo, pero no en exceso. Phil cubrió su patata asada de crema agria con cebollinos picados. A veces Sarah disfrutaba mucho en la cocina, y hasta la ensalada César le había salido deliciosa.

—¡Uau, menudo banquete!

Phil estaba encantado, y Sarah se alegró. Era muy generoso con sus elogios y cumplidos, y le gustaba eso de él. Su madre se había pasado la vida criticándola y su padre había estado demasiado ebrio para reparar en su existencia. Significaba mucho para ella que alguien apreciara las cosas agradables que hacía. Phil casi siempre lo hacía.

—¿Qué has hecho hoy? —le preguntó animadamente mientras le servía un pedazo de tarta de queso. Aunque ella prefería el chocolate, siempre compraba tarta de queso porque sabía que a él le gustaba—. ¿Pudiste comprar los neumáticos y hacer todo lo demás? —Suponía que sí, puesto que no se habían visto en nueve horas. Seguro que Phil había tenido tiempo de hacerlo todo antes de volver para cenar.

—No te imaginas lo que me costó arrancar. Cuando llegué a casa, organicé las cosas pero acabé viendo una estúpida película de gladiadores que daban por la tele, una versión mala de *Espartaco*. Duró tres horas y luego me entró el sueño y dormí una siesta. Telefoneé a un par de amigos, fui a la tintorería y me encontré con Dave Mackerson. Hacía años que no nos veíamos, así que comimos juntos y luego fui a su casa y jugamos a los videojuegos. Acaba de mudarse a una casa espectacular en el puerto deportivo, con vistas a toda la bahía. Nos pulimos una botella de vino y luego vine aquí. Ya cambiaré los neumáticos la semana que viene. Hoy ha sido uno de esos días en que no consigues hacer nada provechoso pero que sientan de maravilla. Me ha encantado volver a ver a Dave. No sabía que se había divorciado hace un año. Ahora tiene una novia preciosa. —Phil rió despreocupadamente mientras Sarah evitaba mirarle—. Debe de tener la misma edad que su hija mayor. De hecho, creo que tiene un año menos. Dejó que Charlene se quedara con la casa de Tiburon, pero su vivienda de ahora está mucho mejor. Es más elegante, más moderna, y Charlene siempre fue una bruja.

Sarah escuchaba boquiabierta. Había dejado solo a Phil todo el día para que hiciera sus cosas y no se sintiera agobiado, y él se había dedicado a ver la tele, comer con un amigo y jugar a videojuegos. De haberlo querido, habría podido pasar la tarde con ella. Pero la dolorosa realidad era que no había querido. Había preferido pasar la tarde con su colega, hablando de lo bruja que era su ex mujer y admirando a su novia casi adolescente. Sarah había estado a punto de gritar mientras escuchaba, pero logró contenerse. Le dolía y decepcionaba que Phil hiciera esas cosas. Él no se daba cuenta de que estaba disgustada o no veía motivos para que lo estuviera. He ahí el problema. Todo lo que había hecho durante el día le parecía bien, incluso el hecho de excluir a Sarah aunque fuera fin de semana. Pero, en opinión de Phil, era su vida, no la vida de los dos. Ella llevaba cuatro años aceptando esa situación, pero ahora estaba furiosa. Las prioridades de Phil eran insultantes y herían sus sentimientos. Y las pocas veces que se lo decía, él la tachaba de bruja. Si algo detestaba Phil eran las quejas, y quería elegir con plena libertad en qué invertía su tiempo.

—¿La has conocido? —preguntó, bajando la vista hacia el plato. Sabía que si miraba a Phil diría algo que no debía y que más tarde podría lamentar, como empezar una discusión que se alargaría toda la noche. En esta ocasión, más que herida estaba enfadada. Tenía la sensación de que Phil le había robado el día.

—¿A Charlene? Naturalmente. Fuimos juntos a la universidad. ¿No te acuerdas? Salí con ella en mi primer año, fue así como Dave la conoció. La dejó embarazada y se casaron. Me alegro de que le ocurriera a él y no a mí. Caray, no puedo creer que estuvieran casados veintitrés años. Pobre tipo. Charlene lo ha desplumado. Todas lo hacen. —Se llevó el último bocado de tarta a la boca con cara de satisfacción y alabó de nuevo la cena.

Pensó que Sarah estaba poco habladora, pero supuso que era porque se sentía llena o cansada de tanto cocinar. Para ella, cuanto Phil acababa de decir era una falta de respeto hacia Charlene, hacia su matrimonio y hacia las mujeres en general. Como si todas las mujeres estuvieran haciendo cola para cazar a un hombre y luego divorciarse y chuparles la sangre. Era cierto que algunas lo hacían, pero se trataba de una minoría.

—No me refería a Charlene —dijo Sarah con voz queda—, sino a la novia. La que es más joven que su hija mayor.

Sabía que eso significaba que la chica tenía veintidós años. Sabía sumar. Detestaba, no obstante, lo que eso decía del viejo compañero de universidad de Phil. ¿Qué les pasaba a todos esos hombres que iban detrás de muchachas que casi parecían niñas? ¿Alguno de ellos estaba interesado en una mujer adulta con cerebro? ¿O con experiencia? ¿O madura? Sarah se sintió como una reliquia. Con treinta y ocho años, esas chicas casi podían ser sus hijas. La idea la aterró.

—¿Has conocido a la novia? —insistió, y Phil la miró extrañado, preguntándose si estaba celosa.

En su opinión, eso habría sido una estupidez, pero con las mujeres nunca se sabía. Se enfadaban por las cosas más tontas. Estaba casi convencido de que Sarah no era lo bastante mayor para ser consciente de su edad o de la de otras personas. Pero lo era, y más consciente aún de la forma en que él había pasado el día sin contar con ella. Ella lo había pasado sola mientras él holgazaneaba en su apartamento y luego le daba a los videojuegos con su amigo. Estaba profundamente dolida.

—Claro que la he conocido. Estaba en casa de Dave. Jugó un rato a billar con nosotros. Es un bombón. Con poco cerebro, pero parece una conejita de *Playboy*. Ya conoces a Dave. —Phil lo dijo casi con admiración. Era evidente que la chica constituía una especie de trofeo incluso para él—. Sus compañeras de piso la echaron y creo que ahora vive con él.

—Qué suerte para Dave... o para ella —comentó Sarah en un tono mordaz, sintiéndose como una bruja mientras lo decía.

—¿Estás cabreada por algo?

Lo llevaba escrito en la cara. Helen Keller lo habría captado enseguida. Phil la estaba observando detenidamente, empezando a comprender.

—La verdad es que sí —confesó Sarah—. Sé que necesitas tu espacio para hacer tus cosas y por eso no te he llamado en todo el día. Supuse que me llamarías cuando hubieras terminado, pero en lugar de eso has estado en tu casa viendo la tele y luego con Dave y su estúpida amiguita jugando a los videojuegos y al billar, en lugar de estar conmigo. Ya nos vemos lo bastante poco sin necesidad de eso. —Detestaba su tono de voz, pero no podía evitarlo. Estaba furiosa.

—¿Qué tiene eso de malo? A veces necesito estar con mis amigos. Ni que hubiéramos montado una orgía. Esa chica es una cría, Sarah. Puede que a Dave le vaya ese rollo, pero a mí no. A mí me gustas tú. —Phil se inclinó para besarla pero Sarah giró la cara. Estaba empezando a impacientarse—. ¡Por Dios, Sarah! ¿Qué te pasa? ¿Estás celosa? Estoy aquí, ¿no? Acabamos de disfrutar de una cena agradable. No lo estropees.

—¿Con qué? ¿Con lo que siento? Estoy decepcionada. Me habría gustado pasar ese tiempo contigo. —Sarah sonaba triste y tensa, además de enfadada.

—Me encontré a Dave por casualidad. No me parece que sea para tanto. —Phil sonaba resentido y a la defensiva.

—Tal vez para ti no, pero para mí sí. Podríamos haber hecho

algo juntos. Te he echado de menos toda la tarde. Me paso la semana esperando estos fines de semana.

—Pues en lugar de cargártelos, disfruta de ellos. Muy bien, la próxima vez que tropiece con un viejo amigo un sábado por la tarde te llamaré. Aunque dudo mucho que te hubiera apetecido entretener a la chica mientras yo hablaba con Dave.

—En eso tienes razón. Todo es una cuestión, como siempre, de prioridades. Tú eres mi prioridad, pero no siento que yo sea la tuya. —Sarah llevaba meses sintiendo eso, ahora más que nunca. En su opinión, Phil acababa de demostrar, una vez más, lo poco que ella le importaba.

—Tú también eres mi prioridad. Dave me invitó a cenar y le dije que no podía. Por Dios, no puedes tenerme atado con una correa. Necesito tiempo para mí, para relajarme y divertirme. Trabajo toda la semana como un burro.

—Yo también, y así y todo me apetece estar contigo. Lamento que a ti no te parezca tan divertido como a mí que pasemos tiempo juntos. —Sarah detestaba el tono de su voz, pero no podía ocultar su enojo.

—Yo no he dicho eso. Necesito ambas cosas en mi vida. Tiempo con mis colegas y tiempo contigo.

Sarah sabía que la discusión no iría a ningún lado. Phil no la entendía y probablemente nunca llegaría a entenderla. No quería. Se había enamorado del Ray Charles de las relaciones. La música que interpretaba era maravillosa y a veces romántica, pero no podía ver. Al menos, no podía ver su punto de vista. Deseosa de zanjar la discusión antes de que fuera demasiado lejos, se levantó y llevó los platos al fregadero. Phil la ayudó unos instantes y luego se sentó en el sofá y puso la tele. Estaba harto de defenderse y tampoco quería seguir discutiendo. No la vio llorar mientras fregaba. Sarah había tenido una semana horrible. Primero Stanley y ahora esto. Para ella sí era para tanto. Y más aún teniendo en cuenta que su madre no dejaba de pincharla con respecto a Phil. Y este siempre conseguía demostrar que su madre tenía razón. En su cabeza se mezclaban las palabras de

Stanley, las de su madre y las suyas propias. La vida tenía que ser algo más que eso.

Media hora más tarde, cuando se sentó en el sofá con Phil, parecía más tranquila. No volvió a mencionar a Dave ni a su nueva amiguita de *Playboy*. Sabía que no serviría de nada, pero así y todo estaba triste. Se sentía impotente ante la actitud defensiva de Phil. Y la sensación de impotencia siempre la deprimía.

—¿Estás cansada? —le preguntó él con dulzura. Le parecía absurdo que Sarah se hubiera enfadado, pero quería compensarla. No estaba cansada y negó con la cabeza—. Vamos a la cama, nena. Los dos hemos tenido una semana y día largos.

Sarah sabía que no la estaba invitando a dormir y no supo qué pensar. No era la primera vez que se sentía así, pero esa noche le parecía peor.

Phil estuvo un rato recorriendo los canales y al final encontraron una película a gusto de los dos. Se quedaron viéndola hasta medianoche, se ducharon y se acostaron. Como era de esperar, ocurrió lo inevitable. Como siempre, fue sensacional, lo que hacía aún más difícil seguir enfadada. A veces Sarah detestaba responder al contacto de Phil cuando no le gustaba lo que estaba sucediendo en la relación, pero era humana. Y el sexo entre ellos muy bueno. Casi demasiado bueno. A veces pensaba que el sexo le impedía ver todo lo demás. Se durmió en sus brazos, relajada y físicamente saciada. Seguía disgustada por cómo había pasado el sábado, pero los sentimientos heridos eran algo natural en su relación, como el sexo sensacional. A veces temía que se tratara de una adicción. Pero antes de que pudiera reflexionar sobre ello, se durmió.

5

El domingo por la mañana Phil y Sarah se despertaron tarde. El sol estaba alto e inundaba el dormitorio. Él se levantó y fue a darse una ducha mientras ella se desperezaba en la cama y pensaba en lo sucedido la noche antes. En el día que Phil había pasado con su amigo sin dignarse llamarla siquiera, en cómo había hablado de la ex mujer y la novia de Dave, y en el fantástico sexo que habían tenido. Todo ello formaba un puzzle donde las piezas no encajaban. Sarah tenía la sensación de estar uniendo piezas que mostraban un pedazo de bosque, un trozo de cielo, medio gato y una parte de la puerta de un granero. Juntas, no formaban una escena. Sarah conocía las imágenes, pero ninguna estaba completa, y tampoco ella se sentía completa. Se dijo una vez más que no necesitaba un hombre para sentirse bien. Y en su relación con Phil había muchas cosas insatisfactorias. Quizá eso fuera cuanto necesitaba saber para actuar. Entre ellos nunca parecía existir una conexión real, por la sencilla razón de que Phil no quería conectar de verdad con nadie.

—¿A qué viene esa cara tan triste? —le preguntó cuando salió de la ducha. Estaba completamente desnudo, frente a ella. Su cuerpo perfecto habría hecho perder el sentido a cualquier mujer.

—Estaba pensando —respondió Sarah, recostada sobre las almohadas.

Aunque ella no se daba cuenta, también estaba preciosa. Tenía un cuerpo esbelto y atlético, la oscura melena extendida sobre la almohada, los ojos del color de un cielo límpido. Phil era muy consciente de su belleza. Sarah nunca sacaba partido ni prestaba atención a su físico.

—¿En qué? —preguntó Phil, sentándose en el borde de la cama mientras se secaba el pelo con una toalla. Parecía un vikingo.

—En que detesto los domingos porque falta poco para que el fin de semana termine y dentro de unas horas ya no estarás.

—Pues disfruta de mí mientras esté, boba. Ya tendrás tiempo de deprimirte cuando me haya ido, aunque no veo por qué. La semana que viene volveré. Llevo cuatro años haciéndolo.

Ahí estaba justamente el problema para ella. Aunque era obvio que no para él. Entre ellos existía un serio conflicto de intereses. Como abogados, debería ser evidente para ambos, y sin embargo Phil no lo veía. A veces era preferible vivir en la negación de la realidad.

—¿Por qué no salimos a desayunar?

Sarah asintió. Le gustaba salir con él, y estar en casa con él. Después de quedarse un rato observándolo, tuvo una idea.

—Mañana van a valorarme la casa de Stanley Perlman. Tengo las llaves y he quedado con la agente inmobiliaria antes de ir al despacho. ¿Quieres que vayamos a verla después de desayunar? Estoy deseando echarle un vistazo. Puede ser divertido. Es una casa alucinante.

—No me cabe duda —repuso, incómodo, al tiempo que se levantaba y le mostraba toda la belleza de su cuerpo—, pero las casas viejas no me entusiasman. Me sentiría como un ladrón, fisgoneando de ese modo.

—No estaríamos fisgoneando. Soy la abogada a cargo de la herencia. Puedo entrar en esa casa cuando quiera. Y me encantaría verla contigo.

—Tal vez en otro momento, nena. Estoy hambriento y después de desayunar tengo que volver a casa. Me espera otra semana de declaraciones y me he traído del despacho dos cajas llenas de trabajo.

Pese a sus esfuerzos por disimularlo, Sarah no pudo evitar poner cara de decepción. Phil siempre le hacía lo mismo. Ella confiaba en pasar el día con él y él encontraba un pretexto para no hacerlo.

Los domingos, por lo general, no se quedaba a comer y hoy no iba a ser diferente, lo que hacía aún más indignante que hubiera pasado el sábado con Dave. Pero esta vez Sarah se levantó sin decir una palabra. Estaba harta de ser la pedigüeña en la relación. Si Phil no quería pasar el día con ella, encontraría algo que hacer por su cuenta. Podía llamar a una amiga. Hacía tiempo que no salía con sus amigas porque los fines de semana estaban ocupadas con sus maridos e hijos. Le gustaba pasar los sábados a solas con Phil, y los domingos no le apetecía hacer de carabina con otra gente. Así pues, los dedicaba a visitar museos y anticuarios, paseaba por la playa de Fort Mason o trabajaba. Los domingos nunca habían sido santo de su devoción. Le parecía el día más solitario de la semana. Y ahora más que nunca. Cuando Phil se marchaba se tornaban en extremo agridulces. El silencio en su apartamento la deprimía profundamente. Y ya intuía que hoy no sería diferente.

Trató de pensar qué iba a hacer mientras se vestía. O por lo menos trató de fingir buen humor cuando salieron del apartamento para ir a desayunar. Phil llevaba puesta una cazadora de aviador marrón, unos vaqueros y una camisa azul, inmaculada y perfectamente planchada. En casa de Sarah guardaba la ropa justa para pasar el fin de semana y vestir decentemente. Había tardado casi tres años en dar ese paso. Y puede que dentro de otros tres, pensó tristemente Sarah, consienta quedarse hasta el domingo por la noche. O de cinco, se dijo con sarcasmo mientras bajaba detrás de Phil. Este estaba silbando y de un humor excelente.

Muy a su pesar, Sarah disfrutó enormemente del desayuno. Phil le contó divertidas anécdotas y un par de chistes escandalosos. Imitó a alguien de su oficina y, pese a tratarse de una tontería, la hizo reír. Lamentaba que no quisiera acompañarla a ver la casa de Stanley. No quería ir sola, así que decidió esperar a verla el lunes por la mañana con la agente inmobiliaria.

Phil estaba de buen humor y se zampó un copioso desayuno. Sarah tomó un capuchino y tostadas. Nunca podía comer cuando él se disponía a dejarla. Aunque el hecho se repetía todas las semanas, siempre la entristecía. En cierto modo, se sentía rechazada. El fin de semana no había estado mal, pero lo ocurrido el sábado había sido un jarro de agua fría. Por la noche disfrutaron de un sexo fabuloso. Pero las mañanas de los domingos eran demasiado cortas, y la de hoy no iba a ser diferente. Le aguardaba otro día deprimente y solitario. Era el precio que tenía que pagar por no estar casada, por no tener hijos o por no tener una relación más comprometida. El resto de la gente siempre parecía tener a alguien con quien pasar los domingos. Ella no. Y se cortaría los brazos y la cabeza antes que llamar a su madre. En opinión de Sarah, eso no era la solución. Prefería estar sola. Pero le habría gustado pasar el día con Phil.

Había aprendido a ocultar lo que sentía cuando él se marchaba los domingos por la mañana. Se las arreglaba para mostrarse alegre y a veces incluso bromista cuando la besaba fugazmente en los labios y la acompañaba a su casa. Esta vez Sarah le pidió que la dejara en el restaurante porque quería pasearse por las tiendas de la calle Union. Lo que no quería, en realidad, era entrar en su apartamento vacío. Se despidió animadamente con una mano, como siempre hacía cuando él se alejaba con el coche para retomar su vida. Fin del fin de semana.

Caminó hasta el puerto deportivo, se sentó en un banco y observó a la gente que hacía volar las cometas. Entrada la tarde subió a pie hasta Pacific Heights y su apartamento. No se molestó en hacer la cama. Tampoco quería cenar, pero finalmente se preparó una ensalada y sacó algunas carpetas de su cartera. Eran las carpetas de Stanley Perlman, y si había algo que le hacía ilusión era ver su casa. Se la imaginaba de mil maneras. Lamentaba no conocer su historia. Tenía intención de pedir a la agente inmobiliaria que indagara en ella antes de ponerla en venta, pero primero quería ver la casa. Intuía que se trataba de una casa excepcional. Esa noche, cuando se acostó, volvió a pensar en ella.

Estaba conciliando el sueño cuando sonó el teléfono. Era Phil. Le contó que había estado toda la tarde preparando declaraciones. Sonaba cansado.

—Te echo de menos —dijo con voz tierna. Era la voz que siempre conseguía acelerar el corazón de Sarah. La voz del hombre que la noche antes le había hecho el amor con gran pasión y habilidad. Se recostó en la cama y cerró los ojos.

—Yo también —susurró.

—Pareces dormida —dijo él con dulzura.

—Lo estoy.

—¿Estabas pensando en mí mientras te dormías? —Su voz sonó más sensual que nunca y Sarah rió.

—No —dijo, girando sobre un costado y contemplando el lado de la cama donde Phil había dormido esa noche. Ahora se le antojaba tremendamente vacío. Su almohada estaba tirada en el suelo—. Estaba pensando en la casa de Stanley Perlman. Estoy impaciente por verla.

—Estás obsesionada con esa casa —repuso él. Parecía decepcionado. Le gustaba cuando ella pensaba en él. Como Sarah le decía a menudo, todo tenía que girar alrededor de él. Y Phil no siempre lo negaba.

—¿Eso crees? —lo provocó Sarah—. Pensaba que estaba obsesionada contigo.

—Más te vale —dijo satisfecho—. Yo estaba pensando en la noche de ayer. Cada vez lo pasamos mejor, ¿no crees?

Ella sonrió.

—Sí —convino, pero no estaba segura de que eso fuera bueno. Las más de las veces el excelente sexo que tenían no le dejaba ver claro. En su relación no era fácil separar el grano de la paja. Su vida sexual era, decididamente, grano. Pero en otros aspectos había mucha paja.

—Mañana he de madrugar. Solo quería darte un beso de buenas noches antes de acostarme y decirte que te echo de menos.

Sarah quiso recordarle que eso tenía fácil solución, pero se contuvo.

—Gracias.

Estaba conmovida. Era un detalle muy dulce. Phil era un hombre dulce, aunque a veces la defraudara. Puede que todos los hombres lo hicieran, puede que fuera algo intrínseco a las relaciones, se dijo. No estaba segura, nunca lo estaba. Esa era la relación más larga que había tenido en su vida. Con anterioridad siempre había estado demasiado ocupada con la universidad y el trabajo para comprometerse de lleno con un hombre.

—Te quiero, nena... —le dijo Phil con esa voz ronca que la derretía por dentro.

—Yo también te quiero, Phil... Te echaré de menos esta noche.

—Y yo. Te llamaré mañana.

Lo que más la entristecía era que Phil lograra disipar el acercamiento que habían conseguido durante el fin de semana creando nuevamente una distancia entre ellos durante la semana. No quería o no podía mantener la intimidad que se establecía entre ellos. Parecía sentirse más seguro manteniendo a Sarah a un brazo de distancia. Pero la noche antes ese brazo de distancia, decididamente, no había existido.

Después de colgar Sarah se quedó pensando en Phil. Se había salido con la suya. Estaba pensando en él y no en la casa de Stanley. Los ojos se le cerraron y antes de que se diera cuenta la alarma del despertador sonó y el sol estaba entrando por su ventana. Era lunes por la mañana y tenía que levantarse.

Una hora después salía apresuradamente de casa en dirección a Starbucks. Necesitaba una taza de café antes de reunirse en casa de Stanley con la agente inmobiliaria. Tenía la sensación de que estaba a punto de emprender la búsqueda de un tesoro. Se bebió el café y leyó el periódico en el coche mientras esperaba a la agente frente a la casa. Estaba tan enfrascada en la lectura que no reparó en la llegada de la mujer hasta que oyó unos golpecitos en la ventanilla.

Apretó enseguida el botón y la ventanilla bajó con rapidez. La mujer que había frente a ella tenía cincuenta y tantos años y un aspecto entre profesional y desfasado. Sarah había tratado con ella la venta de otras propiedades y le caía bien. Se llamaba Marjorie Merriweather y Sarah la miró con una sonrisa cálida.

—Gracias por venir —dijo mientras bajaba de su pequeño BMW de un año de antigüedad. Casi siempre lo dejaba en el garaje e iba al trabajo en taxi. En el centro de la ciudad no necesitaba coche y, además, costaba una fortuna dejarlo todo el día en el párking. Esta mañana, no obstante, le había convenido cogerlo.

—Ha sido un placer —aseguró Marjorie con una amplia sonrisa—. Siempre he querido ver esta casa por dentro. Tiene una gran historia detrás.

A Sarah le gustó oír eso. Siempre lo había sospechado, pero Stanley insistía en que no sabía nada de su pasado.

—Creo que deberíamos recabar información sobre ella antes de ponerla a la venta. Eso le daría un toque de distinción y compensaría las instalaciones de principios de siglo —dijo Sarah, riendo.

—¿Tienes idea de cuándo renovaron el interior por última vez? —preguntó Marjorie mientras Sarah extraía las llaves del bolso.

—Pronto lo sabremos —respondió, subiendo los escalones de mármol que conducían a la puerta principal, una estructura de cristal cubierta por un exquisito enrejado de bronce que constituía, de por sí, una obra de arte. Sarah nunca había utilizado la puerta principal, pero no quería hacer entrar a la agente por la cocina. Ignoraba si Stanley había utilizado alguna vez esa puerta—. El señor Perlman adquirió la casa en 1930 y nunca me mencionó que la hubiera restaurado. La compró como inversión y su intención fue siempre venderla, pero nunca llegó a desprenderse de ella. Más por las circunstancias que por otra cosa. Simplemente se sintió a gusto en ella y se quedó. —Mientras hablaba, pensó en la diminuta habitación del ático, el cuarto del servicio donde Stanley había pasado setenta y seis años de su vida. No mencionó ese detalle a Marjorie. Probablemente repararía en él durante la visita—. Imagino que la casa no ha sido sometida a ningún tipo de reforma desde su construcción, que creo que el señor Perlman mencionó que fue en 1923. Pero nunca me dijo el nombre de la familia que la mandó construir.

—Era una familia muy conocida que hizo su fortuna en la banca durante la fiebre del oro. Llegaron de Francia con otros banqueros procedentes de París y Lyon y creo que continuaron en el negocio bancario a lo largo de varias generaciones, hasta que la familia se extinguió. El hombre que construyó esta casa se llamaba Alexandre de Beaumont. La construyó en 1923 para Lilli, su hermosa y joven esposa, cuando se casaron. Lilli era célebre por su belleza. Fue una historia muy triste. Alexandre de Beaumont perdió toda su fortuna en el crack de 1929 y creo que poco después, en torno a 1930, ella le abandonó.

La agente sabía muchas más cosas sobre la casa que Sarah o Stanley. Pese a los tres cuartos de siglo que había pasado en ella, Stanley nunca sintió un verdadero apego por la casa. Para él siempre fue una mera inversión y el lugar donde dormía. Nunca se preocupó por decorarla y nunca ocupó las dependencias principales. Era feliz viviendo en el cuarto del ático.

—Creo que fue entonces, en 1930, cuando el señor Perlman compró la casa. Pero jamás me mencionó a los Beaumont.

—Creo que el señor de Beaumont murió unos años después de que su esposa le dejara. Por lo visto, no volvió a saber nada de ella. O quizá esa sea la versión romántica de la historia. Me gustaría obtener más datos para el folleto.

Guardaron silencio mientras Sarah luchaba con las llaves. Finalmente, la pesada puerta de bronce y cristal cedió con un lento chirrido. Había pedido a la enfermera que descorriera la cadena antes de irse para poder acceder a la casa por la entrada principal. La puerta se abrió y reveló una profunda oscuridad.

Avanzó unos pasos y miró a su alrededor buscando un interruptor, seguida de Marjorie. Ambas se sentían en parte intrusas, en parte niñas curiosas. La agente abrió un poco más la puerta para que el sol les iluminara el camino, y fue entonces cuando vieron el interruptor de la luz. La casa tenía ochenta y tres años e ignoraban si seguiría funcionando. Había dos botones en el vestíbulo de mármol. Sarah apretó los dos y nada ocurrió. A través de la tenue luz pudieron ver que las ventanas del vestíbulo estaban tapadas con tablones.

—Debí traer una linterna —dijo Sarah, ligeramente irritada.

Aquello iba a ser más difícil de lo que había imaginado. En ese momento Marjorie se llevó una mano al bolso y le tendió una. Había traído otra para ella.

—Las casas antiguas son mi pasatiempo.

Encendieron las linternas y miraron a su alrededor. Había pesados tablones en las ventanas, un suelo de mármol blanco bajo sus pies que parecía no terminar nunca y una enorme araña de luces sobre sus cabezas, aunque probablemente los años habían deteriorado los cables que la conectaban al interruptor, junto con todo lo demás.

El vestíbulo, espacioso y de techos altos, estaba recubierto de bellos paneles y flanqueado por sendas estancias destinadas, probablemente, a sala de espera para las visitas. No había un solo mueble. El suelo de las dos salas de espera era de madera antigua, muy bonita, y las paredes estaban decoradas con artesonados labrados que parecían proceder de Francia. Y en cada una de ellas había una espectacular araña de luces. Stanley había comprado la casa totalmente vacía, pero en una ocasión le contó a Sarah que los antiguos propietarios habían dejado todos los apliques y lámparas originales. Entonces ella y Marjorie vieron que también había una chimenea de mármol antiguo en cada estancia. Las dos salas eran de idéntico tamaño y podrían transformarse en exquisitos estudios o despachos, según la futura utilidad que se le diera a la casa. Quizá la de un hotel pequeño y elegante, o un consulado, o el hogar de alguien increíblemente rico. Por dentro parecía un pequeño palacio francés, y Sarah siempre había pensado eso mismo de la fachada. En toda la ciudad, y probablemente en todo el estado, no había otra casa de ese estilo. Era la típica mansión o pequeño castillo que uno esperaría ver en Francia. Y el arquitecto, según le contó Marjorie, era francés.

Cuando se adentraron en el vestíbulo de mármol divisaron una enorme escalera en el centro. Tenía los peldaños de mármol blanco y un pasamanos de bronce a cada lado. Ascendía majestuosamente hacia las plantas superiores, y era fácil imaginarse a hombres con chistera y frac y mujeres con vestidos de noche circulando por ella. Arriba de todo pendía una araña de luces gigantesca. Sarah y Marjorie retrocedieron con cautela, las dos pensando lo mismo. Después de todos esos años era imposible conocer el grado de seguridad de la casa. De repente Sarah temió que pudiera caerse. Y mientras retrocedían, al otro lado divisaron un inmenso salón con cortinajes en las ventanas. Se acercaron para comprobar si estaban cubiertas por tablones y las pesadas cortinas se les deshicieron en las manos. Las ventanas eran, en realidad, puertaventanas que conducían al jardín. Ocupaban una pared entera y solo tenían tablones en la parte superior, formando semicírculos. Al descorrer las cortinas del resto de las ventanas vieron que los cristales estaban sucios pero sin cubrir. El sol entró en la estancia por primera vez desde que Stanley Perlman compró la casa, y cuando miraron a su alrededor, Sarah abrió los ojos de par en par y soltó una exclamación ahogada. En un lado había una chimenea enorme, con una repisa de mármol, artesonado y paneles de espejos. Parecía un salón de baile. Los suelos de madera parecían tener varios siglos de antigüedad. También en este caso era evidente que habían sido extraídos de un castillo francés.

—Santo Dios —susurró Marjorie—. En mi vida he visto nada igual. Ya no existen casas como esta, y aquí desde luego nunca existieron.

Le recordaba a las «casitas» de Newport construidas por los

Vanderbilt y los Astor. En la costa Oeste no había nada que se le pudiera comparar. Semejaba una miniatura del palacio de Versalles, justamente lo que Alexandre de Beaumont había prometido a su esposa. La casa era su regalo de bodas.

—¿Estamos en el salón de baile? —preguntó, boquiabierta, Sarah. Sabía que había uno, pero jamás había imaginado algo tan bello.

—Creo que no —respondió Marjorie, disfrutando de cada minuto de su visita. Aquello era mucho mejor de lo que había imaginado—. Los salones de baile solían construirse en el primer piso. Esta estancia debe de ser el salón principal, o uno de ellos.

Al otro lado de la casa encontraron una estancia parecida pero algo más pequeña, conectada a la primera por una pequeña rotonda. La rotonda tenía suelos de mármol taraceado y una fuente en el centro con aspecto de haber funcionado en otros tiempos. Si se cerraban los ojos podía imaginarse esos grandes bailes y fiestas de los que solo se hablaba en los libros.

En la planta baja había otros salones más pequeños donde, explicó Marjorie, las damas de la antigua Europa podían descansar y aflojarse el corsé. También había varias despensas y cuartos de servicio donde se subía la comida preparada en las cocinas. En el mundo moderno las despensas podrían convertirse en cocina, pues hoy día nadie querría la cocina en el sótano. La gente ya no disponía de un ejército de sirvientes para que se pasara el día subiendo y bajando bandejas. Sarah divisó una hilera de montaplatos y al abrir uno para inspeccionarlo, una de las cuerdas se le quebró en las manos. En la casa no había señales que revelaran la presencia de roedores. Las cosas no estaban roídas y tampoco había moho ni humedad. El equipo de limpieza de Stanley se había encargado de mantener la casa limpia, pero, así y todo, el paso del tiempo había hecho sus estragos. En la planta baja también encontraron seis cuartos de baño, cuatro de mármol, evidentemente para los invitados, y dos más sencillos, de baldosa, para el servicio. El espacio destinado al numeroso personal doméstico que probablemente habían tenido era extenso.

Marjorie y Sarah se dispusieron a visitar las demás plantas. Sarah sabía que la casa tenía ascensor, pero Stanley nunca lo había utilizado. De hecho, lo había mandado acordonar, pues pensaba que utilizarlo en la actualidad podía ser peligroso. Stanley había subido y bajado valientemente las escaleras hasta que las piernas le fallaron. Y cuando ya no pudo caminar, dejó de bajar.

Marjorie y Sarah avanzaron con tiento hasta la majestuosa escalera situada en el centro del vestíbulo admirando hasta el último detalle a su alrededor, suelos, marquetería, artesonado, molduras, ventanas, arañas de luces. El techo que se alzaba sobre la gran escalera tenía una altura de tres plantas y dominaba el cuerpo principal de la casa. Por encima estaba el ático donde había vivido Stanley y por debajo el sótano. La escalera, con todo su esplendor y elegancia, ocupaba un amplio espacio en el centro.

Descolorida y gastada, la alfombra que cubría la escalera parecía persa, y las barras que la fijaban a los escalones eran de fino bronce con una pequeña cabeza de león en cada extremo. Hasta el último detalle de la casa era exquisito.

El primer piso acogía otros dos salones espléndidos, una sala de día con vistas al jardín, una sala de juego, una sala de música dotada en otros tiempos de un piano de cola y el extraordinario salón de baile del que Sara y Marjorie habían oído hablar. Era, efectivamente, una réplica exacta de la Sala de los Espejos de Versalles. Cuando Sarah descorrió las cortinas para dejar entrar la luz, como había hecho en las demás estancias, casi se le escapó un grito. En su vida había visto nada tan bello. Ahora sí que no podía entender por qué Stanley se había negado a vivir en la casa. Era demasiado bonita para permanecer vacía tantos años, sin ser amada. Pero era evidente que a Stanley le había traído sin cuidado esa clase de esplendor y elegancia. A él solo le importaba el dinero, y de repente Sarah sintió una profunda tristeza. Finalmente comprendía lo que el anciano quería decirle. Stanley Perlman no había malgastado su vida, pero se había perdido muchas cosas buenas. No quería que a Sarah le ocurriera lo mismo, y ahora comprendía por qué. Esa casa simbolizaba todo lo que Stanley había poseído pero en realidad no había tenido. Jamás la amó ni disfrutó de ella, nunca se permitió ampliar los horizontes de su vida. La habitación del ático donde había pasado tres cuartos de siglo simbolizaba su vida, y lo que nunca había tenido: compañía, belleza, amor. Sarah se sintió apesadumbrada. Ahora comprendía mejor a Stanley.

Al final de la majestuosa escalera, en la segunda planta, tropezaron con una enorme puerta de doble hoja. Sarah supuso que estaba cerrada con llave. Forcejearon con ella y cuando estaban a punto de rendirse, la puerta cedió, revelando una colección de habitaciones tan bellas y acogedoras que, por fuerza, tenía que tratarse de la suite principal. Un rosa pálido, apenas perceptible, cubría las paredes. El dormitorio, con vistas al jardín, tenía una decoración digna de María Antonieta. Había una sala de estar, varios vestidores y dos extraordinarios cuartos de baño de mármol, más grandes que el apartamento de Sarah, obviamente diseñados para Lilli y Alexandre. Las piezas eran exquisitas, el suelo de ella de mármol rosa, el de él de mármol beige, ambos de una calidad digna de los Uffizi de Florencia.

Dos salitas flanqueaban la entrada a la suite principal, y al otro lado estaban lo que debían de ser los cuartos de sus hijos, uno claramente para una niña y otro para un niño. Los vestidores y los cuartos de baño estaban revestidos de bellos azulejos con dibujos de flores y veleros. Cada hijo gozaba de un espacioso dormitorio dotado de grandes ventanales. También había un enorme cuarto de juegos y habitaciones más pequeñas, probablemente para las institutrices y criadas que atendían cada una de sus necesidades. Mientras Sarah miraba a su alrededor con tierno asombro, le asaltó una duda y se volvió hacia Marjorie.

—Cuando Lilli se marchó, ¿se llevó a sus hijos con ella? Si lo hizo, no me extraña que Alexandre estuviera destrozado.

El pobre hombre habría perdido no solo a su bella esposa, sino también a sus hijos, además de todo su dinero. Semejante pérdida habría bastado para hundir a cualquiera, y más aún a un hombre.

—Creo que no —respondió pensativamente Marjorie, haciéndose la misma pregunta—. La historia que leí sobre ellos y la casa no decía mucho al respecto. Contaba que Lilli había «desaparecido». No me llevé la impresión de que los niños se hubieran ido con ella.

—¿Qué crees que fue de ellos y de su padre?

—Quién sabe. Alexandre murió relativamente joven, supuestamente de pena. La información que leí no decía nada sobre su familia. Creo que se extinguió. En San Francisco ya no queda ninguna familia con ese apellido. A lo mejor regresaron a Francia, a sus raíces.

—O a lo mejor murieron —dijo Sarah con pesar.

Sarah condujo a Marjorie hasta la escalera de servicio y juntas subieron al ático. Se detuvo en el pasillo con la mirada gacha mientras Marjorie procedía a inspeccionar las habitaciones. No quería ver el cuarto donde Stanley había vivido. Sabía que le daría mucha pena. Cuanto le importaba de él estaba ahora en su corazón y en su pensamiento. No necesitaba ver su cuarto, ni la cama donde había fallecido. La parte de Stanley que amaba estaba con ella. El resto carecía de importancia. Se acordó de *El Principito*, el relato de Saint-Exupéry que tanto le gustaba, y su frase favorita: «Lo verdaderamente importante en la vida es invisible a los ojos, solo el corazón puede verlo». Ella sentía eso con respecto a Stanley. Siempre lo llevaría en el corazón. Él había sido un gran regalo en su vida durante sus tres años de amistad. Nunca lo olvidaría.

Marjorie la siguió hasta el segundo piso y la informó de que el ático tenía veinte habitaciones de servicio. Dijo que si el nuevo propietario echaba abajo algunos tabiques, podría obtener varios dormitorios espaciosos, y había seis cuartos de baño y todos funcionaban. Los techos, no obstante, eran mucho más bajos que en las tres plantas principales.

—¿Te importa que me dé otra vuelta por la casa para hacer algunas anotaciones y dibujos? —preguntó educadamente. Tanto ella como Sarah estaban abrumadas. En su vida habían visto estancias tan bellas, hechas con tanto arte y con detalles tan exquisitos, salvo en los museos. Marjorie había leído que los jefes artesanos que habían construido la casa provenían de Europa—. Enviaré a alguien para que haga planos y fotografías, si nos encargas la venta, claro. Pero me gustaría tener algunos bosquejos para recordar la forma de las estancias y el número de ventanas.

—Adelante.

Sarah había previsto dedicar toda la mañana a ese asunto. Llevaban en la casa dos horas pero no tenía ninguna cita en el despacho hasta las tres y media. Además, estaba impresionada con la seriedad y el respeto que Marjorie mostraba por la casa. Sabía que había elegido a la mujer idónea para vender la casa de Stanley.

Marjorie sacó un pequeño bloc de dibujo en la suite principal y se puso a calcular distancias y hacer anotaciones mientras Sarah se paseaba por los cuartos de baño y los vestidores, abriendo multitud de armarios. No porque esperara encontrar algo, pero le divertía imaginar los vestidos que Lilli había guardado en ellos cuando vivía en la casa. Probablemente había tenido un montón de joyas y pieles increíbles, y puede que hasta una diadema. Todo había sido vendido, sin duda, casi un siglo atrás. Sarah sintió una profunda tristeza al pensar en la desgracia, económica y personal, que había caído sobre esa familia. En todos esos años que había estado visitando a Stanley jamás se detuvo a pensar demasiado en los anteriores propietarios. Stanley nunca hablaba de ellos y tampoco parecía que le importaran. Ni siquiera se refería a ellos por sus nombres. De repente, el apellido Beaumont se le antojaba muy importante. Tras la información que Marjorie había compartido con ella, en su cabeza no podía dejar de imaginar cómo habían sido esas personas, incluidos los hijos. Y el apellido le sonaba. Probablemente había oído hablar de ellos en alguna ocasión. La familia De Beaumont había sido importante en la historia de la ciudad. Sarah sabía que había oído ese apellido antes pero no recordaba dónde ni cuándo. Quizá de niña, durante la visita a algún museo con el colegio.

Cuando abrió el último armario, el cual conservaba el intenso aroma del cedro pese al olor a cerrado, advirtió que había sido uno de los armarios donde Lilli guardaba sus pieles, probablemente armiños y martas. Al mirar en los recodos más oscuros, como si esperara encontrar a alguien, algo en el suelo llamó su atención. Lo iluminó con la linterna y vio que era una fotografía. Se arrodilló para cogerla. Estaba cubierta de polvo, y quebradiza. Era la foto de una mujer joven y elegante bajando por la majestuosa escalera con un vestido de noche. Sarah se dijo que era la criatura más hermosa que había visto en su vida. Alta y escultural, tenía el cuerpo ágil de una diosa. Llevaba el pelo recogido en un moño con bucles enmarcándole el rostro, según la moda de entonces. Y tal como Sarah había imaginado, lucía un enorme collar de brillantes con una diadema a juego. Parecía que estuviera bailando, con un pie envuelto en una sandalia plateada apuntando hacia afuera, y riendo. Sarah nunca había visto unos ojos tan grandes, penetrantes y cautivadores. Era una fotografía que hipnotizaba, y enseguida supo que era Lilli.

—¿Has encontrado algo? —preguntó Marjorie al pasar apresuradamente por su lado con un metro y una libreta. No quería robarle demasiado tiempo y estaba intentando hacer las cosas con rapidez. Se detuvo un breve instante para contemplar la fotografía—. ¿Quién es? ¿Lo pone en el dorso?

A Sarah ni se le había ocurrido mirar. Allí, con tinta borrosa pero todavía legible, y letra florida, aparecía escrito: «Mi querido Alexandre, siempre te amaré, tu Lilli». Los ojos de Sarah se llenaron de lágrimas. Sintió que las palabras iban directas a su corazón, como si conociera a Lilli y pudiera sentir el dolor de su marido cuando ella se marchó. La esencia de esa historia le rompió el corazón.

—Quédatela —dijo Marjorie mientras regresaba a la suite principal—. Los herederos no la echarán de menos. Es evidente que estabas destinada a encontrarla.

Sarah no se opuso y se quedó mirando la foto con fascinación mientras esperaba a que Marjorie terminara. Se resistía a guardarla en el bolso por miedo a dañarla. El hecho de saber lo que les había sucedido a Lilli y Alexandre después, hacía que la fotografía y la dedicatoria en el dorso resultaran aún más significativas y punzantes. ¿Había olvidado Lilli la fotografía en el armario cuando se marchó? ¿La había visto Alexandre? ¿Se le había caído a alguien al vaciar la casa para vendérsela a Stanley? Lo más extraño de todo era que Sarah tenía la sobrecogedora sensación de haber visto esa foto antes, aunque no lograba recordar dónde. Quizá en un libro, o en una revista. O a lo mejor la había imaginado. En cualquier caso, le resultaba inquietantemente familiar. No solo había visto a la mujer de la fotografía, sino que sabía que había visto esa foto en concreto. Quiso hacer memoria pero no pudo.

Las dos mujeres iban de piso en piso mientras Marjorie hacía sus dibujos y anotaciones. Una hora más tarde regresaban al vestíbulo, tenuemente iluminado por la luz que se filtraba desde el gran salón. La sensación lúgubre, el halo de misterio, se habían desvanecido. Ahora estaban en una casa muy bella que llevaba largo tiempo abandonada y desatendida. Para una persona que dispusiera del dinero necesario para resucitarla y darle el uso acertado, restaurar esa casa y devolverle su lugar como importante pieza histórica de la ciudad sería un proyecto extraordinario.

Salieron al sol de noviembre y Sarah cerró la puerta con llave. Habían hecho un rápido recorrido por el sótano, que contenía la antigua cocina, una reliquia de otro siglo, el enorme comedor del servicio, los aposentos del mayordomo y el ama de llaves y otras veinte habitaciones de servicio, además de la caldera, la bodega, la fresquera, la nevera y un cuarto para arreglar flores, con todas las herramientas todavía allí.

—¡Uau! —exclamó Marjorie cuando se detuvieron en los escalones—. No tengo palabras. En mi vida he visto nada igual, salvo en Europa y Newport. Esta casa es más bonita aún que la de los Vanderbilt. Ojalá demos con el comprador idóneo. Debería volver a la vida y ser tratada como un proyecto de restauración. En parte me gustaría que fuera convertida en museo, pero creo que sería aún mejor que alguien que la amara de verdad viviera en ella.

La agente se había quedado de piedra cuando se enteró de que Stanley había vivido toda su vida en el ático, y comprendió que el hombre había sido un excéntrico. Sarah se había limitado a decir que era un hombre sencillo y sin pretensiones. Marjorie no había insistido en el tema, pues advirtió que la joven abogada sentía un gran cariño por su antiguo cliente y hablaba de él con sumo respeto.

—¿Quieres hablar del asunto ahora? —preguntó Sarah. Era mediodía y no tenía ganas de ir al despacho aún. Necesitaba asimilar lo que había visto.

—Será un placer, aunque todavía necesito pensar en ello. ¿Tomamos un café?

Sarah asintió y Marjorie la siguió en su coche hasta Starbucks. Se sentaron en un rincón tranquilo, pidieron dos capuchinos y Marjorie echó un vistazo a sus notas. La casa no solo era excepcional, sino que ocupaba una parcela enorme, con un emplazamiento excelente y un jardín extraordinario, aunque hacía años que ya nada crecía en él. Pero en manos de la persona adecuada, tanto la casa como el jardín podrían convertirse en un lugar de ensueño.

—¿Cuánto crees que vale la casa? Extraoficialmente, por supuesto. No te lo tendré en cuenta.

Sabía que Marjorie tenía que hacer cálculos y tomar medidas de sus dimensiones. Esa primera visita había sido meramente de reconocimiento para ambas. Así y todo, las dos se sentían como si hubieran encontrado el tesoro más grande del mundo.

—Caray, Sarah, no sé —contestó con franqueza—. Una casa, grande o pequeña, solo vale lo que una persona esté dispuesta a pagar por ella. Es una ciencia del todo inexacta. Y cuanto más grande y más original es la casa, más difícil resulta establecer su valor. —Sonrió y dio un sorbo a su capuchino. Lo necesitaba. Había sido una mañana increíble para las dos. Sarah estaba deseando contárselo a Phil—. No puedo compararla con ninguna otra casa —prosiguió—. ¿Cómo valoras una casa como esa? No hay nada que se le parezca, salvo, quizá, el Frick de Nueva York. Pero esto no es Nueva York, es San Francisco. A la mayoría de la gente le asustaría una casa de esas dimensiones. Costará una fortuna restaurarla y decorarla, y haría falta mucha gente para llevarla. Ya nadie vive así. En este barrio no están permitidos los hoteles y nadie la compraría para abrir un colegio. Los consulados están cerrando sus residencias y alquilando apartamentos para su personal. Va a hacer falta un comprador muy especial para esta casa. Cualquier precio que le pongamos será una cifra arbitraria. En estos casos los vendedores y los agentes inmobiliarios siempre hablan de compradores extranjeros, como un importante árabe, o un chino de Hong Kong, o un ruso. Pero es muy probable que al final la compre una persona de aquí, como alguien del mundo de la alta tecnología de Silicon Valley, pero han de querer una casa como esa y comprender qué están comprando... No sé... ¿Cinco millones? ¿Diez? ¿Veinte? No obstante, si nadie está dispuesto a emprender semejante proyecto, los herederos tendrán suerte si reciben tres millones, o incluso dos. Y podría tardar años en venderse. Es imposible predecirlo. ¿Cuánta prisa tienen en venderla? Tal vez quieran ponerle un precio que permita una venta rápida y quitársela de encima como está. Solo confío en que la compre la persona adecuada. Si te digo la verdad, me he enamorado de esa casa —confesó Marjorie al tiempo que Sarah asentía con la cabeza.

—Y yo. —Había dejado la fotografía de Lilli sobre el asiento delantero del coche para no estropearla. La joven mujer tenía algo mágico—. No me gustaría nada que los herederos la malvendieran. Esa casa merece ser tratada con más respeto. Pero todavía no los conozco y por el momento solo me ha respondido uno. Vive en St. Louis, Missouri, y es director de un banco, así que dudo mucho que quiera una casa aquí.

Sarah suponía que ningún heredero la querría. Ninguno vivía en San Francisco, y como no conocían a Stanley, la casa no tenía valor sentimental para ellos. Como no lo había tenido para

Stanley. Tanto para él como para los herederos su valor era estrictamente monetario. Y seguro que a ninguno le apetecía ponerse a restaurar una casa en San Francisco. Era absurdo. Sarah estaba segura de que querrían vender la mansión cuanto antes y en su estado actual.

—Podríamos darle una mano de pintura y lavarle la cara —propuso Marjorie—. Mejor dicho, deberíamos. Sacar brillo a las arañas de luces, retirar los tablones de las ventanas, tirar las cortinas raídas, encerar el suelo y darle barniz a los paneles. Pero eso no mejorará el estado de los cables y las cañerías. Alguien tendrá que construir una cocina nueva, probablemente en las despensas de la planta baja. Y hará falta un ascensor nuevo. Hay mucho trabajo que hacer y eso cuesta dinero. Ignoro cuánto querrán invertir los herederos para venderla. Puede que nada. Espero que el informe de las termitas sea optimista.

—El señor Perlman restauró el tejado el año pasado. Por lo menos eso ya está hecho —explicó Sarah, y Marjorie asintió complacida.

—Y no vi indicios de fugas de agua, lo cual es sorprendente —comentó Marjorie.

—¿Podrías darme diferentes estimaciones? Cuánto podría pedirse por ella en su estado actual, qué costaría lavarle la cara y cuánto podría pedirse por ella una vez restaurada.

—Haré lo que pueda —le prometió Marjorie—. Pero debo ser franca contigo. Estamos en aguas desconocidas. Esa casa podría venderse por veinte millones o por apenas dos. Todo depende del comprador que consigamos y de la prisa que tengan los herederos por vender. Si quieren quitársela de encima cuanto antes, tendrán suerte si consiguen dos millones o incluso menos. A casi todos los compradores les asustará una casa como esa y los problemas que puedan encontrar una vez iniciado el proyecto. La fachada está en buen estado, lo cual es una excelente noticia, pero hay que cambiar algunas ventanas. La putrefacción de la madera es algo normal incluso en las casas nuevas. El año pasado tuve que cambiar diez ventanas de mi casa. —La piedra del exterior parecía sólida. Y se podía acceder a los garajes del sótano, pero el camino, construido para los automóviles estrechos de los años veinte, habría que ensancharlo. Tanto Marjorie como Sarah sabían que había mucho trabajo por delante—. Trataré de darte algunas cifras aproximadas antes de que termine la semana. Hay un arquitecto al que me gustaría telefonear para que me dé su opinión sobre la envergadura del proyecto. Él y su socia están especializados en restauraciones. Trabaja muy bien, aunque estoy segura de que tampoco él ha emprendido nunca una reforma semejante. No obstante, sé que ha hecho cosas para el Museo de la Legión de Honor y que estudió en Europa. Su socia también es muy buena. Creo que te gustarán. ¿Podríamos enseñarles la casa si no están muy ocupados?

—Cuando quieras. Tengo las llaves. Estoy a tu entera disposición. Te agradezco mucho tu ayuda, Marjorie.

Ambas tenían la sensación de que habían pasado la mañana en otra época y acababan de regresar a su siglo. Había sido una experiencia inolvidable.

Se despidieron fuera de Starbucks y Sarah se dirigió a su despacho. Para entonces ya era casi la una. Llamó a Phil desde el teléfono del coche, todavía aturdida y mirando de vez en cuando la fotografía de Lilli que descansaba en el asiento del acompañante. Lo localizó en el móvil. Estaba en un descanso de la declaración y de un humor de perros. Las cosas no estaban yendo bien para su cliente. Había aparecido una prueba contra él que no le había mencionado. Al parecer, antes de mudarse a San Francisco había perdido otros dos juicios por acoso sexual en Texas.

—Lo siento —dijo dulcemente Sarah. Phil sonaba terriblemente tenso y dispuesto a matar a su cliente. Era otra de esas semanas—. Yo he tenido una mañana increíble —prosiguió, todavía emocionada por todo lo que había visto. Independientemente de lo que los herederos decidieran hacer con la casa, Sarah se alegraba de haberla visitado primero.

—¿De veras? ¿Qué has hecho? ¿Inventar nuevas leyes tributarias? —El tono de Phil era sarcástico y desdeñoso. Sarah le detestaba cuando se ponía así.

—No. He ido a ver la casa de Stanley Perlman con la agente inmobiliaria. En mi vida he visto una casa tan bonita. Parece un museo, pero aún mejor.

—Genial. Luego me lo cuentas —repuso Phil. Parecía agobiado y nervioso—. Te llamaré esta noche, después del gimnasio. —Colgó sin darle tiempo a despedirse o hablarle de la casa, de la fotografía de Lilli, de lo que Marjorie le había contado. Pero a Phil no le iban esas cosas. Lo suyo eran los deportes y los negocios. Las casas antiguas le traían sin cuidado.

Sarah dejó el coche en el garaje del despacho y guardó la foto en el bolso, cuidando de no dañarla ni arrugarla. Diez minutos después, sentada frente a su mesa, la sacó y volvió a mirarla. Sabía que había visto esa foto antes, y confió en que allí adonde fuera Lilli hubiera encontrado lo que buscaba o logrado escapar de lo que estaba huyendo, y que independientemente de lo que le hubiera sucedido a ella, la vida hubiera sido bondadosa con sus hijos. Sarah dejó la fotografía sobre la mesa, preguntándose si debería mostrarla a los herederos. El rostro que la miraba desde la mesa era un rostro inolvidable, lleno de juventud y belleza. Al igual que las advertencias de Stanley a lo largo de los años, el rostro de Lilli le recordó que la vida era corta y preciosa, y el amor y la alegría efímeros.

6

Para el jueves Sarah ya había obtenido respuesta de todos los herederos de Stanley salvo dos. Eran los dos primos mayores de Nueva York que vivían en sendas residencias. Al final decidió telefonearles personalmente. Uno de ellos padecía un Alzheimer severo, de modo que en el asilo le dieron el número de teléfono de su hija. Sarah la llamó y le habló de la lectura del testamento y del legado que Stanley había dejado a su padre. Le explicó que el dinero probablemente sería depositado en un fondo, dependiendo de las leyes de autenticación de Nueva York, y que ella y sus hermanos, si los tenía, lo heredarían cuando el padre falleciera. La mujer rompió a llorar de agradecimiento. Dijo que estaban pasando muchos apuros para poder pagar la residencia. Su padre tenía noventa y dos años y probablemente no duraría mucho más. El dinero que Stanley les dejaba no podría haber llegado en mejor momento. La mujer dijo que nunca había oído hablar de Stanley o de un primo de su padre que viviera en California. Sarah le prometió que le enviaría una copia de las secciones del testamento que le incumbían después de la lectura oficial, confiando en que la hubiera. El hombre que la había telefoneado desde St. Louis había confirmado su asistencia, aunque tampoco él había oído hablar nunca de Stanley. Parecía algo avergonzado, y dado su cargo de director de banco, Sarah supuso que no necesitaba el dinero.

El otro heredero que no había contestado tenía noventa y cinco años y no lo había hecho porque pensó que se trataba de una broma. Recordaba perfectamente a Stanley y explicó, con una sonora carcajada, que de niños se odiaban. Parecía todo un personaje, y dijo que le sorprendía que Stanley hubiera hecho dinero. La última vez que lo había visto era un muchacho alocado que quería marcharse a California. Explicó a Sarah que había dado por sentado que a esas alturas ya estaría muerto. Sarah le prometió que le enviaría una copia del testamento. Sabía que tendría que volver a ponerse en contacto con él para preguntarle qué quería hacer con la casa.

El jueves por la tarde programó la lectura del testamento para la mañana del lunes siguiente en su bufete. Asistirían doce herederos. El dinero tenía el don de despertar en la gente las ganas de viajar, incluso por un tío abuelo al que nadie conocía o recordaba. No había duda de que Stanley había sido la oveja negra de la familia y que su lana se había tornado blanca como la leche de resultas de la fortuna que había dejado a sus parientes. Sarah no podía decirles a cuánto ascendía dicha fortuna, pero les aseguró que era una suma importante. Tendrían que esperar hasta el lunes para escuchar el resto.

La última llamada de ese día fue de Marjorie, la agente inmobiliaria, para preguntarle si le iba bien quedar con los dos arquitectos restauradores al día siguiente. Le explicó que no podían ningún otro día porque el fin de semana tenían que viajar a Venecia para asistir a una conferencia de arquitectos especializados en restauraciones. Para Sarah el momento era perfecto, pues de ese modo tendría más información que compartir con los herederos el día de la lectura del testamento. Quedó en reunirse con Marjorie y los arquitectos a las tres de la tarde del viernes. Haría que fuera su última reunión del día. Luego se marcharía a casa para empezar su fin de semana. Eso le dejaría tiempo para relajarse antes de que Phil apareciera horas más tarde, después del gimnasio. Habían hablado muy poco durante la semana. Los dos habían tenido mucho trabajo. Y él había estado de un humor de perros en cada ocasión. El abogado de la parte contraria los había hecho picadillo a él y a su cliente en las declaraciones. Sarah confió en que el humor le hubiera mejorado para el viernes por la noche, o tendrían un fin de semana desapacible. Sabía cómo se ponía Phil cuando perdía, en cualquier terreno. No era agradable de ver. Y quería, por lo menos, pasar un fin de semana decente con él. Por el momento, no se sentía muy optimista.

Marjorie y los dos arquitectos la estaban esperando frente a la casa cuando Sarah llegó a las tres en punto del viernes. La agente le dijo que no se inquietara, que habían llegado antes de hora, e hizo las presentaciones. El hombre era alto y de aspecto agradable, moreno como Sarah pero con algo de blanco en las sienes. Tenía los ojos de color castaño claro y sonrió mientras los presentaban. Su apretón de manos era firme y actuaba con naturalidad. Llevaba unos pantalones caqui, camisa con corbata y americana. Y aparentaba unos cuarenta y pocos años. No había nada destacable en él. No era excesivamente guapo, y parecía una persona competente, curiosa y tranquila. A Sarah le gustó su sonrisa, la cual parecía iluminarle el rostro y aumentar su atractivo. Tenía un carácter afable, eso se apreciaba al instante, y pudo entender por qué a Marjorie le gustaba trabajar con él. Sarah solo necesitó intercambiar con él unas palabras para intuir que poseía un gran sentido del humor y no se tomaba demasiado en serio. Se llamaba Jeff Parker.

Su socia era todo lo contrario. Mientras que él, advirtió Sarah, era alto como Phil o incluso más, ella era diminuta. El pelo de él era oscuro y apagado, el de ella rojo y brillante, y tenía los ojos verdes y una piel clara salpicada de pecas. Él sonreía. Ella tenía la expresión ceñuda. Parecía una mujer irascible, difícil, enfadada. Él tenía un trato amable, ella no. Iba vestida con una chaqueta de cachemir verde chillón, vaqueros azules y zapatos de tacón. Él tenía un estilo discreto, ella vistoso y moderno, con un toque sensual. Él parecía el clásico estadounidense, con su americana y sus pantalones caqui, y en cuanto ella abrió la boca,

Sarah advirtió que era francesa, y que lo parecía. Sabía arreglarse con gracia y estilo. Y había cierta impaciencia en su actitud, como si le fastidiara estar ahí. Se llamaba Marie-Louise Fournier, y aunque hablaba con un fuerte acento, su inglés era impecable. Parecía tener prisa, e hizo que Sarah enseguida se sintiera incómoda. Jeff estaba relajado, interesado en la casa, y parecía que tuviera todo el día para estar allí. Marie-Louise miró varias veces su reloj mientras Sarah abría la puerta, y comentó algo a Jeff en francés. Lo que él le susurró a su vez en inglés pareció tranquilizarla, pero su cara seguía siendo casi de enfado.

Sarah se preguntó si la impaciencia de la mujer era porque sabía que probablemente no iban a asignarles el trabajo. Solo estaban allí en calidad de asesores. Marjorie les había advertido que seguramente la casa se vendería como estaba. Y eso significaba, para Marie-Louise, que esa reunión era una pérdida de tiempo. Jeff, en cambio, se alegraba de haber ido. Estaba fascinado con todo lo que Marjorie le había contado. Las casas antiguas eran su pasión. A Marie-Louise no le gustaba perder el tiempo. Para ella, el tiempo era dinero. Jeff explicó a Sarah que tenían una relación personal y profesional desde hacía catorce años. Se habían conocido en la escuela de Bellas Artes de París y llevaban juntos desde entonces. Le contó, con una sonrisa, que Marie-Louise vivía en San Francisco contra su voluntad y que todos los años se marchaba tres meses a Francia. Dijo que detestaba vivir en Estados Unidos pero que seguía allí por él. Al oír eso los ojos de Marie-Louise echaron chispas, pero no dijo nada. Aparentaba la edad de Sarah y tenía una figura increíble. Parecía una mujer sumamente quisquillosa y desagradable, pero hasta ella se aplacó cuando entraron en la casa y Sarah y Marjorie les mostraron todo lo que habían visto y descubierto en su anterior visita. Jeff se detuvo frente a la magnífica escalera y contempló boquiabierto las tres plantas coronadas por el techo abovedado y la increíble araña de luces. También Marie-Louise parecía impresionada, y dijo algo al respecto a su pareja en voz baja.

Deambularon por la casa durante dos horas, examinándolo todo con detenimiento mientras Jeff hacía anotaciones en una libreta amarilla y Marie-Louise comentarios lacónicos. Sarah detestaba reconocerlo, pero no le caía bien. La socia del equipo le parecía insoportable. A Marjorie tampoco le gustaba demasiado, le confesó en voz baja cuando llegaron a la suite principal, pero le aseguró que ambos eran muy buenos en su trabajo y formaban un gran equipo. Marie-Louise era, sencillamente, una persona difícil, y no parecía muy feliz. Sarah podía ver que no lo era. Pero Jeff lograba compensar todo eso con su trato cálido y relajado y sus extensas explicaciones. Dijo que el artesonado era muy valioso, probablemente de principios del siglo xvIII, y que había sido extraído de algún castillo francés, comentario que provocó la reacción, esta vez en inglés, de Marie-Louise.

—Es increíble la cantidad de tesoros que los estadounidenses se llevaron de nuestro país y que nunca debieron salir. Hoy en día eso sería impensable. —Miró a Sarah como si hubiera sido la responsable directa de ese insulto a la cultura francesa.

Sarah no pudo hacer otra cosa que asentir con la cabeza. El asunto no admitía discusión. Lo mismo podía decirse de los suelos, los cuales no había duda de que eran mucho más antiguos que la casa y probablemente habían sido arrancados de un castillo francés y enviados a Estados Unidos. Jeff dijo que esperaba que a los herederos no se les ocurriera arrancar los suelos y el artesonado para subastarlos en Christie's o Sotheby's. Podrían obtener una fortuna por ellos, pero confiaba en que se quedaran donde estaban, y también Sarah. Le habría parecido un crimen desmantelar la casa a esas alturas, después de haber sobrevivido intacta tanto tiempo.

Al final de la visita se sentaron en los peldaños de la majestuosa escalera y Jeff hizo una evaluación extraoficial. En su opinión, restaurar completamente la casa, con instalación eléctrica nueva y tuberías de cobre, le costaría al nuevo propietario cerca de un millón de dólares. Apurando mucho, pero sin que eso afectara a la calidad, podía hacerse por la mitad, aunque no resultaría fácil. La putrefacción de las ventanas y puertaventanas era normal y no le preocupaba en exceso. De hecho, le sorprendía que no estuvieran peor. Ignoraba qué había debajo de los suelos o detrás de las paredes, pero él y Marie-Louise habían restaurado casas más antiguas que esa en Europa. Había mucho que hacer, pero podía hacerse. Y añadió que adoraba esa clase de retos. Marie-Louise no abrió la boca.

Jeff explicó que hacer una cocina nueva no era demasiado trabajo y estuvo de acuerdo con Sarah y Marjorie en que debía estar en la planta baja. En su opinión, el sótano podía vaciarse y transformarse en trastero. Era posible modernizar el mecanismo del ascensor respetando su aspecto exterior. Y creía que todo lo demás debía conservarse. Se necesitarían artesanos para restaurar y dar barniz a la madera. El artesonado debía tratarse con sumo cuidado y precisión. El resto necesitaba pintura, barniz o lustre. Las arañas de luces se hallaban en perfecto estado y podía hacerse que volvieran a funcionar. Había numerosos detalles con los que se podía jugar, como montar un sistema de luces indirectas. Todo dependía del trabajo y el dinero que el nuevo propietario estuviera dispuesto a invertir. La fachada se hallaba en buen estado y la casa tenía una construcción sólida. Haría falta un sistema de calefacción moderno. Eran muchas las cosas que el nuevo propietario podía hacer dependiendo del dinero que quisiera gastarse y las ganas que tuviera de alardear. A él, personalmente, le encantaban los cuartos de baño tal y como estaban. En su opinión, eran muy bonitos y una parte integral de la casa. Se podían modernizar las tuberías sin alterar su aspecto.

—Básicamente, en esta casa podrías invertir todo el dinero que quisieras. Con un millón de dólares se podrían hacer maravillas y conseguir exactamente lo que deseas. En el caso de que el nuevo propietario quisiera vigilar lo que gasta, probablemente podría hacerlo por la mitad, siempre y cuando fuera un chiflado como yo y le gustara realizar personalmente gran parte del trabajo. Si quisiera echarle dos millones, o incluso tres, también podría, pero no es necesario. Son cálculos aproximados, y podría concretarlos un poco más para mostrárselos a un comprador seriamente interesado en la casa. Por un millón de dólares podría devolverle su aspecto original. Y probablemente por la mitad de ese dinero —insistió— si estuviera dispuesto a hacer personalmente una gran parte del trabajo. Eso le llevaría más tiempo, pero un proyecto de esta índole no debe hacerse con prisas. Hay que trabajar bien, con cuidado, para no dañar ni romper detalles de la casa que son importantes. Yo recomendaría un equipo reducido de obreros trabajando aquí entre seis meses y un año, un propietario cuidadoso que sepa lo que está haciendo y le interese el proyecto, y un arquitecto honrado que no intente desplumarlo. Si contrata a la gente equivocada, podría acabar pagando cinco millones, pero eso no tiene por qué ocurrir. Marie-Louise y yo restauramos dos castillos en Francia el año pasado por menos de trescientos mil dólares entre los dos y ambos eran más grandes y antiguos que esta casa. Allí es más fácil encontrar artesanos, pero en la Bahía también tenemos buenos profesionales. —Tendió su tarjeta a Sarah—. Si surge un comprador puedes darle nuestros nombres. Será un placer para nosotros asesorarle tanto si nos contrata como si no. Estas casas son mi pasión. Me encantaría que apareciera alguien que deseara restaurarla bien. Sería un placer para mí ayudar en lo que hiciera falta. Y Marie-Louise es un genio con los detalles, una perfeccionista. Juntos hacemos un gran trabajo.

Por una vez Marie-Louise sonrió. Sarah comprendió entonces que debía de ser más simpática de lo que aparentaba. Ella y Jeff formaban una pareja interesante. Marie-Louise parecía una mujer inteligente y competente, aunque fría. Tenía pinta de quisquillosa y muy francesa. Jeff, por su parte, era cálido, relajado y cordial, y Sarah ya se sentía cómoda con él. Trabajar con Marie-Louise no debía de ser nada fácil.

—Marjorie me ha comentado que tú y tu mujer os vais mañana a Venecia —dijo Sarah mientras cruzaban lentamente el vestíbulo. Llevaban en la casa más de dos horas. Eran más de las cinco.

—Así es. —Jeff sonrió. Le gustaba el interés de Sarah por el proyecto y el profundo respeto que mostraba por la casa de su difunto cliente.

Sarah quería obtener el máximo de información posible para los herederos, aunque dudaba de que quisieran hacer el trabajo. Obtendrían mucho más dinero por la casa si realizaban algunas mejoras, pero creía probable que no desearan tomarse la molestia. Lo único que Sarah podía hacer era darles la información. Lo que hicieran con ella no era asunto suyo. No le correspondía a ella tomar las decisiones. Las órdenes debían darlas los herederos.

—Estaremos en Italia dos semanas —le explicó Jeff—. Puedes llamar a nuestro móvil europeo si necesitas hablar con nosotros. Te daré el número. Pasaremos una semana en la conferencia de Venecia, unos días de descanso en Portofino y un par de días en París con la familia de Marie-Louise. Y por cierto —añadió despreocupadamente—, no estamos casados. Aunque somos socios en todos los sentidos de la palabra —Jeff sonrió a Marie-Louise, que de repente adoptó una expresión pícara y sumamente sexy—, mi socia no cree en el matrimonio. Lo considera una institución puritana que corrompe las buenas relaciones. Probablemente tenga razón, porque llevamos juntos mucho tiempo. —Intercambiaron una sonrisa.

—Mucho más del que yo había previsto —intervino Marie-Louise—. Pensaba que lo nuestro sería una aventura de verano, pero Jeff consiguió arrastrarme hasta aquí contra mi voluntad. Soy prisionera de esta ciudad —dijo, poniendo los ojos en blanco.

Jeff rió. Llevaba años escuchando la misma queja, y no parecía molesto. Se diría que les gustaba trabajar juntos, aunque Sarah se dijo que él era mucho más amable con los clientes que ella. Marie-Louise era tremendamente seca, hasta el punto de resultar grosera.

—Lleva intentando convencerme de que me mude a París desde que llegó a San Francisco, pero yo crecí aquí y esto me gusta. París es una ciudad demasiado grande para mí, como

Nueva York. Yo soy un chico de California, y aunque Marie-Louise nunca lo reconocerá, la mayor parte del tiempo se siente a gusto aquí. Sobre todo en invierno, cuando en París llueve y hace frío.

—¡No estés tan seguro! —se apresuró a responder Marie-Louise—. Uno de estos días te daré una sorpresa y regresaré a París para siempre.

Sarah lo sintió como una amenaza más que como una advertencia. Jeff, sin embargo, dejó que el afilado comentario le resbalara por la espalda.

—Tenemos una casa fantástica en Potrero Hill que yo mismo renové antes de que el barrio se pusiera de moda. Durante años fue el único edificio decente de toda la manzana. Ahora el barrio ha subido de categoría y estamos rodeados de casas fantásticas. Hice todo el trabajo con mis propias manos. Estoy enamorado de esa casa —dijo con orgullo.

—Nuestra casa de París es más bonita —repuso remilgadamente Marie-Louise—. Está en el distrito séptimo. La hice yo. Paso allí todos los veranos mientras Jeff insiste en congelarse en la niebla de esta ciudad. Odio los veranos en San Francisco.

Había que reconocer que eran fríos y brumosos. Estaba claro que Marie-Louise no tenía intención de quedarse a vivir para siempre en San Francisco. Hablaba como si todavía tuviera en mente volver a Francia, algo que no parecía preocupar a Jeff. Probablemente sabía que eran amenazas vacías. Así y todo, a Sarah le extrañaba que después de catorce años juntos todavía no se hubieran casado. Aunque Marie-Louise parecía una mujer muy independiente, se diría que Jeff, a su manera, también. Ella se quejaba mucho pero no conseguía desviarlo de su camino.

Sarah les agradeció la consulta y las estimaciones de Jeff sobre lo que podrían costar las obras de restauración. Existía un margen amplio, dependiendo de lo que el nuevo propietario deseara hacer en la casa y el trabajo que estuviera dispuesto a realizar personalmente. Sarah no podía hacer nada salvo dar la información a los herederos.

Les deseó una feliz estancia en Venecia, Portofino y París y unos minutos después Marie-Louise y Jeff se alejaban en un viejo Peugeot que ella se había traído de Francia. Dijo, mientras subía al vehículo, que no confiaba en los coches estadounidenses.

—¡Ni en ninguna otra cosa! —añadió Jeff, y todos rieron.

—Menuda joya —comentó Sarah cuando ella y Marjorie se dirigieron a sus respectivos coches.

—Trabajar con Marie-Louise no es fácil, pero es buena en lo que hace. Tiene un gusto exquisito y mucho estilo. Trata a Jeff como a un trapo y a él parece gustarle. Siempre ocurre igual. Las brujas se quedan siempre con los mejores partidos. —Sarah rió. Aunque no le gustaba reconocerlo, así era la mayoría de las veces—. ¿No te parece que está como un tren? —dijo Marjorie, y Sarah sonrió.

—No sé qué decirte. —Phil sí estaba como un tren, para su gusto. Jeff no. Pero le parecía un hombre agradable—. Pero es muy cordial y se diría que sabe lo que hace. —Era evidente que sentía pasión por las casas antiguas y que le gustaba su trabajo.

—Los dos saben lo que hacen. Se complementan mutuamente. Dulce y agrio. Y parece que funciona, tanto en casa como en la oficina, aunque creo que tienen sus altibajos. De vez en cuando ella se harta de San Francisco y se marcha a Francia. En una ocasión estuvo fuera un año entero mientras él trabajaba en un gran proyecto que yo le había pasado. Pero siempre vuelve y él siempre la acoge. Supongo que está loco por ella, y Marie-Louise sabe que tiene a su lado algo bueno. Jeff es firme como una roca. Es una pena que no se hayan casado. Él sería todo un padrazo si tuvieran hijos, pero a ella no la veo muy maternal que digamos.

—Tal vez los tengan más adelante —dijo Sarah, pensando en Phil. Apenas faltaban unas horas para empezar su fin de semana juntos, su recompensa por lo mucho que trabajaba en el bufete durante la semana.

—Uno nunca sabe qué hace que una relación funcione —comentó filosóficamente Marjorie antes de desear suerte a Sarah con los herederos de Stanley.

—Te informaré de lo que hayan decidido después de la reunión.

Estaba claro que querrían vender la casa. La única duda era en qué estado, si restaurada o no, y hasta qué punto. A Sarah le habría encantado supervisar el proyecto pero sabía que las posibilidades de algo así eran prácticamente nulas. Seguro que los herederos no iban a estar dispuestos a gastarse un millón de dólares, ni siquiera medio, en restaurar la casa de Stanley y esperar seis meses o un año antes de venderla. No le cabía duda de que el lunes tendría que decirle a Marjorie que pusiera la casa en venta tal y como estaba.

Se despidieron y Sarah regresó a casa para esperar a Phil. Después de cambiar las sábanas se derrumbó en el sofá con un montón de trabajo que se había traído del despacho. A las siete sonó el teléfono. Era Phil, desde el gimnasio. Sonaba horrible.

—¿Ocurre algo? —preguntó Sarah. Parecía enfermo.

—Hoy se ha resuelto el caso. No te imaginas lo cabreado que estoy. El abogado de la parte contraria nos hundió. Al gilipollas de mi cliente le habían pillado demasiadas veces con los pantalones bajados. No tuvimos opción.

—Lo siento mucho, cariño. —Sarah sabía lo mucho que Phil detestaba tener que tirar la toalla. Por lo general luchaba hasta el final—. ¿A qué hora vendrás? —Estaba deseando verle. Había tenido una semana interesante, sobre todo por el tema de la casa de Stanley. Aún no había podido contárselo porque Phil había estado demasiado absorto en sus declaraciones. Prácticamente no habían hablado en toda la semana, y cuando se llamaban, él no tenía tiempo para conversar.

—Esta noche no iré a tu casa —dijo sin más, y Sarah se quedó petrificada. Era muy raro que Phil cancelara una noche de fin de semana a menos que estuviera enfermo.

—¿No? —Había estado impaciente por verle, como siempre.

—No. Estoy de muy mal humor y no quiero ver a nadie. Mañana estaré mejor.

Sarah se llevó una gran decepción al oír eso y lamentó que no quisiera hacer el esfuerzo de ir. Podría animarlo.

—¿Por qué no vienes después del gimnasio? Podríamos encargar algo de cena, y podría darte un masaje —propuso esperanzada, esforzándose por sonar convincente.

—No, gracias. Te llamaré mañana. Me quedaré en el gimnasio unas horas. Puede que descargue toda mi agresividad jugando a squash. Esta noche sería una compañía pésima.

Probablemente tuviera razón, pero, de todos modos, a Sarah le apenaba no verlo. Lo había visto de mal humor otras veces y no era una situación agradable. Así y todo, habría preferido tenerlo en casa de mal humor a no verlo en absoluto. Las relaciones no se basaban únicamente en verse los días buenos. Sarah también deseaba compartir con Phil los días malos. Intentó hacerle cambiar de parecer, pero él la cortó bruscamente.

—Olvídalo, Sarah. Te llamaré por la mañana. Buenas noches. —En sus cuatro años de relación, raras veces había hecho algo así. Pero cuando Phil estaba disgustado, el mundo entero se detenía y él solo deseaba bajarse.

No había nada que ella pudiera hacer. Se quedó un largo rato en el sofá, mirando al vacío. Pensó en el arquitecto que había conocido esa tarde y en su difícil compañera francesa. Recordó lo que Marjorie le había contado, que Marie Louise había dejado a Jeff varias veces para irse a París, pero que siempre volvía. También Phil. Sabía que se verían por la mañana, o en algún momento durante el sábado, cuando a él le apeteciera llamarla. Pero en esa solitaria noche de viernes eso era poco consuelo. Phil ni siquiera se dignó a llamarla cuando llegó a casa. Sarah estuvo levantada hasta la medianoche, trabajando y esperando oír el teléfono. Cuando Phil estaba disgustado, en su vida no había espacio para nadie más. El mundo giraba a su alrededor, o por lo menos eso pensaba él. Y, por el momento, no se equivocaba.

7

Sarah no tuvo noticias de Phil hasta las cuatro de la tarde del sábado. La llamó al móvil cuando ella se hallaba haciendo recados. Le dijo que todavía le duraba el mal humor y le prometió que la invitaría a cenar para compensarla. Apareció a las seis con una chaqueta deportiva y un jersey, y había reservado mesa en un restaurante nuevo del que Sarah hacía semanas que oía hablar. Finalmente disfrutaron de una velada encantadora que compensó el tiempo que habían estado separados. Phil incluso se quedó más horas de lo habitual el domingo, de hecho hasta bien entrada la tarde. Siempre compensaba de algún modo a Sarah cuando le daba plantón y eso hacía más difícil enfadarse con él. Por eso seguían juntos. Phil le daba una de cal y otra de arena.

Durante la cena en el restaurante nuevo Sarah le había mencionado su visita a la casa de Stanley, pero enseguida advirtió que el tema le traía sin cuidado. Phil comentó que, por lo que contaba, parecía un montón de escombros. Le costaba creer que hubiera alguien dispuesto a dedicarle todo ese trabajo, y cambió de tema antes de que Sarah pudiera contarle lo de la reunión con los arquitectos. Sencillamente, no le interesaba. Prefería hablar de un nuevo asunto en el que estaba trabajando. Era otro caso de acoso sexual, pero mucho más transparente que el que había cerrado esa semana. Desde el punto de vista legal era fascinante, y el domingo por la tarde Sarah estuvo un buen rato analizándolo con él. Vieron una película de vídeo y antes de que Phil se marchara, hicieron el amor. Fue un fin de semana corto pero dulce. Phil tenía un don especial para salvar las situaciones, para tranquilizar a Sarah y retenerla.

El lunes Sarah se marchó a trabajar de un humor excelente e impaciente por conocer a los herederos de Stanley. Cinco de ellos no habían podido dejar sus trabajos y vidas en otras ciudades, y los dos primos de Nueva York estaban demasiado mayores y enfermos para viajar. Así pues, esperaba a doce. Sarah había pedido a su secretaria que preparara la sala de juntas con café y pastas. Sabía que lo que se avecinaba iba a ser una gran sorpresa para todos. Cuando llegó, algunos herederos ya estaban esperando en el vestíbulo. Dejó la cartera en el despacho y salió a recibirlos. Al primero que vio fue al director de banco de St. Louis, un hombre de sesenta y tantos años y aspecto distinguido. Le había contado que era viudo y tenía cuatro hijos mayores, y Sarah había intuido, por la conversación, que uno de ellos precisaba atención especial. Puede que, pese a tener dinero, el legado de Stanley le fuera de gran ayuda.

El último heredero apareció poco antes de las diez. Había ocho hombres y cuatro mujeres. Algunos se conocían, y mucho mejor que a Stanley, que para algunos no era más que un nombre. Los había que ni siquiera habían oído hablar de él y hasta ignoraban que hubiera existido. Dos de las mujeres y tres de los hombres eran hermanos y vivían repartidos entre Florida, Nueva York, Chicago, St. Louis y Texas. El hombre de Texas lucía un sombrero de vaquero y botas. Era el capataz de un rancho en el que llevaba trabajando treinta años, vivía en una caravana y tenía seis hijos. Su esposa había fallecido la primavera anterior. Los primos estaban charlando animadamente mientras Sarah se abría paso entre el grupo. Iba a proponerles visitar la casa de Stanley por la tarde. Pensaba que, como mínimo, debían verla antes de decidir qué hacer con ella. Había analizado las diferentes opciones, que explicaba detalladamente en una hoja junto con la estimación de Marjorie. Se trataba de un cálculo aproximado, pues hacía muchos años que no existía ni se vendía una casa de esas características, y el estado en que se encontraba afectaba a la cifra que podían pedir por ella. No existía un método exacto para calcular su precio. Pero Sarah quería concentrarse primero en la lectura del testamento.

Tom Harrison, el presidente de banco de St. Louis, se sentó a su lado en la sala de juntas. Sarah casi sintió que debía ser él quien pidiese silencio. El hombre llevaba un traje azul marino, camisa blanca, corbata azul de corte conservador y el pelo blanco perfectamente cortado. Sarah no pudo evitar pensar en Audrey. Tom tenía la edad idónea y mucha más clase que todos los hombres con los que había salido su madre. Seguro que hacían una buena pareja, pensó con una sonrisa mientras se volvía hacia los demás herederos. Las cuatro mujeres estaban sentadas a su derecha, Tom Harrison a su izquierda, y los demás se habían repartido por el resto de la mesa. Jake Waterman, el vaquero, ocupaba un extremo. Se estaba poniendo morado de pastas y ya iba por su tercera taza de café.

Los herederos la miraron atentamente cuando Sarah les pidió silencio. Tenía los documentos en una carpeta, delante de ella, junto con una carta lacrada que Stanley había entregado seis meses antes a una socia de Sarah, escrita de su puño y letra. Sarah desconocía su existencia y cuando la socia se la entregó esa misma mañana, le explicó que Stanley había dado instrucciones de que no la abriera hasta la lectura del testamento. El anciano había dicho que se trataba de un mensaje adicional para sus herederos que no alteraba ni hacía peligrar lo que él y Sarah ya habían estipulado. No era la primera vez que Stanley añadía unas líneas para ratificar y confirmar su testamento, y aseguró a la socia de Sarah que todo estaba en orden. Respetando los deseos de Stanley, Sarah no había abierto la carta y planeaba leerla después del testamento.

Los herederos la estaban mirando con expectación. Sarah se alegraba de que hubieran tenido la deferencia de acudir en persona en lugar de pedirle que enviara el dinero. Tenía la impresión de que a Stanley le habría gustado conocerlos a todos, o a la mayoría. Sabía que dos de las mujeres eran secretarias y no se habían casado. Las otras dos estaban divorciadas y tenían hijos mayores. Casi todos tenían hijos, unos más jóvenes que otros. Tom era el único que no parecía necesitar el dinero. Los demás habían hecho un gran esfuerzo para ausentarse del trabajo y pagarse el vuelo a San Francisco. Se diría que el premio que se disponían a recibir iba a cambiar sus vidas para siempre. Sarah sabía mejor que nadie que la cifra iba a dejarlos boquiabiertos. Estaba feliz de poder compartir este momento con ellos. Únicamente lamentaba que Stanley no pudiera estar presente, pero confió en que lo estuviera de espíritu. Contempló los rostros de las personas sentadas alrededor de la mesa. El silencio era sepulcral.

—En primer lugar, quiero darles las gracias por haber venido. Sé que para algunos de ustedes ha supuesto un gran esfuerzo. Sé que habría significado mucho para Stanley que acudieran hoy aquí. Lamento que no llegaran a conocerle. Era un hombre excepcional y maravilloso. Durante los años que trabajamos juntos llegué a sentir una gran admiración y respeto por él. Es un honor para mí conocerles y haber cuidado de su patrimonio. —Sarah bebió un sorbo de agua y se aclaró la garganta. Abrió la carpeta que tenía delante y sacó el testamento.

Leyó por encima el texto preliminar, explicando su significado. La mayoría tenía que ver con impuestos y con las medidas tomadas para proteger el patrimonio de Stanley. Habían reservado una suma más que suficiente para pagar los impuestos en el momento de la autenticación. Las partes que les había dejado de sus empresas no se verían afectadas por los impuestos que el patrimonio debía al gobierno federal y al estado. Eso pareció tranquilizarles. Tom Harrison comprendía mejor que los demás lo que Sarah estaba leyendo. Finalmente llegó a la lista de bienes, repartidos en diecinueve partes iguales.

Sarah dijo los nombres por orden alfabético, incluidos los de los herederos ausentes. Tenía una copia del testamento para cada uno de ellos a fin de que pudieran examinarlo más tarde o entregarlo a sus abogados. Todo estaba en orden. Sarah había sido muy meticulosa en su proceder.

Leyó la lista de bienes junto con una estimación actual de su valor allí donde era posible. Algunos bienes eran más difíciles de evaluar, como los centros comerciales en el Sur y el Medio Oeste que Stanley tenía desde hacía años, pero Sarah había elaborado una lista de valores comparables para darles una idea de lo que podían valer. Los herederos podrían conservar algunos bienes de forma individual, pero en otros casos tendrían que decidir conjuntamente qué hacer con ellos, vender sus participaciones o comprarlas a los demás. Sarah explicó cada caso por separado, y dijo que estaría encantada de asesorarles o de hablarlo con ellos cuando quisieran, o con sus abogados, y de hacerles recomendaciones basándose en su experiencia con la cartera y el patrimonio de Stanley. Algunas cosas todavía les sonaban a chino.

Había acciones, bonos, inmuebles, centros comerciales, edificios de oficinas, complejos de apartamentos y pozos de petróleo, la inversión más lucrativa de Stanley de los últimos años y, en opinión de Sarah, del futuro, sobre todo teniendo en cuenta el actual clima político internacional. En el momento de su fallecimiento había una considerable liquidez. Y luego estaba la casa, de la que dijo que les hablaría más detenidamente después de la lectura del testamento y para la que podía ofrecerles diferentes opciones. Los herederos la miraban en silencio, tratando de entender los conceptos que Sarah les exponía y la lista de bienes que abarcaba de una punta a otra del país. Eran demasiadas cosas para asimilarlas de golpe y ninguno entendía muy bien qué significaban. Era prácticamente otro idioma, salvo para Tom, que miraba a Sarah sin poder dar crédito a lo que estaba oyendo. Aunque desconocía los detalles, podía imaginar lo que todo eso implicaba y se estaba esforzando por registrarlo en su mente.

—En los días venideros haremos una valoración exacta de todos los bienes. No obstante, basándonos en lo que ya tenemos, y en algunas estimaciones bastante ajustadas, actualmente el patrimonio de su tío abuelo está valorado, tras deducir los impuestos, que han sido manejados separadamente, en unos cuatrocientos millones de dólares. Según nuestros cálculos, eso representa para cada uno de ustedes un legado de aproximadamente veinte millones de dólares, que después de pagar sus correspondientes impuestos quedarán en unos diez millones. Dependiendo de los valores actuales del mercado podría darse una variación de algunos cientos de miles de dólares, pero creo que no me equivoco al afirmar que el legado ascenderá a unos diez millones netos para cada uno.

Sarah se recostó en su asiento y respiró hondo mientras los herederos la miraban en completo silencio, hasta que de repente estalló el caos y todos se pusieron a hablar al mismo tiempo. Dos de las mujeres empezaron a llorar y el vaquero soltó un aullido de felicidad que rompió el hielo e hizo que los demás estallaran en risas. Se sentían exactamente como él. No podían creérselo. Muchos llevaban toda su vida viviendo de un pequeño sueldo, o algunos ni eso, como Stanley en sus comienzos.

—¿Cómo demonios consiguió amasar todo ese dinero? —preguntó uno de los sobrinos nietos. Era un policía de Nueva Jersey recién jubilado. Estaba intentando arrancar un pequeño negocio de sistemas de seguridad y, al igual que Stanley, no se había casado.

—Era un hombre brillante —dijo Sarah con una sonrisa.

Ser testigo de un acontecimiento que iba a cambiar tantas vidas era una experiencia sorprendente. Tom Harrison estaba sonriendo. Algunos herederos parecían avergonzados, en especial los que nunca habían oído hablar de Stanley. Era como ganar la lotería pero mejor, porque alguien a quien ni siquiera conocían se había acordado de ellos y quería que tuvieran ese dinero. Aunque Stanley no tenía familia cercana, las personas con las que estaba emparentado significaban mucho para él, a pesar de no haberlas conocido. Eran los hijos que nunca tuvo. Ese era su momento, una vez fallecido, de ejercer de padre afectuoso y benefactor. Para Sarah era un honor participar del mismo y lo único que lamentaba era que Stanley no pudiera verlo.

El vaquero se estaba enjugando las lágrimas, y después de sonarse la nariz dijo que compraría el rancho o se establecería por su cuenta. Sus hijos estudiaban en la universidad estatal y dijo que pensaba enviarlos a todos a Harvard, salvo al que estaba en la cárcel. Explicó que cuando volviera a casa le conseguiría un buen abogado. Lo habían pillado robando caballos y llevaba toda su vida metido en la droga. Puede que ahora tuviera una oportunidad de salir del pozo. Todos la tenían. Gracias a Stanley. Era el regalo póstumo que les hacía a todos ellos, incluso a los que no habían acudido. Todos le importaban por igual. Sarah estaba al borde de las lágrimas. No podía romper a llorar, habría sido poco profesional, pero compartir ese momento con ellos estaba siendo una experiencia inolvidable. Era el acontecimiento más feliz e importante que había vivido en sus doce años de abogacía. Y se lo debía a Stanley.

—Todos ustedes tienen ahora mucho en qué pensar —dijo, tratando de poner orden en la sala—. Hay bienes que poseerán de forma individual y otros de forma conjunta. Los he anotado todos y me gustaría que hoy habláramos de lo que quieren hacer con ellos. Sería más fácil para ustedes vender los bienes comunes, siempre que resulte aconsejable, y dividir los beneficios, todo de acuerdo con lo que nuestros asesores financieros les recomienden. En algunos casos probablemente ahora no sea el mejor momento de vender, y si ustedes están de acuerdo esperaremos y les aconsejaremos cuándo hacerlo.

Sarah sabía que estaba hablando de un proceso de meses y en algunos casos de incluso años. No obstante, explicó que las partes individuales de sus legados ascendían a siete u ocho millones de dólares. El resto les sería entregado más adelante, cuando se vendieran los bienes comunes. Stanley había intentado hacerlo todo de la forma más transparente posible sin perjudicar sus inversiones. No quería provocar peleas entre sus diecinueve parientes, los conociera o no. Y había hecho un gran trabajo, con la ayuda de Sarah, a la hora de dividir su patrimonio para que resultara fácil venderlo.

—También está el tema de la casa donde vivía su tío abuelo. La semana pasada fui a verla con una agente inmobiliaria para obtener una valoración realista. Es un lugar sorprendente y creo que deberían visitarlo. Fue construida en los años veinte y, por desgracia, nadie la ha reformado, restaurado o modernizado desde entonces. Es casi un museo. Su tío abuelo ocupaba una pequeña zona de la casa, concretamente el ático. Nunca vivió en la zona principal, que ha permanecido intacta desde que la comprara en 1930. El viernes invité a unos arquitectos especializados en esta clase de restauraciones para que me dieran una idea de lo que podría costar renovarla y repararla. Existe una amplia gama de posibilidades en lo que al proyecto se refiere. Podrían gastarse desde quinientos mil dólares para lavarle la cara y hacerla habitable hasta cinco millones para restaurarla de verdad y convertirla en una casa de interés turístico. Lo mismo ocurre con el precio de venta. La agente inmobiliaria dijo que podrían darles por ella entre uno y veinte millones, dependiendo de quién la compre y de los valores actuales del mercado inmobiliario. En su estado actual no les darán mucho, porque arreglarla supone un proyecto enorme y, por otro lado, no mucha gente desea vivir en una casa tan grande. Tiene unos dos mil setecientos metros cuadrados. Hoy día nadie estaría dispuesto a contratar el personal necesario para llevar una casa de semejantes dimensiones. De hecho, hasta tendría problemas para encontrarlo. Mi consejo es que la vendan. Lávenle la cara, retiren las tablas de las ventanas, pulan los suelos y denle una mano de pintura a las paredes, pero pónganla a la venta básicamente como está, sin emprender el costoso proyecto de hacer una nueva instalación eléctrica y de agua. Podría costar una fortuna. A menos, claro está, que alguno de ustedes quiera comprar a los demás su parte, mudarse a San Francisco y vivir en la casa. Había pensado que podríamos ir a verla esta tarde. Eso podría ayudarles a tomar una decisión. Es una casa muy bonita y ya solo por eso la visita merece la pena.

Los herederos empezaron a menear la cabeza antes de que Sarah hubiera terminado. Nadie tenía intención de mudarse a San Francisco, y todos coincidieron en que un proyecto de restauración de esa envergadura era lo último que deseaban. Las voces alrededor de la mesa estaban diciendo «Venda... deshágase de ella... désela a una inmobiliaria...». Ni siquiera estaban interesados en la mano de pintura y el lavado de cara. Eso entristeció a Sarah. Era como despedir a una antigua belleza. Su época había pasado y ya nadie quería saber nada de ella. Naturalmente, tendría que consultarlo con los demás herederos, pero si no habían venido siquiera para la reunión, probablemente pensarían igual.

—¿Les gustaría verla esta tarde?

Solo Tom Harrison disponía de tiempo, si bien también opinaba que debían vender. Dijo que podía ir a verla camino del aeropuerto. Los demás volaban a primera hora de la tarde, y todos, de forma unánime, pidieron a Sarah que pusiera la casa en venta tal y como estaba. El legado de Stanley era tan generoso y estaban tan contentos que la venta de la casa y lo que pudieran obtener por ella apenas cambiaría las cosas. Aunque llegaran a darles dos millones, eso representaba únicamente cien mil dólares más para cada uno. O menos, una vez deducidos los impuestos. Para ellos, esa cantidad era ahora una minucia. Una hora antes habría sido una fortuna. Ya no significaba nada. Era increíble cómo la vida podía cambiar en un instante. Sarah observó a los herederos con una sonrisa. Todos tenían aspecto de ser personas honradas, y se dijo que a Stanley le habrían caído bien. Parecían individuos sanos, agradables, con quienes le habría gustado estar emparentado. Ellos, sin duda, estaban felices de su parentesco con Stanley.

Volvió a pedir silencio, aunque cada vez le era más difícil. Los herederos estaban impacientes por abandonar la sala y llamar a sus cónyuges, hermanos e hijos. Era una gran noticia y querían compartirla. Sarah les aseguró que el dinero empezaría a llegarles en un plazo de seis meses, o incluso antes si conseguían autenticarlo. El patrimonio gozaba de total transparencia.

—Aún nos queda un asunto pendiente. Al parecer Stanley, su tío abuelo, pidió que les leyera una carta. Hoy mismo me he enterado de que se la entregó a uno de mis socios hace seis meses. Según me han explicado, contiene un codicilo sobre el testamento que yo todavía no he visto. Mi socia me entregó la carta esta mañana y me dijo que Stanley quería que la leyera después de la lectura del testamento. Está lacrada y desconozco por completo su contenido, pero me han asegurado que no altera de modo alguno el testamento. Con su permiso, voy a leerla y luego haré una copia para cada uno. Cumpliendo la voluntad de Stanley, la carta ha permanecido sellada desde que mi colega la recibió.

Sarah supuso que era un mensaje amable o un pequeño añadido para los herederos que Stanley sabía que nunca llegaría a conocer. Era el lado dulce y ásperamente sentimental de Stanley que Sarah había conocido y adorado. Abrió el sobre con un abrecartas que había llevado a la reunión para ese fin. Los herederos trataban cortésmente de prestar atención, si bien en la sala reinaba una electricidad y una excitación casi palpables por todo lo que habían escuchado ya. Les costaba estarse quietos, y era comprensible. También Sarah estaba feliz por ellos. El simple hecho de anunciarles semejante regalo la había emocionado. No era más que la mensajera, pero hasta eso había sido para ella motivo de dicha. Le habría gustado quedarse con algún recuerdo sentimental, pero no lo había. Stanley solo tenía libros y la ropa que habían donado a Goodwill. No poseía un solo objeto o recuerdo que mereciera la pena conservar. Su vasta fortuna y su casa eran sus únicas posesiones, sus únicas pertenencias. Tan solo dinero. Y diecinueve desconocidos a quienes dejárselo. Eso decía mucho de su vida y de quién había sido. Pero para Sarah Stanley había sido importante, tanto como él lo era ahora para ellos. En sus últimos años de vida ella fue, de hecho, la única persona a la que Stanley había querido. Y ella también le había querido a él.

Sarah volvió a aclararse la garganta y empezó a leer la carta. Le sorprendió comprobar que las manos le temblaban. La conmovía profundamente ver la letra trémula de Stanley sobre el papel, y como él había prometido, al final había una frase que ratificaba el testamento actual, con dos de sus enfermeras como testigos. Todo estaba en orden. Sarah, con todo, sabía que esas iban a ser las últimas palabras de su amigo Stanley que iba a leer en su vida, aunque fueran oficiales y no estuvieran dirigidas a ella. Era como su último suspiro desde la tumba, el último adiós para todos ellos. Nunca volvería a ver la letra de Stanley ni a oír su voz. Los ojos se le llenaron de lágrimas mientras trataba de impedir que le temblara la voz. En ciertos aspectos, Stanley había significado más para ella, como amigo y como cliente, que para cualquiera de sus herederos.

—A mis queridos parientes y a mi amiga y abogada Sarah Anderson, la mejor abogada en su especialidad y una mujer maravillosa —comenzó mientras las lágrimas le nublaban la vista. Respiró hondo y prosiguió—. Ojalá os hubiera conocido. Ojalá hubiera tenido hijos y envejecido con ellos y con sus hijos, y con vosotros. Me he pasado la vida entera amasando el dinero que os he dejado. Dadle un buen uso, haced cosas que sean importantes para vosotros. Dejad que os cambie la vida para bien. No permitáis que se convierta en vuestra vida, como me ocurrió a mí. No es más que dinero. Disfrutad de él. Mejorad vuestras vidas con él. Compartidlo con vuestros hijos. Y si no tenéis hijos, tenedlos pronto. Serán el mejor regalo que recibáis en la vida. Este es el regalo que yo os hago. Quizá os haya llegado el momento de disfrutar de una nueva vida, nuevas oportunidades, nuevos mundos que queríais descubrir y que ahora podéis conocer, antes de que sea demasiado tarde. El regalo que quiero dejaros es un regalo de opciones y oportunidades, de una vida mejor para vosotros y para las personas que son importantes para vosotros, no solo dinero. Al final, el valor del dinero está en la alegría que pueda traeros, en lo que hagáis con él, en el cambio que represente para la gente que amáis. Yo no amé a nadie en casi toda mi vida. Me limité a trabajar y ganar dinero. La única persona a la que quise en mis últimos años fue Sarah. Ojalá hubiera sido mi hija o mi nieta. Ella es todo lo que yo habría deseado en una hija.

»No os compadezcáis de mí. Tuve una buena vida. Fui feliz. Hice lo que quería hacer. Fue emocionante hacer una fortuna, crear algo de la nada. Llegué a California con dieciséis años y cien dólares en el bolsillo. En todos estos años esos dólares crecieron mucho, ¿no os parece? Eso demuestra todo lo que se puede conseguir con cien dólares. De modo que no malgastéis este dinero. Haced algo importante con él. Algo que realmente deseéis. Mejorad vuestra vida, dejad trabajos que detestéis o que os ahoguen. Permitíos crecer y sentiros libres con el regalo que os hago. Yo solo deseo vuestra felicidad, allí donde esté. Para mí, la felicidad fue crear una fortuna. Mirando atrás, lamento no haberme tomado el tiempo para crear una familia. Vosotros sois mi familia, aunque no me conozcáis y yo no os conozca. No he dejado mi dinero a la Asociación Protectora de Animales porque nunca me gustaron los perros y los gatos. No lo he dejado a organizaciones benéficas porque ya reciben suficiente dinero de otra gente. Os lo he dejado a vosotros. Gastadlo. Disfrutad de él. No lo malgastéis ni lo ahorréis. Sed mejores, más felices y más libres ahora que lo tenéis. Permitid que haga realidad vuestros sueños. Ese es el regalo que os hago. Cumplid vuestros sueños.

»También quiero dirigirme a mi querida Sarah, mi joven amiga y abogada. Ella ha sido como una nieta para mí, la única familia que he tenido, puesto que mis padres murieron cuando yo era un niño. Estoy muy orgulloso de ella, aunque trabaja demasiado. ¡Deja de trabajar tanto, Sarah! Espero que aprendas la lección de mí. Hemos hablado mucho de este tema. Quiero que salgas y disfrutes de la vida. Te lo has ganado. Ya has trabajado más de lo que mucha gente trabaja en toda su vida, con excepción, quizá, de mí. Pero no quiero que seas como yo. Quiero que seas mejor. Quiero que seas tú misma, que des lo mejor de ti. No le he dicho esto a nadie en cincuenta años, pero deseo que sepas que te quiero como a una hija, como a una nieta. Tú eres la familia que nunca tuve. Y agradezco hasta el último momento que has pasado conmigo, siempre trabajando duro, ayudándome a ahorrar dinero en impuestos para que pudiera dejárselo a mis familiares. Gracias a ti disponen de más dinero y confío en que ahora tengan mejor vida como resultado de tu trabajo y el mío.

»Quiero hacerte un regalo. Y quiero que mis familiares sepan por qué lo hago. Porque te quiero y porque te lo mereces. Nadie se lo merece tanto como tú. Nadie se merece una buena vida tanto como tú, incluso una gran vida. Yo quiero que la tengas, y si mis familiares te lo ponen difícil, volveré de la tumba y les daré una patada en el trasero. Quiero que disfrutes del regalo que te dejo y que hagas algo maravilloso con él. No te limites a invertirlo. Empléalo para llevar una vida mejor. En pleno uso de mis facultades, y con el cuerpo completamente deteriorado, maldita sea, por la presente te dejo a ti, Sarah Marie Anderson, la suma de setecientos cincuenta mil dólares. Pensé que un millón podría asustarte a ti y cabrear a mis familiares, y medio millón me parecía insuficiente, de modo que he buscado una cantidad intermedia. Ante todo, querida Sarah, te deseo una vida feliz y maravillosa, y has de saber que estaré velando por ti, con amor y agradecimiento, siempre. Y para todos vosotros ahí van mis mejores deseos y mi cariño, junto con el dinero que os he dejado. Que tengáis una vida digna y feliz, repleta de gente a la que queráis.

»Stanley Jacob Perlman.

Había firmado con la letra que Sarah había visto en tantos documentos. Era su último adiós a ella y a sus familiares. Sarah tenía las mejillas bañadas en lágrimas. Dejó la carta sobre la mesa y miró a los parientes de Stanley. En ningún momento había esperado recibir nada de él y tampoco estaba segura de que debiera hacerlo ahora. Pero también sabía que el codicilo, al haberse realizado a través de uno de sus socios, era legal. Stanley lo había hecho todo siguiendo la ley.

—No tenía ni idea de lo que había en esta carta —dijo con la voz ronca y emocionada—. ¿Alguno de ustedes tiene algo que objetar? —Sarah estaba dispuesta a renunciar al legado. Esas personas eran los parientes de Stanley, mientras que ella solo era su abogada, aunque la hubiera querido de verdad, a diferencia de ellos.

—Naturalmente que no —exclamaron las mujeres al unísono.

—Demonios, no —añadió Jake, el vaquero—. Ya ha oído lo que ha dicho, que si lo hacemos volverá para darnos una patada en el trasero. No me apetece tener un fantasma rondando por mi casa. Diez millones de dólares son más que suficientes para mí y para mis hijos. Puede que hasta me compre una esposa joven y sexy.

Los demás rieron y asintieron con la cabeza. Tom Harrison se dispuso a hablar mientras le daba palmaditas en la mano. Una de las mujeres le tendió un pañuelo de papel para que se sonara. Sarah estaba tan emocionada que prácticamente lloraba a lágrima viva. La mejor parte era la de que la quería. Aunque le había conocido con casi cien años, Stanley había sido el padre que nunca tuvo, el hombre que más había respetado en su vida, por no decir el único. En la vida de Sarah no habían abundado los hombres buenos.

—Se diría que usted se merece este legado mucho más que nosotros, Sarah. Es evidente que usted fue una gran fuente de consuelo y alegría para él y que nos ahorró mucho dinero —dijo Tom Harrison mientras los demás sonreían y asentían con la cabeza—. Mi más sincero pésame por su pérdida —añadió, haciendo que Sarah rompiera a llorar de nuevo.

—Le echo mucho de menos —dijo, y todos podían ver que así era. Algunos sintieron el deseo de abrazarla, pero se contuvieron. Ella era la abogada, apenas la conocían, pero tenían las emociones a flor de piel. Stanley había ejercido un profundo efecto en ellos y sacudido sus mundos hasta lo más hondo.

—A juzgar por lo que Stanley cuenta en la carta, usted hizo

que sus últimos días fueran mucho más felices —dijo con dulzura una de las mujeres.

—Desde luego que sí, y ahora es millonaria —añadió Jake, y Sarah rió.

—No sé qué voy a hacer con el dinero.

Ganaba un buen sueldo, participaba de los beneficios del bufete y no tenía grandes gastos. En realidad, no había nada que deseara. Haría algunas inversiones sólidas, pese a las súplicas de Stanley de que se lo gastara. No tenía intención de dejar su trabajo y empezar a comprar abrigos de visón y viajar en crucero, aunque seguro que a él le habría gustado eso. Sarah no era dada a permitirse grandes lujos, ni siquiera ahora que podía. Ahorraba una gran parte de lo que ganaba.

—Nosotros tampoco —coincidieron varias voces.

—Todos tendremos que meditar sobre lo que vamos a hacer con el dinero. Es evidente que Stanley quería que tuviéramos una buena vida —dijo un hombre sentado entre Jake, el vaquero de Texas, y el policía de Nueva Jersey. Sarah todavía no se sabía todos los nombres—. Y eso la incluye a usted, Sarah —añadió—. Ya ha oído lo que ha dicho Stanley. No lo guarde. Gástelo. Cumpla sus sueños.

Sarah ignoraba cuáles eran sus sueños. Nunca se había detenido a hacerse esa pregunta.

—Soy más ahorradora que gastadora —reconoció, antes de levantarse y sonreír a los presentes.

Hubo apretones de mano y abrazos por toda la sala. Algunos herederos abrazaron a Sarah. Cuando se fueron en sus rostros todavía se reflejaba el pasmo. Había sido una mañana cargada de emociones. La recepcionista pidió taxis al aeropuerto para todos. La secretaria de Sarah entregó a cada heredero un sobre amarillo con una copia del testamento y los documentos sobre las inversiones. En cuanto a la casa, la orden era venderla como estaba. Los herederos pidieron a Sarah que la pusiera a la venta de inmediato. Tom Harrison había accedido a visitarla únicamente por cortesía, y Sarah era consciente de que tampoco él estaba interesado. Nadie lo estaba. Era un caserón enorme en otra ciudad que ninguno de ellos quería ni necesitaba. Y tampoco necesitaban el dinero que pudiera reportarles. La casa de la calle Scott no tenía valor para ellos. Únicamente lo tenía para Sarah, porque era una casa muy bonita y porque su querido amigo Stanley, ahora su benefactor, había vivido en el ático. Pero tampoco ella, con su nueva fortuna, estaba interesada en esa casa, ni podía decidir qué debía hacerse con ella. La decisión de venderla había sido de los herederos.

Dejó a Tom Harrison en la sala de juntas y telefoneó a Marjorie desde su despacho. Le comunicó la decisión sobre la casa y le preguntó si le importaría reunirse con ella en media hora para mostrársela a uno de los herederos. Dejó claro, con todo, que era una visita de cortesía. Todos habían firmado un documento de cesión para que Sarah vendiera la casa en su estado actual por el precio que ella y Marjorie creyeran oportuno. Habían dejado el asunto en sus manos.

—¿Vamos a poder lavarle un poco la cara? —preguntó Marjorie, esperanzada.

—Me temo que no. Me pidieron que contratara un equipo de limpieza para retirar trastos, como las cortinas y las tablas de las ventanas, y la vendamos como está.

Sarah todavía estaba tratando de asimilar el legado que Stanley le había dejado y recuperarse de las cariñosas palabras de su carta, palabras que le habían llegado directamente al corazón. La voz le temblaba, estaba ausente. Ahora, después de sus afectuosas palabras y su sorprendente legado, lo añoraba más que nunca.

—Eso afectará negativamente al precio —dijo Marjorie con pesar—. Detesto la idea de malvender esa casa. Se merece algo mejor. El que la compre se estará llevando una ganga.

—Lo sé. A mí tampoco me hace ninguna gracia. Pero no quieren quebraderos de cabeza. Esa casa no significa nada para ellos, y después de dividirla en diecinueve partes, lo que reciban, comparado con el resto, no será mucho.

—Es una verdadera pena. En fin, nos veremos allí dentro de media hora. A las dos he de enseñar otra casa cerca de allí. No nos llevará mucho tiempo, teniendo en cuenta que se trata de una visita de cortesía.

—Hasta luego —dijo Sarah, y regresó a la sala de juntas.

Tom Harrison estaba hablando por el móvil con su oficina. Enseguida colgó.

—Ha sido una mañana increíble —dijo, tratando todavía de asimilar lo ocurrido. Se hallaba, como los demás, en estado de choque. Desde el principio había supuesto que se trataba de un patrimonio modesto, y había acudido por respeto a ese familiar que le había dejado un legado. Era lo mínimo que podía hacer.

—Para mí también —reconoció Sarah, todavía aturdida por la carta de Stanley y lo que representaba para ella. Setecientos cincuenta mil dólares. Era alucinante. Asombroso. Sensacional. Sumado a lo que había ahorrado en sus años de socia en el bufete, ahora tenía más de un millón de dólares. Se sentía una mujer rica. Así y todo, estaba decidida a no permitir que eso cambiara su vida y sus hábitos, pese a las advertencias de Stanley—. ¿Le apetece comer algo antes de ver la casa? —preguntó educadamente.

—No creo que me entre nada. Necesito tiempo para asimilar lo que acaba de ocurrir. Pero he de reconocer que siento curiosidad por esa casa.

Fueron en el coche de Sarah. Marjorie les estaba esperando en la puerta. Y a Tom Harrison la casa le impresionó tanto como les había impresionado a ellas. Pese a eso, se alegró de que hubieran decidido venderla. En su opinión, era un edificio histórico extraordinario y venerable, pero muy poco práctico en el mundo de hoy.

—Ya nadie vive así. Tengo una casa de trescientos sesenta metros cuadrados en las afueras de St. Louis y no logro dar con nadie que esté dispuesto a limpiarla. Una casa como esta sería un auténtica pesadilla, y si no puede venderse como hotel, probablemente tardaremos mucho tiempo en quitárnosla de encima.

El ayuntamiento no permitía abrir hoteles en esa zona.

—Tal vez —reconoció Marjorie, pese a saber que el mercado inmobiliario estaba lleno de sorpresas.

A veces, una casa que pensaba que nunca se vendería se la quitaban de las manos a los cinco minutos de ponerla a la venta, mientras que lo contrario ocurría con que otras que habría jurado que iban a venderse al instante y por el precio fijado. En el mercado inmobiliario los gustos e incluso los valores eran impredecibles. Era algo muy personal y quijotesco.

Marjorie propuso, muy a su pesar, ponerla a la venta por dos millones de dólares debido a su estado. Sarah sabía que a los herederos no les importaría que se vendiera por menos con tal de deshacerse de ella, y Tom estuvo de acuerdo.

—La anunciaremos por dos millones y veremos qué pasa —dijo Marjorie—. Siempre podemos considerar otras ofertas. Contrataré un servicio de limpieza y convocaré a los agentes. Dudo que pueda tenerlo todo atado antes de Acción de Gracias —que era la semana siguiente— pero le prometo que la casa estará puesta a la venta una semana después. Convocaré a los agentes el martes posterior a Acción de Gracias y el miércoles ya podrá salir oficialmente al mercado. Es probable que alguien la compre confiando en ganarle la batalla al ayuntamiento. Esta casa podría transformarse en un precioso hotelito si los vecinos estuvieran dispuestos a tolerarlo, aunque lo dudo.

Las dos sabían que semejante batalla podía durar años y que la persona que la emprendiera tendría muy pocas probabilidades de ganar. Los habitantes de San Francisco se resistían vehementemente a la apertura de comercios en sus barrios residenciales, lo cual era comprensible.

Tom pidió ver la parte de la casa donde Stanley había vivido y Sarah, con el corazón apesadumbrado, lo condujo hasta la escalera de servicio. Era la primera vez que veía la habitación desde la muerte de Stanley. La cama de hospital seguía allí, pero él no. Parecía un cascarón vacío. Sarah se volvió con lágrimas en los ojos y regresó al pasillo mientras Tom Harrison le daba palmaditas en el hombro. Era un hombre amable y tenía pinta de ser un buen padre. Le había contado, mientras aguardaban a que comenzara la reunión, que la hija necesitada de atención especial era ciega y sufría una lesión cerebral debido a que nació prematuramente y estuvo privada de oxígeno. Ahora tenía treinta años, seguía viviendo con su padre y recibía los cuidados de una enfermera. A Tom le resultó muy difícil hacerse cargo de ella cuando su esposa, que le dedicaba casi todo su tiempo, falleció. Pero no quería ingresarla en una institución. Como muchas cosas en la vida, era un serio reto y él parecía aceptarlo.

—No puedo creer que Stanley viviera en una de las habitaciones del servicio toda su vida —comentó Tom mientras bajaban, meneando tristemente la cabeza—. Debió de ser un hombre sorprendente. —Y bastante excéntrico.

—Lo era —dijo Sarah, pensando de nuevo en la increíble herencia que Stanley le había dejado. Como les ocurría a los demás herederos, todavía no se lo acababa de creer. Tom aún parecía estupefacto. Diez millones de dólares...

—Me alegro de que Stanley la recordara en su testamento —dijo Tom generosamente cuando alcanzaron el vestíbulo. El taxi que Sarah le había pedido para trasladarlo al aeropuerto esperaba fuera—. Llámeme si alguna vez viaja a St. Louis. Tengo un hijo de aproximadamente su edad. Acaba de divorciarse y tiene tres hijos adorables. —Sarah se echó a reír y Tom la miró avergonzado—. Deduzco, por lo que Stanley cuenta en la carta, que no está casada.

—No, no lo estoy.

—Estupendo. En ese caso, venga a St. Louis. Fred necesita conocer a una buena mujer.

—Envíelo a San Francisco, y llámeme si alguna vez vuelve por aquí —dijo afectuosamente Sarah.

—Lo haré. —Tom le dio un abrazo paternal. Se habían hecho amigos en una sola mañana y casi tenían la sensación de pertenecer a la misma familia. Y en parte así era, a través de Stanley. Estaban unidos por la generosidad y la benevolencia con que los había bendecido a todos—. Cuídese.

—Usted también —dijo Sarah, acompañándolo hasta el taxi y sonriendo bajo el pálido sol de noviembre—. Me encantaría presentarle a mi madre —añadió con picardía, y el hombre rió.

Estaba bromeando, aunque no era una mala idea. Pero sabía que su madre sería una lata para cualquier hombre. Además, Tom parecía demasiado normal. No padecía ningún trastorno. Si Audrey entablaba una relación con él, no tendría motivos para ir a alcohólicos anónimos, y ¿qué haría entonces? Sin un alcohólico en su vida se moriría de aburrimiento.

—De acuerdo. Traeré a Fred conmigo y cenaremos con su madre.

Sarah se despidió agitando una mano mientras el taxi se alejaba antes de regresar a la casa para ultimar los detalles con Marjorie. Se alegraba de haber entrado en la habitación de Stanley con Tom. Había roto el hechizo. Dentro de ese cuarto no había nada de lo que esconderse o por lo que llorar. Ahora no era más que una habitación vacía, el cascarón donde Stanley había vivido y del que se había despojado. Stanley se había marchado pero viviría para siempre en su corazón. Le costaba asimilar el hecho de que sus circunstancias hubieran cambiado de forma tan súbita, tan radical. Era mucho menos de lo que tenían que asimilar los demás herederos, pero para ella constituía, así y todo, un regalo enorme. Decidió no contárselo a nadie por el momento, ni siquiera a su madre o a Phil. Necesitaba acostumbrarse a la idea.

Ella y Marjorie hablaron de la contratación del servicio de limpieza y de la convocatoria de los agentes. Luego firmó el documento que confirmaba el precio de venta en nombre de los herederos, los cuales habían suscrito un poder notarial en el despacho para que Sarah pudiera vender la casa y negociar por ellos. Los herederos ausentes habían recibido un documento idéntico por fax para que lo firmaran. Sarah y Marjorie sabían que el asunto llevaría su tiempo, y a menos que apareciera un comprador con mucha imaginación y amante de la historia, no iba a ser una venta fácil. Una casa de esas dimensiones, en el estado en que estaba, iba a asustar a la mayoría de la gente.

—Que tengas un buen día de Acción de Gracias si no nos vemos antes —le deseó Marjorie—. Te llamaré para contarte cómo va la convocatoria.

—Gracias, tú también. —Sarah sonrió y subió al coche. Todavía faltaban diez días para las vacaciones de Acción de Gracias. Phil, como siempre, iba a pasarlas con sus hijos. Para ella iban a ser unos días tranquilos. Pero antes de eso aún les quedaba un fin de semana juntos.

Phil la llamó al móvil cuando se dirigía al despacho y le preguntó cómo había ido la reunión con los herederos de Stanley.

—¿Se quedaron alucinados? —preguntó con interés.

Sarah se sorprendió de que se hubiera acordado y hubiera llamado para interesarse. Phil, por lo general, siempre se olvidaba de los casos que llevaba Sarah.

—Y que lo digas. —Nunca le había contado de cuánto dinero se trataba, pero Phil había deducido que era mucho.

—Qué tíos tan afortunados. A eso lo llamo yo una buena manera de hacer fortuna.

Sarah no le dijo que a ella también le había tocado una parte del pastel. Por el momento no quería contárselo a nadie. Pero sonrió y se preguntó qué diría Phil si le revelara que también ella era una tía afortunada. Diantre, más que afortunada. De repente se había convertido en una chica rica. Se sintió como toda una heredera mientras se dirigía en coche al centro. Y a renglón seguido él la dejó petrificada, como hacía a veces.

—Tengo malas noticias, nena —dijo mientras Sarah sentía un peso enorme en el corazón. Malas noticias, con él, significaba menos tiempo juntos. Y no se equivocaba—. El jueves he de ir a Nueva York. Me quedaré hasta el martes o el miércoles tomando declaraciones para un nuevo cliente. No te veré hasta después de las vacaciones de Acción de Gracias. En cuanto regrese de Nueva York recogeré a mis hijos y nos iremos directamente a Tahoe. Ya sabes cómo son esas cosas.

—Sí, lo sé —dijo Sarah, esforzándose por mostrarse comprensiva. Demonios, acababa de heredar casi un millón de dólares. ¿De qué se quejaba? Pero la decepcionaba no verlo. Iban a estar casi tres semanas sin verse, contando desde el último domingo. Era mucho tiempo para ellos—. Es una lástima.

—En cualquier caso, tú pasarás el día de Acción de Gracias con tu madre y tu abuela. —Lo dijo como si intentara convencerla de que estaría demasiado ocupada para verlo, lo cual no era cierto. Sarah pasaría en casa de su abuela unas horas, como siempre, y luego tendría tres solitarios días de fiesta sin él. Y él, naturalmente, no se lo compensaría dejándose ver más la semana siguiente a Acción de Gracias. Le haría esperar hasta el fin de semana. Cómo iba a perderse una noche en el gimnasio, o la oportunidad de jugar a squash con sus amigos.

—Tengo una idea —dijo, tratando de sonar animada, como si fuera una idea que nunca le hubiera propuesto antes. En realidad se la proponía cada año y nunca funcionaba—. ¿Por qué no me reúno contigo en Tahoe el viernes? Tus hijos ya son lo bastante mayores para que no les escandalice mi presencia. Podría ser divertido. Si quieres, podríamos pedir habitaciones separadas para no disgustarles. —Lo dijo con más alegría de la que sentía, tratando de sonar convincente.

—Sabes que no funcionaría, nena —replicó Phil con voz firme—. Necesito pasar tiempo a solas con mis hijos. Además, mi vida amorosa no es asunto de ellos. Ya sabes que no me gusta mezclar ambas cosas. Y no quiero que su madre reciba un informe de primera mano sobre mi vida. Nos veremos a mi regreso.

Así de sencillo. Sarah nunca se salía con la suya, pero lo intentaba cada año. Phil mantenía una clara división entre Iglesia y Estado. Entre ella y sus hijos. La había colocado en un casillero desde el primer día y no la había movido de allí desde entonces. «Idiota de fin de semana.» No le gustaba esa realidad. Acababa de heredar casi un millón de dólares que le abría mil puertas nuevas, salvo la que tanto deseaba con él. Por muy rica que se hubiera hecho de repente, nada había cambiado en su vida amorosa. Phil seguía siendo el hombre inaccesible de siempre, excepto bajo sus condiciones. Era emocional y físicamente inaccesible para ella, excepto cuando él elegía lo contrario. Y en época de vacaciones no elegía lo contrario. Por lo que a él se refería, las vacaciones eran de él y de sus hijos, y confiaba en que ella se las apañara sola. Ese era el trato. Phil había establecido las condiciones desde el principio y nunca las había cambiado.

—Lamento mucho que nos perdamos este fin de semana —dijo en un tono de disculpa pero con prisa.

—Yo también —dijo ella, apesadumbrada—. Pero lo entiendo. Nos veremos dentro de tres semanas, aproximadamente.

Como de costumbre, había sido rápida en sus cálculos. Siempre era capaz de calcular en cuestión de segundos cuántos días llevaban sin verse y los que faltaban para volver a estar juntos. Esta vez serían dos semanas y cinco días. Le pareció una eternidad. Si pudieran verse el fin de semana de Acción de Gracias no le parecería tan horrible. Mala suerte.

—Te llamaré más tarde. Tengo a alguien esperando fuera de mi despacho —dijo Phil.

—Claro. No te preocupes.

Sarah colgó y llegó al bufete diciéndose que no debía permitir que eso le estropeara el día. Le habían ocurrido cosas maravillosas. Stanley le había dejado una fortuna. ¿Qué importaba que Phil tuviera que ir a Nueva York y no pudiera pasar el fin de semana de Acción de Gracias con él, o incluso que no fuera a verle en tres semanas? ¿Qué demonios pasaba con sus prioridades?, se preguntó. ¿Había heredado setecientos cincuenta mil dólares y estaba triste porque no podía ver a su novio? Mas no eran sus prioridades lo que le preocupaba. La verdadera cuestión era: ¿qué pasaba con las prioridades de Phil?

8

Acción de Gracias siempre había sido una fiesta importante para Sarah y su familia, un día especial en el que también incluían a amigos especiales. Cada año la abuela de Sarah invitaba a alguna «alma extraviada», gente de su agrado que ese día no tenía dónde ir. El hecho de invitar amigos, por pocos que fueran, contribuía a dar un aire festivo a ese día y a que las tres mujeres se sintieran menos solas. Y la gente a la que invitaban se mostraba siempre profundamente agradecida. En los últimos años la fiesta de Acción de Gracias había sido especialmente animada gracias a la presencia de los pretendientes de turno de su abuela, que en la última década habían sido muchos.

Mimi, así la llamaban todos, era una mujer irresistible, menuda, bonita, divertida, cálida y dulce. Era la abuela ideal de todo el mundo y la mujer ideal de casi todos los hombres. Alegre y vivaz, a sus ochenta y dos años mostraba una actitud optimista ante la vida y nunca se detenía a pensar demasiado en las cosas desagradables. Tenía una visión muy positiva y siempre se interesaba por la gente nueva. Irradiaba luz y felicidad y todo el mundo disfrutaba de su compañía. Sarah sonrió para sí mientras pensaba en ella, camino de su casa, el día de Acción de Gracias.

Phil la había llamado la noche antes mientras cruzaba la ciudad para recoger a sus hijos. Había llegado de Nueva York el día anterior pero no había tenido tiempo de verla. Sarah ya no estaba enfadada ni triste, solo entumecida. Le deseó un feliz día de Acción de Gracias y colgó. Hablar con Phil la deprimía. Le hacía pensar en todo lo que no compartían y que nunca compartirían.

Cuando arribó a casa de su abuela, las dos amigas de Mimi, ambas viudas y mayores que ella, ya estaban allí. A su lado parecían dos viejecitas. Mimi tenía el pelo blanco como la nieve, los ojos grandes y azules, una piel impecable, sin apenas arrugas, y una figura todavía estilizada. Cada día se ponía un programa de gimnasia que daban por la tele y hacía los ejercicios que le indicaban. Todos los días caminaba por lo menos una hora. De vez en cuando todavía jugaba a tenis y le encantaba ir a bailar con sus amigos.

Llevaba puesto un bonito vestido de seda turquesa, con zapatos altos de ante negro, y unos pendientes también turquesas con el anillo a juego. En vida del abuelo de Sarah, a Mimi y a él no les había sobrado el dinero pero habían vivido holgadamente, y Mimi siempre había vestido con elegancia. Durante más de cincuenta años hicieron una estupenda pareja. Mimi raras veces hablaba de su infancia, por no decir nunca. Le gustaba decir que ella había nacido el día que se casó con Leland, que su vida había comenzado en ese momento. Sarah sabía que su abuela había crecido en San Francisco, pero poco más. Ignoraba incluso a qué colegio había ido o cuál era su apellido de soltera. Mimi, sencillamente, no hablaba de esas cosas. Nunca pensaba demasiado en el pasado, prefería vivir en el presente y el futuro, por eso caía tan bien a la gente. Siempre estaba contenta. Era una mujer plenamente feliz.

Su pretendiente favorito estaba en la sala de estar cuando Sarah entró. En otros tiempos corredor de bolsa, era unos años mayor que su abuela y cada día jugaba dieciocho hoyos. Se llevaba bien con sus hijos y le gustaba bailar tanto como a Mimi. Estaba frente a la barra de la pequeña y ordenada sala y se ofreció a prepararle una copa.

—Te lo agradezco, George, pero no. —Sarah sonrió—. Creo que será mejor que me presente en la cocina.

Sabía que su madre estaría recibiendo allí a la corte, vigilando el pavo y quejándose del tamaño, como todos los años. Siempre era o demasiado grande o demasiado pequeño, demasiado viejo o demasiado joven, y una vez asado estaría demasiado jugoso o demasiado seco, y desde luego mucho menos sabroso que el del año anterior. Mimi, en cambio, siempre lo encontraba perfecto, he ahí la diferencia entre ambas mujeres. Mimi siempre estaba satisfecha con lo que la vida le ofrecía y sabía divertirse. Su hija siempre se quejaba de su suerte y estaba permanentemente enfadada, disgustada o preocupada. Cuando Sarah entró en la cocina, encontró a las dos mujeres observando el horno. Sarah lucía un traje de terciopelo marrón que se había comprado, a juego con unos zapatos de ante, para celebrar el regalo de Stanley, y estaba muy elegante. Mimi se lo alabó en cuanto la vio entrar. Se sentía muy orgullosa de su única nieta y alardeaba de ella con todo el mundo. Audrey también, aunque se negara a reconocerlo.

—¿Esta noche toca perritos calientes? —bromeó Sarah mientras dejaba su bolso nuevo, de ante marrón, en una silla. Audrey se volvió y enarcó una ceja.

—Casi —respondió—. ¿Tienes previsto ir a una fiesta después de la cena?

—No. Venir a casa de Mimi es la mejor fiesta de la ciudad.

—Nunca dices eso cuando vienes a mi casa —repuso, dolida, su madre.

Audrey llevaba puesto un bonito traje negro acompañado de un collar de perlas y un broche de oro en la solapa. Su aspecto era elegante pero severo. Desde que se quedó viuda veintidós años atrás, y pese a ser una mujer atractiva, casi nunca vestía prendas de color. Tenía los ojos azules de su madre y de Sarah y llevaba el pelo teñido de rubio y recogido en un moño. Parecía una Grace Kelly madura pero igual de bonita. También poseía un cutis estupendo, sin apenas arrugas, y una buena figura. Era alta como Sarah, a diferencia de Mimi, que era menuda. El padre de Audrey había sido alto.

—Sí te digo que me gusta ir a tu casa, mamá. —Sarah besó a

las dos mujeres y Audrey regresó junto al pavo, refunfuñando sobre su tamaño.

Mimi volvió a la sala de estar, junto a George y sus dos amigas. Era curioso que Mimi hubiera invitado a tres personas y que Audrey y Sarah no hubieran tenido a nadie a quien invitar. Audrey había convidado a Mary Ann, su amiga del club de lectura, pero había enfermado en el último minuto. Se habían conocido en alcohólicos anónimos, cuando sus respectivos maridos bebían. A Sarah le gustaba Mary Ann pero la encontraba un poco deprimente. Nunca era una incorporación feliz al grupo y se diría que tiraba de su madre hacia abajo, lo cual no era muy difícil. Audrey, a diferencia de Mimi, casi siempre lo veía todo negro.

—Este año el pavo es demasiado pequeño —dijo mientras Sarah reía y examinaba las ollas que descansaban sobre los fogones. Había puré de patatas, guisantes, zanahorias, boniatos y salsa, y sobre la mesa de la cocina panecillos, salsa de arándanos y ensalada. La cena típica de Acción de Gracias. Sobre la encimera había tres tartas enfriándose, de frutos secos, de calabaza y de manzana.

—Siempre dices lo mismo, mamá.

—No es cierto —rezongó Audrey, poniéndose un delantal—. ¿Dónde te has comprado ese traje?

—En Neiman's. Me lo compré esta semana para Acción de Gracias.

—Me gusta —dijo Audrey, y Sarah sonrió.

—Gracias.

Se acercó a su madre y la abrazó. Entonces Audrey volvió a incomodarla con su siguiente pregunta.

—¿Dónde está Phil?

—En Tahoe, como todos los años. ¿Recuerdas?

Sarah se volvió para inspeccionar el puré de patatas e impedir que su madre viera la decepción en sus ojos. Unos días le costaba ocultarla más que otros. Las vacaciones siempre eran difíciles sin Phil.

—No entiendo por qué lo aguantas. Imagino que no te ha invitado a pasar el fin de semana con él —se lamentó Audrey. Detestaba a Phil.

—No, no me ha invitado, pero estoy bien. Tengo mucho trabajo que hacer para un cliente y antes de las vacaciones siempre se acumulan los asuntos, así que en cualquier caso no habría tenido tiempo de verlo. —Era mentira y ambas lo sabían, pero esta vez Audrey no insistió. Estaba atareada con el pavo. Temía que estuviera seco.

Media hora después estaban sentados a la mesa del pequeño y elegante comedor de Mimi que Audrey había decorado. Las verduras se hallaban repartidas en cuencos y George había trinchado el pavo. La mesa estaba impecable. Mimi bendijo la comida, como era su costumbre, y los invitados estallaron en una animada charla. Las dos amigas de Mimi tenían previsto hacer un crucero por México, George había vendido su casa de la ciudad para mudarse a un apartamento, Audrey estaba hablando de una casa que le había encargado un cliente de Hillsborough y Mimi planeaba una fiesta para Navidad. Sarah los escuchaba a todos con una sonrisa en los labios. Apenas la dejaban meter baza. Le gustaba verlos tan animados. Su entusiasmo era contagioso.

—¿Y cómo te van a ti las cosas, Sarah? —le preguntó Mimi en un momento dado—. Estás muy callada. —Siempre le gustaba escuchar a qué se dedicaba su nieta.

—He estado muy ocupada con la sucesión de una enorme herencia. Hay diecinueve herederos repartidos por todo el país y cada uno de ellos ha recibido una suma exorbitante de un tío abuelo. Me han encargado que les venda uno de los inmuebles. Se trata de una casa antigua y muy bonita, y están dispuestos a venderla por cuatro cuartos. Es enorme y hoy día eso tiene poca salida.

—Yo no volvería a vivir en una casa grande por nada del mundo —aseguró enérgicamente Mimi mientras Audrey miraba deliberadamente a su hija.

—Deberías hacer algo con respecto a tu apartamento. —Su mantra—. O como mínimo compra un par de pisos. Sería una buena inversión.

—No quiero los quebraderos de cabeza que dan los inquilinos. Seguro que acabo poniéndoles un pleito —repuso Sarah con sentido práctico, si bien esa semana, con el dinero que le había dejado Stanley, había estado dando vueltas a esa posibilidad. Pero no quería darle a su madre la satisfacción de reconocerlo. Casi había decidido comprar una casita con jardín. Lo prefería a la idea de adquirir dos pisos.

La conversación evolucionó hacia temas diversos. Las tartas de frutos secos, calabaza y manzana con nata montada y helado llegaron y desaparecieron, y luego Sarah ayudó a su madre a quitar la mesa y fregar los platos. Una vez limpia la cocina, Sarah se dirigió al dormitorio de su abuela para utilizar el cuarto de baño porque el de invitados estaba ocupado. Al pasar por delante de la cómoda donde su abuela tenía expuestas tantas fotografías que se tapaban unas a otras, se detuvo para contemplar una en la que aparecía ella con cinco o seis años en la playa, en compañía de su madre. Había otra de Audrey vestida de novia. Y detrás una de Mimi el día de su boda, durante la guerra, con un vestido de raso blanco, estrecho de cintura y ancho de hombros, que le daba un aire recatado y moderno a la vez. De repente, la foto de otra mujer joven con un vestido de noche atrajo su atención. Estaba semioculta detrás de un retrato de Mimi y su marido. Sara la cogió y la observó detenidamente, y en ese momento Mimi entró en la habitación. Sarah se volvió con cara de desconcierto. Era allí donde la había visto antes. Era la misma fotografía que había encontrado en el armario de la suite principal de la casa de la calle Scott. Sabía quién era esa mujer, pero tenía que preguntarlo. De repente necesitaba una confirmación.

—¿Quién es? —preguntó cuando sus miradas se encontraron.

Mimi se puso seria al coger la foto y contemplarla con nostalgia.

—No es la primera vez que la ves. —Era la única fotografía

que Mimi tenía de ella. Las demás habían desaparecido cuando ella se marchó. Mimi había encontrado esa entre los papeles de su padre, tras su muerte—. Es mi madre. Es el único retrato que tengo de ella. Murió cuando yo tenía seis años.

—¿Realmente murió, Mimi? —preguntó Sarah con dulzura.

Ahora sabía la verdad, y cayó en la cuenta de que su abuela nunca le había hablado de su madre. Audrey le había contado que su abuela había muerto cuando su madre tenía seis años y que por eso no la conoció.

—¿Por qué me preguntas eso? —inquirió Mimi con tristeza, mirando fijamente a Sarah.

—El otro día vi una fotografía como esta en una casa de la calle Scott que estamos vendiendo en nombre de un cliente, bueno, mejor dicho en nombre de sus herederos. Es la casa que mencioné en la cena. El número veinte-cuarenta de la calle Scott.

—Recuerdo la dirección —dijo Mimi, devolviendo la fotografía a la cómoda y volviéndose para sonreír a Sarah—. Viví en esa casa hasta los siete años. Mi madre se marchó cuando mi hermano tenía cinco y yo seis, en 1930, el año después del crack. Unos meses más tarde nos mudamos a un apartamento en la calle Lake, donde viví hasta que me casé con tu abuelo. Mi padre murió ese mismo año. No había vuelto a levantar cabeza desde el crack y desde que mi madre le abandonara.

Era la misma historia sorprendente que Sarah había oído de labios de Marjorie Merriweather sobre la familia que había mandado construir la casa de la calle Scott. Pero lo que más le sorprendió descubrir era que la madre de Mimi no había muerto sino que la había abandonado. Era la primera vez que su abuela lo contaba. Sarah se preguntó si su madre conocía la historia. O si Mimi también le había mentido a ella.

—No fue hasta hace poco que caí en la cuenta de que no conozco tu apellido de soltera. Nunca hablas de tu infancia —dijo Sarah con ternura, agradecida por la franqueza de su abuela.

Mimi respondió con una tristeza desacostumbrada en ella.

—Me llamaba De Beaumont, y la mía no fue una infancia feliz —confesó—. Mi madre nos abandonó y mi padre se arruinó. La institutriz, a quien yo adoraba, fue despedida. Perdí a mucha gente a la que quería.

Sarah sabía que el hermano de Mimi había muerto durante la guerra y que así fue como su abuela había conocido al hombre con quien se casó. El abuelo de Sarah era íntimo amigo del hermano de Mimi y fue a verla para llevarle algunas pertenencias de su hermano. Se enamoraron y al poco tiempo se casaron. Sarah sabía hasta ahí, pero nunca había escuchado la primera parte de la historia.

—¿Qué ocurrió después de que tu madre se marchara? —preguntó, conmovida por el hecho de que su abuela finalmente le estuviera contando lo que había sucedido.

No quería invadir su intimidad, pero la historia había adquirido de repente una gran importancia para ella. La casa donde Stanley había vivido durante setenta y seis años y que ella debía vender había sido construida por sus bisabuelos. Había estado en la casa decenas de veces, visitando a Stanley, y jamás había sospechado que tuviera una profunda relación con ella. Inopinadamente, se sentía fascinada y quería conocer hasta el último detalle.

—No lo sé muy bien. De niña nadie me hablaba de mi madre y tampoco tenía permitido hacer preguntas para no entristecer a mi padre. Me temo que nunca se recuperó. En aquellos tiempos el divorcio representaba un escándalo. Más tarde me enteré de que mi madre había dejado a mi padre por otro hombre y que se fue a vivir a Francia con él. Era un marqués francés muy apuesto, según me contaron. Se conocieron en una fiesta diplomática y se enamoraron. Años después de que mi padre falleciera supe que mi madre había muerto de neumonía o tuberculosis durante la guerra. Nunca volví a verla y mi padre se negaba a hablarme de ella. De niña nunca me explicaron por qué se había ido o qué había sucedido.

Y pese a toda esa tragedia, Mimi era una de las personas más alegres que Sarah conocía. Había perdido a toda su familia —a su madre, a su hermano, a su padre— siendo todavía muy joven, y el estilo de vida que había conocido de niña. Y sin embargo era una mujer jovial y sencilla que llevaba alegría a todo el mundo. Ahora comprendía por qué Mimi siempre decía que había nacido el día que se casó. Para ella fue como comenzar una nueva vida. Sin los lujos que había tenido de niña, pero una vida sólida y estable con una hija y con un hombre que la amaba.

—Creo que mi padre nunca levantó cabeza —prosiguió Mimi—, ignoro si por la pérdida de mi madre o de su fortuna. Probablemente por ambas cosas. Debió de ser un golpe terrible y humillante que su esposa le dejara por otro, y para colmo un año después del crack. Tarde o temprano habrían tenido que deshacerse de la casa, y creo que ya habían empezado a empeñar algunas cosas. Después de eso mi padre entró a trabajar en un banco y vivió como un ermitaño el resto de su vida. No recuerdo que acudiera a un solo acto social. Murió quince años más tarde, al poco tiempo de casarme yo. Mi padre había construido esa casa para mi madre. Me acuerdo de ella como si la hubiera visto ayer, o por lo menos eso me parece, y recuerdo las fiestas en el salón de baile. —Mimi lo dijo con expresión soñadora.

A Sarah le resultaba asombroso saber que había estado en ese mismo salón de baile, y en el cuarto de su abuela, hacía tan solo una semana.

—¿Te gustaría volver a ver la casa, Mimi? —preguntó. Todavía estaba a tiempo de enseñársela. Aún tardaría una semana en salir a la venta, después de la convocatoria de agentes del martes—. Tengo las llaves. Podría llevarte este fin de semana.

Mimi titubeó, luego meneó la cabeza con pesar.

—Sé que puede parecer absurdo, pero creo que me pondría muy triste. No me gusta hacer cosas que me entristecen. —Sarah asintió con la cabeza. Tenía que respetarlo. Se sentía conmovida por la historia que su abuela estaba compartiendo finalmente con ella después de tantos años—. Cuando estaba en Europa con tu abuelo, después de que tu madre naciera, fui a ver el castillo donde mi madre había vivido con el marqués con el que se casó, pero estaba abandonado y entablado. Yo sabía que mi madre estaba muerta, pero quería ver el lugar donde había vivido después de que nos abandonara. Los lugareños me contaron que su marido, el marqués, también falleció durante la guerra, en la Resistencia. No tuvieron hijos. Me preguntaba si sería posible encontrar a alguna persona que la hubiera conocido o supiera algo de ella, pero nadie sabía nada y tu abuelo y yo no hablábamos francés. Solo nos contaron que tanto el marqués como mi madre habían muerto. Curiosamente, mi padre y mi madre murieron en torno a la misma época. Él siempre hablaba como si ella estuviera muerta, y eso era lo que yo le contaba a la gente, porque me resultaba más fácil. Incluida tu madre.

Mimi parecía apesadumbrada por el hecho de haber mentido y el corazón de Sarah rebosó de ternura por ella. Qué tragedia para Mimi. Le agradecía profundamente que hubiera decidido contarle la verdad. Para ella era un regalo.

—Debió de ser terrible —dijo con tristeza, y abrazó a Mimi con fuerza.

No podía ni imaginar lo que habrían sido esos años para su abuela. La desaparición de su madre, la depresión de su padre y la pérdida de su único hermano en la guerra. Había caído muerto en Iwo Jima, y Mimi siempre decía que ese golpe fue lo que mató a su padre un año después. Mimi perdió a la familia que le quedaba en apenas un año. Y ahora, la casa que había construido su padre aparecía en la vida de Sarah arrastrando consigo toda su historia y sus secretos.

—¿Qué ocurre aquí? —preguntó secamente Audrey cuando entró en el dormitorio y vio a Sarah abrazada a Mimi. Siempre había estado algo celosa del trato cálido y relajado que compartían su madre y su hija. La relación que ella tenía con Sarah era mucho más tensa.

—Nada, solo hablábamos —dijo Mimi con una sonrisa.

—¿De qué?

—De mis padres.

Audrey la miró atónita.

—Tú nunca hablas de tus padres, mamá. ¿A qué viene hacerlo ahora? —Hacía años que había dejado de preguntarle a su madre por su infancia.

—Se me ha encomendado vender la casa que construyeron sus padres —explicó Sarah—. Es una casa preciosa, aunque está algo deteriorada. Nunca la han reformado.

Mimi salió de la habitación en busca de George. Habían hablado suficiente.

—¿No la habrás disgustado? —preguntó Audrey a su hija—. Ya sabes que no le gusta hablar de ese tema. —Había oído rumores de que su abuela abandonó a su madre cuando era una niña, pero Mimi nunca se lo confirmó. Como administradora del patrimonio de Stanley, Sarah sabía ahora muchas más cosas que su madre.

—Tal vez —respondió Sarah con franqueza—, pero no era mi intención. Esta semana encontré una fotografía de su madre en la casa. No sabía quién era, pero enseguida tuve la sensación de que ya había visto esa foto en algún lugar. Acabo de verla sobre su cómoda. —Levantó la fotografía de Lilli y se la enseñó. No quería desvelar las confidencias de su abuela hasta que ella se lo autorizara o decidiera hacerlo personalmente.

—Qué extraño. —Audrey contempló la foto con aire pensativo y luego la devolvió a la cómoda—. Espero que Mimi no se haya disgustado demasiado.

Pero cuando regresaron a la sala parecía tranquila y estaba charlando animadamente con George. El hombre bromeaba con las tres mujeres, pero su mirada estaba clavada en Mimi. Era evidente que tenía debilidad por ella. Y ella también parecía tenerla por él.

Audrey se quedó unos minutos más y luego dijo que había quedado con una amiga. No invitó a su hija a unirse a ellas, pero Sarah tampoco lo habría querido. Tenía mucho en qué pensar y deseaba estar sola para digerir lo que su abuela le había contado. Cuando, una hora después, entró en su apartamento y vio los platos sin fregar en la encimera de la cocina, la cama sin hacer y la ropa sucia tirada en el suelo del cuarto de baño, comprendió lo que su madre quería decir cuando hablaba de su apartamento. Su casa era, ciertamente, un caos. Sucia, oscura y deprimente. Sin cortinas, con las persianas venecianas rotas, viejas manchas de vino en la alfombra y un sillón que arrastraba desde la universidad y que hacía años que debió tirar.

—Mierda —espetó al tiempo que se hundía en el sillón y miraba a su alrededor.

Pensó en Phil, en Tahoe con sus hijos, y se sintió sola. De repente todo en su vida le parecía deprimente. Su apartamento era feo, mantenía una relación de fin de semana con un hombre desatento que ni siquiera estaba dispuesto a pasar las vacaciones con ella después de cuatro años juntos. Lo único que la llenaba en su vida era el trabajo. En su cabeza resonaron las advertencias de Stanley y súbitamente pudo imaginarse diez o veinte años más adelante en un apartamento como ese o incluso peor, con un novio peor aún que Phil o sin novio en absoluto. Seguía con él porque le era cómodo y no quería perder lo poco que tenía. Pero ¿qué tenía en realidad? Una profesión sólida como abogada especializada en impuestos, un cargo de socia en un bufete de abogados, una madre que la pinchaba continuamente, una abuela encantadora que la adoraba y un novio que utilizaba cualquier pretexto imaginable para no pasar la vacaciones con ella. Tuvo la impresión de que su vida personal no podía ir peor. De hecho, apenas tenía vida personal.

Quizá un apartamento más agradable fuera un buen comienzo, pensó, hundida en su viejo sillón. Pero ¿y luego? ¿Qué haría después? ¿Con quién pasaría su tiempo libre si decidía que lo que tenía con Phil no le bastaba y rompía con él? Le aterraba pensar en ello. De repente sintió la necesidad de hacer una limpieza general y deshacerse de todo, puede que Phil incluido. Contempló las dos plantas muertas de la sala de estar y se preguntó cómo era posible que no hubiera reparado en ellas en dos años. ¿Acaso eso era cuanto creía que se merecía? Un montón de muebles viejos de sus días en Harvard, unas plantas muertas y un hombre que no la quería por mucho que él dijera que sí. Si de verdad la quería, ¿por qué no estaba en Tahoe con él? Pensó en lo valiente que había sido su abuela, en lo duro que debió de ser para ella perder a su madre, a su hermano y a su padre y, sin embargo, seguir adelante como un rayo de sol, irradiando alegría a la gente que la rodeaba. Luego pensó en Stanley, en la habitación del ático de la calle Scott, y de repente tomó una decisión. Llamaría a Marjorie Merriweather por la mañana y buscaría otro apartamento. Tenía el dinero y aunque eso no lo resolvería todo, era un comienzo. Tenía que cambiar algo en su vida o, de lo contrario, se quedaría para siempre estancada en ese apartamento, pasando sus vacaciones en soledad, rodeada de plantas muertas y con una cama por hacer.

Phil no se molestó en telefonearla por la noche para desearle un feliz día de Acción de Gracias. Hasta ese punto le traía sin cuidado. Y no le gustaba que Sarah le llamara cuando estaba con sus hijos porque lo consideraba una intromisión. Sarah sabía que cuando Phil se dignara finalmente a llamarla ya habría elaborado alguna excusa enrevesada pero plausible de por qué no lo había hecho antes. Y si aceptaba sus excusas solo conseguiría empeorar la situación. Había llegado el momento de arremangarse los pantalones y hacer algo con su vida. Decidió ocuparse primero del tema del apartamento. Gracias a Stanley iba a ser la parte fácil. Aunque una vez solucionado eso, quizá el resto también lo fuera. Reflexionó sobre ello tumbada en el sofá. Ella se merecía mucho más. Y si Mimi podía llevar una vida feliz pese a su trágico pasado, ella también podía conseguirlo, por difícil que fuera.

9

Sarah telefoneó a Marjorie el viernes después de Acción de Gracias a las nueve de la mañana. No estaba en la oficina pero la localizó en el móvil. La agente dio por sentado que la llamaba para hablar de la casa de la calle Scott. El servicio de recogida había arrojado todas las tablas y las cortinas a un contenedor y un equipo de limpieza se había pasado una semana restregando, frotando y puliendo hasta dejar la casa impecable. La convocatoria de agentes estaba prevista para el martes y por el momento la respuesta había sido buena. Marjorie esperaba que acudieran casi todos los agentes inmobiliarios de la ciudad.

—En realidad no te llamaba por eso —dijo Sarah cuando Marjorie hubo terminado su informe sobre la mansión de la calle Scott y añadido que a los agentes incluso les gustaba el precio acordado. Teniendo en cuenta el estado de la casa, su enorme superficie y sus incomparables detalles, el precio les parecía justo—. Te llamaba por un apartamento. Para mí. Creo que me gustaría encontrar un apartamento realmente agradable en Pacific Heigthts. Mi madre lleva años insistiéndome en ello. ¿Crees que podríamos encontrar algo? —preguntó esperanzada.

—Naturalmente —dijo Marjorie, encantada—. En Pacific Heights estamos hablando de medio millón de dólares. Los pisos son más caros, sobre el millón si están en buen estado, y las casas rondan los dos millones. Podríamos buscar en otras zonas, pero serán casas que necesiten mucha remodelación. En la actualidad las casas semiderruidas cuestan cerca del millón de dólares incluso en barrios donde no te gustaría vivir. Las propiedades no son baratas en San Francisco, Sarah.

—Caray. Estando así los precios, quizá deberíamos pedir más por la casa de la calle Scott.

Sin embargo, ambas sabían que esa casa era un caso especial y necesitaba mucho trabajo.

—No te preocupes, te encontraremos algo agradable —la tranquilizó Marjorie—. En estos momentos tengo algunas cosas. Consultaré su situación y me aseguraré de que no están reservadas. ¿Cuándo quieres empezar a buscar?

—¿Tienes hoy algún momento libre? Mi bufete ha cerrado hasta el lunes y no tengo nada que hacer.

—Te llamaré dentro de una hora —le prometió Marjorie.

Entretanto, Sarah puso una lavadora y tiró las plantas muertas. No podía creer que llevaran ahí tanto tiempo y que no hubiera reparado antes en ellas. Eso decía mucho sobre su actitud, y se reprendió por ello. Cuando Marjorie volvió a telefonearla, le dijo que tenía cuatro apartamentos para enseñarle, dos muy bonitos, uno normalito y otro interesante, aunque quizá demasiado pequeño, pero valía la pena echarle un vistazo. Este último estaba en Russian Hill y aunque el barrio no la entusiasmaba, Sarah decidió verlo de todos modos. Los otros tres estaban en Pacific Heights, a unas manzanas de su casa. Quedaron en verse a las doce. Pese a saber que tardaría un tiempo en encontrar lo que quería, Sarah estaba muy ilusionada. Quizá su madre pudiera ayudarla a decorarlo. Las artes domésticas no eran su punto fuerte.

Sarah ya había calculado que si pagaba un diez por ciento de entrada por un apartamento nuevo, todavía le quedaría mucho dinero de Stanley para invertir. El diez por ciento de medio millón de dólares, si compraba por esa cantidad, eran solo cincuenta mil dólares. Eso significaba que aún le quedarían setecientos mil para invertir. Si le entrara la locura y decidiera comprar una casa de dos millones de dólares, tendría que pagar doscientos mil de entrada y, por tanto, todavía le quedaría medio millón. Y en el bufete ganaba dinero suficiente para pagar una hipoteca. En cualquier caso, no quería una casa. No necesitaba tanto espacio. Un apartamento parecía una solución mucho mejor.

A las once y media salió deprisa y corriendo de su edificio, pasó un momento por Starbucks y a las doce en punto se encontraba con Marjorie en la primera dirección, el apartamento de Russian Hill. A Sarah no le gustó. Marjorie tenía razón. Era un garaje convertido en vivienda y no lo consideró adecuado para ella. Y los tres apartamentos de Pacific Heights le parecieron pequeños y fríos. Si iba a gastarse medio millón de dólares, quería algo con personalidad. Marjorie le dijo que no se desanimara, que antes de que finalizara el año saldrían muchos apartamentos a la venta y más aún después de Navidad. La gente no quería vender su vivienda durante las fiestas, explicó. Todo eso era un mundo nuevo para Sarah. Estaba descubriendo los horizontes de los que Stanley hablaba en su carta. Estaba haciendo justamente lo que él le había pedido a ella y a los demás que hicieran. Stanley le había abierto una puerta importante.

Camino de sus respectivos coches, Sarah y Marjorie hablaron nuevamente de la posibilidad de comprar una casa. Sarah seguía pensando que era demasiado para ella. Tener tanto espacio y nadie con quien compartirlo podría deprimirla. Marjorie sonrió.

—No estarás sola toda la vida, Sarah. Aún eres muy joven.

Al lado de ella, lo era. Marjorie la veía como una chiquilla. Sarah, no obstante, negó con la cabeza.

—Ya tengo treinta y ocho años. Quiero algo donde me sienta a gusto sola. —Después de todo, esa era la realidad de su vida.

—Encontraremos exactamente lo que quieres —le prometió Marjorie—. Las casas y los apartamentos son como los idilios. Cuando ves el lugar adecuado para ti, lo sientes y todo sale rodado. No tienes que suplicar, ni insistir, ni forzar las cosas.

Sarah asintió con la cabeza mientras pensaba en Phil. Ella

llevaba cuatro años suplicando e insistiendo y estaba empezando a dolerle. Hacía dos días que no sabía nada de él. Era evidente que Phil no tenía ninguna necesidad de insistir, o de pensar en ella.

Finalmente la llamó por la noche, después de que Sarah hubiese ido a ver una película sola. La película había sido una porquería y las palomitas estaban rancias. Cuando sonó el teléfono, se hallaba tumbada en la cama, todavía vestida, compadeciéndose de sí misma.

—Hola, nena, ¿cómo estás? Te llamé antes pero tenías el móvil apagado. ¿Dónde estabas?

—En el cine, viendo una de esas estúpidas películas extranjeras donde no pasa nada. La gente roncaba tan fuerte que no era posible oír los diálogos. —Phil rió. Parecía estar de excelente humor. Dijo que lo estaba pasando muy bien con sus hijos—. Gracias por llamar el día de Acción de Gracias —añadió Sarah con cinismo. Si ella se sentía mal, que también él se sintiera mal, se dijo. Le irritaba oírlo tan contento, y más aún habiendo sido excluida.

—Lo siento, nena. Quería llamarte pero al final se me hizo tarde. Estuve en una discoteca con los niños hasta las dos de la mañana. Me había dejado el móvil en la habitación y para cuando regresamos ya era demasiado tarde para llamarte. ¿Cómo fue?

—Bien. Mi abuela y yo hablamos de algunas cosas interesantes de su infancia. Rara vez lo hace. Fue agradable.

—¿Y qué has hecho hoy? —Phil hablaba como si hubiera telefoneado a uno de sus hijos en lugar de a la mujer de la que estaba enamorado.

Y a Sarah no le pasó inadvertida la mención de la discoteca. No se sentía como una parte de su vida, o por lo menos una parte importante. Casi parecía una llamada de cortesía y estaba demasiado triste para poder disfrutarla. De hecho, solo estaba consiguiendo deprimirla aún más. Para Phil, ella no era más que una mujer con la que pasar los fines de semana. Sarah quería más, pero él no. Con Phil las cosas nunca cambiaban.

—He estado viendo apartamentos —respondió en un tono neutro.

—¿Por qué? —Phil parecía sorprendido. Sarah no era dada a pensar en esas cosas. Y los apartamentos eran caros. Por lo visto las cosas le iban mejor de lo que pensaba.

—En realidad, por mi sillón y mis plantas muertas —respondió Sarah, riendo.

—Podrías cambiar el sillón y tirar las plantas, en lugar de comprarte un apartamento. Me parece una solución un poco radical para un par de plantas muertas.

—Pensé que sería divertido mirar —confesó Sarah.

—¿Lo fue?

—En realidad no. Acabé totalmente deprimida. Así y todo, he decidido que quiero mudarme. La agente inmobiliaria me dijo que seguro que encontraré algo después de Navidad.

—Señor, te dejo sola un par de días y mira la de travesuras que haces —bromeó Phil, y Sarah no se molestó en corregirlo. No había sido «un par de días». Entre la semana de declaraciones en Nueva York, el viaje a Tahoe con sus hijos y la absurda norma de verse solo los fines de semana, hacía dos semanas que no se veían. Y aún tendría que pasar otra antes de que volvieran a verse. Ya puestos, ¿por qué no dejar transcurrir un mes?, le entraron ganas de decir. Parecía que Phil estuviera intentando demostrar algo, pero en realidad simplemente estaba siendo Phil—. No te mudes antes de mi vuelta. Tengo que bajar a echar un vistazo a mis hijas. Están en el jacuzzi con un montón de universitarios.

¿Y con quién estaba él en el jacuzzi?, no pudo evitar preguntarse Sarah. En realidad no importaba. Lo que importaba era que él no estaba en el jacuzzi con ella, ni en ningún otro lugar. Vivían en mundos separados y estaba harta de eso. Se sentía demasiado sola sin él, sobre todo en las épocas de vacaciones.

Esa noche tuvo un sueño agitado y se despertó a las seis de la mañana, olvidó que era sábado y empezó a prepararse para ir a trabajar. Entonces cayó en la cuenta de su error y regresó a la cama. Tenía otros dos días de fiesta por delante antes de poder huir al bufete. Ya había revisado todas las carpetas que se había traído del despacho, consultado todos los apartamentos anunciados en el periódico y visto todas las películas que quería ver. Telefoneó a su abuela, pero tenía el fin de semana lleno, y no quería ver a su madre. Si llamaba a sus amigas casadas solo conseguiría deprimirse aún más. Estarían ocupadas con sus maridos e hijos. ¿Qué había hecho con su vida? ¿Acaso trabajar, distanciarse de sus amigas y encontrar un novio de fin de semana era cuanto había conseguido en los últimos diez años? No sabía qué hacer con su tiempo libre. Necesitaba un proyecto. Decidió ir a un museo y camino del mismo pasó por delante de la casa de la calle Scott. No fue un acto deliberado, simplemente dobló la esquina y allí estaba. Para Sarah representaba mucho más ahora que sabía que la había construido su bisabuelo y que su abuela pasó en ella sus primeros años de vida. Confió en que la persona que comprara la casa supiera amarla como se merecía.

De pronto se descubrió pensando en los dos arquitectos que Marjorie le había presentado y en si lo estarían pasando bien en Venecia y París. Empezó a barajar la idea de hacer un viaje. Tal vez debería ir a Europa. Hacía años que no iba. No le gustaba viajar sola. Se preguntó si Phil querría acompañarla. Estaba intentando llenar las lagunas de su vida a fin de darle sentido y dinamismo. Sentía como si el motor de su vida se hubiera parado y estuviera intentando arrancarlo de nuevo pero no supiera cómo.

Deambuló por el museo sin rumbo fijo, contempló cuadros que le traían sin cuidado, regresó a casa sin prisas, barajando todavía la idea de un viaje a Europa, y de repente se descubrió pasando de nuevo por delante de la casa de Stanley. Paró, bajó del coche y se quedó mirándola. La ocurrencia que acababa de pasar por su cabeza era una locura. No solo una locura. Era completamente absurda. Phil tenía razón, por una vez en su vida. En lugar de cambiarse el sillón y tirar las plantas muertas, estaba pensando en comprarse un apartamento. Por lo menos podía justificarlo diciendo que era una inversión. Mientras que aquello, aquello era una ruina. No solo se comería el dinero que Stan-

ley le había dejado, sino todos sus ahorros. Pero si Marjorie estaba en lo cierto, una casa pequeña y corriente en Pacific Heights le costaría lo mismo, mientras que esta encerraba un pedazo de historia, de su propia historia. La había construido su bisabuelo, su abuela había nacido en ella, y un hombre al que Sarah había querido y respetado había vivido en el ático. Y si lo que necesitaba era un proyecto, ese se llevaba la palma.

—¡No! —dijo en voz alta.

Hurgó en el bolso, sacó las llaves, subió los escalones de la entrada, contempló la pesada puerta de bronce y cristal y giró la llave. Sentía como si algo más fuerte que ella la estuviera empujando a entrar, como si la corriente agitada de un río la estuviera arrastrando y no pudiera luchar contra ella. Avanzó despacio hasta el vestíbulo.

Como Marjorie había prometido, la casa estaba impecable. Los suelos brillaban, las arañas de luces titilaban con la luz de la tarde y la escalera de mármol estaba reluciente. La vieja alfombra había desaparecido, pero las barras de bronce seguían allí. Los pasamanos estaban perfectamente pulidos. La casa estaba limpia, pero todos sus problemas seguían allí, los cables viejos, la cañerías que nadie había cambiado en años, la cocina que era preciso trasladar a otra planta, la caldera que había que sustituir por un sistema de calefacción más moderno. El ascensor tenía unos ochenta años. Exceptuando los suelos y el artesonado, prácticamente no había nada en la casa que no necesitara algún tipo de arreglo. Jeff Parker había dicho que podría hacerse por medio millón de dólares si el nuevo propietario estaba dispuesto a hacer parte del trabajo y controlaba los gastos. Pero ella no sabía nada de restauraciones. No era capaz ni de cuidar del apartamento de dos habitaciones donde vivía. ¿En qué demonios estaba pensando? Se detuvo en el vestíbulo, preguntándose si no se habría vuelto loca. Quizá se debiera a su sensación de soledad, o a las discusiones con Phil por el poco tiempo que pasaban juntos, o al exceso de trabajo, o a la muerte de Stanley, o a la enorme suma que había heredado, pero el caso es que en esos momentos solo podía pensar en que si pagaba dos millones por la casa y daba doscientos mil dólares de entrada, le quedarían quinientos cincuenta mil dólares para restaurarla.

—¡Dios mío! —exclamó, llevándose las manos a la boca—. Debo de estar loca. —Y sin embargo, no sentía que lo estuviera. Se sentía completamente cuerda, completamente segura. Contempló la enorme araña de luces y rompió a reír—. ¡Dios mío! —gritó de nuevo, esta vez con más fuerza...—. ¡Stanley, voy a hacerlo! —Empezó a bailar por el vestíbulo como una niña, corrió hasta la puerta, salió, echó la llave y regresó al coche. Telefoneó a Marjorie desde el móvil.

—No te desanimes, Sarah, seguro que encontramos algo —dijo la agente en cuanto descolgó, imaginando lo que Sarah iba a decirle.

—Me temo que ya lo hemos encontrado —repuso con un hilo de voz. Estaba temblando. En su vida se había sentido tan asustada, ni tan entusiasmada. Ni siquiera el día que presentó la tesis de su doctorado.

—¿Has visto algo? Si me das la dirección puedo buscarla en el listado. Tal vez la tengamos nosotros.

—La tenéis —dijo Sarah con una risita, presa de una sensación de mareo.

—¿Dónde está? —A Marjorie le pareció que hablaba de una forma extraña, y se preguntó si había estado bebiendo. No le habría sorprendido, teniendo en cuenta lo alicaída que la había encontrado el día anterior.

—Cancela la convocatoria.

—¿Qué?

—Cancela la convocatoria.

—¿Por qué? ¿Ha ocurrido algo?

—Creo que me he vuelto loca. Voy a comprar la casa. Quiero hacerles una oferta a los herederos. —Ya había calculado la cantidad exacta y los herederos le habían dicho que aceptarían la primera oferta que les hicieran. Sarah podía ofrecer menos, pero no le parecía justo—. Quiero ofrecerles un millón novecientos mil dólares. Así cada heredero recibirá cien mil dólares justos.

—¿Lo dices en serio? —Marjorie estaba estupefacta. Jamás habría imaginado que Sarah pudiera hacer algo así. Apenas unas horas antes le había dicho que quería un apartamento. ¿Qué demonios iba a hacer con una casa de dos mil setecientos metros cuadrados en la que necesitaría invertir dos años y cerca de un millón de dólares en reformas?—. ¿Estás segura?

—Lo estoy. Ayer me enteré de que la construyó mi bisabuelo. La desaparecida Lilli es mi bisabuela.

—¡Santo Dios! ¿Por qué no lo mencionaste antes?

—Porque no lo sabía. Lo único que sabía era que había visto esa foto en algún lugar, y resulta que ayer volví a verla sobre la cómoda del dormitorio de mi abuela. Lilli era su madre. Nunca volvió a verla después de que se marchara.

—Es una historia asombrosa. Si lo tienes claro, Sarah, prepararé los documentos y presentaremos la oferta el lunes.

—Lo tengo claro. Soy consciente de que puede parecer una locura, pero sé que estoy haciendo lo correcto. Creo que fue el destino el que me llevó hasta esa casa. Y Stanley me dejó el dinero para comprarla. Sin él saberlo, me legó una herencia que va a permitirme comprar la casa y restaurarla. Siempre y cuando lo haga de la manera que propuso Jeff Parker, ocupándome personalmente de una buena parte del trabajo y vigilando lo que gasto. —Sabía que sonaba como una demente, pero era como si ante ella se hubiera abierto de repente un nuevo horizonte y todo lo que divisaba fuera bello y rezumara vida. De la noche a la mañana, la casa de Stanley se había convertido en su sueño—. Siento hablarte como si estuviera loca, Marjorie. Es por la emoción. En mi vida he hecho nada igual.

—¿Qué? ¿Comprar una casa de noventa años y dos mil setecientos metros cuadrados que necesita una reforma completa? Pensaba que lo hacías todos los días. —Ambas rieron—. En fin, me alegro de no haber hecho ninguna oferta por las nimiedades que vimos ayer.

—Y yo —dijo, contenta, Sarah—. Esa es la casa que quiero.

—Bien. Mañana te llevaré los papeles de la oferta para que les eches un vistazo. ¿Estarás en casa?

—Sí, tirando a la basura todas mis cosas.

—Así me gusta, que no te precipites. —Marjorie sonrió mientras meneaba la cabeza—. Si te parecen bien, mañana mismo podrías firmar los papeles.

—El lunes llamaré personalmente a los herederos para comunicarles la oferta. O quizá se la envíe por fax. —Teniendo en cuenta lo hablado en la reunión de la semana anterior, no creía que los herederos pusieran ningún problema, pero tampoco quería dar nada por hecho hasta que expresaran su aprobación—. Y también tendré que llamar al banco. —Existía la posibilidad de que le adelantaran el dinero hasta que el legado de Stanley se materializara. Tenía un saldo excelente y hacía tiempo que era clienta.

—¿Recuerdas lo que te dije, Sarah? —preguntó Marjorie en un tono de complicidad—. ¿Que las casas eran como los idilios? Cuando encuentras la adecuada para ti, enseguida lo sabes. No tienes que suplicar, ni insistir, ni pelear. Simplemente ocurre.

—Sinceramente, creo que esa casa es para mí. —Sarah sentía que era el destino.

—¿Sabes una cosa? —dijo Marjorie—. Yo también lo creo. —Estaba feliz por ella. Sarah era una buena mujer y se merecía esa casa, si era lo que quería.

—Gracias —dijo Sarah, más tranquila ahora que hacía unos minutos. Aquello era lo más estimulante que había hecho en su vida. Y lo más aterrador.

Marjorie le prometió que pasaría con los papeles de la oferta al día siguiente. Sarah puso en marcha el coche y se fue a casa. En su vida se había sentido tan segura de algo, ni tan feliz. Estacionó y entró en su edificio con una amplia sonrisa. El veinticuarenta de la calle Scott le estaba haciendo guiños desde el horizonte y ella estaba impaciente por ir a su encuentro.

10

El domingo por la mañana Marjorie pasó por su casa con los papeles de la oferta. A Sarah le parecieron bien y los firmó. Marjorie le entregó una copia para que pudiera enviarla por fax a los herederos de Stanley. El asunto resultaba un poco delicado, teniendo en cuenta que ella era la abogada encargada de la herencia. Pero estaba dentro de la legalidad.

—Deberías llamar a Jeff y Marie-Louise cuando regresen de Europa —le recordó Marjorie.

Sarah ya lo había pensado. No le había mencionado el tema a Phil cuando, el día antes, la telefoneó. Bastante sorpresa se había llevado ya el viernes cuando le contó que había estado mirando apartamentos. Si le revelaba que al día siguiente había hecho una oferta por una casa de dos mil setecientos metros cuadrados pensaría que había perdido por completo la chaveta.

Salió a desayunar sola, leyó *The New York Times*, hizo el crucigrama y regresó a su apartamento. Cuando entró decidió buscar la tarjeta de Jeff Parker y Marie-Louise Fournier y dejarles un mensaje en el contestador. Sabía que seguían en Europa, pero podían llamarla a su regreso. Quería recorrer nuevamente la casa con ellos, esta vez con más detenimiento. Si los herederos aceptaban la oferta, tendría que elaborar varias listas con todo lo que había que hacer. Los temas de electricidad y fontanería tendría que dejarlos en manos de un contratista, pero ella intentaría hacer otros trabajos menos importantes. Iba a necesitar la ayuda de Jeff y Marie-Louise, y mucho asesoramiento. Esperaba que no le cobraran una fortuna por sus servicios, pero no tenía más opción que confiar en ellos.

Marcó el número del despacho y esperó a que saltara el contestador. Jeff le había dado el número de sus dos móviles, el europeo y el estadounidense, pero estando tan lejos nada podían hacer por ella. El asunto podía esperar a que la oferta fuera aceptada y ellos regresaran a San Francisco. Sarah oyó que saltaba el contestador y luego, por encima, una voz masculina. Los dos intentaron hablar y el hombre al otro lado de la línea le pidió que aguardara mientras apagaba el contestador. Regresó poco después y Sarah probó de nuevo. No había reconocido la voz.

—Hola, me llamo Sarah Anderson y me gustaría dejar un mensaje para Jeff Parker y Marie-Louise Fournier. ¿Podría decirle a uno de los dos que me llame al despacho cuando regresen de Europa? —Sarah rezó para que fuera Jeff y no su desagradable compañera francesa, pero estaba dispuesta a tratar con quien dispusiera de tiempo para ayudarla.

—Hola, Sarah, soy Jeff —dijo con la voz cálida y tranquila que Sarah recordaba.

—¿Qué haces ahí? Creía que estabas en Italia, o en París. —Había olvidado el itinerario y las fechas exactas de su viaje.

—Lo estaba. Marie-Louise sigue allí. Yo he vuelto porque tengo trabajo que hacer para un cliente y vamos algo retrasados.

Sarah respiró hondo y fue directamente al grano.

—Voy a hacer una oferta por la casa.

Jeff parecía desconcertado.

—¿Qué casa?

—El veinte-cuarenta de la calle Scott —respondió con orgullo, y aunque no podía verlo, Sarah pudo oír su estupefacción.

—¿Esa casa? ¡Uau, menuda sorpresa! Eres muy valiente. —Lo dijo en un tono ligeramente desalentador, como si pensara que Sarah había perdido un tornillo.

—¿Crees que estoy cometiendo una locura?

—No —repuso Jeff pensativamente—. No, si la casa te gusta.

—Me encanta —dijo Sarah, algo más tranquila—. La construyó mi bisabuelo.

—Eso sí que es una sorpresa. Me fascina cuando las cosas vuelven a su punto de partida. En cierto modo, es como si siguieran el orden correcto. Espero que estés preparada para una obra de semejante magnitud —dijo con un tono de alegría en la voz, y Sarah rió.

—Lo estoy. Espero que vosotros también. Necesito vuestra ayuda y todos los consejos que podáis darme. Me he decantado por el plan A.

—¿Qué era?

—Invertir medio millón de dólares en la restauración, hacer personalmente una buena parte del trabajo y controlar los gastos.

—Yo en tu lugar habría hecho exactamente lo mismo, sobre todo si mi familia hubiera sido la propietaria original.

—La diferencia está en que tú eres arquitecto, mientras que yo soy abogada. Sé mucho de herencias y leyes tributarias, pero nada de restauraciones. No sé ni clavar un clavo.

—Aprenderás. La mayoría de la gente que hace cosas en su casa empieza sin tener ni idea de lo que está haciendo. Aprenderás sobre la marcha y si cometes errores, los corregirás. —Le hablaba de forma alentadora y cordial. Sarah se alegró de que Marie-Louise no estuviese en San Francisco. Ella no habría sido ni la mitad de amable.

—Si no estás demasiado ocupado, me gustaría que echaras otro vistazo a la casa. Cobrando, naturalmente. Necesito que me asesores sobre qué es lo primero que debo hacer. Me refiero al trabajo de electricidad y fontanería. Necesito orientación para poder poner en marcha el proyecto, y precisaré de muchos consejos durante el transcurso del mismo.

—Para eso estamos. ¿Cómo tienes la semana? ¿Cuándo te iría bien que pasara? Creo que Marie-Louise aún estará fuera unas semanas. La conozco cuando se junta con su familia en París. Cada día retrasa su regreso un poco más. Calculo que aún tardará tres semanas en volver. Podemos esperar a que vuelva o puedo empezar yo solo.

—Para serte franca, preferiría no esperar.

—Por mí perfecto. ¿Cómo lo tienes esta semana?

—Fatal. —Sarah estaba pensando en las reuniones con sus clientes y en el trabajo que todavía estaba haciendo para la autenticación del patrimonio de Stanley. Y el martes por la mañana tenía una vista en los juzgados.

—Yo también —dijo Jeff, consultando su agenda—. Se me ocurre una idea. ¿Tienes algo que hacer esta tarde?

—No, pero tú sí —contestó Sarah, sintiéndose culpable—. Imagino que no estás leyendo ni viendo la tele.

—No, pero he conseguido adelantar mucho entre ayer y hoy. Puedo tomarme unas horas, si quieres que nos encontremos en la casa. Además, ahora eres una clienta. Se trata de trabajo.

—Me encantaría. —Sarah no tenía nada que hacer en toda la tarde. La casa ya estaba empezando a llenar sus días.

—Estupendo. Te veré allí dentro de media hora. De hecho, ¿por qué no compramos unos sándwiches por el camino? Podríamos hablar de tu proyecto mientras comemos.

—Me parece bien —respondió Sarah. No había estado tan ilusionada por algo desde su ingreso en Harvard.

—Pasaré a recogerte dentro de diez minutos. ¿Dónde vives?

Le dio la dirección y quince minutos después Jeff estaba llamando a su puerta. Sarah bajó corriendo y subió al Jeep que la esperaba fuera.

—¿Qué le ha pasado al Peugeot? —preguntó.

—No se me permite usarlo —contestó Jeff con una sonrisa.

Pararon en una charcutería de la calle Fillmore para comprar sándwiches y limonada y finalmente llegaron a la casa que Sarah confiaba en que, con un poco de suerte, pronto fuera suya. Advirtió a Jeff de que todavía no lo era y él sonrió con despreocupación.

—Lo será. Lo presiento.

—Yo también —dijo Sarah con una risita al tiempo que abría la puerta.

Jeff se tomaba su trabajo muy en serio. Había traído dos cámaras, un metro profesional, un cuaderno de dibujo y varios instrumentos y herramientas para tomar medidas y hacer comprobaciones. Le explicó que durante las obras iba a ser preciso proteger los suelos y el artesonado. Le recomendó dos casas de fontanería y tres electricistas que no le cobrarían una fortuna, y en cuanto a él le propuso cobrar por horas, de acuerdo con el trabajo hecho, en lugar de cobrar un porcentaje de los costes. Dijo que el cobro por horas le saldría más a cuenta. Estaba siendo sumamente razonable, se metía debajo de las cosas, encima, zarandeaba, golpeaba paredes y comprobaba la madera, las baldosas y el yeso.

—La casa está en muy buen estado teniendo en cuenta su antigüedad —dijo al cabo de una hora.

No había duda de que el estado de los cables y las tuberías era desastroso, pero se alegró de comprobar que no había fugas visibles en toda la casa, lo cual, dijo, era insólito.

—En general, Stanley cuidaba bastante de ella. Aunque prefería vivir en el ático, no quería que se viniera abajo. El año pasado cambió el tejado.

—Una decisión inteligente. El agua puede hacer estragos y a veces las fugas son difíciles de localizar. —Estuvieron allí hasta casi las seis y al salir ambos llevaban en la mano una potente linterna. Sarah se sentía completamente a gusto en la casa. Había pasado una tarde muy entretenida examinando su estado con Jeff. Y eso no era más que el principio. Él ya había llenado una libreta entera con anotaciones y bosquejos—. Y no voy a cobrarte por el trabajo de hoy —dijo mientras la ayudaba a subir al Jeep.

—¿Bromeas? Hemos estado cinco horas.

—Es domingo. No tenía nada mejor que hacer y ha sido divertido. Lo de hoy es un regalo. De hecho, me lo he pasado tan bien que deberías ser tú quien me cobrara. Probablemente tus horas sean más caras que las mías —bromeó.

Según los precios que le había mencionado por teléfono, se diría que cobraban tarifas similares.

—En este caso quedamos en paz.

—Estupendo. ¿Quieres que cenemos juntos? ¿O estás ocupada? Podríamos empezar a repasar mis notas. Mañana me gustaría darte alguna información concreta.

No había duda de que el proyecto estaba en marcha.

—¿Todavía no te has cansado de mí? —Sarah no quería aprovecharse de él, dado que tenía intención de hacer ella misma una buena parte del trabajo. Pero Jeff ya sabía eso y no parecía importarle. De hecho, era lo que le había aconsejado desde el principio.

—Será mejor que no me canse de ti ni de la casa. Ni tú de mí, porque me vas a ver hasta en la sopa durante los próximos seis meses, si es que hemos terminado para entonces. ¿Sushi?

—Genial.

Jeff la llevó a un restaurante de sushi, cerca de la calle Union, donde siguieron hablando animadamente de la casa. Sarah se alegraba de trabajar con él. Era evidente que amaba su profesión y cada vez parecía más entusiasmado con la casa. Se parecía a los proyectos que había dirigido en Europa.

La dejó en casa poco después de las ocho y media y prometió que la llamaría por la mañana. Cuando Sarah entró en su apartamento, el teléfono estaba sonando.

—¿Dónde estabas? —Era Phil. Parecía preocupado.

—Comiendo sushi —respondió ella con calma.

—¿Todo el día? Llevo llamándote desde las dos de la tarde. Dejé a mis hijos en casa antes de lo previsto. Te he dejado varios mensajes en el móvil.

Sarah no había consultado sus mensajes desde el mediodía. Había estado demasiado entretenida en la calle Scott.

—Lo siento. La verdad es que no esperaba que llamaras.

—Quería invitarte a cenar. —Phil parecía molesto.

—¿Un domingo? Eso sí que es una novedad —bromeó Sarah.

—A las siete desistí y cené una pizza. ¿Quieres que vaya a tu casa?

—¿Ahora? —Sonaba sorprendida, y estaba de mugre hasta las cejas. Ella y Jeff se habían pasado el día arrastrándose por el suelo de la casa, incluido el sótano. El servicio de limpieza había hecho un buen trabajo, pero así y todo se habían llenado de polvo. Todavía había suciedad en las grietas y los rincones más recónditos.

—¿No puedes? —preguntó Phil.

—Sí, pero tengo un aspecto horrible. Si quieres puedes venir. Voy a meterme en la ducha.

Phil poseía llaves de su apartamento desde hacía dos años. No tenía nada que ocultarle. Pese a su insatisfactorio trato, siempre le había sido fiel, y él a ella. No pudo evitar preguntarse por qué había decidido ir. Se estaba secando el pelo cuando llegó.

—¿Qué está ocurriendo? —preguntó Phil con el entrecejo fruncido—. Cada vez que te llamo estás fuera. Has salido a cenar sushi y tú nunca sales sola a cenar. El viernes fuiste al cine sola. Y has estado mirando apartamentos. —Sarah sonrió misteriosamente. Estaba pensando en la casa de la calle Scott—. Además, estás rara.

—Caray, gracias —replicó ella burlonamente. ¿Qué esperaba? Se había ido de fin de semana con sus hijos y no la había invitado. A lo mejor pensó que iba a pasarse los días encerrada en casa, esperando con impaciencia que llegara el fin de semana siguiente para verlo. Esta vez no, aunque había ocurrido en otras ocasiones—. He estado haciendo cosas. Y he decidido que no voy a comprar un apartamento.

—Vaya, algo normal al fin. Empezaba a sospechar que estabas viendo a otro hombre.

Sarah sonrió y le rodeó con los brazos.

—Todavía no, pero lo haré uno de estos días si no estamos juntos con más frecuencia —repuso.

—Por Dios, Sarah, no empieces otra vez —espetó Phil.

—No empiezo. Has sido tú quien ha preguntado.

—Porque pensaba que te estabas comportando de una forma muy extraña.

No podía imaginar hasta qué punto. Y si Sarah conseguía la casa, su comportamiento se tornaría aún más extraño. Estaba deseando contárselo, pero primero quería hablar con el banco y conocer la respuesta de los herederos.

Phil se tumbó en el sofá, puso la tele y atrajo a Sarah hacia sí. Se puso cariñoso y media hora después se trasladaban al dormitorio. La cama estaba sin hacer y las sábanas sin cambiar, pero a Phil no pareció importarle. De hecho, nunca reparaba en ese detalle. Pasó la noche con ella, abrazado a su cuerpo, pese a ser domingo. Y por la mañana le hizo de nuevo el amor. Es curioso cómo intuye la gente que las cosas están cambiando, pensó Sarah en el coche, camino del trabajo. Y su vida estaba a punto de cambiar todavía más. Si conseguía la casa, su vida iba a cambiar radicalmente.

11

El lunes Sarah redactó una carta para los diecinueve herederos del patrimonio de Stanley. La envió por fax a quienes tenían fax y por correo certificado a los demás, adjuntando la oferta que Marjorie había preparado en calidad de agente inmobiliaria. Todo era oficial y había sido enviado a las diez de la mañana.

A las once Tom Harrison llamó desde St. Louis, y cuando Sarah descolgó el auricular en su despacho, soltó una carcajada.

—Me estaba preguntando si te atreverías a hacerlo, Sarah. Tus ojos se iluminaron en cuanto entraste en esa casa. Me alegro por ti. Creo que eso es exactamente a lo que Stanley se refería cuando hablaba de buscar nuevos horizontes, aunque debo confesar que sería capaz de pagarte el doble por que no cargaras con semejante caserón. Pero si te gusta, adelante. Cuentas con toda mi aprobación. Por mi parte, acepto la oferta.

—Gracias, Tom —dijo Sarah, emocionada.

Ese día la llamaron cuatro herederos más. Y el martes otros nueve. Quedaban, por tanto, cinco. Dos de ellos dieron su aprobación el miércoles. Para entonces el banco ya le había dado una respuesta. No tenían inconveniente alguno en concederle una hipoteca e incluso un crédito para pagar la entrada hasta que pudiera disponer del legado de Stanley. Marjorie le había aconsejado que encargara un informe sobre termitas, únicamente por si las moscas, y eso hizo. Había algunos problemas, pero sorprendentemente nimios y de esperar en una casa tan antigua. Nada que no tuviera fácil arreglo. Stanley había mandado hacer un informe sísmico para asegurarse de que la casa no se le caería encima en caso de terremoto. Por tanto, los únicos problemas reales eran los que Sarah ya conocía.

Las tres últimas aprobaciones llegaron el jueves, y en cuanto lo hicieron Sarah llamó al banco, a Marjorie y a Jeff Parker, las únicas personas que estaban al tanto de su locura. Jeff soltó un aullido de alegría. La había telefoneado el martes, cuando a Sarah todavía le faltaban cinco respuestas. Todos los herederos estaban encantados de quitarse la casa de encima y satisfechos con el precio. Era un quebradero de cabeza que ninguno deseaba. Habían acordado firmar las arras en tres días, algo casi insólito. Eso significaba que, técnicamente, la casa sería suya el domingo.

—Tenemos que hacer algo para celebrarlo —dijo Jeff cuando escuchó la noticia—. ¿Qué me dices de otro sushi?

Era fácil y rápido, y quedaron en un restaurante de la calle Fillmore a las siete y media. Sarah tuvo que reconocer que era agradable tener algo que hacer y alguien a quien ver durante la semana. Mucho más divertido que comer un sándwich en el despacho o ver la tele en casa y olvidarse por completo de cenar.

Hablaron de la casa durante dos horas, mientras cenaban. A Jeff se le habían ocurrido un montón de ideas desde su charla del martes. Quería ver si podía ayudarla a hacer algo más elegante con la escalera de servicio y había diseñado una cocina entera para la planta baja. No era más que un boceto, pero a Sarah le encantó. Proponía, además, un gimnasio en el sótano, donde ahora estaba la cocina, con sauna y baño turco incluidos.

—¿No costará una fortuna? —preguntó Sarah con cara de preocupación, aunque sabía que a Phil le encantaría. Todavía no le había contado nada. Pensaba hacerlo el fin de semana.

—No tiene por qué. Podemos utilizar unidades prefabricadas. Y hasta podrías poner un jacuzzi.

Sarah se echó a reír.

—Eso sí que sería todo un lujo.

Le encantaba el diseño de la cocina, era bonito y funcional. Delante de las ventanas que daban al jardín había espacio para poner una mesa de comedor amplia y cómoda. Jeff estaba invirtiendo mucho tiempo y energía en el proyecto. De vez en cuando eso le hacía preguntarse a cuánto ascenderían sus honorarios. Pero era evidente que estaba tan entusiasmado con la casa de la calle Scott como ella. Se encontraba en su salsa.

—Caray, Jeff, me encanta esa casa. ¿A ti no? —Sarah esbozó una sonrisa radiante.

—Ya lo creo que sí —respondió, satisfecho y relajado después de la cena. Estaban bebiendo té verde—. Hacía años que no disfrutaba tanto con un proyecto. Estoy deseando hincarle el diente. —Sarah le explicó que había llamado a los fontaneros y electricistas y quedado con ellos la semana siguiente para que pudieran hacerle un presupuesto. Todos le habían dicho que no podrían empezar hasta después de Navidad—. Espera a que desmantelemos el lugar, lo saneemos de arriba abajo y lo volvamos a armar.

—Tal y como lo describes, da miedo —dijo ella con una sonrisa. Pero él parecía muy tranquilo. Si alguien podía hacer el trabajo, ese era Jeff.

—A veces da miedo, pero cuando terminas, la sensación es increíble.

Sarah confiaba en que la casa estuviera acabada para el verano o, como muy tarde, para la Navidad siguiente. Jeff no creía que necesitaran todo un año. Pagó la cuenta y miró a Sarah con expresión burlona. Jeff era un hombre de rostro aniñado pero mirada sabia. Parecía joven y mayor al mismo tiempo. Tenía cuarenta y cuatro años, tan solo seis más que Sarah. Y en algún momento había mencionado que Marie-Louise tenía cuarenta y dos, si bien Sarah le había echado muchos menos. Tenía un estilo atrevido y subido de tono que la hacía parecer más joven incluso que ella, cuyo estilo era muy diferente, más serio, al menos los días que iba al despacho. Esa noche vestía un traje pantalón azul marino. El domingo anterior había llevado vaqueros, unas Nike y un jersey rojo. A Jeff le gustaba esa forma de vestir. Cuando su madre conoció a Marie-Louise, le dijo que parecía una fulana, pero Jeff tenía que reconocer que a veces también le gustaba ese estilo. Sarah parecía más norteamericana, más natural y saludable, como una modelo de Ralph Lauren o la estudiante de Harvard que había sido.

—Me gustaría preguntarte algo —dijo con su expresión más aniñada—. Ya que vamos a pasar mucho tiempo trabajando juntos en la casa, ¿se me permite hacer preguntas personales? —Jeff había sentido curiosidad por Sarah desde el día que la conoció, y más aún desde que le dijo que iba a comprar la casa. Era una decisión muy valiente y la admiraba por ello.

—Claro —respondió con esa mirada inocente y franca que a él tanto le gustaba. Sarah parecía no tener secretos. Marie-Louise, por el contrario, tenía muchos, algunos nada agradables. No era una persona fácil—. Dispara.

—¿Quién va a mudarse contigo a esa casa? —Pareció algo cortado después de decirlo, pero Sarah no.

—Nadie. ¿Por qué?

—¿Me tomas el pelo? ¿Vas a vivir en una casa de cinco plantas y dos mil setecientos metros cuadrados y te extraña que te pregunte con quién? Diantre, Sarah, en esa casa podrías alojar a un pueblo entero. —Rieron mientras el camarero les servía más té—. Simplemente sentía curiosidad.

—Con nadie. Viviré sola.

—¿Es lo que quieres? —La pregunta sonó como si Jeff se estuviera ofreciendo a acompañarla, pero ambos sabían que no era eso. Llevaba catorce años con Marie-Louise y aunque a Sarah le pareciera una persona difícil, a él parecía gustarle.

—Esa pregunta es algo más compleja —reconoció Sarah, mirándole por encima de su taza de té—. Depende del sentido que quieras darle. ¿Estoy buscando un marido? No, creo que no. Nunca he pensado que el matrimonio sea lo que me conviene. Genera más problemas que alegrías, aunque supongo que eso dependerá de con quién te cases. ¿Quiero hijos? Creo que no.

Por lo menos así ha sido hasta ahora. La idea de tener hijos me aterra. ¿Me gustaría vivir con alguien? Probablemente, o por lo menos estar con alguien a quien le apetezca estar siempre conmigo, aunque tenga su propia vida. Creo que eso es lo que de verdad querría. Me gusta la idea de compartir diariamente mi vida con otra persona. No es algo fácil de encontrar. Puede que haya perdido el tren.

Jeff había escuchado con atención, pero este último comentario le hizo reír.

—A tu edad tu tren no ha entrado siquiera en la estación. Hoy en día todas las mujeres que conozco esperan a los cuarenta o por lo menos a tu edad para establecerse.

—Tú no. Debiste de iniciar tu vida en pareja con Marie-Louise a los treinta.

—Eso es diferente. Puede que fuera un estúpido. Ninguno de mis amigos se ha casado antes de los treinta y tantos. Marie-Louise y yo teníamos una relación muy apasionada cuando éramos estudiantes. Todavía lo es gran parte del tiempo, pero tenemos nuestros más y nuestros menos. Supongo que como casi todo el mundo. A veces pienso que el hecho de trabajar juntos nos lo pone más difícil. Pero me gusta compartir mis días con alguien. Marie-Louise dice que soy demasiado inseguro, dependiente y posesivo.

Sarah sonrió.

—A mí no me lo parece.

—Porque no vives conmigo. Puede que tenga razón. Yo le digo que es demasiado fría e independiente, y condenadamente francesa. Odia este país, lo cual complica aún más las cosas. Viaja a Francia siempre que puede y se queda seis semanas en lugar de las dos que tenía planeadas.

—Eso no debe de ser fácil para vuestro negocio —dijo suavemente Sarah. A ella no le habría gustado una situación así.

—A nuestros clientes no parece importarles. Marie-Louise trabaja desde Francia y se mantiene en contacto con ellos por correo electrónico. Detesta vivir en Estados Unidos, lo cual es duro para mí. Les pasa a muchos franceses. Como a sus mejores vinos, viajar no les sienta bien. —Sarah sonrió de nuevo. Jeff no estaba siendo cruel con respecto a Marie-Louise, sino simplemente sincero. El día que Sarah la conoció no le pareció una mujer feliz ni agradable. No debía de ser fácil convivir con ella—. ¿Y qué me dices de ti? ¿No hay nadie en tu vida cotidiana?

Sarah no sintió que Jeff estuviera flirteando. Solo estaba siendo cordial, y sospechó que, al igual que ella, se sentía solo.

—No. Hay alguien a quien veo los fines de semana. Tenemos necesidades muy diferentes. Se divorció hace doce años y tiene tres hijos adolescentes con quienes cena una o dos veces por semana y pasa las vacaciones. Los fines de semana nunca se ven porque ellos están muy ocupados y él, en el fondo, tampoco quiere. Odia a su ex mujer con vehemencia, y también a su madre, y a veces vuelca su rabia en mí. Es abogado, como yo, y trabaja mucho. Pero lo que más le gusta es ir a lo suyo, al menos durante la semana, y a veces también los fines de semana. Lleva mal lo de intimar o lo de tener a alguien en su espacio todo el tiempo. Pasamos juntos las noches de los viernes y los sábados. Lo nuestro es un acuerdo estrictamente de fin de semana. Durante la semana va al gimnasio todas las noches y se niega rotundamente a verme. Y eso incluye las vacaciones.

—¿Y eso te basta? —preguntó, intrigado, Jeff.

No le parecía una situación atractiva. Probablemente a Marie-Louise le habría gustado ese arreglo de haber podido tenerlo. Jeff jamás habría tolerado lo que Sarah acababa de describirle, y le sorprendía que ella sí lo tolerara. Tenía aspecto de ser una mujer que deseaba algo más, que necesitaba algo más. Pero quizá se equivocaba.

—¿Sinceramente? —respondió Sarah—. No, no me basta. No hay nada peor que una relación de fin de semana. Lo detesto. Al principio me gustaba, pero a los dos años empezó a cansarme. Llevo un año quejándome de la situación, pero él no quiere ni oír hablar del tema. Ese es el trato, si me gusta bien y si no también. Es un duro negociador y un excelente abogado.

—¿Por qué aceptas esa situación si no te satisface? —Jeff estaba cada vez más intrigado.

—¿Qué otra cosa puedo hacer? —preguntó ella con tristeza—. Ya no soy ninguna jovencita. No hay muchos hombres decentes por ahí de nuestra edad. La mayoría tiene fobia al compromiso. Han sufrido un fracaso matrimonial y no quieren otro, ni siquiera un compromiso a tiempo completo. Los solteros, por lo general, están trastornados y no soportan la idea de tener una relación, y los que valen la pena están casados y tienen hijos. Además, trabajo mucho. ¿Cuándo se supone que puedo salir y conocer a alguien? ¿Y dónde? No suelo ir a los bares y cada vez voy a menos fiestas. No bebo lo suficiente para pasármelo bien. Mis colegas de trabajo están todos casados y me niego a salir con hombres casados. De modo que he de conformarme con lo que tengo. Siempre pienso que llegará un día en que él querrá pasar más tiempo conmigo, pero ese día no acaba de llegar, y puede nunca lo haga. Esta situación le conviene más a él que a mí. Es un hombre agradable, aunque un poco egoísta a veces. Y cuando no me angustio por lo poco que nos vemos, disfruto mucho de su compañía. —No quiso añadir que el sexo era genial, incluso después de cuatro años.

—Nunca pasará más tiempo contigo —declaró, sin rodeos, Jeff. Su amistad se iba estrechando a medida que ponían las cartas emocionales sobre la mesa—. ¿Por qué iba a hacerlo? Tiene lo que quiere. Una mujer de fin de semana que está siempre a su disposición y le da pocos dolores de cabeza porque tú, probablemente, no quieres conflictos. Le cuidan dos días a la semana y el resto del tiempo disfruta de su libertad. Caray, para él es el arreglo perfecto. Para un tío que ya ha estado casado, que ya tiene hijos y que no quiere más de lo que tiene contigo, no hay duda de que eres un chollo.

Sarah sonrió y no discrepó.

—El caso es que no acabo de reunir el coraje necesario para dejarlo. Mi madre opina como tú. Lo considera un aprovechado. Pero sé lo que es pasar los fines de semana sola y si te soy sincera, los odio. Siempre los he odiado. No estoy preparada para volver a eso. Todavía no.

—No encontrarás una relación mejor a menos que estés dispuesta a pasar por eso.

—Tienes razón, pero es condenadamente difícil.

—Dímelo a mí. Es por eso por lo que Marie-Louise y yo seguimos juntos. Por eso y por la casa que compramos, el negocio que compartimos y el apartamento que tenemos en París, que yo pago y ella utiliza. Pero cada vez que nos separamos miramos a nuestro alrededor y se apodera de nosotros el pánico, de modo que volvemos. Después de catorce años al menos sabemos lo que podemos esperar. Ella no es una psicópata y yo no soy un perturbado. No nos sacamos los ojos ni somos infieles. O por lo menos eso espero. —Jeff esbozó una sonrisa compungida, dado que Marie-Louise se hallaba a nueve mil kilómetros de allí—. Pero sospecho que uno de estos días se marchará a París para no volver y tendremos que dividir el negocio, lo cual será perjudicial para ambos. Nos ganamos muy bien la vida trabajando juntos. Marie-Louise es una buena mujer, lo que pasa es que somos muy diferentes. Quizá eso sea bueno. Pero siempre está diciendo que no quiere envejecer en este país y yo no puedo imaginarme viviendo en París. Para empezar, todavía no hablo correctamente el francés. Me defiendo, pero sería difícil trabajar allí con mi nivel. Y si no estamos casados no puedo obtener el permiso de trabajo. Marie-Louise dice que jamás se casará y sé que no bromea. Y no quiere ni oír hablar de tener hijos.

Tampoco Sarah. En eso coincidía con Marie-Louise, aunque en todo lo demás fueran diferentes.

—Caray, qué complicado que es todo hoy día. La gente tiene ideas muy neuróticas sobre las relaciones y sobre cómo quiere vivir su vida. Todo el mundo tiene problemas emocionales. Nada fluye. La gente no dice, sencillamente, «sí quiero» y trabaja para que su relación funcione. Hacemos extraños montajes que en parte funcionan y en parte no, o que quizá podrían funcionar o quizá no. Me pregunto si siempre ha sido así, aunque la verdad es que lo dudo —dijo Sarah con expresión meditabunda.

—Seguramente somos así porque no crecimos en un hogar con unos padres felices. Los matrimonios de la generación de nuestros padres seguían juntos toda la vida aunque se odiaran. En nuestra generación o no nos casamos o nos divorciamos a la primera de cambio. Nadie se esfuerza por hacer que las cosas funcionen. En cuanto la situación se pone difícil, salimos corriendo.

Sarah no discrepó.

—Puede que tengas razón —dijo. Era una teoría interesante.

—¿Qué me dices de tus padres? ¿Eran felices? —preguntó Jeff, mirándola fijamente. Le gustaba Sarah. Intuía que era una buena persona, íntegra, de principios. Pero Marie-Louise también lo era, pese a su acritud. Y había tenido una infancia difícil que, lo reconociera o no, seguía afectándola.

—Naturalmente que no. —Sarah rió—. Mi padre era un alcohólico empedernido y mi madre se dedicaba a encubrirlo. Nos mantenía a los tres mientras él se pasaba el día en el cuarto, demasiado borracho para moverse. Yo le odiaba. Murió cuando yo tenía dieciséis años. Ni siquiera puedo decir que lo echara de menos, porque en realidad nunca estuvo a mi lado. De hecho, las cosas mejoraron cuando falleció. —Y hasta su muerte siempre deseó que estuviera lejos. Luego se sintió culpable por ello.

—Y tu madre, ¿volvió a casarse? —preguntó Jeff—. Debió de quedarse viuda muy joven, si tú solo tenías dieciséis años.

—Mi madre tenía un año más de los que yo tengo ahora. Trabajaba en una inmobiliaria, luego se hizo interiorista y empezó a ganarse bien la vida. Me pagó los estudios en Harvard y en la facultad de derecho de Stanford. Pero nunca volvió a casarse. Ha tenido un montón de novios, pero el que no es alcohólico tiene alguna tara, o eso piensa ella. Ahora sale principalmente con sus amigas y frecuenta los clubes de lectura.

—Es una pena —dijo Jeff con empatía.

—Sí. Ella asegura que es feliz, pero no la creo. Yo no podría serlo. Por eso me aferro a mi hombre de fin de semana. No quiero verme dentro de veinte años como mi madre, asistiendo a clubes de lectura.

—A este paso, eso es lo que te espera —declaró Jeff sin rodeos—. Ese hombre se está llevando los mejores años de tu vida. ¿Realmente crees que estará contigo dentro de veinte años?

—Seguramente no —reconoció Sarah—, pero lo está ahora, he ahí el problema. Supongo que tarde o temprano nuestra relación tocará a su fin, pero no seré yo quien lo provoque. Odio los fines de semana en soledad.

—Lo sé, y te entiendo. Yo también los odio. No pretendo parecer petulante. Yo tampoco tengo la solución.

Después de eso abandonaron el restaurante. Habían ido en coches separados, de modo que se despidieron con un abrazo y Sarah se marchó a casa. El teléfono estaba sonando cuando entró en su apartamento. Consultó la hora y le sorprendió comprobar que eran las once. Había desconectado el móvil durante la cena.

—¿Dónde demonios te has metido? —Phil sonaba furioso.

—Por Dios, tranquilízate. Estaba cenando. Nada del otro mundo. Sushi.

—¿Otra vez? ¿Con quién? —Casi atravesó el teléfono.

Sarah se preguntó si estaba celoso o, sencillamente, de mal humor. A lo mejor había salido y bebido más de la cuenta.

—¿Qué importa eso si nunca estás aquí durante la semana? —Parecía irritada—. Salí a cenar con alguien con quien estoy realizando un proyecto. Fue una cena estrictamente de trabajo. —Y era cierto.

—¿Qué es esto? ¿Una venganza porque necesito ir al gimnasio después del trabajo y hacer un poco de ejercicio? ¿Un castigo? Por Dios, no seas chiquilla.

—Eres tú el que está gritando, no yo —señaló Sarah—. ¿A qué viene ponerse así?

—Llevas cuatro años volviendo a casa todas las noches para plantar tu trasero delante de la tele y de repente sales todas las noches a cenar sushi. ¿Qué estás haciendo? ¿Tirándote a un puto japonés?

—Vigila tu vocabulario, Phil. Y tus modales. También salgo a cenar sushi contigo. Se trata de un asunto de trabajo. ¿Desde cuándo nos prohibimos tener cenas de trabajo durante la semana? —Se sentía ligeramente culpable porque lo había pasado bien y después de la primera hora se había convertido más en una cena de amigos. Pero era cierto que también habían hablado de trabajo—. Si tantas ganas tienes de saber qué hago durante la semana, ¿por qué no intentas pasar menos tiempo en el gimnasio para estar conmigo? Puedes hacerlo cuando quieras. Preferiría con mucho salir a cenar sushi contigo.

—¡Que te jodan! —espetó Phil, y le colgó.

La respuesta no podría haber sido otra porque Sarah tenía razón y él lo sabía. No podía tener las dos cosas, libertad plena durante la semana y, al mismo tiempo, la seguridad de que ella permanecía encadenada a una pared, esperando los fines de semana para verlo. Y puede que hasta con un cinturón de castidad, si por él fuera. Phil tenía suerte de que Jeff Parker tuviera pareja, pensó Sarah. Porque pensaba que era un hombre realmente encantador. Y todas las valoraciones que había hecho sobre Phil y su grado de compromiso eran ciertas. La relación que tenía con Phil lo era todo menos ideal.

Phil telefoneó poco después para pedirle disculpas, pero Sarah dejó saltar el contestador. Había pasado una velada deliciosa con Jeff y no quería que se la estropeara. Estaba muy dolida. Phil la había acusado de engañarle con otro hombre, algo que ella nunca había hecho y nunca haría. No era esa clase de persona.

Al día siguiente volvió a llamarla mientras se estaba vistiendo aprisa y corriendo para ir a trabajar. Era viernes. Parecía nuevamente alterado.

—¿Todavía quieres verme esta noche?

—¿Por qué? ¿Tienes otros planes? —preguntó fríamente Sarah.

—No, pero temía que tú sí. —El tono de Phil también era frío. Se avecinaba un gran fin de semana.

—Mi plan era verte este fin de semana dado que, como quien dice, hace tres semanas que no nos vemos —repuso ella con acritud.

—No empecemos ahora con eso. Sabes perfectamente que tuve que pasar una semana en Nueva York tomando declaraciones y otra semana con mis hijos.

—Mensaje recibido. ¿Algo más?

—Esta noche iré a tu casa después del gimnasio.

—Vale —dijo Sarah, y colgó.

Empezaban con mal pie. Era evidente que los dos estaban resentidos. Ella por las tres semanas que llevaba sin verle, a pesar de que Phil podría haber pasado por su casa durante la semana, y él porque no le gustaba que ella saliera a cenar y desconectara el móvil. Y ese era el fin de semana que tenía pensado hablarle de la casa de la calle Scott e invitarle a verla. La rabieta de Phil no había conseguido desanimarla a ese respecto.

Telefoneó a Jeff camino del trabajo y le dio las gracias por la agradable cena.

—Espero no haber sido demasiado franco —se disculpó—. Suele ocurrirme cuando bebo demasiado té. —Sarah rió, y también él. Le dijo que se le habían ocurrido más ideas para la cocina e incluso el gimnasio—. ¿Tienes un hueco este fin de semana? ¿O estarás ocupada con él?

—Él se llama Phil, y los domingos suele irse en torno al mediodía. Podríamos vernos por la tarde.

—Genial. Llámame cuando se haya ido.

Sarah no le contó que Phil había tenido un ataque de celos por su causa. Estaba encantada con la idea de que la casa fuera a mantenerla ocupada. Así, las noches entre semana y las tardes de los domingos, cuando Phil se marchara, serían menos deprimentes. Con una casa de ese tamaño para restaurar, iba a estar muy atareada. Se comería todo su tiempo libre.

De regreso a casa pasó por el supermercado. Como hacía

mucho que no se veían, había decidido preparar una cena especial. Se sorprendió de ver a Phil entrando por la puerta poco después de las siete.

—¿No has ido al gimnasio? —Nunca llegaba a su casa antes de las ocho.

—Pensé que podría apetecerte cenar fuera —dijo, ya más tranquilo. Phil raras veces se disculpaba verbalmente después de ofenderla, pero siempre buscaba alguna forma de compensarla.

—Me encantaría —dijo Sarah con dulzura, y se levantó para besarle. Le sorprendió la fuerza de su abrazo y la vehemencia de sus besos. A lo mejor era cierto que había estado celoso. Sarah casi lo encontró enternecedor. Si salir a cenar sushi y apagar el móvil ejercían ese efecto en él, tendría que hacerlo más a menudo.

—Te he echado de menos —dijo cariñosamente Phil, y Sarah le sonrió.

Tenían una relación extraña. La mayor parte del tiempo Phil no quería verla, pero cuando ella hacía su vida, se ponía celoso, pillaba una rabieta y le decía que la echaba de menos. Parecía como si siempre uno de los dos tuviera que estar molesto, como si la balanza tuviera que estar siempre con un extremo arriba y el otro abajo. Nunca podían estar al mismo nivel. Era una verdadera lástima.

Esa noche Phil la llevó a cenar al restaurante que ella eligió y en cuanto llegaron a casa insistió en que estaba cansado y le pidió que le acompañara a la cama. Sarah captó sus intenciones y no puso inconveniente. Llevaban tres semanas sin hacer el amor. Y mientras lo hacían sintió que él había estado ávido de ella. Sarah también, pero algo menos porque la casa la había tenido muy entretenida. Aún no le había mencionado el tema. Quería esperar al sábado por la mañana, después de desayunar. Pensó que para entonces su humor habría mejorado. No sabía muy bien por qué, pero intuía que a Phil no iba a hacerle mucha gracia. Detestaba los cambios y había que reconocer que se trataba de una casa increíblemente grande.

Por la mañana le preparó huevos revueltos con tocino, con magdalenas de arándanos que había comprado el día anterior. También le preparó una mimosa con champán y zumo de naranja y le llevó el periódico a la cama.

—Oh, oh —dijo Phil con una sonrisa pícara mientras ella le tendía un capuchino cubierto de copos de chocolate—. ¿Qué estás tramando?

—¿Por qué lo dices? —repuso ella, sonriendo maliciosamente.

—El desayuno estaba delicioso. El capuchino estaba en su punto. Nunca me traes el periódico a la cama. Y el champán con zumo de naranja ha sido la bomba. —Le clavó una mirada nerviosa—. Una de dos, o vas a dejarme o me has sido infiel.

—Ni una cosa ni otra —dijo Sarah con expresión triunfal. Se sentó en el borde de la cama, incapaz de seguir conteniendo su entusiasmo. Se moría de ganas por contarle lo de la casa y conocer su opinión. Confiaba en poder llevarlo esa tarde a verla—. Tengo algo que contarte. —Le miró con una sonrisa.

—¿Bromeas? —dijo él, nervioso—. Eso ya lo he notado. ¿Qué has hecho?

—Voy a mudarme —dijo sencillamente Sarah.

Phil puso cara de pánico.

—¿De San Francisco?

Sarah rió complacida. Parecía realmente asustado. Era una buena señal.

—No. A unas manzanas de aquí.

La miró aliviado.

—¿Has comprado un apartamento? —preguntó, sorprendido—. Me dijiste que habías decidido no hacerlo.

—Es cierto. No he comprado un apartamento, he comprado una casa.

—¿Una casa? ¿Para ti sola?

—Para mí sola. Y para ti los fines de semana, si quieres.

—¿Dónde está?

Parecía escéptico. Sarah enseguida se dio cuenta de que no le parecía una buena idea. Él ya había pasado por la experiencia de comprar una casa, cuando estaba casado. Ahora mismo no quería otra cosa que el pequeño apartamento donde vivía. Tan solo tenía un gran dormitorio y un diminuto cuarto al fondo con una litera triple para sus hijos. Casi nunca se quedaban a dormir, lo cual era comprensible. Tenían que hacer contorsionismo para poder entrar. Cuando Phil quería verlos, se los llevaba fuera. El resto del tiempo vivían con su madre. Le bastaba con cenar con ellos una o dos veces por semana.

—Está en la calle Scott, no lejos de aquí. Podríamos ir a verla esta tarde, si quieres.

—¿Cuándo firmas las arras? —Phil dio un sorbo a su capuchino.

—Mañana.

—¿Bromeas? ¿Cuándo cerraste el trato?

—El jueves. Los dueños aceptaron mi oferta. La he comprado tal y como está. Hay que hacerle muchos arreglos —reconoció.

—Por Dios, Sarah, te estás creando un quebradero de cabeza innecesario. ¿Qué sabes tú de arreglar casas?

—Nada, pero voy a aprender. Muchos de los arreglos quiero hacerlos yo misma.

Phil puso los ojos en blanco.

—Tú alucinas. ¿Qué estabas fumando cuando decidiste hacer eso?

—Nada. Reconozco que es una locura, pero una buena locura. Es mi sueño.

—¿Desde cuándo? Solo hace una semana que empezaste a buscar.

—Era la casa de mis bisabuelos. Mi abuela nació allí.

—Esa no es razón para comprarla. —Phil pensó que en su vida había oído una estupidez igual, y todavía no conocía toda la historia. Sarah quería ir poco a poco. La miró con escepticismo—. ¿De qué año es?

—Mi bisabuelo la construyó en 1923.

—¿Cuándo la reformaron por última vez? —preguntó, interrogando al testigo.

—Nunca le han hecho nada —respondió Sarah con una sonrisa tímida—. Todo es de origen. Ya te he dicho que necesita muchos arreglos. He calculado que podría tardar un año en restaurarla. No voy a mudarme enseguida.

—Eso espero. Por lo que me estás contando, se diría que te has comprado un enorme problema. Te va a costar una fortuna. —Sarah no le contó que la tenía gracias a Stanley Perlman. Phil nunca le hacía preguntas sobre dinero y ella tampoco a él. Era algo de lo que no hablaban—. ¿Cuántos metros tiene?

Sarah sonrió. Era el factor decisivo. Casi lo dijo riendo.

—Dos mil setecientos.

—¿Me tomas el pelo? —Phil apartó la bandeja del desayuno y saltó de la cama—. ¿Te has vuelto loca? ¿Dos mil setecientos? ¿Qué era antes? ¿Un hotel? Maldita sea, ni que se tratara del Fairmont.

—Es más bonito aún —contestó Sarah con orgullo—. Quiero llevarte a verla.

—¿Sabe tu madre lo que has hecho? —Como si eso le importara a alguno de los dos. Phil jamás mencionaba a su madre. La aversión era mutua.

—Todavía no. Se lo contaré a todos el día de Navidad. Quiero sorprender a mi abuela. No ha visto la casa desde que tenía siete años.

—No entiendo a qué viene todo esto. —Phil la fulminó con la mirada—. Te comportas como si estuvieras chiflada. Llevas semanas actuando de una forma muy extraña. Uno no compra una casa como esa así como así a menos que lo vea como una inversión y piense sacarle un beneficio después de restaurarla, pero así y todo sería una locura. No dispones de tiempo para embarcarte en un proyecto como ese. Trabajas tanto como yo. Eres abogada, por lo que más quieras, no contratista o decoradora. ¿En qué estabas pensando?

—Tengo más tiempo libre que tú —replicó Sarah con calma.

Estaba harta de sus comentarios insultantes sobre la casa y sobre ella. Actuaba como si le estuviera pidiendo que pusiera dinero, y no era el caso.

—¿De dónde sacas que tienes más tiempo libre que yo? La última noticia que tengo es que estabas trabajando catorce horas diarias.

—Yo no voy al gimnasio. Eso representa cinco noches libres por semana. Y puedo trabajar en la casa los fines de semana.

—¿Y qué se supone que he de hacer yo entretanto? —preguntó, indignado, Phil—. ¿Girar los pulgares mientras tú friegas ventanas y pules suelos?

—Puedes ayudarme. En cualquier caso, los fines de semana nunca estás conmigo durante el día. Siempre acabas haciendo tus cosas.

—Eso es mentira y lo sabes. No puedo creer que hayas hecho algo tan estúpido. ¿Realmente piensas vivir en una casa de ese tamaño?

—Es preciosa. Espera a verla. —Sarah estaba ofendida por todo lo que Phil había dicho, y por su forma de expresarse. Si se hubiera molestado en mirarla lo habría visto en sus ojos, pero estaba demasiado ocupado rebajándola—. Tiene hasta un salón de baile —continuó con calma.

—Genial. Podrías alquilárselo a Arthur Murray para pagarte la reforma. Sarah, creo que has perdido un tornillo —dijo, y se sentó de nuevo en la cama.

—Eso parece. Gracias por tu apoyo.

—A estas alturas de nuestras vidas lo que tenemos que hacer es simplificar las cosas. Tener menos, implicarnos menos. ¿Quién necesita un quebradero de cabeza como ese? No tienes ni idea en lo que te estás metiendo.

—Te equivocas. El jueves por la noche estuve cuatro horas con el arquitecto.

—De modo que era ahí donde estabas. —Phil lo dijo con una mezcla de petulancia y alivio. El asunto lo había tenido inquieto, por eso la había invitado a cenar por la noche—. ¿Ya has contratado a un arquitecto? No has perdido el tiempo, por lo que veo. Y gracias por pedirme consejo.

—Me alegro de no haberlo hecho, si esa iba a ser tu reacción.

—Te debe de salir el dinero por las orejas. No sabía que a tu bufete le fueran tan bien las cosas.

Sarah no respondió. La forma en que había conseguido el dinero no era asunto suyo. No tenía intención alguna de explicárselo.

—Déjame decirte algo, Phil —comenzó con voz afilada—. Puede que a ti te apetezca «simplificar» tu vida y tener cada vez menos cosas, pero a mí no. Tú has estado casado, tienes hijos y has tenido una casa grande. Has pasado por todo eso, pero yo no. Vivo en una porquería de apartamento desde que me doctoré, con los mismos muebles cutres que tenía en Harvard. Ni siquiera tengo una maldita planta. Y puede que yo sí quiera hacer algo grande, bello y estimulante. No pienso quedarme aquí sentada el resto de mi vida, rodeada de plantas muertas y esperando a que aparezcas los fines de semana.

—¿Qué estás diciendo? —Phil había empezado a elevar la voz, y ella también.

—Estoy diciendo que este proyecto me hace mucha ilusión y que estoy impaciente por empezar. Y si no eres capaz de apoyarme o por lo menos de mostrar respeto, ya puedes irte al infierno. No te estoy pidiendo que pongas dinero, ni siquiera que me ayudes. Lo único que tienes que hacer es sonreír, asentir y animarme. ¿Tanto te cuesta hacer eso?

Phil guardó un largo silencio. Luego se levantó, entró como una fiera en el cuarto de baño y cerró con un portazo. Sarah detestaba su reacción desde el principio y no entendía por qué le estaba haciendo eso. Quizá estuviera celoso, o se sintiera amenazado, o detestara los cambios. Fuera lo que fuese, no le gustaba verlo.

Cuando salió del cuarto de baño envuelto en una toalla y con el pelo mojado, Sarah ya tenía puestos unos vaqueros y una sudadera. Le miró con tristeza. Phil no había pronunciado aún una sola palabra amable. Todos sus comentarios habían sido crueles.

—Siento no haberme alegrado por ti —dijo con gravedad—. Pero es porque pienso que lo de la casa no es una buena idea. Estoy preocupado por ti.

—Pues no lo estés. Si es más de lo que puedo manejar, la venderé. Pero por lo menos lo habré intentado. ¿Quieres verla?

—La verdad es que no —reconoció él. Era todo una cuestión de control. A Phil le gustaban las cosas tal y como estaban y no quería que cambiaran. Nunca. Quería a Sarah en ese apartamento con el que estaba familiarizado, metida en casa las noches entre semana de manera que pudiera tenerla localizada. La quería triste, sola y aburrida mientras esperaba a que él apareciera los fines de semana. Sarah lo veía ahora más claro que nunca. Él no quería que tuviera estímulos en su vida, aunque los pagara de su bolsillo. El dinero no era la cuestión. Phil quería gozar de independencia y libertad, pero no soportaba que ella hiciera lo mismo—. Me enfadaré mucho si la veo. En mi vida he oído nada tan estúpido. Además, hoy tengo un partido de tenis. —Miró su reloj—. Y llego tarde, gracias a ti.

Sarah no respondió. Entró en el cuarto de baño y cerró la puerta. Se sentó en la tapa del inodoro y rompió a llorar. Cuando salió veinte minutos más tarde, él ya no estaba. Le había dejado una nota donde decía que volvería a las seis.

—Gracias por un gran sábado —dijo mientras la leía.

Las cosas entre ellos estaban cada vez peor. Phil se comportaba como si quisiera comprobar hasta dónde podía llegar. Pero Sarah todavía no se sentía preparada para romper con él. Pensó en lo que Jeff Parker le había dicho mientras dejaba los platos en el fregadero, sin lavar. Tampoco hizo la cama. Le traía sin cuidado. ¿Para qué? Phil era un necio. Nada de lo que había dicho esa mañana había mostrado respeto alguno por ella. O afecto. De nada servía que le dijera que la quería si se comportaba de ese modo. Recordó que Jeff le había preguntado qué tenía que pasar para que ella dejara a Phil. Le había contestado que no estaba segura. Pero fuera lo que fuese, Phil estaba cada vez más cerca. Estaba atravesando límites que no había osado atravesar antes.

Esa tarde fue a la casa, entró y miró a su alrededor, pensando que quizá Phil tuviera razón. Quizá fuera una locura. Era el primer síntoma que tenía del arrepentimiento del comprador, pero al entrar en la suite principal pensó en la bella mujer que había vivido allí y huido a Francia dejando atrás a su marido y sus hijos. Y en su querido Stanley, que había vivido en el ático y nunca gozó de una vida plena. Deseaba convertir esa casa en un hogar feliz. La casa se lo merecía, y también ella.

Regresó a su apartamento justo antes de las seis y meditó sobre lo que iba a decirle a Phil. Llevaba todo el día pensando en cómo anunciarle que la relación había terminado. No quería, pero estaba empezando a sentir que no había otra salida. Ella se merecía mucho más de lo que él le daba. Cuando entró, no obstante, el apartamento estaba recogido y los platos lavados, olía a comida y había dos docenas de rosas en un jarrón. Phil salió del dormitorio y la miró.

—Creía que estabas jugando al tenis —dijo en un tono sombrío. Llevaba todo el día deprimida, por él, no por la casa.

—Lo cancelé. Regresé para disculparme por ser un gilipollas y despotricar contra ti, pero ya no estabas. Te llamé al móvil, pero lo tenías apagado. —Sarah lo había desconectado porque no quería hablar con él—. Lo siento, Sarah. Lo que hagas con la casa no es asunto mío. Me preocupa que sea demasiado para ti, pero la decisión es tuya.

—Gracias —respondió ella con tristeza antes de advertir que Phil también había hecho la cama. Nunca se ocupaba de esos menesteres e ignoraba si se trataba de una manipulación. Pero una cosa estaba clara. Él tampoco quería perderla. No estaba dispuesto a hacer bien las cosas y tampoco a dejarla escapar. La única diferencia entre los dos era que ella deseaba una relación de verdad, una relación que evolucionara y creciera, y él no. Él quería que todo siguiera como siempre, congelado en el tiempo. Ella no tenía suficiente con eso, pero después del esfuerzo que había hecho, no tuvo el coraje de decírselo.

—Estoy haciendo la cena —dijo Phil mientras la abrazaba—. Te quiero, Sarah.

—Yo también te quiero, Phil —respondió, y desvió la cara para que no pudiera verle las lágrimas.

12

Al día siguiente Phil invitó a Sarah a desayunar al Rose's Café de la calle Steiner. Se sentaron en la terraza, bajo los calentadores y el sol del invierno. Él se puso a leer el periódico y ella no dijo nada. Comieron en silencio. No habían hecho el amor por la noche. Habían visto una película en la tele y se habían acostado temprano. Había sido un día agotador para ambos y Sarah estaba extenuada.

No volvió a invitarle a ver la casa. No quería oír lo que Phil tuviera que decir de ella. Era demasiado doloroso, y echaba por tierra su entusiasmo. Esta vez, cuando le dijo que después de desayunar tenía que trabajar, no intentó retenerle. De hecho, sentía su marcha como un alivio, y eso la entristeció. Era consciente de que su relación estaba en las últimas, aunque Phil no lo supiera o no quisiera admitirlo. Apenas quedaba nada entre ellos, salvo resentimiento y reproches. Sus vehementes comentarios sobre la casa lo habían dejado bien claro. Sarah sabía que el problema, en realidad, no era la casa sino ellos. Él estaba cansado de que lo presionara, de que le pidiera más, y ella estaba cansada de pedir. Se hallaban en un punto muerto. Y por alguna razón, la compra de la casa de la calle Scott era una amenaza para Phil, como para ella lo eran sus ausencias y su distanciamiento.

Fiel a su promesa, llamó a Jeff a las doce. Estaba en su despacho, esperando la llamada.

—Te veré en la casa dentro de media hora —dijo Sarah, y él comprendió, por el tono apagado de su voz, que el fin de semana no había ido bien. No sonaba como una mujer reconfortada y amada. Sonaba triste y decaída.

Sarah se emocionó cuando Jeff llegó a la casa con una cesta de picnic. Dentro había paté, queso, pan, fruta y una botella de vino tinto.

—Pensé que sería una buena idea picar algo —dijo, con una sonrisa.

No le preguntó cómo le había ido el fin de semana. Podía verlo en sus ojos. Salieron con la cesta al jardín y se sentaron en un muro de piedra. Hacía mucho que en ese jardín ya solo crecían hierbajos. Después del picnic Sarah parecía más animada. Jeff le mostró entonces sus nuevas ideas para la cocina. Su visión fue cobrando vida a medida que la describía.

—Me encanta —dijo ella con la mirada brillante. No parecía la misma persona que una hora atrás. Durante el fin de semana se había sentido muerta. Ahora, contemplando la casa con Jeff, volvía a sentirse viva. No estaba segura de si era por él, por la casa o por ambas cosas. En cualquier caso, era mucho mejor que el trato que había recibido de Phil. Estaba empezando a resultar intolerable. Una guerra de poder donde no habría vencedores.

Sarah y Jeff recorrieron de nuevo las plantas superiores y él la rozó mientras intentaban decidir qué hacer con los armarios del vestidor. Sarah dijo que no tenía tanta ropa.

—Pues cómprala —bromeó él.

Marie-Louise ocupaba casi todos los armarios de su casa. Siempre regresaba de París con maletas cargadas de ropa nueva y docenas de zapatos. Ya no sabían dónde meterlos.

—Lamento mi estado de ánimo cuando llegué —se disculpó Sarah mientras deambulaban por lo que había sido la habitación de su abuela—. He tenido un fin de semana horrible.

—Lo imaginaba. ¿Apareció Phil?

—Sí. Siempre aparece los fines de semana. Se puso furioso cuando le conté lo de la casa. Cree que estoy loca.

—Y lo estás. —Jeff sonrió con dulzura. Había muchas cosas que le gustaban de Sarah—. Pero es una locura buena. No hay nada de malo en tener un sueño, Sarah. Todos necesitamos soñar. No es ningún pecado.

—Lo sé. —Sarah le sonrió con tristeza. Lo sentía como un amigo. Pese a lo poco que sabía de él, tenía la sensación de que se conocían desde hacía años, y a él le pasaba lo mismo—. Pero tienes que reconocer que es un sueño bastante grande.

—No hay nada de malo en ello. La gente grande tiene sueños grandes. La gente pequeña ni siquiera sueña. —Ya odiaba a Phil por la expresión de su cara. Era evidente que la había herido. Por lo poco que ella le había contado el jueves por la noche, pensaba que Phil era un imbécil. A Sarah tampoco le caía bien Marie-Louise, pero no se lo dijo.

—Las cosas no van bien —confesó mientras bajaban.

Hoy habían trabajado menos, pero estaban relajándose y familiarizándose con la casa. Habían explorado hasta el último rincón y la última grieta. A Jeff le gustaba tener la posibilidad de hacer esas cosas con Sarah. Marie-Louise le había telefoneado esa mañana. Jeff le explicó que iba a comer con un cliente, pero no desveló su identidad. Era la primera vez que hacía una cosa así y no estaba seguro de por qué lo había hecho, como no fuera porque a Marie-Louise tampoco le caía bien Sarah. El día que se conocieron había hecho comentarios desagradables sobre ella, y también en Venecia. Era demasiado estadounidense para su gusto. Y odiaba la casa. Jeff no tenía intención de proponerle que trabajaran juntos. No sería justo para Sarah tener una arquitecta que detestaba la casa. Marie-Louise decía que era un reforma imposible y que lo mejor sería derribar el edificio, pero Jeff sabía que no lo pensaba en serio.

—Lo noté en cuanto llegaste —dijo Jeff al tiempo que guardaban las sobras de la comida en la cesta de picnic. La había comprado en el rastro de París y era muy antigua.

—No sé por qué sigo con él. Ayer reaccionó tan mal con lo de la casa que decidí que debíamos separarnos, pero cuando llegué a mi apartamento por la noche me lo encontré preparando la cena. Había ordenado la casa, me había comprado una docena de rosas y me pidió disculpas. Era la primera vez que hacía una cosa semejante. Es difícil romper después de algo así.

—Puede que intuyera que estabas harta. Algunas personas poseen un instinto de supervivencia extraordinario. Es probable que lo hiciera por él más que por ti. Seguramente tampoco esté preparado para renunciar a ti. Tengo la impresión de que le da pánico dar el paso.

Sarah sonrió al escuchar su evaluación masculina.

—Ojalá lo supiera. Habría preferido que me animara con lo de la casa a que me comprara rosas. Dijo cosas muy feas. Me siento como una idiota por seguir a su lado.

—Lo dejarás cuanto estés preparada para hacerlo, si es lo que te conviene. Cuando llegue el momento lo sabrás.

—¿Cómo sabes tanto de esas cosas?

Jeff sonrió.

—Soy mayor que tú y ya he pasado por todo eso. Pero eso no significa que sea más listo ni más valiente. Marie-Louise me telefoneó esta mañana. —No le contó lo de la mentira—. Y no hizo otra cosa que quejarse porque tenía que volver y recordarme lo mucho que odia esto. A veces me canso de escucharla. Si tanto le disgusta vivir aquí, probablemente debería quedarse allí. En cualquier caso, sé que un día de estos lo hará. —Era la segunda vez que lo decía y parecía triste. Marie-Louise siempre estaba amenazando con no volver.

—Entonces, ¿por qué sigues con ella? —quiso saber Sarah, pensando que la respuesta podría enseñarle algo sobre sí misma.

—No es fácil dejar atrás catorce años de relación y reconocer que has estado equivocado todo ese tiempo. Además, nunca sé hasta qué punto lo estoy.

—Dejar atrás cuatro años ya resulta duro —admitió ella.

—Pues añade a eso otros diez. Cuanto más lo alargas, peor.

—Pensaba que para poder mejorar las cosas tenías que aguantar.

—Solo si estás con la persona adecuada.

—¿Y cómo demonios puedes saberlo?

—Lo ignoro. Mi vida sería mucho más fácil si lo supiera. Yo también me hago un montón de preguntas. A lo mejor la relación entre dos personas nunca puede ser fácil. Eso es lo que me digo.

—Y yo. Busco muchas excusas para justificar la horrible conducta de Phil.

—Pues no lo hagas. Como mínimo, observa las cosas tal y como son.

Sarah asintió mientras reflexionaba sobre lo que acababa de escuchar. Estaba contemplando el jardín desde el salón cuando sintió a Jeff muy cerca y se volvió para mirarle. Era más alto que ella, y Sarah tenía el rostro alzado cuando sus ojos se encontraron. Los labios de él hallaron fácilmente los de ella, unieron sus cuerpos en un abrazo y se fundieron en un beso eterno. Tanto ella como él habían olvidado lo que podía sentirse. Aquello no era difícil. Era fácil. Pero también era nuevo, y fruta prohibida. Los dos tenían otra relación, por compleja que esta fuera.

—Creo que esto ha sido un error —dijo suavemente Sarah. Se sentía culpable, pero no demasiado. Jeff le gustaba. Era mucho más tierno que Phil.

—Me lo estaba temiendo —repuso Jeff—. Pero no estoy seguro de que haya sido un error. Yo no lo he sentido como un error. ¿Tú sí?

—No lo sé. —Sarah parecía desconcertada.

—Quizá deberíamos probar de nuevo para asegurarnos. —Volvió a besarla y esta vez ella se apretó aún más contra su cuerpo. Él se sintió poderoso, y ella segura y reconfortada—. ¿Te parece esto un error? —susurró él, y Sarah rió.

—Nos vamos a meter en un buen lío con Phil y Marie-Louise —dijo mientras él seguía abrazándola. Era una sensación maravillosa.

—Quizá no se merezcan otra cosa. No está bien tratar a la gente con tanta dureza. —Jeff también estaba harto de su problemática relación.

—En ese caso, ¿no deberíamos tener el valor de dejarles? —razonó Sarah. Habría sido lo más honesto.

—Ah, eso —dijo Jeff, sonriendo. Había terminado por ser una tarde encantadora, sobre todo en los últimos minutos—. Lo he intentado un montón de veces, y también ella, pero siempre acabamos volviendo.

—¿Por qué?

—Hábito, miedo, pereza, familiaridad.

—¿Amor? —preguntó Sarah. Era la pregunta que ella se hacía con respecto a Phil. ¿Le amaba? Ya no estaba tan segura.

—Tal vez. Después de catorce años no siempre es fácil saberlo. Creo que en nuestro caso seguimos juntos principalmente por una cuestión de hábito y de trabajo. Sería muy complicado dividir el negocio. Nosotros no vendemos zapatos. La mayoría de nuestros clientes nos contratan como equipo. Y somos buenos trabajando juntos. Me gusta trabajar con Marie-Louise.

—Esa no es razón para seguir juntos —observó Sarah—, por lo menos como pareja. ¿Podríais trabajar juntos si os separarais? —Estaba tanteando el terreno, como él.

—No lo creo, y en cualquier caso Marie-Louise volvería a París. Su hermano también es arquitecto y posee un despacho importante. Siempre me está diciendo que acabará trabajando con él.

—Me alegro por ella.

—No me asusta trabajar solo, pero no me gusta todo el jaleo que supondría cambiar esa situación. —Sarah asintió con la cabeza. Comprendía a Jeff pero, por otro lado, no quería ser «la otra». Las cosas ya eran lo suficientemente complicadas sin eso—. A veces hay que confiar en la vida —continuó filosóficamente—. Confiar en que las cosas llegarán cuando tengan que llegar. Creo que cuando tienes algo bueno, lo sabes. Yo siempre he sentido una terrible atracción por aquello que no me conviene —reconoció con cierta vergüenza—. De joven me gustaban las mujeres peligrosas o de temperamento difícil. Marie-Louise es ambas cosas.

—Yo no —dijo Sarah con cautela, y Jeff sonrió.

—Lo sé, y me gusta eso de ti. Puede que finalmente esté madurando.

—Y tú no eres un hombre cruel. —Sarah reflexionó sobre ello—. Pero no estás disponible, vives con otra mujer. He ahí mi especialidad. Creo que no es una buena idea para ninguno de los dos ahora mismo. Es peligroso para ti e insatisfactorio para mí.

Sarah tenía razón y ambos lo sabían, pero era una situación muy tentadora, y los besos había sido muy dulces. Así y todo, si lo que había entre ellos era bueno, podría esperar.

—Dejemos que el tiempo hable —dijo, sensatamente, Jeff. Iban a pasar muchas horas trabajando juntos en la casa. Era preferible para ambos que las cosas sucedieran poco a poco.

—¿Cuándo vuelve Marie-Louise? —preguntó Sarah mientras salían de la casa.

—Dentro de una semana, dice. Pero probablemente será dentro de dos, tres o incluso cuatro.

—¿Estará aquí para Navidad?

—No lo había pensado —dijo pensativamente Jeff mientras la acompañaba al coche—. No estoy seguro. Con ella nunca se sabe. Siempre aparece de repente, cuando se le han acabado las excusas para seguir en París.

—Marie-Louise me recuerda a Phil. Si no ha vuelto, ¿te gustaría pasar la Navidad con mi familia? Seremos solo mi abuela, mi madre, yo y seguramente también el novio de mi abuela. Hacen una pareja encantadora.

Jeff rió.

—Es probable que pueda ir aunque Marie-Louise haya vuelto. Odia la Navidad y se niega a celebrarla. A mí, en cambio, me encanta.

—Y a mí. Pero si ella ha vuelto para entonces, prefiero no invitarte. Sería una descortesía no invitarla a ella, y lo cierto es que no querría hacerlo. Espero que no te parezca mal.

Jeff la besó suavemente en los labios mientras Sarah subía a su coche.

—Cualquier cosa que decidas me parecerá bien, Sarah.

Había tanto que le gustaba de ella... Era una mujer con principios, integridad, cerebro y un gran corazón. En su opinión, una combinación perfecta.

Sarah le dio las gracias por el picnic y se alejó agitando una mano. Camino de su apartamento se preguntó qué debería hacer con Phil. No quería que la decisión que tomara estuviera influida por lo que había sucedido con Jeff. La cuestión en ese asunto no era Jeff sino Phil. Además, Jeff estaba con Marie-Louise. En ningún momento debía olvidar eso. No estaba dispuesta a tener otra pareja no disponible aunque las circunstancias fueran diferentes. Jeff era un hombre adorable, pero no estaba disponible. De ningún modo quería caer de nuevo en eso. Esta vez haría lo que fuera mejor para ella. Phil, en su opinión, no era lo mejor para ella. Y todavía no sabía si lo era Jeff.

13

Como siempre, Sarah celebró la Navidad con Phil la noche antes de que partiera a Aspen con sus hijos. Siempre se marchaba el primer sábado de las vacaciones escolares y se quedaba allí hasta Año Nuevo. Sarah pasaba sola las vacaciones, lo cual se le hacía cuesta arriba, pero estaba acostumbrada. Él deseaba estar a solas con sus hijos. Sarah tendría que apañárselas sin él en Navidad y Nochevieja y, como siempre, aguantar los comentarios de su madre al respecto. Su relación con Phil acababa de entrar en el quinto año y esa era la quinta Navidad que pasaba sin él.

La llevó a cenar a Gary Danko. La comida estaba deliciosa y Phil eligió unos vinos caros y excelentes. Después fueron a casa de Sarah, intercambiaron regalos e hicieron el amor. Él le regaló otra cafetera exprés porque la vieja estaba empezando a fallar y una pulsera de plata de Tiffany que a Sarah le encantó. Era una esclava sencilla que podía llevar en cualquier situación. Ella le regaló un cartera que necesitaba con urgencia y un precioso jersey de Armani, de cachemir azul. Y, como siempre, cuando Phil se marchó por la mañana Sarah detestó verlo partir. Se quedó más tiempo de lo habitual. No iban a verse en dos semanas, dos semanas de vacaciones que, una vez más, ella pasaría sola.

—Adiós... Te quiero... —repitió Sarah cuando Phil la besó por última vez antes de irse. Iba a echarlo mucho de menos, como siempre, pero esta vez no protestó. Para qué. Lo único que diferenciaba esas vacaciones de las anteriores era que iba a pasarlas trabajando en su nueva casa.

Había pasado mucho tiempo en ella los fines de semana, lijando, limpiando, midiendo y haciendo listas. Se había comprado una caja de herramientas y tenía intención de construir una librería con sus propias manos en su dormitorio. Jeff se había ofrecido a enseñarle cómo hacerla.

Marie-Louise había vuelto finalmente a la ciudad la semana antes. A Sarah le sonaba más francesa que nunca cada vez que hablaba con ella, pero no se implicó en la casa. Había vuelto para ocuparse de sus proyectos porque la mayoría de sus clientes estaban pidiendo a gritos su regreso. Sarah y Jeff hablaban por teléfono casi todos los días. Habían decidido no llevar adelante su idilio y centrar su relación en el tema de la casa. Si con el tiempo sus respectivas relaciones fracasaban, tanto mejor, pero Sarah le dejó bien claro que no quería alimentar sus sentimientos amorosos mientras él estuviera viviendo con Marie-Louise, independientemente de que fuera o no feliz con ella. Jeff se mostró de acuerdo.

El día siguiente a la partida de Phil comieron juntos. Era domingo y Marie-Louise estaba encerrada en su despacho, poniéndose al día. Sarah se sorprendió cuando, después de disfrutar de una tortilla en Rose's Café, Jeff deslizó por la mesa un pequeño paquete. Conmovida, lo abrió con cuidado y se quedó sin respiración al ver el alfiler antiguo que contenía. Era una casita de oro con brillantes diminutos en las ventanas, un regalo perfecto. Jeff había sido generoso y detallista a la vez.

—No es tan grande como tu casa —dijo a modo de disculpa—, pero me gustó.

—¡Es precioso! —exclamó, emocionada, Sarah. Podría lucirlo en las chaquetas de los trajes que utilizaba para ir al despacho. Así se acordaría de él y de la casa. Estaba aprendiendo tanto de él sobre cómo restaurar su casa. Jeff también le regaló un libro muy útil sobre carpintería y reparaciones domésticas. Eran dos regalos perfectos, cuidadosamente elegidos.

Sarah le regaló, por su parte, una preciosa colección de libros de arquitectura encuadernados en cuero. Se trataba de una primera edición que había encontrado en una vieja librería del centro. Le había costado una fortuna y a Jeff le encantó. Sería una bella incorporación a su amada y siempre creciente biblioteca.

—¿Qué harás durante las fiestas? —le preguntó durante el café. Parecía cansado y estresado. Tenía muchos proyectos que terminar y ahora que Marie-Louise había vuelto, su vida era más ajetreada y agitada. Ella siempre invadía su espacio como un tornado. Con los años Jeff había comprobado que los tópicos sobre las pelirrojas eran en su mayoría ciertos. Marie-Louise era enérgica, dinámica y tenía muy mal carácter. Pero también era apasionada, tanto en lo bueno como en lo malo.

—Trabajaré en mi casa —respondió tranquilamente Sarah. Lo estaba deseando. Como Phil no estaba, los fines de semana podría trabajar hasta tarde. Confiaba en que de ese modo las vacaciones se le pasaran más deprisa—. Celebraré la Nochebuena con mi abuela, mi madre y los amigos que inviten. El resto del tiempo lo dedicaré a la casa. Tendremos cerrado el despacho entre Navidad y Año Nuevo.

—Como nosotros. Tal vez me pase por la casa para ayudarte. Marie-Louise odia tanto la Navidad que en esta época del año se vuelve especialmente irritable. No solo detesta celebrarla, sino que le molesta que otras personas la celebren, y más aún si esa persona soy yo. —Jeff rió y Sarah sonrió. Las cosas nunca eran fáciles para nadie, independientemente de lo que pareciera desde fuera—. Está pensando en irse a esquiar hasta el día de Año Nuevo. A mí no me gusta esquiar, de modo que seguramente me quedaré en casa trabajando. Antes solía acompañarla. Me pasaba el día metido en la cabaña y por la noche ella estaba demasiado cansada para salir. De niña estuvo a punto de competir a nivel olímpico, de modo que es una esquiadora excelente. Hace mucho tiempo trató de enseñarme, pero era un desastre. El esquí es un deporte que ni me gusta ni se me da bien. Detesto pasar frío. —Jeff sonrió—. Y caerme de culo, algo que hacía constantemente mientras ella se desternillaba. Ahora va a Squaw sola. Ambos lo preferimos así.

—Puedes venir siempre que quieras —dijo Sarah con ternura.

Sabía que ahora su relación dentro de la casa tendría que ser más comedida. Jeff no había vuelto a besarla desde el día del picnic. Ambos estaban de acuerdo en que no era una buena idea, que solo conseguirían crearse problemas y que alguien saldría finalmente herido. Sarah no quería salir herida, ni él quería hacerle daño. Jeff era consciente de que tenía razón, y aunque le costaba reprimir el deseo de abrazarla cuando estaban solos, por su bien y por el de ella mantenía el impulso a raya. Así pues, ahora trabajaban durante horas codo con codo sin rozarse siquiera. Tenía que reconocer que no siempre era fácil, pero respetaba la opinión y el deseo de Sarah. Y tampoco tenía ganas de complicar la situación con Marie-Louise.

—¿Cómo pasáis el día de Navidad si ella no quiere celebrarlo? —Sarah siempre sentía curiosidad por cómo era su vida juntos. Parecían tan diferentes...

Jeff sonrió antes de contestar.

—Por lo general, discutiendo. Yo me quejo de que me fastidie las fiestas navideñas con su actitud y ella dice que soy un hipócrita, un burdo y un consumista, una víctima de las instituciones que me dieron gato por liebre cuando era niño, y demasiado débil y estúpido para reconocerlo ahora y oponerme. En fin, cosas normales como esas. —Sarah rió—. Marie-Louise tuvo una infancia dickensiana. La pasó en su mayor parte rodeada de familiares que la odiaban e insultaban, y que se insultaban entre sí. No siente demasiado respeto por los lazos familiares, las tradiciones y las fiestas religiosas. Sigue pasando mucho tiempo con su familia, pero todos se odian.

—Es triste.

—Supongo que sí. Marie-Luise encubre esa tristeza con rabia, y parece que le funciona. —Jeff sonrió. Aceptaba a Marie-Louise como era, pero eso no hacía más fácil vivir con ella.

Pasearon despacio por la calle Union hasta sus respectivos coches. Las tiendas estaban adornadas con motivos navideños y había luces centelleando en los árboles, pese a ser de día. Se respiraba un aire festivo.

—Te llamaré cuando hayamos cerrado el despacho —le prometió Jeff—. Te ayudaré con la casa cuando quieras.

—¿A Marie-Louise no le importará? —Sarah temía que pudiera enojarse. Por las cosas que sabía de ella, la consideraba una víbora, pero respetaba su vínculo con Jeff, al igual que hacía él pese a sus quejas.

—Ni siquiera lo notará —le aseguró Jeff. Y tampoco tenía intención de contárselo, pero esto último no se lo dijo. Sabía lo honesta que era Sarah. No obstante, él pensaba que la forma en que se relacionara con Marie-Louise era asunto suyo. La conocía mejor y sabía cuáles eran sus límites. Y al igual que Sarah, estaba decidido a no dejar que la atracción que sentía por ella se le fuera de las manos. Habían acordado ser únicamente amigos.

Se dieron las gracias por los regalos y Sarah volvió a su apartamento. Poco después regresaba a la casa de la calle Scott con el libro de Jeff bajo el brazo. Trabajó hasta bien pasada la medianoche. Y el día de Nochebuena se puso el alfiler que Jeff le había regalado. Su madre reparó en él en cuanto Sarah se sentó a la mesa. Había olvidado la pulsera de Phil sobre la cómoda. Hacía tres días que no sabía nada de él. Siempre se comportaba así cuando iba a Aspen. Lo pasaba tan bien que no encontraba el momento para llamar.

—Me gusta —dijo su madre sobre el alfiler—. ¿De dónde lo has sacado?

—Me lo ha regalado un amigo —respondió misteriosamente Sarah. Tenía pensado hablarles de la casa después de la cena.

—¿Phil? —Su madre la miró sorprendida—. No parece su estilo.

—No lo es —repuso Sarah antes de volverse hacia George, el novio de su abuela. Acababa de comprar una casa en Palm Springs y estaba feliz. Las había invitado a todas a ir a verla.

Mimi ya había estado y le encantaba. George estaba enseñando a Mimi a jugar al golf.

La cena de Nochebuena fue agradable y tranquila. Audrey había hecho rosbif y pudin de Yorkshire, su especialidad. Mimi había preparado las verduras y dos tartas deliciosas. Sarah había llevado un vino que todos alabaron. Y George había regalado a Mimi una preciosa pulsera de zafiros. Los ojos de Mimi chispearon cuando la enseñó, y Sarah y Audrey la contemplaron con la boca abierta mientras George sonreía orgulloso.

Sarah aguardó a que el entusiasmo amainara para mirar en torno a la mesa en tanto que Audrey servía el café.

—Pareces el gato que se comió al canario —dijo su madre, rezando para que no estuviera a punto de anunciar su compromiso con Phil. Pero de haber sido eso, Phil habría tenido la decencia de estar presente. Además, no lucía ningún anillo en el dedo. Audrey se tranquilizó.

—No es exactamente un canario —dijo Sarah, incapaz de ocultar su entusiasmo—. Finalmente he seguido el consejo de mamá.

Audrey puso los ojos en blanco y se sentó.

—Eso sería toda una novedad —dijo, y Sara sonrió con benevolencia.

—Pues es cierto, mamá. He comprado una casa. —Lo dijo nerviosa, eufórica y llena de orgullo, como una mujer anunciando que está embarazada.

—¿En serio? —Audrey la miró encantada—. ¿Cuándo? ¡No me lo habías dicho!

—Te lo digo ahora. La compré hace unas semanas. Fue algo inesperado. Empecé a mirar apartamentos y de repente me cayó esta oportunidad. Es un sueño hecho realidad, un sueño que ignoraba que tuviera hasta que sucedió y me enamoré de él.

—¡Es maravilloso, cariño! —Mimi enseguida se alegró por su nieta, al igual que George, que estaba feliz con su nueva casa. Audrey, como siempre, se mostró algo más escéptica.

—¿No estará en algún barrio horrible? ¿Y no pensarás cambiar el mundo mudándote allí? —Sabía que su hija era capaz de eso. Sarah negó con la cabeza.

—No. Creo que te gustará. Está en Pacific Heights, a tan solo unas manzanas de donde vivo ahora. Es un barrio muy respetable y seguro.

—Entonces, ¿dónde está la pega? Porque puedo olerla. —Audrey era implacable. Sarah deseó que encontrara un novio que la entretuviera, pero entonces tendría que sedarla para mantenerle la boca cerrada. Cuando no los espantaba, los dejaba. Su madre tenía una lengua afilada, especialmente con Sarah, una lengua que siempre conseguía herirla.

—No hay ninguna pega, mamá. La casa necesita arreglos, muchos arreglos, pero estoy muy ilusionada y la conseguí a muy buen precio.

—Oh, Dios, es una choza, lo sé.

Sarah negó con la cabeza.

—No es ninguna choza, es una casa preciosa. Tardaré entre seis meses y un año en arreglarla, pero cuando esté terminada te encantará. —Miró a su abuela mientras hablaba. Mimi asentía con la cabeza, dispuesta a creerla. Siempre era así, a diferencia de Audrey, que la retaba a cada oportunidad.

—¿Quién te ayudará? —preguntó Audrey con sentido práctico.

—He contratado a un arquitecto, y muchos de los arreglos los haré yo misma.

—Supongo que hago bien en suponer que no veremos a Phil empuñando un martillo los fines de semana. A tu bufete le deben de ir muy bien las cosas si puedes permitirte contratar a un arquitecto. —Audrey apretó los labios y Sarah asintió con la cabeza. El legado de Stanley tampoco era asunto de ella—. ¿Cuándo te darán las llaves?

—Ya las tengo —dijo Sarah con una amplia sonrisa.

—Qué rapidez —espetó Audrey con escepticismo.

—Lo sé —reconoció Sarah—. Fue amor a primera vista. Hace tiempo que conozco esa casa, y de repente la pusieron en venta. Jamás se me pasó por la cabeza que acabaría siendo mía.

—¿Cuántos metros cuadrados tiene? —preguntó su madre con naturalidad, y a Sarah se le escapó una carcajada.

—Dos mil setecientos —respondió tranquilamente, como si hubiera dicho uno o dos.

Los allí reunidos la miraron boquiabiertos.

—¿Bromeas? —preguntó Audrey con los ojos como platos.

—No, no bromeo. Por eso la conseguí a tan buen precio, porque hoy día nadie quiere una casa de esas dimensiones. —Sarah se volvió hacia su abuela y habló con suavidad—: Mimi, tú conoces la casa. Naciste en ella. Es la casa de tus padres, el veinte-cuarenta de la calle Scott. En gran parte la compré por eso. Significa mucho para mí, y espero que cuando la veas, también signifique mucho para ti.

—Dios mío... —dijo Mimi con los ojos llenos de lágrimas. Ni siquiera sabía si quería volver a ver esa casa. De hecho, estaba casi segura de que no quería. Encerraba recuerdos muy dolorosos, de su padre antes de que la Gran Depresión lo hundiera, de las últimas veces que vio a su madre antes de que desapareciera—. ¿Estás segura de que eso es lo que quieres?... Me refiero a que... es una casa demasiado grande para que la lleve una sola persona. Ya nadie vive así... Mis padres tenían cerca de treinta empleados, o puede que incluso más. —Parecía preocupada, y casi se diría que asustada, como si un espíritu del pasado le hubiera posado una mano en el hombro. El espíritu de Lilli, su madre.

—Puedes estar segura de que no tendré treinta empleados —respondió Sarah sin dejar de sonreír pese al ceño de su madre y la cara de pánico de su abuela. Hasta George la miraba con cierto pasmo. La casa que se había comprado en Palm Springs tenía quinientos metros y temía que fueran demasiados para él. Dos mil setecientos era más de lo que podía imaginar—. Puede que contrate a una persona para que venga a limpiar una vez a la semana. El resto lo haré yo. Es una casa preciosa, y cuando le haya devuelto su aspecto original, o más o menos su aspecto original, estoy segura de que os encantará.

Audrey estaba meneando la cabeza, como si ya no le quedara ninguna duda de que su hija estaba loca.

—¿De quién era la casa? —preguntó, vagamente intrigada.

—De Stanley Perlman, aquel cliente mío que falleció —contestó Sarah.

—¿Te la ha dejado? —preguntó su madre sin rodeos. Le habría preguntado si se había acostado con él si Sarah no le hubiera contado que tenía casi cien años.

—No. —El resto solo le incumbía a ella, a Stanley y a sus diecinueve herederos—. Los herederos la pusieron a la venta a un precio increíblemente bajo y decidí comprarla. Me ha costado menos de lo que me habría costado una casa pequeña en el mismo barrio y es mucho más bonita. Además, para mí significa mucho que vuelva a pertenecer a la familia, y espero que para vosotras también —dijo, mirando a su madre y a su abuela. Las dos mujeres guardaron silencio—. Pensé que podríamos ir a verla mañana. Significaría mucho para mí.

Nadie dijo nada durante un largo instante, y eso hizo que la decepción revoloteara como una palomilla sobre el corazón de Sarah. Como siempre, la primera en hablar fue Audrey.

—No puedo creer que hayas comprado una casa de semejante tamaño. ¿Tienes idea del trabajo que supondrá arreglarla y no digamos decorarla y amueblarla? —Sus palabras siempre conseguían sonar como acusaciones en los oídos de Sarah.

—Lo sé. Pero por muchos años que tarde, para mí es importante. Y si en un momento dado siento que el proyecto me supera, siempre puedo venderla.

—Y perder la camisa en el proceso —suspiró Audrey en tanto que Mimi tomaba la mano de su nieta entre las suyas. Pese a su edad seguía teniendo unas manos bellas y delicadas, con unos dedos largos y elegantes.

—Creo que has hecho algo maravilloso, Sarah. Me parece que, sencillamente, estamos algo sorprendidos. Me encantaría ir a ver la casa. Nunca pensé que volvería a verla. En realidad, nunca pensé que querría volver a verla, pero ahora que es tuya, sí quiero... —Era la respuesta perfecta. Mimi, a diferencia de su madre, nunca la defraudaba.

—¿Podríamos ir mañana? —El día de Navidad. Sarah se sentía como cuando era niña y enseñaba a su abuela un dibujo o una muñeca nueva. Quería que estuviera orgullosa de ella. Y también su madre. Siempre había sido más difícil ganarse la aprobación de su madre.

—Iremos mañana a primera hora —declaró Mimi, luchando por vencer sus miedos y emociones. No le resultaba fácil volver a esa casa, pero por Sarah era capaz de enfrentarse a todos los demonios del infierno, incluso de su infierno privado, con sus dolorosos recuerdos. George dijo que la acompañaría. Solo quedaba Audrey.

—De acuerdo, pero no esperes que diga que hiciste bien.

—No esperaría menos de ti, mamá —respondió Sarah con satisfacción. Se marchó poco después. De regreso a su apartamento pasó por delante de la casa de la calle Scott y sonrió. El día antes había colgado una corona de Navidad en la puerta. Estaba impaciente por mudarse.

Phil la llamó a medianoche para desearle feliz Navidad. Dijo que él y sus hijos lo estaban pasando muy bien y que la echaba de menos. Sarah respondió que ella también le echaba de menos y después de colgar la embargó la tristeza. No podía evitar preguntarse si alguna vez tendría un hombre con el que poder pasar las fiestas. Tal vez algún día. Tal vez con Phil.

Al día siguiente se le ocurrió llamar a Jeff para desearle feliz Navidad, pero, temiendo que contestara Marie-Louise, cambió de idea. Fue a la casa de la calle Scott y se entretuvo haciendo pequeñas cosas mientras esperaba a que apareciera su familia a las once, como habían prometido. Llegaron unos minutos después. Su madre había pasado a recoger a Mimi y a George, fingiendo no saber que habían pasado la noche juntos. Últimamente eran inseparables. No había duda de que George estaba obteniendo ventaja con respecto a los demás pretendientes de Mimi, bromeó Sarah, y su abuela dijo que era por las clases de golf. Audrey opinaba que era por la casa de Palm Springs. Fuera lo que fuese, parecía que estaba dando resultados, y Sarah se alegraba por los dos. Por lo menos una mujer de la familia tenía una relación que valía la pena. Y se alegraba de que esa mujer fuera Mimi, porque se merecía pasar contenta y feliz los últimos años de su vida. En su opinión, George era el hombre ideal para su abuela.

Mimi fue la primera en cruzar la puerta. Seguida de Audrey y George, avanzó despacio por el vestíbulo mirando a su alrededor, como si temiera ver un fantasma. Al llegar al pie de la gran escalera levantó la vista como si todavía pudiera ver en ella a gente conocida. Cuando se volvió hacia Sarah tenía las mejillas surcadas de lágrimas.

—Está exactamente como la recordaba —dijo en un susurro—. Siempre me viene el recuerdo de mi madre bajando por esta escalera, luciendo hermosos vestidos de noche, con sus joyas y sus pieles, y a mi padre vestido con frac y chistera, esperándola abajo con una amplia sonrisa. Era un placer contemplar a mi madre.

A Sarah le era fácil imaginarlo, a juzgar por la única foto que había visto de ella. Lilli tenía algo mágico, casi hechizante. Parecía una estrella de cine, una princesa de cuento de hadas, una joven reina. El hecho de ver a Mimi en la casa hizo que todo eso cobrara vida para Sarah.

Pasearon por la planta baja durante casi una hora mientras explicaba sus planes, así como la ubicación y el diseño de la nueva cocina. Audrey examinaba en silencio los paneles, las molduras y el artesonado. Alabó el exquisito suelo de madera procedente de Europa. Y George, como le ocurría a todo el mundo, estaba fascinado con las arañas de luces.

—Mi padre las hizo traer de Austria para mi madre —explicó Mimi, observándolas desde abajo. Todavía no podían encenderlas, pero Jeff ya había hecho venir a un experto para que se asegurara de que estaban bien sujetas—. Mi institutriz me habló de ellas en una ocasión —prosiguió, pensativa—. Creo que dos de ellas provienen de Rusia y el resto de Viena, y la que hay en el dormitorio de mi madre llegó de París. Mi padre saqueó palacios de toda Europa para construir esta casa. —Saltaba a la vista. Los resultados eran exquisitos.

Pasaron otra media hora en el primer piso, admirando los salones y, sobre todo, el salón de baile, con sus espejos y sus molduras doradas, sus paneles y sus suelos taraceados. Era una auténtica obra de arte. Luego subieron a la segunda planta. Mimi fue directa a los cuartos de los niños y tuvo la sensación de que había estado allí el día antes. La emoción le había robado el habla, y George le rodeó dulcemente los hombros con un brazo. Encontrarse de nuevo en esas estancias era, para Mimi, un intenso viaje emocional. Sarah casi se sintió culpable por haberla puesto en esa situación, pero al mismo tiempo confió en que lograra curar viejas heridas.

Mimi les contó todo lo referente al dormitorio y los vestidores de su madre, los muebles, las cortinas de satén rosa y la valiosísima alfombra de Aubusson. Al parecer había sido subastada por una fortuna incluso en 1930. Mimi habló de los vestidos de noche de su madre que ocupaban varios armarios, de los imponentes sombreros que se mandaba hacer en París. Era un relato sorprendente, y toda una lección de historia. Audrey escuchaba en silencio. En sus sesenta y un años de vida jamás había oído hablar a su madre de su infancia, y le sorprendía lo mucho que recordaba. Siempre supuso que lo había olvidado todo. Lo único que le contaron de niña era que la familia de su madre lo había perdido todo en el crack de 1929 y que su abuelo había muerto unos años después. Audrey no sabía nada de la gente que había poblado la niñez de su madre, de los detalles sobre la desaparición de su abuela materna, de la existencia siquiera de esa casa. Mimi jamás le había hablado de ello, y ahora los recuerdos y las anécdotas salían de su boca como un cofre rebosante de joyas.

Aunque había muy poco que ver, también visitaron el ático y el sótano. Mimi se acordaba del ascensor y de lo mucho que le gustaba montar en él con su padre, y de su criada favorita, a la que iba a ver a hurtadillas al ático cuando conseguía escapar de la institutriz.

Eran casi las dos cuando regresaron al vestíbulo. Mimi parecía cansada, y también los demás. Había sido algo más que un recorrido por la casa o una lección de historia, había sido un viaje al pasado para visitar a gente largo tiempo olvidada, y todo gracias a que Sarah había hecho realidad su sueño y había querido compartirlo con ellos.

—En fin, ¿qué os parece? —preguntó.

—Gracias —dijo Mimi, abrazándola—. Que Dios te bendiga. —Sus ojos se llenaron nuevamente de lágrimas—. Espero que seas feliz en esta casa, Sarah. Ellos lo fueron durante un tiempo. Espero que tú lo seas siempre, te lo mereces. Estás haciendo algo maravilloso al devolver la vida a esta casa. Me gustaría ayudarte en todo lo posible. —Hablaba en serio. George se acercó y también la abrazó.

—Gracias, Mimi —dijo Sarah, estrechando fuertemente a su abuela. Luego se volvió hacia su madre, presa del miedo que siempre la asaltaba cuando buscaba su aprobación. No era fácil obtenerla, nunca lo había sido.

Audrey asintió con la cabeza, titubeó y cuando finalmente habló, tenía la voz ronca y la mirada vidriosa.

—Estaba preparada para decirte que estás loca. Era lo que pensaba... pero ahora entiendo por qué lo has hecho. Tienes razón. Esto es importante para todas nosotras... y la casa es preciosa... Te ayudaré a decorarla si quieres, cuando la tengas terminada. —Sonrió cariñosamente a su hija—. Va a hacer falta mucha tela para decorarla... ya solo las cortinas podrían arruinar a un banco... Me gustaría ayudarte... Y se me han ocurrido algunas ideas para todos esos salones. También he pensado que podrías alquilarla para bodas, una vez que la tengas terminada. Eso te daría un buen dinero. Las parejas siempre están buscando un lugar elegante donde poder celebrar su casamiento. Esta casa sería perfecta, y podrías cobrar una fortuna.

—Es una gran idea, mamá —dijo Sarah con lágrimas en los ojos. Su madre nunca antes se había ofrecido a ayudarla, simplemente le decía lo que tenía que hacer. En cierto modo, la casa las estaba uniendo. No había sido esa su intención, pero era un inesperado regalo que agradecía—. No se me había ocurrido.

—Creía sinceramente que era una buena idea.

Las tres mujeres se miraron con una amplia sonrisa antes de salir de la casa, como si compartieran un secreto muy especial. Las descendientes de Lilli de Beaumont habían vuelto finalmente a casa, bajo el techo que Alexandre había construido para ella. En otros tiempos fue una casa llena de amor, y en manos de Sarah las tres sabían que volvería a serlo.

14

Sarah dedicó todas sus vacaciones navideñas a trabajar en la casa y Audrey adquirió la costumbre de pasar a verla. Había estado en la biblioteca indagando sobre la historia de la casa y había encontrado interesantes detalles que compartió con su hija. Además, tenía propuestas sobre decoración sorprendentemente buenas. Sarah estaba disfrutando de la compañía de su madre por primera vez en muchos años. Mimi también se dejaba caer algunas veces por la casa, con sándwiches para asegurarse de que Sarah se alimentaba como es debido mientras clavaba, lijaba y serraba. La librería empezaba a tomar forma, y estaba dando barniz a los paneles y el artesonado con sumo cuidado. Ya casi relucían.

Jeff pasó varias tardes en la casa con ella cuando Marie-Louise se fue a esquiar. Le cobraba solo por los diseños, los dibujos y la coordinación de los contratistas, no por el tiempo que pasaba allí. Decía que trabajar en la casa lo relajaba. Una noche que estaban trabajando en habitaciones separadas fue a comprobar cómo le iba a Sarah con la nueva cera que estaba probando en los paneles. Parecía agotada, tenía las manos hechas un desastre y el pelo recogido de cualquier manera en la coronilla. Llevaba puesto un pantalón de peto y botas de trabajo. Detuvo su trabajo cuando él le tendió una cerveza.

—Tengo la sensación de que se me van a caer los brazos

—dijo mientras se sentaba en el suelo. Jeff la miró con una sonrisa. Habían compartido una pizza para cenar.

—¿Sabes qué día es hoy? —dijo, dejando su lijadora en el suelo y dando un sorbo a su cerveza.

—Ni idea. —Sarah perdía la noción del tiempo cuando trabajaba en la casa. Habían instalado lámparas provisionales en las zonas donde estaban trabajando. El resto de la habitación estaba bañada en sombras, pero no la asustaban. Nunca tenía miedo en esa casa, ni siquiera de noche, cuando trabajaba a solas. Pero le gustaba tener allí a Jeff.

Jeff acababa de comprobar la fecha en su reloj.

—Es Nochevieja —dijo, sonriendo.

—¿En serio? —Sarah lo miró atónita—. Eso significa que he de volver al despacho dentro de dos días. Ha sido fantástico poder disponer de todo este tiempo para trabajar en la casa. Voy a detestar volver a tener solo los fines de semana para venir aquí. Quizá pueda hacer algunas cosas por las noches, al salir del despacho.

Cuanto más deprisa trabajara, y cuantos más días dedicara a la casa, antes terminarían. Estaba impaciente por mudarse. Entonces recordó lo que Jeff le había dicho.

—¿Qué hora es?

—Las once cincuenta y tres. Faltan siete minutos para Año Nuevo. —Sarah alzó la cerveza y brindó con él. Ambos pensaron que era una forma agradable de celebrar la entrada del año. Relajada y tranquila, con un buen amigo, que era en lo que se habían convertido—. Confío en que sea un buen año para los dos.

—Yo también. El año que viene, por estas fechas, estaré viviendo en esta casa y podré dar una gran fiesta de Fin de Año en mi salón de baile. —No le parecía un escenario probable, pero le gustaba imaginarlo.

—Espero que me invites —dijo Jeff con una sonrisa burlona.

—Desde luego. A ti y a Marie-Louise. Os enviaré una invitación.

—Hazlo. —Jeff hizo una elegante reverencia. Marie-Louise estaba esquiando en Squaw Valley. La Nochevieja le traía sin cuidado, y a él también. Phil seguía en Aspen con sus hijos. Había llamado a Sarah el día anterior, pero ninguno de los dos mencionó la Nochevieja. Tenía previsto regresar esa semana, cuando sus hijos tuvieran que volver al colegio—. Once cincuenta y ocho —anunció Jeff, mirando de nuevo su reloj.

Sarah se levantó, dejó la cerveza sobre su caja de herramientas y se limpió las manos en el peto. Tenía mugre de los pies a la cabeza y manchas de polvo y cera hasta en la cara. Al verse en un espejo empotrado en un panel, se echó a reír.

—Precioso modelito para Nochevieja, ¿no crees?

Jeff rió y Sarah se alegró de estar allí con él. Sin su presencia la noche habría sido demasiado tranquila. Se sentía mucho menos sola trabajando allí que cuando estaba en su apartamento.

—Once cincuenta y nueve. —Jeff mantuvo la mirada fija en el reloj y avanzó un paso hacia ella. Sarah no retrocedió—. Feliz Año Nuevo, Sarah —susurró. Ella asintió con la cabeza, como si con ello estuviera dándole permiso. Solo por esa vez. Porque era Nochevieja.

—Feliz Año Nuevo, Jeff —susurró a su vez. Él la rodeó con sus brazos y la besó. Hacía mucho tiempo que no se besaban y tampoco había sido esa su intención. Permanecieron abrazados largo rato, luego se separaron lentamente y se miraron a los ojos—. Gracias por estar aquí.

—No querría estar en ningún otro lugar.

Poco a poco regresaron a sus respectivas tareas, sin mencionar el beso, sin mencionar si debería haber sucedido o no. Salieron juntos de la casa a las tres de la madrugada.

Cuando Sarah llegó a su apartamento encontró un mensaje de Phil en el contestador. La había llamado a medianoche, hora de San Francisco, para desearle feliz Año Nuevo. No la había llamado al móvil, a pesar de que Sarah se lo había llevado a la casa por si acaso. Phil la despertó a las ocho del día siguiente.

—¿Dónde estabas anoche? —preguntó. Llamaba con su

móvil desde lo alto de un telesilla y la comunicación se perdía constantemente.

—Trabajando en la casa. Volví a las tres y encontré tu mensaje. Gracias por llamar. —Sarah se desperezó con un bostezo.

—Tú y esa casa. Te echo de menos. —La voz de Phil se perdió y volvió al cabo de unos segundos.

—Yo también. —Era cierto. Pero al dar las doce había besado a Jeff y le había gustado.

—Nos veremos a mi regreso. —Phil llegó a la cima de la montaña y la comunicación se cortó. Sarah se levantó y a las diez estaba de nuevo en la casa.

Jeff llegó a las doce. No le contó que esa mañana había discutido por teléfono con Marie-Louise. No le llamó cuando dieron las doce, pero así y todo quería saber dónde había estado. Él le contó la verdad y le dijo que fue algo inocente. Pero ella no creía en su inocencia en lo que a su dedicación a Sarah y a la casa se refería. Jeff le recordó que no había tenido nada mejor que hacer en Nochevieja que trabajar en la casa. Ella lo mandó al cuerno y colgó. Tenía planeado regresar por la noche. Jeff pasó el resto del día con Sarah y se marchó a las seis. Ninguno de los dos mencionó el beso, pero ella lo tenía presente. Por la mañana se había recordado severamente a sí misma que Jeff no estaba disponible. Pero lo encontraba tan sexy y atractivo... Le encantaba su manera de pensar, su corazón, su físico. Y quizá el hecho de que viviera con otra mujer. Sarah siempre era muy dura consigo misma.

Pese a sus inquietudes con respecto a Jeff, lo pasó muy bien trabajando con él en la casa, como siempre. Los paneles que había encerado estaban preciosos, y había decidido hacer lo mismo con todos los demás.

—Supongo que ya puedo olvidarme de mis uñas durante un año —rió mientras se miraba las manos—. Tendré que buscar una excusa para mis clientes o pensarán que por las noches me dedico a cavar hoyos con las manos a la luz de la luna. —Ahora nunca conseguía tener las manos limpias, pero no le importaba. Merecía la pena.

Esa noche se quedó hasta las nueve y al llegar a su apartamento se derrumbó en el sofá, delante de la tele. Ese año había tenido unas vacaciones perfectas. O casi perfectas. Habrían sido mejores con Phil, o a lo mejor no. Lo había pasado muy bien trabajando en la casa con Jeff. Habían sido afortunados de que Marie-Louise también se hubiera ausentado.

Sarah volvió al despacho al día siguiente y Phil regresó a la ciudad un día después. La llamó en cuanto entró en su apartamento pero no se ofreció a pasar por su casa para verla. Y ella no se lo pidió. Conocía la respuesta. Phil le diría que tenía un montón de trabajo aguardándole sobre la mesa y que necesitaba ir al gimnasio. Estaba cansada de llevarse chascos. Era más sencillo esperar al fin de semana. Phil dijo que se verían el viernes, y por muchas veces que se lo hubiera hecho, a Sarah seguía produciéndole una sensación extraña saber que estaba en su apartamento, a unas manzanas de su casa, y que no podía verle. La rabia solía durarle varios días.

Procuraba ir a la casa todas las noches después del trabajo para dar cera a los paneles, y el jueves se dedicó a la librería que estaba construyendo. Creó un caos en unos minutos y tuvo que extraer todos los clavos y empezar de nuevo. Se sentía frustrada y torpe, y en torno a las once decidió abandonar. Cuando se dirigía a casa cayó en la cuenta de que estaba a solo una manzana del apartamento de Phil. Habían quedado para el día siguiente, pero de repente le pareció una buena idea pasar un momento por su casa para darle un beso o esconderse en su cama y esperar a que llegara del gimnasio. No era dada a hacer esa clase de cosas, pero tampoco sería la primera vez. Y llevaba encima las llaves de su apartamento. Hacía un año que Phil había accedido finalmente a dárselas, después de que ella le hubiera dado las suyas un año antes. Él siempre era más lento en corresponder. Y sabía que Sarah no abusaría de ese privilegio. Ella nunca se presentaría en su casa sabiendo que no estaba a menos que quisiera darle una sorpresa, como hoy. Respetaba su intimidad, como él la de ella. Raras veces aparecían en casa del otro sin llamar primero. Ese respeto mutuo era una de las razones de que llevaran casi cinco años de relación.

Estacionó delante de la casa de Phil, todavía con el peto y las botas de trabajo puestas. El peto estaba cubierto de cera, y llevaba el pelo recogido en la coronilla para que no le molestara cuando trabajaba.

Al dirigirse al edificio advirtió que en el apartamento de Phil no había luz, y de repente la entusiasmó la idea de esperarlo escondida en su cama. Rió para sus adentros mientras entraba en el portal, subía hasta el primer piso y abría la puerta del apartamento. Estaba a oscuras. Sarah no encendió la luz, pues no quería que Phil se diera cuenta de que estaba allí cuando llegara del gimnasio, en el caso de que mirara hacia las ventanas.

Avanzó a oscuras por el pasillo hasta el dormitorio, abrió la puerta y entró. En la penumbra advirtió que la cama estaba sin hacer, y se apresuró a quitarse el peto y la camiseta. En ese momento oyó un gemido y pegó un salto. Parecía el gemido de una persona herida, y se volvió aterrorizada hacia el lugar de donde provenía. De debajo del edredón asomaron inopinadamente dos siluetas humanas y una voz masculina dijo «¡Mierda!». Encendió la luz y vio a Sarah en bragas y sujetador, con las botas de trabajo puestas, y ella lo vio en toda su maciza desnudez, con una rubia al lado también desnuda. Presa del desconcierto, Sarah se quedó mirándolos el tiempo suficiente para percatarse de que la chica aparentaba unos dieciocho años y era un bombón.

—Santo Dios —dijo, mirando a Phil y sosteniendo la camiseta y el mono con mano temblorosa. Por un momento creyó que iba a desmayarse.

—¿Qué cojones haces aquí? —gritó él con cara de pasmo y un deje despiadado en la voz. Sarah comprendió de repente que podría haber sido peor, aunque no mucho peor. Podría habérselo encontrado montando a la espectacular rubia, en lugar de lo que fuera que estuvieran haciendo bajo el edredón. Por suerte, era una noche fría y el apartamento de Phil siempre estaba helado, de modo que estaban metidos bajo las sábanas.

—Quería darte una sorpresa —tartamudeó Sarah, esforzándose por contener las lágrimas de dolor, rabia y humillación.

—Pues no hay duda de que me la has dado —espetó Phil al tiempo que se atusaba el pelo y se incorporaba. La chica permaneció tumbada, no sabiendo muy bien qué hacer. Sabía que Phil no estaba casado. Y no le había contado que tuviera novia. La mujer que tenía delante en ropa interior estaba hecha un asco—. ¿Qué crees que estoy haciendo? —No sabía qué otra cosa decir. La rubia núbil tenía los ojos clavados en el techo, esperando a que la escena terminara.

—Yo diría que ponerme los cuernos —dijo Sarah, mirándolo directamente a los ojos—. Supongo que esta es la razón de que solo nos veamos los fines de semana. Eres un cabrón de mierda. —Desplegó la camiseta con manos temblorosas y logró ponérsela al revés. Estaba deseando largarse pero no quería salir a la calle en bragas y sujetador. A renglón seguido se puso el peto y solo se molestó en engancharlo por un lado.

—Oye, será mejor que te vayas a casa. Luego hablamos. Esto no es lo que parece. —Phil miró a la rubia y luego a Sarah, pero, por razones obvias, no podía salir de la cama. Estaba desnudo y probablemente todavía le durara la erección.

—¿Me tomas el pelo? —preguntó Sarah, temblando de la cabeza a los pies—. ¿Que no es lo que parece? ¿Tan estúpida me crees? ¿Estaba en Aspen contigo? ¿Has estado metido en esta mierda estos cuatro años?

—No... Yo... Oye, Sarah...

La chica se sentó en la cama y miró a Phil con rostro inexpresivo.

—¿Quieres que me vaya?

Sarah respondió por él.

—No te molestes. —Y dicho eso se alejó por el pasillo, abrió la puerta con fuerza, tiró las llaves al suelo y echó a correr escaleras abajo. Temblaba tanto que apenas podía conducir. Había desperdiciado cuatro años de su vida, pero por lo menos ahora sabía la verdad. No más manipulaciones ni mentiras. No más decepciones. No más angustiosos exámenes de por qué toleraba esa situación. Finalmente todo había terminado. Se dijo que se alegraba, pero entró llorando en su apartamento. Había sido un duro golpe. El teléfono estaba sonando. No contestó. No había nada más que decir. Le oyó dejar un mensaje en el contestador. Conocía el tono. El tono de la reconciliación. Fue hasta el contestador y borró el mensaje sin escucharlo. No quería oírlo.

Esa noche pasó varias horas despierta en la cama, reproduciendo en su cabeza la desagradable escena, el increíble momento en que Phil asomaba por debajo del edredón y ella se percataba de que estaba con una mujer. Era como ver el derrumbe de un edificio o el estallido de una bomba. Sus propias Torres Gemelas. Aunque insuficiente, el mundo de fantasía que había compartido con él durante cuatro años se había venido abajo. Y nada podía reconstruirlo. Sarah no quería reconstruirlo. Y pese a su abatimiento, en el fondo sabía que lo ocurrido era una bendición. De lo contrario, probablemente se habría pasado años aceptando esa relación de fin de semana.

El teléfono estuvo sonando toda la noche. Finalmente optó por desconectarlo, y también el móvil. Le producía satisfacción comprobar que Phil estaba preocupado. Por lo visto, no quería quedar como un cabrón. O puede que, después de todo, lo de los fines de semana le fuera cómodo y no deseara perderla. A Sarah ya no le importaba. La infidelidad era algo que no estaba dispuesta a tolerar. Había tolerado muchas cosas. Esa era la gota que colmaba el vaso.

Por la mañana intentó convencerse de que estaba un poco mejor. No era cierto, pero no le cabía duda de que con el tiempo lo estaría. Al final, Phil no le había dado opción. Se vistió y llegó puntual al despacho. Su madre la llamó diez minutos más tarde. Sonaba preocupada.

—¿Estás bien?

—Sí, mamá. —La mujer poseía un maldito radar.

—Ayer intenté llamarte. La compañía telefónica me dijo que tu teléfono estaba estropeado.

—Estaba trabajando en un caso y lo desconecté. En serio, estoy bien.

—Me alegro. Solo quería estar segura. Tengo hora con el dentista. Te llamaré más tarde.

En cuanto Audrey hubo colgado, Sarah telefoneó al apartamento de Phil, consciente de que ya se habría marchado a trabajar, y dejó un mensaje. Le pedía que le devolviera las llaves por medio de un mensajero. «No las traigas a mi casa. No las dejes en el buzón. No las envíes por correo. Envíalas con un mensajero. Gracias.» Eso fue todo. Phil la llamó seis veces al despacho ese día. Sarah rechazó todas las llamadas, hasta la séptima. Se dijo que no tenía por qué esconderse. Ella no había hecho nada malo. Él, en cambio, sí.

Cuando su secretaria le pasó la llamada se limitó a decir hola. Phil parecía aterrado y eso la sorprendió. Era tan gallito que seguro que intentaba sacarle hierro al asunto, pero no lo hizo.

—Escucha, Sarah... lo siento... es la primera vez en cuatro años... estas cosas pasan... no sé... quizá era la última llamada a mi libertad... tenemos que hablar... tal vez deberíamos empezar a vernos un par de veces durante la semana... quizá tengas razón... esta noche iré a tu casa y hablaremos... nena, lo siento... sabes que te quiero...

Finalmente ella lo interrumpió.

—¿En serio? —dijo con frialdad—. Curiosa forma de demostrarlo. Amor por poderes. Supongo que ella me estaba representando.

—Vamos, nena... te lo ruego... soy humano... y tú también... podría pasarte algún día... y yo te perdonaría...

—No, no podría pasarme, porque soy una completa estúpida. Me he tragado todas tus chorradas. Dejaba que te fueras fines de semana y vacaciones enteras con tus hijos. Durante los últimos cuatro años he pasado cada maldita Navidad y Nochevieja sola, y escuchado lo ocupado que estabas durante la semana con el gimnasio cuando en realidad te estabas tirando a otra. La diferencia entre tú y yo, Phil, es que yo soy una persona honesta e íntegra y tú no. A eso se reduce todo. Lo nuestro ha terminado. No quiero volver a verte. Envíame mis llaves.

—No seas estúpida, Sarah. —Phil empezaba a irritarse. No le costaba mucho llegar a ese estado—. Hemos invertido cuatro años en esto.

—Haberlo pensado anoche, antes de meterte en la cama con ella, no después —repuso Sarah fríamente. Estaba temblando otra vez. Lamentaba lo que estaba pasando, pero no había vuelta atrás. Finalmente deseaba liberarse de esa relación.

—¿Tengo yo la culpa de que te metieras en mi apartamento sin avisar? Debiste llamar primero.

—No debiste estar follando con otra mujer, independientemente de que «me metiera» en tu apartamento. Pero me alegro de haberlo hecho. Debí hacerlo hace mucho tiempo. Podría haberme ahorrado mucho sufrimiento y cuatro años de mi vida malgastados. Adiós, Phil.

—Lo lamentarás —le previno—. Tienes treinta y ocho años y acabarás sola. Maldita sea, Sarah, no seas tan idiota. —Casi sonaba como una amenaza, pero a esas alturas Sarah no habría querido a Phil aunque fuera el último hombre del planeta.

—Estaba sola cuando estaba contigo, Phil —replicó con calma—. Ahora, simplemente, estoy libre. Gracias por todo. —Y sin detenerse a escuchar lo que él tuviera que decir al respecto, colgó.

Phil no intentó llamar de nuevo. Probó algunas veces por la noche, después de que Sarah conectara de nuevo el teléfono, pero en esa ocasión había desconectado el contestador. No quería volver a oír su voz nunca más. Habían terminado para siempre. Esa noche derramó algunas lágrimas por Phil y trató de borrar de su mente la terrible escena de la noche anterior. Al día siguiente, sábado, un mensajero le trajo las llaves. Phil se las había enviado con una nota en la que decía que podía llamarle cuando quisiera y que esperaba que lo hiciera. Sarah tiró la nota después de leerla por encima y reunió todas las cosas de Phil. No eran muchas. Artículos de tocador, vaqueros, ropa interior, camisas, unas Nike, unas zapatillas, unos mocasines y una chaqueta de cuero que dejaba allí para los fines de semana. Mientras las guardaba cayó en la cuenta de que Phil había sido en su vida una fantasía más que una realidad. La encarnación de una esperanza y la culminación de su propia neurosis, de su pánico a estar sola, a ser abandonada por un hombre, como había hecho su padre. Por eso se conformaba con las migajas que él le daba, sin exigir más. Pedía, pero estaba dispuesta a aceptar que él le diera menos de lo que se merecía. Y para colmo le era infiel. Phil le había hecho un gran favor metiéndose en la cama con esa rubia. De hecho, le sorprendía comprobar que no se sentía tan mal como había temido. Esa misma tarde fue a la casa a pegar martillazos a la librería. Pensó que le sentarían bien, y así fue. Ni siquiera oyó el timbre de la puerta al principio, y cuando finalmente lo oyó, temió que pudiera ser Phil. Miró con cautela por una ventana del primer piso y vio a Jeff. Bajó corriendo y abrió.

—Hola —dijo él—. Vi tu coche en la entrada y decidí pasar un momento. —Advirtió que Sarah estaba distraída y la observó con detenimiento—. ¿Estás bien?

—Sí —le tranquilizó ella, pero no lo parecía. Algo pasaba. Jeff no sabía decir exactamente qué, pero podía verlo en sus ojos.

—¿Una semana dura en el despacho?

—Sí, más o menos.

Subieron para examinar la librería. Sarah estaba haciendo un trabajo excelente para tratarse de una aficionada. Trabajaba con minuciosidad. Finalmente se miraron y Jeff sonrió.

—¿Qué ocurre, Sarah? No tienes que contármelo si no quieres, pero algo te pasa.

Sarah asintió.

—Hace dos días rompí con Phil. Debí hacerlo hace mucho tiempo. —Dejó el martillo y se apartó el pelo de la cara.

—¿Por qué? ¿Discutisteis cuando llegó de Aspen?

—No exactamente —respondió con calma—. Me lo encontré con otra mujer. Fue toda una experiencia, novedosa y diferente. —Lo dijo sin emoción, y dada la gravedad del asunto, Jeff pensó que lo llevaba bastante bien.

—¡Uau! —silbó—. Debió de ser horrible.

—Lo fue. Yo parecía una idiota y ella parecía una puta. Y él parecía un completo gilipollas. Tal vez haya estado haciéndolo todos estos años. Arrojé sus llaves al suelo y me marché. Esta mañana le envié todas sus cosas. Y ahora no para de llamarme.

—¿Realmente piensas que todo ha terminado? ¿O crees que le dejarás volver?

Años atrás Marie-Louise le había sido infiel y él había cedido cuando ella volvió suplicando perdón. Al cabo de un tiempo lo lamentó, porque Marie-Louise volvió a engañarle. Pero después de eso nunca más lo hizo. Jeff le había dado un ultimátum. Habían pasado por muchas cosas en esos catorce años.

—No pienso perdonarle —dijo, apesadumbrada, Sarah. Le dolía más lo estúpida que había sido que la separación en sí—. Se ha acabado. Debí dejarle hace mucho tiempo. Phil es un imbécil. Y un mentiroso. Y un tramposo.

—No te dejará ir tan fácilmente —predijo Jeff.

—Puede, pero lo tengo decidido. Nunca podría perdonarle. Fue horrible. Estaba a punto de meterme en su cama para darle una sorpresa cuando me di cuenta de que alguien se me había adelantado. En mi vida me he sentido tan idiota ni tan paralizada. Pensé que iba a darme un infarto. Sea como fuere, todo ha terminado y aquí estoy, trabajando en la casa. ¿No es fantástico? Estoy deseando mudarme —dijo para cambiar de tema, y él asintió, preguntándose si Sarah iba a ser capaz de mantenerse alejada de Phil. Parecía muy decidida, pero solo habían pasado dos días desde el desgraciado suceso. Se dijo que debió de ser terrible para ella.

—¿Cuándo crees que podrás mudarte?

—No lo sé. ¿Cuándo crees tú?

El trabajo de electricidad debía comenzar en una semana, y el de fontanería en dos. Durante algunos meses habría obreros deambulando por toda la casa. Tenían previsto empezar con la cocina en torno a febrero o marzo, cuando el resto del trabajo estuviera terminado o, al menos, bastante adelantado.

—Puede que en abril —respondió Jeff pensativamente—. Depende de la regularidad con que trabajen. Si se emplean a fondo, podrías acampar aquí en marzo, siempre que el polvo y el ruido no te molesten.

—Eso sería genial. —Sarah sonrió—. Estoy deseando dejar mi apartamento. —Estaba empezando a detestarlo, sobre todo ahora que había roto con Phil. Quería mudarse. Desesperadamente. Había llegado el momento.

Jeff le hizo compañía un rato mientras ella trabajaba. Tenía un día atareado y no podía trabajar en la casa, pero no le hacía gracia dejarla sola después de lo que le había ocurrido. Finalmente, dos horas más tarde, dijo que intentaría volver al día siguiente y la dejó dando martillazos. Sarah trabajó hasta cerca de medianoche y luego regresó a su apartamento vacío. El contestador y el móvil seguían desconectados. No había nadie con quien le apeteciera hablar, ninguna razón para atender las llamadas. Esa noche, cuando se deslizó en su cama sin hacer, pensó en Phil y en la mujer con quien lo había pillado haciendo el amor. Se preguntó si salía con ella, o con alguna otra. Se preguntó, también, con cuántas mujeres la había engañado a lo largo de esos cuatro años mientras le decía que solo podían verse los fines de semana. La deprimía percatarse de lo ingenua que había sido. Ahora ya no podía hacer nada al respecto, salvo asegurarse de tener a Phil bien lejos. No quería volver a verlo en su vida.

15

Hacia finales de enero Sarah ya se sentía mejor. Tenía mucho trajín en el despacho y los fines de semana trabajaba en la casa. Jeff tenía razón. Phil no se había rendido fácilmente. La había telefoneado incontables veces, le había escrito cartas, le había enviado rosas e incluso se había presentado sin avisar en la casa de la calle Scott. Sarah lo vio desde una ventana de arriba, pero no le abrió. Tampoco respondía a sus llamadas y mensajes, no le dio las gracias por las rosas y tiraba las cartas a la basura. Iba en serio. No había nada que hablar. Habían terminado. Sarah suponía ahora que probablemente se había pasado años engañándola. Dada la forma en que Phil había organizado sus vidas, le habrían sobrado las oportunidades. Ahora sabía que no podía confiar en él y eso le bastaba. No quería saber nada más de él. Phil tardó casi un mes en dejar de telefonearla. Y cuando lo hizo, Sarah supo que lo había superado. En una ocasión le había reconocido que había sido infiel a su esposa hacia el final de su matrimonio, pero decía que la culpa era de ella, que ella le había empujado a hacerlo. Tal vez ahora, se dijo Sarah, le echara la culpa a ella.

El patrimonio de Stanley estaba prácticamente saldado. Habían desembolsado ya una buena parte de los valores a los herederos y Sarah había recibido su legado de la parte líquida del patrimonio. Lo estaba administrando con prudencia entre los contratistas que Jeff le había conseguido. Uno de ellos había realizado un embargo sobre la casa, insistiendo en que era el procedimiento habitual, y ella le había obligado a levantarlo. Por el momento la restauración se mantenía dentro del presupuesto y Jeff se encargaba de supervisar a todos los subcontratistas. Sarah estaba haciendo una buena parte del trabajo y disfrutando de cada minuto. Le producía una gran satisfacción hacer tareas manuales después de toda la actividad mental que realizaba en el despacho. Y le sorprendía comprobar que extrañaba a Phil mucho menos de lo que había temido. Trabajar en la casa los fines de semana era una gran ayuda.

Hacia finales de enero se alegró de recibir una llamada de Tom Harrison. Tenía previsto viajar a San Francisco por cuestiones de trabajo y quería invitarla a cenar. Sarah se ofreció a mostrarle sus progresos en la casa y él dijo que sería un placer. Quedó en recogerlo en su hotel la noche de su llegada.

Cuando Tom aterrizó en San Francisco estaba diluviando, algo normal en esa época del año. Así y todo, dijo que lo prefería a la nieve de St. Louis. Camino del restaurante se detuvieron en la casa de la calle Scott y Tom se mostró impresionado por todo lo que Sarah había conseguido en tan poco tiempo. Ella ya no era consciente de los avances porque iba allí casi todos los días.

—Estoy impresionado, Sarah —dijo con una amplia sonrisa—. Para serte sincero, me pareció una locura que compraras esta casa, pero ahora me doy cuenta de por qué lo hiciste. Cuando la termines, será una casa preciosa. —Aunque demasiado grande para ella, de eso no había duda. Pero Sarah no había podido resistir la tentación de salvar semejante joya, y un pedazo de historia, en concreto de su propia historia.

—La construyó mi bisabuelo —dijo, y durante la cena le contó la historia de Lilli. Había elegido un restaurante nuevo que servía deliciosa comida francesa y asiática. Pasaron una velada muy agradable, lo cual no era de sorprender. Tom le había caído bien desde el principio. Estaría en la ciudad dos días, y entonces Sarah recordó algo—. ¿Estás libre mañana al mediodía? —preguntó con cautela. No quería que pensara que estaba intentando ligar con él. Tom sonrió.

—Podría estarlo. ¿En qué estás pensando? —Era un hombre sano, inteligente y amable. La trataba como a una hija, no como a una posible conquista, y eso la hacía sentirse cómoda.

—Probablemente te parecerá una tontería, pero me gustaría que conocieras a mi madre. Te la mencioné cuando nos conocimos, pero entonces no era buen momento. Como madre es una pelmaza, pero como mujer es muy agradable. Tengo la sensación de que podríais congeniar.

—¡Vaya por Dios! —exclamó Tom, pero no parecía ofendido—. Hablas como una de mis hijas. Se pasa el día intentando emparejarme con las madres de sus amigas. Tengo que reconocer que ha habido algunas mujeres estupendas, pero supongo que a mi edad, estando solo, no puedes decir que no.

Sarah sabía que tenía sesenta y tres años. Audrey tenía sesenta y uno y seguía siendo una mujer atractiva. Le alegraba saber que Tom salía con las madres y no con las hijas. La mayoría de los hombres de su edad estaban más interesados en las segundas o, peor aún, en muchachas lo bastante jóvenes para ser sus nietas. A veces, pese a tener solo treinta y ocho años, Sarah se sentía mayor. Y los partidos para las mujeres de la edad de su madre escaseaban. Sabía que muchas amigas de Audrey recurrían a los servicios de citas por internet, a veces con buenos resultados. Pero, por lo demás, los hombres del grupo de edad de Audrey salían, en su mayoría, con mujeres de la edad de Sarah. En su opinión, Tom Harrison era perfecto, siempre y cuando a Audrey no le diera por ponerse exigente o agresiva y consiguiera ahuyentarlo.

Quedaron en comer juntos al día siguiente en el Ritz-Carlton. Sarah telefoneó a su madre en cuanto llegó a casa.

—Sarah, no puedo. —Audrey parecía cohibida. Durante los últimos meses, desde que conociera la casa, se habían llevado muy bien. En cierto modo, la casa representaba para ellas un interés común y un nuevo vínculo—. Ni siquiera le conozco. Seguramente lo que quiere es salir contigo y simplemente está siendo educado.

—No —insistió Sarah—. Te juro que es un hombre normal. Un viudo agradable, buena persona, atractivo, inteligente y distinguido del Medio Oeste. La gente de allí probablemente sea mucho mejor que la de aquí. Me trata como a una niña.

—Porque eres una niña. —Audrey rió con una candidez inusual en ella. Cuando menos, se sentía halagada. Hacía meses que no tenía una cita, y su última cita a ciegas había sido un desastre. El hombre tenía setenta y cinco años y una dentadura postiza que se le salía constantemente, estaba sordo como una tapia, era de extrema derecha, se negó a dejar propina en el restaurante y odiaba todo aquello en lo que ella creía. Quería matar a la amiga que le había organizado la cita. Esta no entendía que no le hubiera parecido «encantador». De encantador no tenía nada. El hombre era un cascarrabias. Y Audrey no tenía razones para pensar que Tom Harrison pudiera ser diferente, salvo la insistencia de Sarah de que lo era. Finalmente, cuando su hija le recordó que no era espionaje, ni cirugía a corazón abierto ni matrimonio, que solo era una comida, aceptó—. Vale, vale. ¿Cómo me visto? ¿Provocativa o formal?

—Formal pero alegre. No te pongas el traje negro. —Sarah no quería decirle que la avejentaba—. Ponte algo alegre que te haga sentir bien.

—¿Leopardo? Me he comprado una chaqueta de ante con un dibujo de leopardo preciosa. La vi en una revista, a juego con unos zapatos dorados.

—¡No! —espetó Sarah, casi gritando—. Parecerás una buscona... Perdona, mamá —se disculpó al percibir que su madre se ponía rígida.

—¡Yo jamás he parecido una buscona!

—Lo sé, mamá, y lo siento —dijo, suavizando el tono—. Es solo que me parece un poco exagerado para un banquero de St. Louis.

—Puede que él sea de St. Louis, pero yo no —replicó altivamente su madre, antes de ceder un poco—. No te preocupes, ya encontraré algo.

—Sé que estarás guapísima y lo dejarás sin habla.

—Si tú lo dices... —repuso modestamente Audrey.

Sarah estaba más nerviosa que Tom y su madre cuando fue a reunirse con ellos en el vestíbulo del Ritz-Carlton a las doce. Llegaba tarde y los encontró charlando animadamente. Tom había adivinado quién era Audrey. Y Sarah se sintió orgullosa al verla. Estaba fantástica. Lucía un vestido de lana rojo, con cuello alto y manga larga, que marcaba su figura sin resultar vulgar, zapato alto, un collar de perlas y el pelo recogido en un moño francés. Sobre el vestido lucía un abrigo de lana negro, muy bonito, que tenía sus años pero le sentaba muy bien. Y él vestía un traje azul marino de rayas finas, camisa blanca y una bonita corbata azul. Sarah pensó que hacían muy buena pareja, y la conversación fluyó como el agua. Sin dejarle apenas meter baza, hablaron de sus hijos, sus viajes, sus difuntos cónyuges y su afición a los jardines, la música sinfónica, el ballet, el cine y los museos. Parecían coincidir en casi todo. A Sarah le dieron ganas de aplaudir de alegría mientras comía un sándwich de dos pisos y ellos sopa y ensalada de cangrejo. Tom habló de lo mucho que le gustaba San Francisco y Audrey contó que nunca había estado en St. Louis pero que le encantaba Chicago. Conversaron de tantas cosas durante tanto rato que Sarah al final tuvo que dejarlos para regresar al despacho. Tenía una reunión y ya llegaba tarde, y tras su partida ellos siguieron hablando sin pausa. ¡Bingo!, se dijo sonriendo cuando abandonaba el hotel. ¡Misión cumplida!

Por la tarde, después de la reunión, telefoneó a su madre y esta le confirmó que tenía razón, que era un hombre encantador.

—Aunque puede que poco aconsejable desde el punto de vista geográfico —reconoció Sarah. St. Louis no estaba precisamente a la vuelta de la esquina. Pero tanto Audrey como Tom habían hecho un nuevo amigo—. Por cierto, mamá, tiene una hija que necesita atención especial. Creo que es ciega y padece una lesión cerebral, y vive con él. —Había olvidado mencionárselo antes del almuerzo, pero creía que debía saberlo.

—Lo sé, Debbie —contestó su madre, como si lo supiera todo sobre Tom y fuera amigo de ella, no de Sarah—. Hablamos de ella cuando te fuiste. Es una historia trágica. Nació prematuramente y sufrió la lesión durante el parto. Eso sería impensable hoy día. Tom me contó que tiene a gente maravillosa cuidando de ella. Debe de ser muy difícil para él, ahora que está solo.

Sarah la escuchaba atónita.

—Me alegro de que te haya gustado, mamá —dijo, sintiéndose como si le hubiera tocado la lotería. Había sido un placer verlos charlar durante el almuerzo.

—Es muy guapo, y muy agradable —añadió Audrey.

—Estoy segura de que te llamará la próxima vez que venga a la ciudad. Tuve la impresión de que tú también le gustaste.

Audrey podía ser encantadora cuando quería, sobre todo con los hombres. Únicamente se mostraba implacable con su hija. Sarah todavía recordaba lo mucho que había cuidado de su padre, por muy borracho que estuviera. Y tenía plena certeza de que Tom no era ningún alcohólico.

—Hemos quedado esta noche para cenar —confesó Audrey.

—¿En serio? —Sarah parecía estupefacta.

—Tenía planes con sus socios, pero los canceló. Es una pena que se marche mañana.

—Tengo la sospecha de que volverá.

—Puede —dijo Audrey sin excesiva convicción, pero lo estaba pasando bien por el momento. Y también su hija. Era perfecto. Ojalá se le diera tan bien buscar pareja para ella, aunque por ahora no quería salir con nadie. Quería estar sola. La relación con Phil había sido demasiado decepcionante y dolorosa. Y tenía mucho trabajo en la casa. Por el momento al menos, no quería estar con ningún hombre. Y Audrey llevaba mucho tiempo sin tener a un hombre de verdad a su lado.

—Pásalo bien esta noche. Estabas muy guapa en la comida.

—Gracias, cariño —dijo Audrey con una ternura que Sarah no había oído en mucho tiempo—. ¡No toda la diversión va a ser para Mimi! —exclamó, y las dos rieron.

Últimamente su abuela estaba muy ocupada con George y daba la impresión de que había descartado a sus demás pretendientes. Después de Navidad Mimi le había explicado que «iban en serio». Sarah estuvo en un tris de preguntarle si ya tenía su anillo de prometida. Se alegraba de verlos tan felices. Había en ellos una inocencia dulce.

Sarah no volvió a saber de su madre hasta unos días después de su cena con Tom. Para entonces él ya había vuelto a St. Louis. Le había dejado un mensaje en el contestador dándole las gracias por haberle presentado a su encantadora madre y prometiéndole que la llamaría cuando volviera a San Francisco. Sarah ignoraba de cuánto tiempo estaba hablando, y el sábado, cuando pasó por casa de su madre para dejar la ropa de la tintorería que había quedado en recogerle, reparó en un jarrón repleto de rosas rojas.

—Déjame adivinar —dijo, fingiendo desconcierto—. Mmm... ¿de quién pueden ser?

—De un admirador —dijo Audrey con una risita mientras Sarah le tendía la ropa—. Vale, de acuerdo, son de Tom.

—Impresionante. —Sarah pudo ver de un solo vistazo que había dos docenas—. ¿Has sabido algo de él desde que se marchó?

—Nos comunicamos por correo electrónico —explicó tímidamente Audrey.

—¿En serio? —Sarah la miró atónita—. No sabía que tuvieras ordenador.

—Me compré un portátil el día siguiente a su partida —confesó, sonrojándose—. Es muy divertido.

—Creo que debería abrir un servicio de contactos —dijo Sarah, sorprendida de todo lo que había sucedido en apenas unos días.

—Podrías utilizarlo contigo.

Sarah le había contado que había terminado con Phil. No le explicó el motivo, simplemente le dijo que se les había acabado la cuerda y por una vez Audrey no insistió en el tema.

—Ahora estoy demasiado ocupada con la casa —explicó. Llevaba puesto el pantalón de peto y allí se dirigía en esos momentos.

—No lo utilices como excusa, como haces con el trabajo.

—No lo hago.

—Tom me ha dicho que le encantaría presentarte a su hijo. Es un año mayor que tú y acaba de divorciarse.

—Lo sé, y vive en St. Louis. Con semejante distancia entremedio, no creo que lleguemos muy lejos, mamá. —Y puede que tampoco Audrey, pero conocer a Tom le había levantado el ánimo y la autoestima.

—¿Qué me dices del arquitecto al que contrataste? ¿Es soltero y buena persona?

—Está bien, y también la mujer con la que vive desde hace catorce años. Trabajan juntos y tienen una casa en Potrero Hill.

—Entonces no te conviene. Bueno, seguro que aparece alguien cuando menos te lo esperes.

—Sí, como el estrangulador de la colina o Charles Manson. Estoy impaciente por conocerlo —repuso Sarah con cinismo. Últimamente estaba algo resentida con los hombres. Phil le había dejado un mal sabor de boca.

—No seas tan negativa —la reprendió su madre—. Pareces triste.

Sarah negó con la cabeza.

—Solo estoy cansada. Esta semana he tenido mucho trabajo en el despacho.

—¿Y cuándo no? —preguntó Audrey, acompañándola hasta la puerta. En ese momento sonó el pitido del ordenador y ambas exclamaron al unísono—: ¡Tienes un e-mail!

Sarah enarcó una ceja y sonrió.

—¡La llamada de Cupido!

Se despidió con un beso y se marchó. Se alegraba de que el encuentro entre su madre y Tom hubiera funcionado. La relación no podía ir muy lejos, con él en St. Louis, pero seguro que sería bueno para los dos. Tenía la impresión de que Tom, al igual que Audrey, se sentía solo. Todo el mundo necesitaba rosas de vez en cuando. Y un e-mail de un amigo.

16

Para finales de febrero Sarah ya tenía cañerías de cobre en toda la casa y nuevo cableado en algunas zonas. Los contratistas estaban trabajando por plantas. En marzo iniciaron las obras preliminares de la cocina. Resultaba emocionante ver cómo las cosas iban tomando forma. Había elegido los electrodomésticos de los catálogos que Jeff tenía en su estudio para que se los consiguiera a precio de mayorista. La casa todavía no estaba lista para que pudiera instalarse en ella, pero avanzaba con rapidez. Le dijeron que para abril el resto del trabajo eléctrico ya estaría terminado.

—¿Por qué no te tomas unas vacaciones? —le propuso Jeff una noche en la cocina, cuando estaban tomando medidas para los electrodomésticos. Sarah quería poner una gran isla de madera maciza en el centro y Jeff temía que quedara todo demasiado recargado, pero ella insistía en que quedaría bien. Y al final tuvo razón.

—¿Estás intentando deshacerte de mí? —dijo Sarah riendo—. ¿Te estoy volviendo loco?

Ella no, le dijo Jeff, pero Marie-Louise sí. Se hallaba en una de esas épocas en que lo odiaba todo de Estados Unidos, incluido él, y no hacía más que amenazarle con regresar a Francia. Era el momento del año en que echaba de menos la primavera en París. Y no se marcharía para pasar sus tres meses de verano en Francia hasta junio. Aunque detestaba reconocerlo, estaba deseando que se fuera. A veces era muy difícil convivir con ella.

—No hay mucho que puedas hacer hasta que terminemos la instalación eléctrica y la cocina. Creo que si te marchas unas semanas, a tu regreso ya podrás instalarte. Te sentaría muy bien hacer un viaje —insistió. A Jeff le encantaba ayudarla con la casa. Le remontaba a los tiempos en que había estado reformando su casa de Potrero Hill. La casa de Sarah era mucho más grande, naturalmente, pero prevalecían los mismos principios, si bien cada casa tenía sus peculiaridades.

—No puedo dejar el despacho tanto tiempo —protestó Sarah.

—Entonces danos dos semanas. Si te vas a mediados de abril te prometo que podrás mudarte el primero de mayo.

Sarah se puso a dar saltos de alegría y esa noche meditó la propuesta detenidamente.

No sabía qué hacer. No le gustaba dejar sin atender el despacho. Y tampoco tenía dónde ir. Ni con quién. Detestaba viajar sola, y todas sus amigas tenían hijos y maridos. Llamó a una amiga de la universidad que vivía en Boston, pero se estaba divorciando y no podía dejar solos a sus afligidos hijos. Sarah se consoló pensando que tampoco habría podido ir con Phil. En sus cuatro años de relación jamás había hecho un viaje con ella. Él solo viajaba con sus hijos. Sarah se lo propuso incluso a una de las abogadas del bufete, pero le dijo que en ese momento no podía marcharse. Desesperada, recurrió a su madre, quien le contó que acababa de organizar un viaje a Nueva York con una amiga para ir al teatro y a los museos. Sarah barajó la posibilidad de abandonar la idea y finalmente decidió ir sola. A renglón seguido, tocaba decidir dónde. En México siempre enfermaba y no le parecía un buen destino para ir sola. Le gustaba Hawai, pero dos semanas allí sería demasiado. En Nueva York siempre lo pasaba bien, pero acompañada. Ese mismo fin de semana, estaba contemplando la fotografía de Lilli, cuando de pronto supo exactamente dónde quería ir. A Francia, para seguir las huellas de Lilli. Recordó que Mimi le había contado que en una ocasión fue al castillo donde Lilli vivió con el marqués por el que había abandonado a su marido. Dijo que las ventanas estaban cubiertas de tablones, pero Sarah pensó que de todos modos sería interesante ir para tener una idea de dónde había vivido su bisabuela durante los años que estuvo en Francia. Después de todo, había pasado en ese país quince años de su vida, un período relativamente largo.

El domingo habló con Mimi y averiguó que el castillo estaba en Dordogne, no lejos de Burdeos. Podía ser un viaje bonito. Siempre había querido conocer esa zona y los castillos del Loira, y adoraba París. Para el lunes ya había tomado la decisión de pasar dos semanas en Francia. Partiría el día siguiente al Domingo de Pascua, y comunicó a Jeff que le tomaba la palabra en cuanto a su promesa de que podría mudarse el primero de mayo. Faltaban seis semanas. Él le dijo que seguramente habrían terminado para entonces. Sarah había decidido que empezaría con la pintura una vez que estuviera instalada en la casa. Quería intentar colocar personalmente la moqueta, con ayuda de Jeff, en las pocas habitaciones donde tenía pensado usarla, como los vestidores, un despacho, una pequeña habitación de invitados y un cuarto de baño que tenía el suelo desportillado. Y allí donde fuera posible, pintaría ella misma. De lo contrario el trabajo de pintura le saldría por un ojo de la cara y tendría un fuerte efecto en su presupuesto. Además, le apetecía la idea de pintar personalmente algunas de las estancias, y el hecho de aprender a enmoquetar le hacía sentir que estaba ahorrando dinero. Por el momento no se había excedido del presupuesto.

Explicó a Audrey y a Mimi lo del viaje y Mimi le anotó toda la información que tenía sobre su madre, así como el nombre y la localización exacta del castillo. Era cuanto sabía. Su viaje no había dado frutos, pero a Sarah no le importaba. Le parecía un viaje interesante, y más que lo sería si lograba dar con alguien que hubiera conocido a Lilli, aunque hiciera sesenta años de eso.

Pasó las siguientes semanas poniéndose al día en el despacho y embalando sus cosas en el apartamento a fin de tenerlo todo a punto para poder mudarse a su regreso de Francia. Tenía intención de tirar la mayoría de sus pertenencias, o de donarlas a Goodwill. Únicamente se llevaría los libros y la ropa. El resto era horrible. No entendía por qué lo había conservado todo ese tiempo.

El Domingo de Pascua disfrutó de un agradable almuerzo con su madre y con Mimi en el Fairmont y al día siguiente Audrey partió hacia Nueva York. Estaba muy ilusionada. Mimi tenía previsto pasar algunos días en Palm Springs con George y jugar al golf. Y Sarah se marchó a París. La noche antes cenó con Jeff.

—Gracias por darme la idea del viaje. —Estaban en un restaurante indio. Jeff había pedido su curry picante, y Sarah había pedido el suyo suave, pero ambos estaban sabrosos—. Estoy deseando irme. Tengo intención de visitar el castillo donde vivió mi bisabuela.

—¿Dónde está? —preguntó él con interés.

Jeff conocía la historia, pero no los detalles. Estaba tan intrigado como Sarah. Eso inyectaba vida y alma a la casa. Lilli había sido una mujer aventurera y algo extravagante para su época, sobre todo teniendo en cuenta que tenía veinticuatro años cuando se marchó a Francia. Había nacido la noche del terremoto de 1906 en un transbordador que se dirigía a Oakland para huir del fuego de la ciudad. Aquel fue el comienzo prometedor de una vida sumamente interesante y algo turbulenta. Su llegada al mundo la había provocado un terremoto y su muerte había estado salpicada por una guerra. Sarah encontraba igualmente curioso que su bisabuela hubiera muerto a la misma edad que tenía ella ahora. La suya había sido una vida breve pero intensa. Lilli falleció a los treinta y nueve años, y llevaba quince sin ver a sus hijos. Su marido, el marqués, murió el mismo año, en la Resistencia.

—El castillo está en Dordogne —explicó Sarah mientras los ojos de él lloraban por el curry. Jeff solía decir que le gustaban las mujeres y la comida picantes, aunque últimamente prefería la comida. Marie-Louise estaba cada día más picante y mordaz, pero él seguía al pie del cañón.

—Tus antepasados son mucho más interesantes que los míos —dijo.

—Lilli me tiene fascinada —reconoció Sarah—. Es un milagro que mi abuela haya salido tan normal, con una madre que la abandonó, un padre que desde ese día no volvió a levantar cabeza, todo el dinero que perdieron en el desplome de la bolsa y un hermano que mataron en la guerra. Pese a todo eso, es una mujer extraordinariamente sana y feliz. —Jeff no la conocía, pero había oído hablar mucho de ella y podía ver que Sarah la adoraba. Abrigaba la esperanza de conocerla algún día—. Ayer se fue a Palm Springs con su novio. Su vida es mucho más excitante que la mía. —Sarah rió. No había salido con nadie desde su ruptura con Phil, pero el viaje le hacía mucha ilusión y Jeff se alegraba por ella. Pensaba que era una gran idea seguir las huellas de Lilli y le habría encantado acompañarla—. Por cierto, ¿cómo te va con Marie-Louise? —Del mismo modo que ella, antes de la ruptura, le hablaba de Phil, él seguía hablándole de Marie-Louise. Se habían convertido en buenos amigos trabajando juntos en la casa. Y, como siempre, Sarah lucía el alfiler en la solapa. Era el símbolo de su liberación y de su pasión por la casa. Y le gustaba más aún por el hecho de que se lo hubiera regalado Jeff.

—Supongo que bien —respondió él—. Su visión de la vida es algo más francesa que la mía. Dice que una vida sin discusiones es como un huevo sin sal. No me iría nada mal una dieta sin sal, pero me temo que Marie-Louise no se sentiría querida si no discutiéramos constantemente. —No había duda de que la quería, pero vivir con ella era un auténtico reto. Cada vez que discrepaban, ella amenazaba con marcharse. Para Jeff la situación era estresante. A veces tenía la impresión de que a Marie-Louise le gustaba esa clase de relación. No conocía otra forma de funcionar. Su familia era así. Cuando iba con Marie-Louise a verla, a veces tenía la sensación de que empezaban a dar portazos desde buena mañana porque sí. Lo mismo podía decirse de sus tíos y primos. Su familia nunca hablaba en un tono de voz normal. Se comunicaban a gritos—. Supongo que no es un rasgo francés sino un problema personal, y no me gusta.

No podía imaginarse viviendo así el resto de su vida, pero ya llevaba catorce años. Sarah tampoco podía imaginarse viviendo de ese modo, pero si él seguía haciéndolo sería porque así lo quería.

—Creo que es como la relación entre Phil y tú —dijo cuando hubieron terminado de cenar. La boca le ardía a causa del curry, pero le encantaba—. Con el tiempo te acostumbras a ella y olvidas que puede ser diferente. Es asombroso a lo que somos capaces de adaptarnos a veces. Por cierto, ¿has sabido algo de él?

—No. Hace dos meses que se dio por vencido. —Fiel a su palabra, Sarah no había vuelto a hablar con él. Y ya no le echaba de menos. Echaba de menos tener a alguien a veces, pero no a él—. Probablemente tenga una novia nueva a la que engañar. Ahora me doy cuenta de que él es así. —Se encogió de hombros y hablaron de nuevo sobre el viaje. Partiría al día siguiente. El vuelo a París era largo.

—No te olvides de enviarme una postal —le dijo Jeff cuando la dejó en su apartamento, y ella le dio las gracias por la cena. No se despidieron con un beso. Sarah no quería jugar a eso con Jeff, ahora que ella estaba libre y él no. Sabía que saldría herida. Y él respetaba sus deseos. Sarah le importaba demasiado para querer hacerle daño, y estaba estrechamente ligado a Marie-Louise, para bien o para mal. Actualmente era para mal, pero la situación podía cambiar en cualquier momento. Jeff nunca sabía con quién iba a despertarse por la mañana, si con Bambi o con Godzilla. A veces se preguntaba si Marie-Louise padecía un trastorno bipolar.

—Llámame si ocurre algo en la casa que yo deba saber o si hay alguna decisión que tomar.

Jeff tenía su itinerario de viaje, al igual que Mimi y el bufete. Sarah iba a alquilar un móvil francés en el aeropuerto y prometió llamarle para darle el número. También pensaba llevarse el ordenador portátil por si su secretaria necesitaba ponerse en contacto con ella por correo electrónico.

—Deja de pensar en esas cosas y disfruta de tus vacaciones. A tu vuelta te ayudaré con la mudanza. —El rostro de Sarah se iluminó. Estaba impaciente por mudarse. Pero primero tenía un emocionante viaje por delante—. Te mantendré al tanto de nuestros progresos por e-mail.

Sarah sabía que lo haría. Jeff era muy bueno comunicando lo que estaban haciendo en la casa. Hasta el momento solo habían tenido sorpresas agradables. Era como si el proyecto hubiera estado escrito desde el principio. El proceso de restauración había sido un sueño, como si Lilli y Stanley hubiesen querido que esa casa fuera suya, cada uno por razones diferentes. Ya la sentía como su hogar. Entrar a vivir en ella sería la guinda del pastel. Ya había decidido que ocuparía el dormitorio de Lilli, y había encargado una cama enorme con un cabecero de seda rosa pálido. Se la enviarían a su regreso.

—*Bon voyage!* —dijo Jeff mientras Sarah subía los escalones y se daba la vuelta agitando una mano. Entró en el edificio y él se alejó pensando en ella. Confiaba en que tuviera un buen viaje.

17

El avión aterrizó en el aeropuerto de Charles de Gaulle a las ocho de la mañana, hora parisina. Sarah tardó una hora en recoger su equipaje y cruzar la aduana. A las diez estaba atravesando los Campos Elíseos en un taxi con una amplia sonrisa en el rostro. Había dormido bien en el avión. Las once horas de vuelo se le habían hecho eternas, pero finalmente estaba en París. Se sentía como la heroína de una película cuando cruzó la plaza de la Concorde con sus fuentes y el puente de Alejandro III en dirección a Los Inválidos, donde estaba enterrado Napoleón. Se hospedaba en la orilla izquierda, en un pequeño hotel del boulevard Saint-Germain, el corazón del Barrio Latino. Jeff le había dado el nombre del hotel, recomendado por Marie-Louise. Era perfecto.

Sarah dejó el equipaje en la habitación y salió a caminar por París. Se detuvo en un café para tomar un *café filtre* y cenó sola en un restaurante. Al día siguiente fue al Louvre y, como buena turista, subió a un Bateau Mouche. Visitó Notre Dame y el Sacré Coeur y admiró la Ópera. Había estado en París otras veces, pero aquella ocasión era especial. Nunca se había sentido tan liberada, tan ligera. Pasó tres días estupendos en la ciudad y luego tomó un tren a Dordogne. El conserje de su hotel en París le había recomendado un lugar para alojarse. Dijo que era sencillo, limpio y pequeño, justo lo que Sarah estaba buscando. No había viajado para hacer alarde. Y la sorprendía lo a gusto que estaba sola. Se sentía muy segura, y pese a su limitado francés, la gente se mostraba muy amable y atenta.

Al bajar del tren tomó un taxi hasta el hotel. Era un viejo Renault que avanzaba dando tumbos por la carretera, y el paisaje era precioso. Se hallaba en tierra de caballos y divisó varios establos. También algunos castillos, la mayoría en estado ruinoso. Se preguntó si el de Lilli se hallaría en ese estado o si lo habrían restaurado. Estaba impaciente por verlo. Había anotado cuidadosamente el nombre del castillo y se lo mostró al recepcionista del hotel. El hombre asintió y le dijo algo ininteligible en francés, luego le indicó su emplazamiento en un mapa y en un inglés entrecortado le preguntó si quería que alguien la llevara en coche. Sarah dijo que sí. Como ya anochecía, el recepcionista le prometió que un coche estaría esperándola por la mañana.

Esa noche Sarah cenó en el hotel. Pidió un delicioso *foie gras* elaborado cerca de Périgord y acompañado de manzanas asadas, seguido de ensalada y queso. De vuelta en su habitación se metió bajo el edredón de plumas y durmió como un bebé hasta la mañana siguiente. La despertó el sol que se filtraba por las ventanas. No se había molestado en cerrar los pesados postigos. Prefería la luz del sol. La habitación tenía un cuarto de baño privado con una enorme bañera. Después de bañarse y vestirse, bajó para desayunar un *café au lait* servido en cuenco y cruasanes hechos esa misma mañana. Solo le faltaba un compañero con quien compartir todo eso. No tenía a nadie con quien hablar de lo buena que estaba la comida o de lo bello que era el paisaje mientras el conductor que le había prometido el recepcionista la llevaba al Château de Mailliard, el castillo donde su bisabuela había vivido durante sus años en Francia.

Estaba a media hora en coche del hotel, y antes de llegar vieron una hermosa iglesia. En otros tiempos había pertenecido al castillo, le explicó el joven conductor en un inglés chapurreado. A renglón seguido se adentraron lentamente en una carretera estrecha y fue entonces cuando Sarah lo vio. De enormes proporciones, tenía torrecillas, un patio y varios anexos. Erigido en el siglo XVI, era muy bello, aunque actualmente se hallaba en fase de reconstrucción. Un pesado andamio rodeaba el edificio principal y, como en la calle Scott, había varios obreros trabajando diligentemente.

—Nuevo dueño —explicó el conductor, señalando el edificio—. ¡Arreglar! —Sarah asintió. Por lo visto, alguien lo había comprado recientemente—. ¡Muy rico! ¡Vino! ¡Muy bueno! —Se sonrieron. El nuevo propietario había hecho su fortuna con el vino.

Sarah se apeó del coche y miró a su alrededor, intrigada por los edificios anexos y las tierras circundantes. Había huertos y viñas, y un establo gigantesco, aunque sin rastro de caballos. El castillo debió de ser muy bonito en la época de Lilli, se dijo. Lilli tenía el don de ir a parar a casas sorprendentes, pensó con una sonrisa, y de dar con hombres que sabían mimarla. Se preguntó si había sido feliz en el castillo, si había echado de menos a sus hijos o a Alexandre, o la casa de San Francisco. Aquello era muy diferente y se hallaba muy lejos de su hogar. Y aunque no era madre, Sarah no podía imaginar que alguien pudiera abandonar a sus hijos. Al pensar en ello su corazón se compadeció de Mimi.

Ningún obrero le prestó atención y Sarah estuvo cerca de una hora deambulando por la propiedad. Le habría gustado ver el castillo por dentro, pero no se atrevía a entrar, de modo que se quedó fuera y levantó la vista para contemplarlo. Había un hombre en una ventana, mirándola. Se preguntó si iba a pedirle que se marchara. Al cabo de unos minutos el hombre apareció en la entrada y caminó hasta ella con cara de extrañeza. Alto y con el pelo blanco, vestía un jersey, unos vaqueros y botas de trabajo, pero no parecía un obrero. Tenía un porte autoritario, y mientras se acercaba Sarah reparó en el grueso reloj de oro que lucía en la muñeca.

—*Puis-je vous aider, mademoiselle?* —preguntó educadamente. La había estado observando durante un rato. Aunque parecía inofensiva, se preguntó si era periodista. Por allí no iban muchos turistas, pero sí periodistas, buscándolo a él.

—Lo siento. —Sarah levantó las manos con una sonrisa tímida—. *Je ne parle pas français.* —Era cuanto sabía decir, que no hablaba francés—. Soy estadounidense.

El hombre asintió.

—¿Puedo ayudarla, señorita? —preguntó de nuevo, esta vez en inglés—. ¿Está buscando a alguien? —Hablaba un inglés con acento pero impecable.

—No. —Sarah negó con la cabeza—. Solo quería ver el castillo. Es precioso. Mi bisabuela vivió aquí hace muchos años.

—¿Era francesa? —preguntó él, intrigado. De cincuenta y pocos años, era un hombre muy atractivo. Parecía fuerte e inteligente, y observaba a Sarah con detenimiento.

—No, estadounidense, pero se casó con un marqués. El marqués de Mailliard. Se llamaba Lilli. —Sarah hablaba como si estuviera ofreciendo referencias, y el hombre sonrió.

—Mi bisabuela también vivió aquí —dijo, todavía sonriendo—. Y también mi abuela, y mi madre. De hecho, trabajaban aquí. Es probable que mi abuela trabajara para la suya.

—En realidad era mi bisabuela —le recordó Sarah, y él asintió—. Lamento la intromisión. Solo quería ver dónde vivía.

—Viene poca gente por aquí —dijo el hombre, estudiando a Sarah. Parecía una jovencita, con sus vaqueros y sus zapatillas deportivas, el jersey sobre los hombros y el pelo recogido en una trenza—. El palacio permaneció cerrado más de sesenta años. Lo compré el año pasado en un estado ruinoso. Nadie lo había tocado desde la guerra. Lo estamos restaurando a fondo. Acabo de mudarme.

Sarah asintió con una sonrisa.

—Yo acabo de comprar la casa de mi bisabuela en San Francisco. Es enorme, aunque no tanto como esta. Lleva deshabitada desde 1930, salvo por algunas habitaciones del ático. Mi bisabuelo la vendió cuando mi bisabuela se marchó después del crack de 1929. La estoy restaurando y a mi vuelta me instalaré en ella.

—Por lo visto a su bisabuela le gustaban las casas grandes, mademoiselle, y los hombres capaces de regalárselas. —Sarah asintió. Esa era Lilli—. Usted y yo tenemos mucho en común. Estamos haciendo lo mismo en ambas casas. —Sarah rió y él la secundó—. Espero que su bisabuela sea capaz de apreciarlo. ¿Le gustaría ver el castillo por dentro?

Era un hombre muy hospitalario. Sarah titubeó y finalmente aceptó. Estaba deseando visitar el castillo y poder describírselo a Mimi, a su madre y a Jeff.

—Solo me quedaré unos minutos, no quiero ser una molestia. Mi abuela me contó que vino hace años pero que, como usted bien ha dicho, lo encontró cerrado. ¿Por qué no ha vivido nadie aquí en todo este tiempo?

—Por falta de herederos. El último marqués no tenía hijos. Unas personas lo compraron después de la guerra pero murieron al poco tiempo, y en la familia se generó una gran batalla. Pelearon por el castillo durante veinte años y nunca lo habitaron. Finalmente se olvidaron del tema, la gente que lo había querido ya no estaba en este mundo y el resto no deseaba vivir aquí. Llevaba muchos años en venta, pero nadie era lo bastante insensato para comprarlo hasta que llegué yo. —El hombre rió y saludó a los obreros antes de entrar.

El interior del castillo era vasto y un poco lúgubre. Tenía unos techos altísimos, una gran escalera que conducía a los pisos superiores y largos pasillos donde Sarah podía imaginar retratos de antepasados. Ahora había alfombras enrolladas contra las paredes. De los muros pendían apliques para velas, y a medida que avanzaban los altos ventanales dejaban entrar el sol. Se dijo que la casa de San Francisco era más bonita y luminosa, pero infinitamente más pequeña. El castillo tenía un aire tenebroso que encontraba algo triste. La vida allí era muy diferente. Se preguntó una vez más si Lilli había sido feliz en ese castillo, en su vida de marquesa. Era una vida muy distinta.

El nuevo propietario la condujo hasta el primer piso y le mostró los enormes dormitorios y varias librerías todavía repletas de libros. Había un salón con una chimenea en la que cabía un hombre erguido, y así se lo demostró su anfitrión. Luego, cayendo repentinamente en la cuenta, le tendió una mano.

—Perdone que no me haya presentado. Soy Pierre Pettit. —Le estrechó la mano y Sarah se presentó a su vez—. Nada que ver con el marqués de Mailliard —bromeó—. Usted es bisnieta de una marquesa y yo bisnieto de una campesina y nieto de una cocinera. Mi madre estuvo sirviendo aquí cuando era joven. Compré el castillo porque mi familia trabajó en él durante todo el tiempo que los Mailliard lo habitaron. Originariamente eran siervos. Pensé que había llegado el momento de poner un Pettit en el castillo, dado que no quedaba ya ningún Mailliard. Los campesinos son una estirpe más resistente y con el tiempo dominarán el mundo. —Pierre rió—. Me alegro mucho de conocerla, Sarah Anderson. ¿Le apetece una copa de vino?

Sarah titubeó, y él la invitó a pasar a una enorme cocina que todavía constituía una reliquia del pasado. Los fogones tenían al menos ochenta años y se parecían mucho a los que ella acababa de tirar.

Sarah no lo sabía, pero Pierre Pettit era uno de los vinateros más importantes de Francia. Exportaba vino a todo el mundo, sobre todo a Estados Unidos, pero también a otros países. Sacó una botella de un estante y Sarah se quedó de piedra al ver el nombre y el año. Era un Château Margaux del 68.

—Fue el año que yo nací —dijo con una sonrisa tímida, aceptando la copa que él le tendía.

—Hubiera debido respirar un rato —se disculpó Pierre, y la acompañó a ver el resto del castillo.

Media hora después estaban de nuevo en la cocina. El castillo había sido muy bello en otros tiempos pero ahora era un lugar lóbrego. Pierre le había explicado su proyecto mientras lo recorrían y preguntado cosas sobre su casa. Sarah le contó lo que estaba haciendo y lo mucho que disfrutaba, y también la historia de Lilli.

—Cuesta creer que abandonara a sus hijos, ¿no cree? Yo no tengo hijos, pero no puedo imaginar a una mujer haciendo algo así. ¿La odia su abuela por ello?

—Nunca habla de su madre, pero creo que no. Sabe muy poco de ella. Tenía seis años cuando la abandonó.

—Debió de romperle el corazón a su marido —dijo compasivamente Pierre.

—Eso creo. Falleció quince años más tarde, pero mi abuela cuenta que después de perder su fortuna y a su esposa, se convirtió en un ermitaño y fue la pena lo que lo mató.

Pierre Pettit meneó la cabeza y bebió un sorbo de vino.

—Las mujeres son capaces de esas cosas —dijo, mirando a Sarah—. Pueden ser criaturas crueles, por eso nunca me casé. Además, es mucho más entretenido que te rompan el corazón muchas mujeres que no una sola.

Se echó a reír y Sarah rió con él. No parecía un hombre al que le hubieran roto el corazón, sino alguien que había roto más de uno y disfrutaba con ello. Pierre era muy atractivo, poseía mucho carisma y un gran ojo para los negocios. Estaba invirtiendo una fortuna en restaurar el castillo.

—¿Sabe? Creo que hay alguien a quien le gustaría conocer —dijo pensativamente—. Mi abuela. Era la cocinera en esta casa cuando su bisabuela vivía aquí. Tiene noventa y tres años y está muy delicada. No puede caminar, pero lo recuerda todo con minuciosidad. Todavía conserva una memoria excelente. ¿Le gustaría conocerla?

—Desde luego. —Los ojos de Sarah se iluminaron.

—Vive a una media hora de aquí. ¿Quiere que la lleve? —se ofreció Pierre, dejando su copa con una sonrisa.

—¿No será mucha molestia? Tengo un chófer esperando fuera. Podría indicarle cómo ir.

—Ni hablar. Además, no tengo nada que hacer aquí. Vivo en París. Solo he venido unos días para supervisar el trabajo. —Le había contado a Sarah que llevaban un año de reformas y que aún faltaban dos para terminar—. La llevaré en mi coche. Me gusta visitar a mi abuela y ella siempre me regaña porque no voy a verla lo bastante a menudo. Ahora tengo un buen pretexto, porque mi abuela no habla inglés. Le haré de intérprete.

Salió con paso firme y Sarah le siguió, feliz de haberle conocido y de tener la oportunidad de hablar con una mujer que había conocido a Lilli. Confiaba en que su memoria fuera tan buena como la de su nieto. Deseaba poder volver a casa con algo que contar a Mimi sobre su madre. Deseaba hacerle ese regalo y estaba agradecida a Pierre Pettit por su ayuda.

La dejó en el patio y dijo que enseguida volvía. Cinco minutos después reapareció al volante de un precioso Rolls negro descapotable. Pierre Pettit sabía cuidarse. Sus antepasados habría sido siervos, pero no había duda de que él era un hombre muy rico.

Sarah se sentó a su lado después de explicar al conductor que el caballero del Rolls la devolvería al hotel. Quiso pagarle, pero el joven dijo que se lo añadirían a la cuenta. Instantes después Sarah y Pierre partieron. Por el camino charlaron relajadamente. Él le preguntó sobre su trabajo y su vida en San Francisco. Sarah le explicó que era abogada y Pierre le preguntó si estaba casada. Sarah respondió que no.

—Todavía es joven —dijo él con una sonrisa—. Algún día se casará. —Lo dijo casi con petulancia, y Sarah no dudó en aceptar el desafío. Le gustaba ese hombre, y había sido muy amable con ella. Estaba disfrutando enormemente de su paseo por la campiña en el Rolls. Habría sido difícil no hacerlo. Era un precioso día de abril y estaba en Francia, paseando en un Rolls-Royce con un hombre sumamente atractivo, dueño de un castillo. Era casi surrealista.

—¿Por qué cree que algún día me casaré? Usted no se ha casado. ¿Por qué debería hacerlo yo?

—Ahhh... es una de esas, ¿verdad? Una mujer independiente. ¿Por qué no quiere casarse? —Disfrutaba picándola. Era evidente que le gustaban las mujeres, y Sarah sospechaba que las mujeres le adoraban.

—No necesito estar casada, soy feliz como estoy —respondió tranquilamente Sarah.

—No, no lo es —repuso él—. Hace una hora estaba sola en un viejo Renault sin nadie con quien hablar. Ahora está en un Rolls-Royce hablando conmigo, riendo y viendo cosas bonitas. ¿No es mejor así?

—No estoy casada con usted —señaló Sarah—. Estamos mucho mejor así, los dos. ¿No cree?

Pierre rió. Le gustaba la respuesta. Y le gustaba Sarah. Era inteligente y rápida.

—Quizá tenga razón. ¿Y los hijos? ¿No quiere tener hijos? —Sarah negó con la cabeza—. ¿Por qué no? La mayoría de la gente parece encantada con sus hijos.

—Trabajo mucho. No creo que pudiera ser una buena madre. No dispongo de tiempo. —Era una excusa fácil.

—Seguramente trabaja más de la cuenta —insinuó Pierre.

Hablaba como Stanley, pero este hombre era diferente. A él le gustaba pasarlo bien y disfrutar de las cosas. A diferencia de Stanley, había aprendido ciertos secretos de la vida.

—Puede. ¿Y usted? Probablemente tuvo que trabajar mucho para conseguir todo esto. —No lo había heredado, se lo había ganado a pulso.

Pierre contestó riendo.

—A veces trabajo demasiado y a veces juego demasiado. Me gustan los dos extremos en momentos diferentes. Hay que trabajar mucho para poder jugar mucho. Tengo un barco maravilloso en el sur. Un yate. ¿Le gustan los barcos?

—Hace tiempo que no subo a uno. —Desde su época en la universidad, cuando navegaba con sus amigos en Martha's Vineyard, pero estaba segura de que los barcos en los que había estado nada tenían que ver con el de Pierre.

Llegaron a casa de su abuela unos minutos después. Era una casita compacta, rodeada de una valla, y muy bien cuidada, con rosales delante y un diminuto viñedo detrás. Pierre bajó y abrió caballerosamente la portezuela a Sarah. Estar con él era toda una experiencia. Sarah tenía la sensación de estar en una película en la que ella era la protagonista. Estaba muy lejos de San Francisco.

Pierre llamó al timbre y abrió la puerta. Una mujer se acercó con paso presto mientras se secaba las manos en el delantal. Habló con Pierre y señaló a alguien en el jardín de atrás. Era la cuidadora de su abuela. Pierre condujo a Sarah por la casa hasta el jardín. Estaba llena de antigüedades y tenía cortinas alegres en las ventanas. Era una casa pequeña, pero Pierre cuidaba bien de su abuela. La encontraron sentada en una silla de ruedas en el jardín, con vistas a los viñedos y la campiña. Había vivido en esa parte del mundo toda su vida y su nieto le había comprado la casa muchos años atrás. Para ella era un palacio. Al verlo llegar sus ojos se iluminaron.

—Bonjour, Pierre! —exclamó feliz antes de sonreír a Sarah.

Parecía contenta de verla, le gustaban las visitas, sobre todo la de su nieto. Era la alegría de su vida y se notaba que estaba orgullosa de él.

—Bonjour, mamie.

Le presentó a Sarah y explicó el motivo de la visita. La abuela respondió con muchas exclamaciones y asentimientos de cabeza en señal de bienvenida. Mientras ella y Pierre charlaban animadamente, la cuidadora reapareció con galletas y limonada, sirvió unos vasos y dejó la jarra sobre la mesa, por si querían más. Las galletas estaban deliciosas.

Pierre se volvió entonces hacia Sarah y acercó dos sillas.

—Dice que conocía bien a su bisabuela y que siempre le gustó, que era una mujer encantadora. Mi abuela tenía diecisiete años y era solo pinche cuando Lilli llegó a la casa. Dice que su bisabuela siempre fue muy buena con ella. —La mujer se refería a Lilli como Madame la Marquise—. Su bisabuela la ayudó a convertirse en cocinera unos años después. Dice que ignoraba que tuviera hijos hasta que un día la vio contemplar en el jardín unas fotografías de ellos mientras lloraba. Pero aparte de eso, era muy feliz aquí. Tenía un carácter risueño y adoraba a su marido. Él era unos años mayor y la veneraba. Mi abuela dice que eran muy felices. El marqués reía mucho cuando estaban juntos. Dice que todos lo pasaron muy mal cuando llegaron los alemanes. Ocuparon los establos y una parte del castillo, y los edificios anexos se llenaron con sus hombres. A veces eran muy groseros y robaban comida de la cocina. Su bisabuela era amable con ellos, pero no le gustaban. Dice que Lilli se puso muy enferma hacia el final de la guerra. No tenían medicinas y cada vez estaba peor, y el marqués estuvo a punto de volverse loco de preocupación. Creo que tenía tuberculosis o neumonía —añadió Pierre con suavidad.

Era un relato fascinante para ambos y en especial para Sarah. Se imaginó a Lilli llorando sobre las fotografías de Mimi y su hermano. Ahora caía en la cuenta de que este había muerto el mismo año que su madre, en 1945, justo antes de que terminara la guerra. Alexandre, el ex marido de Lilli, también había fallecido ese año. Costaba imaginar que Lilli hubiera podido sobrevivir todos esos años sin tener noticias ni contacto con sus hijos y con la gente que había querido. Los dejó a todos por el marqués, cerró las puertas de su pasado y jamás volvió a abrirlas.

—Mi abuela dice que su bisabuela al final murió, pese a ser todavía muy joven —prosiguió Pierre—. Dice que era la mujer más bella que había visto en su vida. El marqués se vino abajo. Mi abuela cree que todo ese tiempo estuvo en la Resistencia, pero nadie lo sabía con certeza. Cuando su esposa falleció, empezó a ausentarse con frecuencia, quizá para cumplir misiones con las células locales o de otros distritos. Los alemanes le mataron una noche no lejos de aquí. Dijeron que quería hacer volar un tren, pero ignora qué hay de verdad en eso. Era un buen hombre y no habría sido capaz de matar a seres humanos, a menos, quizá, que fueran alemanes. Mi abuela cree que el marqués se dejó matar porque no soportaba más el sufrimiento por la muerte de su esposa. Ambos murieron con pocos meses de diferencia y están enterrados en el cementerio próximo al castillo. Puedo llevarla allí si lo desea. —Sarah asintió—. Mi abuela dice que todo el mundo lamentó mucho la muerte de los marqueses. Los alemanes tenían a los sirvientes retenidos y les hacían trabajar mucho. El comandante se instaló en el castillo tras la muerte del marqués. Luego los alemanes se marcharon y al terminar la guerra los sirvientes se dispersaron y el castillo se cerró. Más tarde alguien lo compró... y el resto ya lo conoce. Es una historia increíble.

Sarah tomó la mano de la anciana en señal de agradecimiento. La abuela de Pierre asintió con una sonrisa, comprendía el gesto. Pierre estaba en lo cierto, tenía la mente muy clara. La historia que había compartido con Sarah constituía un regalo que podría llevar a Mimi, la historia de los años y los últimos días de su madre en Francia.

—Gracias... *merci*... —repitió Sarah, sosteniéndole la mano.

La anciana era su único enlace con su difunta bisabuela, la mujer que había desaparecido y cuya casa poseía ella ahora. Una mujer a la que dos hombres habían amado tan apasionadamente que murieron al perderla. Ella perteneció a los dos y al final se marchó sola de este mundo, como un bello pájaro que podía ser amado y admirado pero no enjaulado. Mientras Sarah meditaba sobre la historia de Lilli, la anciana arrugó el entrecejo y dijo algo a su nieto. Pierre asintió y se volvió hacia Sarah.

—Mi abuela dice que recuerda algo más sobre los hijos de Lilli. Dice que la veía escribir cartas a menudo. No estaba segura, pero tenía la sensación de que eran para ellos. El muchacho encargado de ir a la oficina de correos decía que siempre devolvían las cartas que Lilli enviaba a Estados Unidos. Y cada vez que él se las retornaba en mano, Madame la Marquise se ponía muy triste. El muchacho le contó a mi abuela que las guardaba en una cajita atadas con cintas. Mi abuela dice que nunca vio esas cartas hasta que la marquesa falleció. Encontró la cajita cuando estaba ayudando a guardar sus cosas y se la enseñó al marqués. Le dijo que la tirara y mi abuela obedeció. No puede poner la mano en el fuego, pero cree que eran cartas para sus hijos. Debió de pasarse todos esos años tratando de ponerse en contacto con ellos, pero alguien devolvía las cartas, siempre sin abrir. Quizá el hombre con quien había estado casada, el padre de sus hijos. Probablemente estaba muy enfadado con ella. Yo, en su lugar, lo habría estado.

A los dos les costaba comprender que Lilli hubiera dejado a un marido y dos hijos por otro hombre. Pero, según la abuela de Pierre, hasta ese punto amaba al marqués. Dijo que nunca había visto a dos personas tan enamoradas. Sarah no podía dejar de preguntarse si Lilli se había arrepentido en algún momento de su decisión, y confió en que así fuera. Las lágrimas que había derramado sobre las fotografías y las cartas devueltas eran reveladoras. Pero al final, por mucho que le costara entenderlo, su amor por el marqués había sido más fuerte. Fue, al parecer, una de esas pasiones que la razón no puede entender. Lilli lo había dejado todo, su vida, su familia, sus hijos, para entregarse a él. Se fue a la tumba antes de que pudiera volver a ver a sus hijos, un destino que a Sarah le parecía terrible. Y también para Mimi, la abuela a la que tanto quería.

Antes de partir, Pierre charló un rato con su abuela y Sarah le agradeció profundamente sus palabras. Había sido un día increíble y Pierre, fiel a su ofrecimiento, la llevó al cementerio. No les resultó difícil encontrar el mausoleo de los Mailliard, y allí estaban. Armand, marqués de Mailliard, y Lilli, marquesa de Mailliard. Habían fallecido con tan solo ochenta días de diferencia, él a los cuarenta y cuatro años y ella a los treinta y nueve. Sarah salió del cementerio abrumada por la pena. Se preguntaba cuántas veces lloró Lilli por los hijos que había abandonado y por qué no tuvo descendencia con el marqués. Habría sido un consuelo, o quizá no soportaba la idea de tener otro hijo habiendo renunciado a los que ya tenía. Pese a todo lo que Sarah había averiguado, Lilli seguiría siendo un misterio para todos. Qué la impulsó a marcharse, qué clase de persona era, qué sentía o no sentía realmente, qué le había importado o qué había deseado, todo eso eran secretos que se había llevado a la tumba. Su amor por el marqués había sido, sin duda, una fuerza poderosa.

Sarah sabía que se habían conocido en una fiesta diplomática en San Francisco, justo antes del crack. Cómo decidió Lilli huir con él, cuándo o por qué, nadie lo sabía ni lo sabría jamás. A lo mejor no era feliz con Alexandre, pero estaba claro que él la adoraba. Así y todo, el marqués se había ganado finalmente su corazón. Sarah sentía que iba a regresar a casa con algo importante para su abuela, e incluso para su madre, aun cuando Lilli siguiera siendo un enigma. Había sido una mujer llena de pasión y misterio hasta el final. Estaba deseando contarle a su abuela lo de las cartas.

—Creo que me he enamorado de su bisabuela —bromeó Pierre mientras se dirigían al hotel de Sarah—. Debió de ser una mujer extraordinaria, llena de pasión y magnetismo, y también muy peligrosa. Dos hombres la amaron con tanta fuerza que eso los destruyó. No podían vivir sin ella —dijo, mirando a Sarah—. ¿Es usted tan peligrosa como Lilli? —bromeó de nuevo.

—No, en absoluto. —Sarah sonrió a su benefactor. Había hecho que su viaje mereciera realmente la pena. Sentía que era el destino lo que había hecho que se encontraran. Conocer a Pierre había sido un extraordinario regalo.

—A lo mejor sí lo es —repuso él mientras se detenían frente al hotel.

Sarah le dio las gracias por su amabilidad y por haberse pasado el día paseándola.

—Nunca me habría enterado de todo eso si no hubiera conocido a su abuela. Muchas gracias, Pierre. —Le estaba profundamente agradecida.

—Yo también he disfrutado. Es una historia increíble. Mi abuela nunca me la había contado. Todo eso ocurrió antes de que yo naciera. —Cuando Sarah se disponía a bajar del coche, Pierre alargó un brazo y le tocó una mano—. Mañana he de regresar a París. ¿Le gustaría cenar conmigo esta noche? En este pueblo solo hay un restaurante, pero se come bien. Sería un placer que me acompañara, Sarah. Hoy lo he pasado muy bien con usted.

—Yo también. ¿Está seguro de que no está harto de mí?

—Tenía la sensación de que ya había abusado lo suficiente de su hospitalidad.

—Todavía no. Si me canso de usted, le prometo que la devolveré al hotel —rió.

—En ese caso, acepto encantada.

—Estupendo. La recogeré a las ocho.

Sarah subió a su habitación y se tumbó en la cama. Tenía mucho en qué pensar después de lo que le había contado la abuela de Pierre. Lo mismo le sucedía a él, le dijo cuando la recogió en el Rolls.

El restaurante era modesto y servía comida sencilla pero sabrosa. Pierre había traído su propia botella de vino y entretuvo a Sarah con anécdotas de sus viajes y de sus travesías por el mundo con su yate. Era un hombre interesante y divertido. Mientras reía y hablaba con él, tuvo la sensación de estar en otro planeta. Para ambos estaba siendo una velada deliciosa. Él le llevaba quince años pero tenía una actitud joven ante la vida, probablemente porque nunca se había casado y no tenía hijos. Decía que todavía era un niño.

—Y tú, querida, eres demasiado seria, por lo que he podido ver —la regañó durante la última copa de vino, también de una cosecha exquisita. Habían empezado a tutearse—. Necesitas divertirte más y no tomarte la vida tan en serio. Trabajas demasiado y ahora te estás dejando la piel en la casa. ¿Cuándo juegas?

Sarah lo meditó y se encogió de hombros.

—No juego. La casa es ahora mi juguete. Pero tienes razón, probablemente no juego lo suficiente. —Sospechaba que nadie podía acusar de eso a Pierre.

—La vida es corta. Deberías empezar a jugar ahora.

—Por eso estoy aquí, en Francia. Cuando regrese a San Francisco, me instalaré en casa de Lilli —dijo con cara de satisfacción.

—No es la casa de Lilli, Sarah. Es tu casa. Lilli hizo con su vida exactamente lo que quiso, sin importarle a quién hería o a quién dejaba atrás. Era una mujer con las cosas claras y siempre consiguió lo que quiso. Estoy seguro de que era muy bella, pero probablemente también muy egoísta. Los hombres suelen enamorarse perdidamente de las mujeres egoístas, no de las mujeres bondadosas, ni de las que les convienen. No seas demasiado bondadosa, Sarah... o te harán daño. —Sarah se preguntó si a Pierre le habían hecho daño o si era él quien lo había hecho. Pero sospechaba que había captado a su bisabuela correctamente. Lilli había abandonado a sus hijos y a su marido. A Sarah todavía le costaba entenderlo. Y seguramente Mimi lo entendía aún menos—. ¿Quién te estará esperando cuando regreses?

Sarah se detuvo a reflexionar.

—Mi abuela, mi madre, mis amigos. —Pensó en Jeff—. ¿Te parece demasiado patético? —Le daba un poco de vergüenza decirlo en voz alta, pero él ya lo había imaginado. Había intuido que en la vida de Sarah no había ningún hombre y que ella se sentía bien así, lo cual le parecía una pena, teniendo en cuenta su físico y su edad.

—No, me parece enternecedor. Quizá demasiado enternecedor. Creo que has de ser más dura con tus hombres.

Sarah rió.

—No tengo ningún hombre.

—Lo tendrás. Un día te llegará el hombre adecuado.

—Estuve cuatro años con el hombre equivocado —explicó Sarah con voz queda. Ella y Pierre se estaban haciendo amigos. Le gustaba, pese a ser consciente de que tenía algo de playboy. Pero era amable con ella y, en cierto modo, paternal.

—Eso es mucho tiempo. ¿Qué quieres realmente de un hombre? —La estaba tomando bajo su protección. La veía como una muchacha ingenua y le hablaba como un Papá Noel pidiéndole su lista de regalos.

—Ya no lo sé. Camaradería, amistad, sentido del humor, cariño, alguien que vea la vida como yo y que le importen las mismas cosas. Alguien que no me haga daño ni me decepcione... alguien que me trate bien. Prefiero ternura a pasión. Quiero alguien que me ame y a quien poder amar.

—Eso es mucho pedir —repuso él con gravedad—. No estoy seguro de que puedas encontrarlo todo.

—Cuando lo encuentro, está casado —se lamentó Sarah.

—¿Y qué tiene eso de malo? A mí me ocurre continuamente —dijo Pierre, y los dos se echaron a reír. A Sarah no le cabía la menor duda. Pierre era, decididamente, un chico malo. Demasiado guapo para no serlo y lo bastante rico para salirse siempre con la suya. Estaba muy malcriado—. Soy un hombre respetuoso —dijo de repente—. Si no lo fuera, te cogería en brazos y te haría el amor apasionadamente. —Estaba bromeando solo a medias, y Sarah lo sabía—. Pero si hiciera eso, Sarah, saldrías mal parada. Regresarías triste a tu casa y no quiero hacerte eso. Estropearía el verdadero propósito de tu viaje. Quiero que vuelvas a tu casa contenta —declaró, mirándola con ternura. Con ella le salía su lado protector, algo inusual en él.

—Y yo. Gracias por ser tan amable conmigo. —Lo dijo con lágrimas en los ojos. Estaba pensando en Phil y en lo mal que se había portado con ella. Pierre era un hombre considerado. Seguramente por eso le querían las mujeres, tanto casadas como solteras.

—Encuentra a un buen hombre, Sarah, te lo mereces. Quizá no lo creas, pero es así. No pierdas el tiempo con los tipos malos. El próximo será un buen hombre —dijo, hablándole como un amigo—. Lo presiento.

—Espero que tengas razón. —Stanley le había aconsejado que no perdiera el tiempo trabajando tanto y ahora Pierre le estaba diciendo que buscara a un buen hombre. Dos maestros que el destino había puesto en su camino para enseñarle las lecciones que necesitaba aprender.

—¿Te gustaría regresar mañana a París en coche? —preguntó mientras la devolvía al hotel.

—Pensaba regresar en tren —dijo Sarah, titubeando.

—No seas boba. ¿Con toda esa gente horrible y maloliente? Ni hablar. El viaje es largo pero muy bonito. Será un placer tenerte de copiloto. —Lo dijo con naturalidad, y parecía sincero.

—Entonces acepto. Pero ya te has portado muy bien conmigo.

—En ese caso, mañana me portaré mal contigo al menos durante una hora. ¿Te sentirás mejor así? —bromeó Pierre.

Le dijo que la recogería a las nueve y que llegarían a París en torno a las cinco. También le dijo que por la noche había quedado con unos amigos pero que le encantaría invitarla a cenar en París otro día. Sarah aceptó encantada y fijaron un día.

Tuvieron un viaje maravilloso y él la invitó a comer en un restaurante muy agradable donde le conocían y en el que al parecer solía parar cuando iba a Dordogne. Al igual que el día anterior, consiguió hacer que la experiencia al completo fuera una aventura y un placer para Sarah. Las horas pasaron volando y sin darse apenas cuenta llegaron a su hotel en París. Pierre le prometió que la llamaría al día siguiente y se despidió con dos besos en la mejilla. Sarah se sentía como Cenicienta cuando entró en el hotel. La carroza se había convertido en una calabaza y los lacayos en tres ratones blancos. Subió a su habitación preguntándose si los dos últimos días habían sido reales y dándose pellizcos para despertar del sueño. Había descubierto todo lo que deseaba saber de Lilli, había visto el castillo y el lugar donde estaba enterrada y para colmo había hecho un amigo. El viaje había sido un auténtico éxito.

18

Durante el resto de su estancia en París Sarah visitó monumentos, iglesias y museos, comió en restaurantes y se sentó en cafés. Paseó, descubrió parques, se asomó a jardines y exploró anticuarios. Hizo todo lo que siempre había deseado hacer en París y cuando llegó el momento de regresar a Estados Unidos tenía la sensación de que llevaba un mes en la ciudad.

Pierre la llevó una noche a cenar a la Tour d'Argent y a bailar a Bain Douche, y se divirtió como no lo había hecho en su vida. En su propia salsa, Pierre era un hombre cautivador y un auténtico playboy, mas no con ella. Volvió a despedirse con dos besos en la mejilla cuando la dejó en el hotel a las cuatro de la mañana. Dijo que le encantaría volver a verla, pero que tenía que irse a Londres para ver a unos clientes. Sarah opinaba que ya había contribuido con creces al éxito de su viaje. Le prometió que le enviaría fotos de la casa de Lilli en San Francisco y él prometió a su vez mardarle fotos del castillo para Mimi. Sarah le hizo prometer que la llamaría si alguna vez iba a San Francisco. Y no dudaba de que lo haría. Lo habían pasado muy bien juntos y Sarah abandonó París sabiendo que tenía un amigo en esa ciudad.

Al salir del hotel para tomar un taxi sintió que estaba dejando un hogar. Ahora entendía por qué Marie-Louise deseaba tanto regresar a París. Ella habría hecho lo mismo de haber podido. Era una ciudad mágica y Sarah acababa de pasar las dos mejores semanas de su vida. Ya no le importaba lo más mínimo haber hecho el viaje sola. En lugar de sentir que le faltaba algo, se sentía más rica. Y las palabras de Pierre, como en su momento las de Stanley, resonaban constantemente en sus oídos: «Encuentra un buen hombre». Era fácil decirlo. Pero a falta de un «buen hombre» se tenía a sí misma, y eso le bastaba por el momento y puede que para siempre. Quería volver pronto a París. La ciudad le había dado cuanto esperaba y más.

En todo el viaje solo había tenido dos mensajes de Jeff. Uno por un problema eléctrico sin importancia y el otro porque la nevera que habían encargado iba a tardar meses en llegar y era preciso elegir otra. Los e-mails eran breves. Y el bufete nunca la llamó. Habían sido unas vacaciones de verdad y aunque le apenaba marcharse, también tenía ganas de volver. No le apetecía regresar al trabajo, pero estaba impaciente por mudarse. Jeff decía en su correo que la casa estaba lista y esperándola.

Despegó de Charles de Gaulle a las cuatro y aterrizó en San Francisco a las seis de la tarde hora local. Era un bonito y cálido día de abril. Era viernes, y tenía planeado mudarse el lunes y regresar al trabajo el martes. Disponía de todo el fin de semana para embalar el resto de sus cosas y trasladar algunas personalmente. Tenía pensado dormir ese fin de semana en su nueva dirección aunque los de la mudanza no aparecieran hasta el lunes, primero de mayo, como Jeff le había prometido. Lo tenía todo organizado.

Estaba deseando ver a su abuela para contarle todo lo que había visto y oído, pero su madre le había enviado un correo electrónico donde le decía que Mimi seguía en Palm Springs con George y que ella lo había pasado divinamente en Nueva York con sus amigas. Audrey se había convertido en la reina de la comunicación moderna y ahora le encantaba comunicarse por e-mail. Sarah no acababa de acostumbrarse. Se preguntó si su madre seguía en contacto con Tom o si la cosa se había ido apagando. Las relaciones a distancia no solían funcionar. Sarah lo había intentado en la universidad y nunca le gustó. Desde entonces la distancia geográfica siempre había sido un gran inconveniente para ella.

Tomó un taxi del aeropuerto a su apartamento y cuando cruzó la puerta le pareció más ajeno que nunca. Tenía la sensación de que ya no vivía allí. Estaba deseando largarse. Estaba lleno de cajas que había embalado antes del viaje y el resto de sus pertenencias descansaban apiladas en el suelo. Goodwill iría el martes para recoger todo lo que no quisiera. No pensaba llevarse muchas cosas. De hecho, casi le daba vergüenza donarlo a Goodwill. Tenía la sensación de que en los últimos seis meses, desde que compró la casa, había madurado.

Por la noche telefoneó a su madre. Audrey parecía tener prisa y dijo que estaba a punto de salir. Se iba a Carmel a pasar el fin de semana. Últimamente visitaba muchos lugares y lo pasaba muy bien. Le contó que Mimi regresaba el miércoles. Sarah quería invitarlas a cenar a su casa el siguiente fin de semana. Después de su visita a Dordogne, tenía muchas cosas que contarle a su abuela.

Le sorprendió no recibir una llamada de Jeff esa noche. Sabía cuándo llegaba, pero probablemente tenía mucho trabajo. Se acostó temprano, todavía con la hora de París, y se despertó a las cinco de la mañana a causa del desfase horario. Se duchó, se vistió, preparó un café y a las seis se marchó a la casa. Era una mañana preciosa.

Cuando entró tuvo la sensación de que ya vivía en ella. Se paseó por sus dominios con deleite. Todas las luces funcionaban, las cañerías estaban bien y los paneles relucían. Y la cocina le encantó. Era aún más bonita de lo que había imaginado. Y la nueva nevera le gustaba aún más que la que había elegido primero. La próxima semana empezaría a pintar las habitaciones pequeñas, y una semana después los pintores profesionales se pondrían con las estancias grandes. En junio la casa estaría casi terminada. Tenía pensado ocuparse del resto de los detalles poco a poco, sin prisas, y empezar a buscar muebles en ventas públicas y subastas. Supondría más tiempo, pero iba bien de dinero gracias a la ayuda de Jeff a la hora de controlar los gastos y conseguirlo todo a precio de mayorista. El ascensor podía esperar, porque en realidad no lo necesitaba. Jeff hasta le había pasado a su jardinera de Potrero Hills. La mujer había limpiado todo el jardín y plantado macizos de flores, y setos alrededor de la casa.

—¡Uau! —exclamó con una sonrisa radiante mientras se sentaba frente a su nueva mesa de la cocina—. ¡Uau, uau! —Estaba encantada.

Llevaba dos horas en la casa cuando llamaron a la puerta. Se asomó a una ventana y vio a Jeff con dos tazas de Starbucks.

—¿Qué haces aquí tan pronto? —preguntó a Sarah con una sonrisa. Parecía relajado y contento cuando le tendió el capuchino doble con espuma desnatada, como a ella le gustaba.

—Estoy en el huso horario de otro planeta. —Pero no había más que verle la cara para saber que había disfrutado del viaje.

—¿Lo has pasado bien?

—Genial... y la cocina ha quedado preciosa —dijo Sarah mientras Jeff entraba y miraba a su alrededor. El equipo de limpieza había estado en la casa el día antes para que cuando Sarah llegara lo encontrara todo perfecto. Dirigía una oficina con todos los servicios, bromeó.

Estaban charlando relajadamente, disfrutando del café, cuando Jeff le preguntó en broma si había visto a Marie-Louise en París. A Sarah le extrañó la pregunta.

—No. ¿No es pronto todavía para su viaje de verano?

—Este año no. Me ha dejado. —Jeff lo dijo mirando fijamente a Sarah.

—¿Que te ha dejado? —repitió ella, atónita—. ¿Dejado para siempre o solo unas semanas para disfrutar de París?

—Ha vuelto a su país. Voy a comprarle su parte del negocio. Y vamos a vender la casa. No puedo permitirme comprarle también esa parte. Con el dinero que reciba podré comprar la parte del negocio que le corresponde. —Parecía tranquilo. Sarah no podía ni imaginar cómo se sentía. Catorce años tirados por la ventana era algo difícil de digerir. Así y todo, se le veía bien. En cierto modo, era un alivio.

—Lo siento mucho —dijo suavemente—. ¿Cómo ha ocurrido?

—Estaba cantado desde hace tiempo. Marie-Louise no era feliz aquí. E imagino que tampoco lo era conmigo, o de lo contrario seguiría aquí. —Jeff sonrió con ironía. Que lo llevara bien y supiera que era lo mejor no significaba que no le doliera. Desde Navidad las peleas habían sido continuas. Estaba agotado y casi se alegraba de que todo hubiera terminado.

—No creo que tú fueras el problema —le consoló Sarah—. Creo que el problema era ella y el hecho de tener que vivir aquí en contra de sus deseos.

—Hace unos años le propuse trasladarnos a Europa, pero tampoco quiso. Marie-Louise es, sencillamente, una persona insatisfecha. Está muy enfadada. —Lo había estado hasta el último momento y se había marchado dando un portazo. Jeff habría querido terminar de otra forma, pero ella no sabía hacerlo de otro modo. Las personas se marchaban de casa de maneras diferentes, unas con serenidad, otras con rabia.— ¿Y qué me dices de ti? ¿Conociste al hombre de tus sueños en París? —La miró con cierta inquietud.

—Hice un amigo. —Sarah le habló de su visita al castillo de Mailliard, de Pierre Pettit y de su abuela, y le contó todo lo que había visto y oído. En su interior resonaron las palabras de Pierre: «Encuentra a un buen hombre cuando regreses». Esto último no se lo mencionó. Jeff ya tenía suficiente en qué pensar y lo de Marie-Louise era aún muy reciente. Probablemente se sentía como cuando ella terminó con Phil. Sabía que era lo mejor, pero dolía de todos modos—. Lo he pasado de maravilla —dijo con voz queda mientras terminaba su capuchino. No quería restregárselo. Era evidente que Jeff lo había pasado mal en su ausencia.

—Eso supuse. No me escribiste ni un solo e-mail. —Sonrió compungido. Eso lo había tenido algo preocupado.

—Estaba saboreando cada minuto, y di por sentado que estabas muy ocupado. —Sarah le dijo de nuevo lo mucho que lamentaba lo de Marie-Louise, y después pasearon por la casa mientras él le enseñaba los nuevos detalles. La casa había adelantado mucho en esas dos semanas, tal como él le había prometido—. Esta noche dormiré aquí —dijo con orgullo.

Jeff sonrió al verla tan contenta. Tenía mejor aspecto que nunca y se alegraba de que hubiera vuelto. La había echado de menos, sobre todo esos últimos días. Marie-Louise llevaba ausente una semana, pero Jeff había querido esperar a que Sarah volviera para contárselo. Necesitaba tiempo para hacerse a la idea. Todavía le resultaba extraño regresar a su casa y encontrarla vacía. Marie-Louise se había llevado consigo cuanto había querido y le había dicho que el resto podía quedárselo o venderlo. No sentía un gran apego por nada, ni siquiera por él, y eso le dolía. Catorce años era mucho tiempo. No iba a ser fácil adaptarse a la nueva situación. Los dos primeros días casi se rió de sí mismo al darse cuenta de que echaba de menos las peleas. Durante catorce años habían sido la base de su relación.

—¿Qué planes tienes para hoy?

—Embalar y traer algunas cosas. Quiero empezar a trasladar la ropa. —No tenía mucha. Había descartado una gran parte. Sus purgas estaban siendo despiadadas. Tiraba todo aquello que no quería o ya no necesitaba.

—¿Necesitas ayuda? —preguntó Jeff, esperanzado.

—¿Lo dices en serio o solo intentas ser amable? —Sarah sabía que tenía mucho trabajo.

—Lo digo en serio. —No tenía tanto trabajo como ella pensaba y quería ayudarla.

—En ese caso, acepto. Podemos traer las cosas que necesito para dormir. No pienso pasar otra noche en mi apartamento. —Eso había terminado. Ni siquiera había querido dormir en él la noche antes. Su nueva cama había sido enviada a la calle Scott. Era preciosa, y muy femenina, con el cabecero rosa. Casi era digna de Lilli.

Jeff la acompañó al apartamento y la ayudó a bajar cajas y bolsas de ropa. Después de cuatro viajes con cada coche, la ayudó a subirlo todo al dormitorio. Para él era terapéutico. Sarah lo notaba distraído y algo conmocionado.

—¿Crees que esta vez volverá? —le preguntó, refiriéndose a Marie-Louise, cuando pararon para comer. Estaba hambrienta. En París eran nueve horas más tarde. Advirtió que Jeff apenas comía.

—No —respondió él, jugando con el sándwich que le había preparado. Sarah se había comido el suyo en dos minutos—. Los dos estuvimos de acuerdo en que tenía que ser una separación definitiva. Hace muchos años que debimos separarnos, pero éramos demasiado tercos y cobardes. Me alegro de que al fin lo hayamos hecho. Esta semana pondré la casa en venta.

Sarah sabía que amaba su casa de Potrero Hill y que había puesto mucha energía en ella. Sintió pena por él. Al menos les darían un buen dinero. Jeff le explicó que Marie-Louise quería sacar hasta el último céntimo posible. Iba a pagarle una suma sustanciosa por su parte del negocio.

—¿Y dónde vivirás? —preguntó Sarah.

—Buscaré un apartamento aquí, en Pacific Heights, cerca del despacho. Es lo más lógico. —Él y Marie-Louise no podían tener el despacho en la casa de Potrero Hill porque a los clientes les caía demasiado lejos—. Podría quedarme con el tuyo.

—Ni se te ocurra. Es horrible. —Aunque seguro que ganaría mucho con sus muebles.

—Mañana he quedado en ver un par de apartamentos. ¿Te gustaría acompañarme?

Jeff parecía sentirse solo y perdido, lo cual era muy normal. Marie-Louise no pasaba mucho tiempo con él, pero ahora que sabía que no iba a volver, la sensación era distinta. Por difícil que hubiera sido la convivencia, Marie-Louise había dejado un vacío que todavía no sabía cómo llenar. Ahora que ya no estaba, era como un miembro amputado. A veces dolía, pero podía vivir sin ella.

—Me encantaría. ¿No vas a comprarte otra casa?

—Todavía no. Quiero que la situación se estabilice, vender la casa y ver cuánto nos dan por ella. Después de comprarle su parte del negocio, probablemente aún me quedará suficiente para adquirir un apartamento con terraza. Pero no tengo prisa.

—Me parece una decisión acertada —convino Sarah. Jeff estaba siendo prudente, práctico y, típico de él, generoso con Marie-Louise.

Jeff le ayudó a trasladar algunas cosas más y para cenar encargaron comida china. Luego se marchó y al día siguiente pasó a recogerla para ira a ver los apartamentos.

—¿Qué tal tu primera noche? —le preguntó. Estaba sonriendo y tenía mejor aspecto que el día anterior, aunque se había alegrado mucho de verla. La había echado mucho de menos durante su ausencia. En los últimos meses se habían hecho muy amigos.

—Fantástica. Adoro mi nueva cama, y el cuarto de baño es increíble. En esa bañera podría meter a diez personas. —Durante toda la noche sintió que ese era su hogar. Lo había sentido desde el primer día que vio la casa. Su sueño se había cumplido al fin.

Por la tarde encontraron un apartamento para Jeff. Pequeño y sencillo, no era nada del otro mundo pero estaba limpio y en buen estado, y se hallaba a una manzana de su despacho. Tenía hasta una pequeña terraza. Y estaba a cuatro manzanas de la casa de la calle Scott. La ubicación era ideal. Tenía una chimenea, y ese detalle le gustó. Cuando se iban, Jeff comentó que iba a resultarle raro vivir en un apartamento después de haber vivido tantos años en una casa.

Después dejó a Sarah en la calle Scott. Tenía que volver a su casa para empezar a embalar. La llamó por la noche.

—¿Cómo estás? —le preguntó ella con dulzura.

—Bien. Se me hace cuesta arriba embalar todas estas cosas. Intentaré vender todo lo que pueda con la casa, pero me temo que acabaré metiendo muchas cosas en un guardamuebles.

El apartamento que había alquilado era pequeño, justamente lo que deseaba en ese momento. Tenía intención de comprar otra casa, aunque más adelante. La situación también era extraña para Sarah. Después de su flirteo de los últimos cinco meses y de algún que otro beso apasionado, ninguno de los dos sabía en qué punto se encontraban. Con el tiempo se habían hecho amigos y ahora él, de repente, estaba libre. Los dos estaban yendo con pies de plomo. Sarah no quería estropear su amistad por un idilio que quizá no fuera a ningún lado, ni destruir la camaradería que ahora compartían.

No supo nada de él hasta el martes. La llamó al despacho y le dijo que tenía una reunión en el centro y que la invitaba a comer. Quedaron en el Big Four a la una. Él llevaba una americana y un pantalón deportivos, y estaba muy guapo. Ella lucía el alfiler de la casita de oro en la solapa.

—Quería preguntarte algo —dijo Jeff, con voz cauta, a media comida. Ese había sido el propósito de su invitación. Ella no había sospechado nada—. ¿Qué te parecería la idea de tener una cita?

Sarah no entendió la pregunta.

—¿En general, en concreto o como costumbre social? En estos momentos creo que he olvidado cómo se hace. —No tenía una cita desde hacía cuatro meses, desde que terminó con Phil, de hecho no había tenido una cita con otro hombre desde hacía cuatro años—. Estoy un poco oxidada.

—Yo también. Me refería concretamente a nosotros.

—¿Nosotros? ¿Ahora?

—Bueno, si quieres considerar esto como una cita, podríamos declararla nuestra primera cita. Pero estaba pensando más bien en cenar juntos, ir al cine, besarnos, ya sabes, esas cosas que hacen las parejas.

Sarah sonrió. Jeff parecía nervioso. Ella alargó un brazo y le cogió una mano.

—La parte que más me gusta es la de los besos, pero cenar e ir al cine tampoco estaría mal.

—Estupendo —dijo Jeff con cara de alivio—. En ese caso, ¿consideramos esta nuestra primera cita o solo una sesión de práctica?

—¿Tú qué opinas?

—Sesión de práctica. Creo que deberíamos empezar con una cena. ¿Qué me dices mañana?

—Mañana sería perfecto —aceptó Sarah con una sonrisa—. ¿Tienes algo que hacer esta noche?

—No quería parecer agobiante, ni demasiado impaciente.

—Lo estás haciendo muy bien.

—Me alegra oír eso. En realidad no he hecho nada parecido en catorce años. Ahora que lo pienso, ya era hora. —Jeff esbozó una sonrisa radiante y salieron del restaurante cogidos de la mano. Acompañó a Sarah hasta el despacho caminando y la recogió de nuevo a las ocho. Fueron a un pequeño restaurante italiano de la calle Fillmore, muy cerca de casa de Sarah. Ese también sería pronto el barrio de Jeff.

Cuando la dejó en casa, se detuvo delante de la puerta y la besó.

—Creo que este beso convierte esta noche en nuestra primera cita oficial. ¿Estás de acuerdo?

—Completamente —susurró ella, y él volvió a besarla. Sarah abrió la puerta y él la besó una última vez antes de subir al coche y alejarse, sonriendo para sí. Estaba pensando que Marie-Louise le había hecho el mayor favor de su vida regresando a París.

Mientras subía a su nuevo dormitorio, Sarah pensó en las palabras de Pierre. «Encuentra a un buen hombre. Te lo mereces.» Ahora sabía, sin sombra de duda, que acababa de encontrarlo.

19

Sarah dio su primera cena en la calle Scott un fin de semana después. Puso la mesa en la cocina e invitó a Mimi y a George, a su madre y a Jeff. A fin de justificar su presencia, pensaba presentarlo como el arquitecto que la estaba ayudando con la casa. Lo suyo era todavía muy reciente y no estaba preparada para compartirlo con su familia. Pero era una forma relajada de que lo conocieran. El día antes Jeff le había dicho por teléfono que estaba nervioso. Ella le dijo que pensaba que su madre se comportaría, que su abuela era adorable y que George era un hombre muy tranquilo. Jeff no las tenía todas consigo. Aquello era importante para él y quería que todo saliera bien.

Esa semana ya se habían visto tres veces. Una noche Jeff apareció con comida india (picante para él, suave para ella) cuando Sarah estaba pintando su vestidor. La encontró con el pelo salpicado de pintura rosa y, entre risas, le enseñó a hacerlo y acabó ayudándola. Cuando se acordaron de la comida ya era más de medianoche, pero a Sarah le encantó el vestidor cuando, al día siguiente, se despertó y corrió a comprobar el color. Rosa pastel, exactamente el tono que quería, en pinceladas limpias y suaves.

Jeff apareció de nuevo al día siguiente y Sarah cocinó para los dos. Hablaron de todo, desde películas extranjeras hasta decoración y política, y ninguno consiguió hacer nada en la casa.

Y el viernes él la llevó a cenar y al cine, para «mantener viva su condición de novios», según dijo. Cenaron muy bien en un pequeño restaurante francés de la calle Clement y vieron una película de misterio. No era una película seria, pero les gustó y volvieron a besarse durante un largo rato cuando él la dejó en casa. Todavía iban despacio, pero se veían mucho. Jeff había pasado con ella el sábado, pintando, y la ayudó a poner la mesa para su primera cena. Sarah preparó una pata de cordero con puré de patatas y una enorme ensalada. Él había traído pastel de queso y algunas pastas francesas. Y la mesa quedó muy bonita cuando Sarah colocó en el centro un cuenco con flores. La cocina tenía un aspecto fantástico. Estaba impaciente por que Mimi y su madre llegaran. Quería contarles todo lo que había averiguado acerca de Lilli y su charla con la abuela de Pierre. Su encuentro había sido cosa del destino.

Mimi y George fueron los primeros en llegar. Mimi parecía tan feliz como siempre. Le dijo a Jeff que era un placer conocerlo y que había hecho un gran trabajo ayudando a su nieta con la casa. Fueron directamente a la cocina, porque por el momento no había otro lugar donde sentarse salvo la cama de Sarah. Y nada más contemplar la cocina que ahora ocupaba el lugar donde habían estado las antecocinas, Mimi aplaudió.

—¡Santo Dios, es preciosa! ¡En mi vida he visto una cocina tan grande! —La vista del jardín era tranquila y encantadora. Los electrodomésticos y las encimeras de granito blanco con armarios claros habían sido distribuidos con inteligencia, y en medio estaba la isla de madera maciza. La gran mesa redonda parecía que estuviera en el jardín. A Mimi le encantó—. Recuerdo la vieja cocina. Era un lugar oscuro y lúgubre, pero la gente que trabajaba en ella me trataba muy bien. Yo solía escapar de mi niñera para esconderme allí, y los sirvientes me daban todas las galletas que quería.

El recuerdo la hizo reír. No parecía afligida por estar en la casa, sino feliz. Enlazó su brazo al de Jeff y se lo llevó a recorrer la casa mientras le contaba un montón de recuerdos y anécdotas. Seguían arriba cuando Audrey llamó a la puerta y Sarah fue a abrir. Estaba resoplando y se disculpó por el retraso.

—No llegas tarde, mamá. Mimi acaba de llegar. Está dando una vuelta por la casa con mi arquitecto. George me estaba haciendo compañía en la cocina.

Le cogió el abrigo y lo colgó en el armario del vestíbulo, que era casi tan grande como el dormitorio de su antiguo apartamento. Los Beaumont lo utilizaban para guardar las capas y los abrigos de pieles de sus invitados cuando daban fiestas en el salón de baile. Sarah se había planteado la posibilidad de utilizarlo como despacho, pero le sobraban habitaciones y finalmente había decidido instalarse en el estudio de la suite principal.

—¿Has invitado a cenar a tu arquitecto? —Audrey parecía algo sorprendida y Sarah le elogió el peinado. Últimamente llevaba el pelo diferente, con unas ondas que la favorecían, y lucía unos pendientes de perla nuevos muy bonitos.

—Pensé que te gustaría conocerle —dijo antes de bajar la voz—. Sentía que debía invitarle. Me ha ayudado mucho. Me ha conseguido muchas cosas a precio de mayorista y ha hecho un gran trabajo en la casa.

Su madre asintió y la siguió hasta la cocina. Parecía algo distraída, y sonrió al ver a George sentado a la mesa con una copa de vino blanco, disfrutando de la vista del jardín.

—Hola, George. ¿Cómo va todo?

—Fantásticamente bien. Acabamos de regresar de Palm Springs. Tu madre se está convirtiendo en una auténtica golfista —dijo con orgullo.

—Yo también he estado tomando algunas clases de golf —explicó mientras Sarah le tendía una copa de vino con cara de asombro.

—¿Desde cuándo?

—Desde hace unas semanas —respondió Audrey con una sonrisa. Sarah estaba pensando que nunca la había visto tan guapa cuando Mimi y Jeff entraron.

Audrey y Mimi se abrazaron. Mimi no podía dejar de hablar

de lo bonita que había quedado la casa. Todavía necesitaba una mano de pintura, pero las lámparas nuevas y las arañas restauradas ya daban realce al lugar. Los paneles estaban relucientes, los cuartos de baño eran sencillos y funcionales. Pese a la ausencia de muebles, la casa ya empezaba a parecer un hogar. Y a Mimi le encantaba lo que Sarah estaba haciendo en su dormitorio. Jeff le había mostrado hasta el último detalle mientras Mimi le contaba anécdotas de su infancia y señalaba los rincones secretos de las habitaciones de los niños. Se habían hecho buenos amigos durante el paseo.

Sarah encendió las velas de la mesa y al rato se sentaron a cenar. Mimi elogió la pata de cordero y ella y George contaron anécdotas de sus actividades en Palm Springs. Sentado entre Sarah y Mimi, Jeff escuchaba con atención y parecía estar disfrutando del relato. Audrey le preguntó por el trabajo y Jeff habló de su pasión por las casas antiguas. Tanto ella como Mimi lo encontraban un hombre muy atractivo. Audrey, no obstante, sabía que vivía con una mujer, según le había contado su hija, de modo que su relación solo podía ser profesional. Así y todo, parecían haber hecho buenas migas.

—¿Y qué has estado haciendo tú, mamá? —preguntó Sarah mientras guardaba los platos en el lavavajillas y Jeff la ayudaba a sacar el postre. Parecía conocer muy bien la cocina, comentó Mimi, y Sarah le recordó que la había diseñado él.

—Un arquitecto para todo —bromeó Mimi—. Hasta se ocupa de los platos.

—Lo pasé muy bien en Nueva York —dijo Audrey, respondiendo a la pregunta de su hija—. Vimos algunas obras de teatro estupendas y tuvimos un tiempo excelente. Fueron unos días maravillosos. Y tú, ¿qué tal por Francia?

Durante el postre Sarah les explicó todo lo que le habían contado Pierre Pettit y su abuela cuando visitó el castillo de Mailliard en Dordogne. Le incomodaba un poco hablar tan abiertamente de Lilli a su abuela con otras personas delante, y se preguntó si a ella le ocurría lo mismo. Habló de las fotografías sobre las que Lilli había llorado y sobre las cartas que le habían sido devueltas y que había conservado. Mimi escuchaba con lágrimas en las mejillas, pero parecían lágrimas no tanto de dolor como de alivio.

—Nunca entendí por qué jamás intentó ponerse en contacto con nosotros. Ahora que sé que lo hizo me siento mejor. Probablemente era mi padre quien le devolvía las cartas.

Mimi guardó silencio durante un rato para asimilar lo que Sarah acababa de contarle. Había escuchado con suma atención, asentido varias veces, hecho algunas preguntas y llorado en más de una ocasión. Le dijo a Sarah que era un gran consuelo para ella saber qué había sido de su madre, saber que había amado y la habían amado profundamente y que sus últimos años habían sido felices. Era un gesto generoso por parte de Mimi, teniendo en cuenta todo lo que había perdido. Creció sin una madre porque Lilli había huido con el marqués. A Mimi le producía un sentimiento extraño, como de vacío, saber que su madre había vivido hasta que ella cumplió los veintiuno, habiéndola visto por última vez a los seis años. Fue una época muy dolorosa de su vida. Mimi dijo que a lo mejor algún día viajaría a Francia con George y visitaría el castillo de Mailliard. Deseaba ver dónde estaba enterrada Lilli y presentar sus últimos respetos a la madre que había perdido siendo una niña.

Fue una velada encantadora y todos lamentaron que tocara a su fin. Se disponían a levantarse cuando Audrey se aclaró la garganta e hizo tintinear su copa. Sarah supuso que quería desearle suerte con su nueva casa. Sonrió con expectación, como los demás, y Jeff interrumpió su conversación con Mimi. Habían hablado animadamente durante toda la noche, sobre todo de la casa, pero también de otros temas. Sarah podía ver que Mimi lo había cautivado.

—Tengo algo que deciros —anunció Audrey, mirando a su madre, a su hija y a George antes de dirigir un breve asentimiento de cabeza a Jeff. No sabía que iba a estar en la cena, pero no quería esperar más. Lo habían decidido en Nueva York—. Me caso —dijo sin más mientras todos la miraban de hito en hito. Los ojos de Sarah se abrieron de par en par y Mimi sonrió. A diferencia de su nieta, no estaba sorprendida.

—¿En serio? ¿Con quién? —Sarah no podía creer lo que estaba oyendo. Ni siquiera sabía que su madre tuviera novio.

—La culpa es tuya. —Audrey sonrió, pero la expresión de Sarah seguía siendo de asombro—. Tú nos presentaste. Voy a casarme con Tom Harrison y me iré a vivir a St. Louis. —Miró a Mimi y a Sarah con expresión de disculpa—. Siento mucho dejaros, pero es el hombre más maravilloso que he conocido en mi vida. —Se rió de sí misma mientras los ojos se le llenaban de lágrimas—. Si no aprovecho esta oportunidad, puede que no tenga otra. Odio dejar San Francisco, pero Tom no está preparado para jubilarse aún ni lo estará en mucho tiempo. Tal vez volvamos aquí cuando lo haga, pero entretanto viviré en St. Louis.

Miró con ternura a Sarah y a su madre mientras ambas digerían la noticia. Jeff se levantó y se acercó para darle un abrazo y felicitarla. Fue el primero en hacerlo.

—Gracias, Jeff —dijo, conmovida, Audrey.

George se inclinó y le dio un beso en la mejilla.

—Bien hecho. ¿Y cuándo es la boda? —Nada le gustaba tanto en esta vida como los bailes y las fiestas, y todos rieron cuando lo dijo.

—Creo que pronto. Tom no ve ninguna razón para esperar. Queremos hacer un viaje juntos este verano y pensó que bien podía ser nuestra luna de miel. Le gustaría ir a Europa. Se me declaró en Nueva York y hemos pensado que podríamos casarnos a finales de junio. Sé que puede parecer cursi, pero me gusta la idea de ser una novia de junio.

El rubor cubrió sus mejillas y Sarah sonrió. Estaba feliz por ella. En ningún momento imaginó que el encuentro que había tramado tendría semejante final. Solo se había atrevido a esperar que fueran amigos y se vieran de vez en cuando. Aquello era como ganar el bote en Las Vegas.

—¿Estabas con él en Nueva York? —preguntó intrigada.

—Sí —dijo Audrey con una amplia sonrisa.

En su vida había sido tan feliz. Sarah había estado en lo cierto. Tom era un hombre estupendo.

De regreso de Nueva York había hecho escala en St. Louis para conocer a los hijos de Tom. La recibieron con los brazos abiertos y pasó un tiempo con Debbie y sus enfermeras. Le leyó cuentos que solía leerle a Sarah cuando era niña mientras Tom las contemplaba desde la puerta con lágrimas en los ojos. Audrey estaba dispuesta a echarle una mano con las enfermeras y con los cuidados de Debbie, como había hecho su difunta esposa. Quería hacer todo lo que estuviera en su mano para ayudarle.

Miró en torno a la mesa con los ojos vidriosos.

—Me siento muy culpable por abandonaros. —Se volvió hacia Sarah y su madre—. Pero no puedo dejar escapar esta oportunidad. Tom me hace tan feliz...

Sarah se levantó para abrazarla y Mimi se puso en la cola. Las tres mujeres estaban llorando de alegría mientras Jeff sonreía a George. Le violentaba un poco participar de un momento tan íntimo, pero los dos hombres parecían emocionados.

—¡Qué gran noche! —exclamó George.

Sarah fue a la nevera a por una botella de champán que había traído de su apartamento y Jeff se ofreció a abrirla. Brindaron por la novia y por Tom y de repente Sarah cayó en la cuenta de que tenían una boda que organizar.

—¿Dónde tenéis pensado casaros, mamá?

—Caray, no tengo ni idea —dijo Audrey, dejando la copa sobre la mesa—. Todavía no lo hemos hablado. Será en San Francisco, eso seguro. Vendrán todos los hijos de Tom, con excepción de Debbie. Queremos una boda íntima, únicamente la familia y algunos amigos. —En el caso de Audrey, eso significaba una docena de mujeres con las que salía desde hacía veinte años—. La hija de Tom quiere organizarnos una fiesta en St. Louis, pero creo que no queremos una gran boda. —Audrey no tenía un amplio círculo de amigos y Tom no conocía a nadie en San Francisco.

—Se me ocurre una idea —dijo Sarah con una sonrisa—. Para entonces mi casa ya estará pintada. —Aún faltaban casi dos meses para la boda—. ¿Por qué no os casáis aquí? Podrías ayudarme a organizarlo todo. Alquilaríamos mobiliario y puede que algunas plantas. Podríamos celebrar la ceremonia en el salón y servir las copas en el jardín... sería maravilloso, y es una casa de la familia. ¿Qué me dices?

Audrey la miró y su rostro se iluminó.

—Me encantaría. Tom no es muy religioso y creo que estaría más cómodo aquí que en una iglesia. Se lo preguntaré, pero la idea me parece fantástica. ¿Qué opinas tú, mamá? —Se volvió hacia Mimi, que le estaba sonriendo con cariño.

—Estoy muy contenta por ti, Audrey, y creo que sería maravilloso hacerlo aquí, si Sarah se siente capaz. Significaría mucho para mí.

Audrey dijo que contrataría músicos y un servicio de catering, y su florista podría encargarse de las flores. Lo único que Sarah tenía que hacer era estar allí. Y de las invitaciones se encargarían ella y Tom. Sarah todavía no acababa de creérselo. Su madre iba a casarse y a mudarse a St. Louis.

—Te echaré mucho de menos, mamá —dijo cuando la acompañó a la puerta. Tenían un montón de detalles que organizar, y Audrey rezumaba entusiasmo por todos sus poros, especialmente por el novio, como debía ser—. Fuiste tú quien me aconsejó que alquilara la casa para bodas cuando la tuviera terminada —añadió, riendo—. Nunca pensé que tu boda sería la primera.

—Ni yo. —Audrey rodeó a su hija con un brazo—. Puedo servirte de conejillo de Indias. Espero que uno de estos días la boda que celebremos en esta casa sea la tuya. —Lo decía de corazón—. Por cierto, me gusta tu arquitecto, es encantador. Es una pena que tenga novia. ¿Van realmente en serio?

Audrey siempre estaba haciendo de celestina, pero esta vez Sarah se le había adelantado y por partida doble. No obstante, aún no estaba preparada para decirle que salía con Jeff. Quería esperar un tiempo, disfrutar en privado del proceso de descubrirse mutuamente.

—Vivieron juntos catorce años —dijo Sarah en tiempo pasado, pero Audrey estaba demasiado emocionada con todo lo demás para reparar en ese detalle.

—Es una pena... y creo que dijiste que tienen una casa y un negocio juntos. En fin, también está Fred, el hijo de Tom. Es adorable y acaba de divorciarse. Ya tiene un millón de pretendientas. Le conocerás en la boda.

—Me parece que no tengo ganas de hacer cola, mamá. Además, geográficamente no me conviene. Soy socia de un bufete de abogados en San Francisco.

—Bueno, ya encontraremos a alguien —la tranquilizó Audrey, pero Sarah no estaba intranquila. Ahora se sentía a gusto sola, y aunque todavía fuera un secreto, estaba saliendo con Jeff. No estaba desesperada por encontrar un hombre. Y en su opinión, ya lo tenía. Un gran hombre.

—Te llamaré pronto, mamá. Me alegro mucho por ti y por Tom —dijo Sarah, despidiéndose con un beso.

Mimi y George se marcharon unos minutos después. Hacían una pareja adorable. Sarah le dijo a Mimi que esperaba que la siguiente boda fuera la suya. Mimi le respondió con una risita ahogada que no dijera bobadas y George dejó escapar una carcajada. Estaban bien así, asistiendo a sus bailes y fiestas, jugando al golf y divirtiéndose en Palm Springs. Tenían todo lo que deseaban sin estar casados. Tom, en cambio, sería estupendo para Audrey, que todavía era lo bastante joven para desear un marido. Mimi dijo que era feliz tal y como estaba.

Cuando todos se hubieron marchado reinó una extraña calma. Sarah regresó a la cocina pensando en lo raro que se le hacía que su madre se fuera a vivir a otra ciudad. Ya la echaba de menos. En los últimos meses su relación había mejorado tanto que para ella iba a suponer una gran pérdida. Se sentía como una niña abandonada. No se atrevía a expresar ese sentimiento con palabras, porque la hacía sentirse ridícula, pero era lo que sentía.

—Vaya nochecita —dijo cuando entró en la cocina. Jeff estaba llenando el lavavajillas—. No me lo esperaba en absoluto —añadió, acercándose para ayudarle—, pero me alegro mucho por mi madre.

—¿Te parece bien? —Jeff la miró directamente a los ojos. La conocía mejor de lo que Sarah creía, y se preocupaba por ella—. ¿Es un buen hombre? —Le gustaba su familia, y de repente sintió que deseaba proteger a Audrey, aunque apenas la conociera.

—¿Tom? Es maravilloso. Yo misma los presenté. Es uno de los herederos del patrimonio de Stanley Perlman y de esta casa. Pero nunca imaginé que se casarían. Sé que cenaron juntos cuando Tom estuvo aquí y que él le envió algunos correos electrónicos, pero mi madre no había vuelto a mencionármelo desde entonces. Creo que será muy feliz con él, y exceptuando sus comentarios mordaces, mi madre es una gran mujer. —La respetaba y la quería, aunque le hubiera hecho sufrir en el pasado. Pero esa época ya era historia. Y ahora que estaban más unidas que nunca, se marchaba—. La echaré de menos. Me siento como si acabaran de dejarme en el campamento. —Jeff sonrió y dejó de llenar el lavavajillas el tiempo suficiente para darle un beso en los labios.

—Estarás bien. Podrás ir a verla siempre que quieras y estoy seguro de que Audrey vendrá a veros a menudo. También ella os echará de menos a ti y a Mimi. Y ahora que lo recuerdo, tengo algo que confesarte.

—¿Qué? —Jeff sabía tranquilizarla, y a Sarah le encantaba ese aspecto de él. Era un hombre estable y reconfortante. Nunca daba la impresión de estar a punto de echar a correr. Era la clase de hombre que se comprometía y permanecía, como había hecho con Marie-Louise hasta que esta se marchó.

—Mi confesión es que aunque salga contigo, me he enamorado perdidamente de Mimi. Quiero que huyamos y nos casemos, y si es necesario estoy dispuesto a enfrentarme a George. Es la mujer más dulce, adorable y divertida que conozco, mejorando lo presente, claro. Solo quería que supieras que voy a proponerle matrimonio uno de estos días. Espero que no te importe.

Sarah se estaba desternillando, feliz de que su abuela le hubiera caído tan bien. Mimi era una mujer irresistible y Jeff hablaba completamente en serio.

—¿Verdad que es increíble? Es la mejor abuela del mundo. Nunca le he oído decir nada malo de nadie, se encariña con toda la gente que conoce y se lo pasa bien en todas partes. Todo el mundo la adora. No conozco a nadie con una actitud tan positiva ante la vida.

—Estoy totalmente de acuerdo —convino Jeff mientras ponía en marcha el lavavajillas y se volvía hacia Sarah—. Entonces, ¿no te importa si me caso con ella?

—En absoluto. Yo me encargo de la boda. Caray, eso te convertiría en mi abuelastro. ¿Tendré que llamarte abuelo?

Jeff hizo una mueca.

—Abuelo Jeff sonaría un poco mejor, ¿no crees? —dijo. Luego sonrió con picardía—. Eso significa que soy un viejo muy verde por salir contigo.

En realidad solo le llevaba seis años. Mientras lo decía, la estrechó entre sus brazos y la besó. Le había conmovido formar parte de su cena familiar y haber compartido, además, una gran noticia. Nadie la esperaba, pero había hecho que la velada resultara especialmente emotiva, sobre todo para Mimi, cuya hija deseaba casarse en la casa donde ella había nacido. Habían cerrado el círculo.

Sarah le ofreció otra copa de vino. Disponían de pocos lugares donde sentarse. Sarah solo tenía las sillas de la cocina y la cama de arriba. El resto del tiempo lo pasaban trabajando en la casa y no les importaba sentarse en el suelo. Pero en noches como esa las opciones eran limitadas. Y Sarah sentía que aún no tenía suficiente confianza con Jeff para invitarlo a tumbarse en su cama a ver la tele. Tampoco en el dormitorio tenía asientos, aunque había encargado un pequeño sofá rosa que tardaría meses en llegar.

Jeff dijo que ya había bebido suficiente y se quedaron charlando en la cocina un largo rato. Se daba cuenta de la incomodidad social que generaba la falta de mobiliario. Conocía bien las circunstancias de Sarah. Finalmente ella bostezó y él sonrió.

—Será mejor que te acuestes —dijo, levantándose.

Sarah le acompañó hasta la puerta.

Jeff la besó y de repente puso cara de desconcierto.

—¿Qué día es hoy?

—No lo sé —farfulló Sarah mientras él la besaba de nuevo. Estaba calculando algo, pero Sarah ignoraba qué. Le gustaban las tonterías que hacía a veces, le hacían sentirse joven.

—Bueno, si la comida fue nuestra primera cita oficial... ¿Fue eso lo que acordamos?... —dijo, besándola una vez más—. Y luego hubo tres cenas... dos aquí y una fuera... lo que hacen cuatro... significa que esta noche es nuestra quinta cita, creo...

—¿De qué estás hablando? —rió Sarah—. Eres un completo bobo. ¿Qué importa qué día sea hoy? —No entendía adónde quería ir a parar, y tampoco podían dejar de besarse. Fuera el día que fuera, era un gran día y Sarah adoraba sus besos. No podía despegarse de Jeff el tiempo suficiente para dejarle partir, y él parecía tener el mismo problema.

—Solo estaba tratando de decidir —dijo Jeff con la voz ronca por la pasión— si aún es pronto para preguntarte si puedo quedarme a pasar la noche... ¿Qué opinas tú?

Sarah soltó una risita. Le gustaba la idea, y se había estado haciendo la misma pregunta.

—Creía que ibas a casarte con Mimi... abuelo Jeff.

—Mmmm... es cierto... aunque el compromiso todavía no es oficial... y tampoco tiene por qué enterarse... a menos que... ¿Qué opinas tú, Sarah? ¿Quieres que me vaya? —preguntó, poniéndose súbitamente serio. No quería hacer nada que pudiera disgustarla. No tenía prisa, pero desde el día que se conocieron soñaba con pasar la noche con ella—. Si quieres que me vaya, me iré. —Se preguntaba si aún era pronto para ella. Para él no.

Y, al parecer, tampoco para ella. Sarah negó con la cabeza. Decididamente, no quería que se marchara. Esbozó una sonrisa tímida.

—Me encantaría que te quedaras... Es un poco violento, ¿verdad?... No puede decirse que mi dormitorio esté a unos pasos de aquí... —Tenían que subir dos pisos, lo que impedía poder llegar hasta su cama de una forma sutil.

—¿Te reto a una carrera? —rió Jeff al tiempo que ella apagaba las luces y ponía la cadena en la puerta—. Te subiría en brazos, pero si te soy sincero, estaría hecho polvo para cuando alcanzáramos tu dormitorio. Viejas lesiones de mis tiempos de futbolista en la universidad... Pero si no hay más remedio podría llevarte sobre un hombro. No machaca tanto las lumbares.

Sarah sonrió mientras le cogía la mano y juntos tomaban la majestuosa escalera que conducía a su dormitorio. Su nueva cama lucía muy rosa y muy bonita en la habitación principal, y las dos lámparas de noche proyectaban una luz tenue.

—Bienvenido a casa —dijo suavemente, volviéndose hacia Jeff. Él la estaba mirando maravillado. Con suma dulzura, le soltó el cabello y dejó que le cayera como una cascada por la espalda. Los enormes ojos azules de Sarah eran un pozo de honestidad y esperanza.

—Te quiero, Sarah —dijo con voz queda—. Te quise desde el primer día que te vi... Nunca pensé que sería lo bastante afortunado para vivir este momento...

—Yo tampoco —susurró ella, y Jeff la subió delicadamente a la cama.

Se desvistieron y se acurrucaron bajo las sábanas. Sarah apagó la lámpara de su mesilla y él apagó la lámpara de la suya, y se unieron en un abrazo que fue ganando intensidad a medida que su pasión aumentaba. Las manos de Jeff estaban empezando a hacer vibrar el cuerpo de Sarah al tiempo que le susurraba al oído:

—Siempre recordaré lo que sucedió en nuestra quinta cita.

Él la estaba provocando con sus palabras y sus labios mientras ella reía suavemente.

—Chisss... —dijo, y se fundió en él, en la cama del cabecero rosa, en la habitación que había sido de Lilli.

20

La relación de Sarah y Jeff floreció a lo largo de mayo y junio. Él pasaba casi todas las noches con ella en la casa de la calle Scott. Únicamente se quedaba en su apartamento si tenía que trabajar y necesitaba la mesa de dibujo. Finalmente ella le propuso comprar una e instalarla en una de las habitaciones pequeñas. Tenía tantas que había espacio de sobra para improvisarle un despacho. A Jeff le gustó la idea y encontró una mesa de segunda mano. La llevó a casa un viernes por la noche y la subió a rastras por la escalera. La mesa le permitiría trabajar mientras Sarah seguía pintando una miríada de pequeñas habitaciones. Los pintores estaban haciendo un gran trabajo con las estancias más grandes. La casa iba ganando en elegancia de día en día.

Jeff resultó ser un excelente cocinero y cada mañana preparaba el desayuno para ambos antes de que partieran al trabajo. Hacía creps, torrijas, huevos fritos, tortillas, huevos revueltos, y los fines de semana huevos Benedict. Sarah le advirtió que si engordaba por su culpa tendría que marcharse. Le encantaba que la mimara y ella hacía lo propio con él siempre que podía.

Seguían encargando comida preparada casi todas las noches porque los dos trabajaban hasta tarde, pero Sarah cocinaba las tres noches del fin de semana, salvo los días que él la invitaba a cenar fuera. Habían perdido la cuenta de sus citas, pero ambos estaban de acuerdo en que eran muchas. Se habían visto todos los días desde que Audrey anunciara su inminente boda y dormían juntos casi todas las noches. Jeff no se había instalado oficialmente, pero pasaba en la casa la mayor parte del tiempo. Y uno de los vestidores principales era ahora suyo. La cosas no podían irles mejor.

Para principios de junio los preparativos de la boda de Audrey y Tom iban viento en popa. Audrey había alquilado mobiliario para la planta baja, el comedor, las salas de estar y el salón principal. Había escogido unos arbolitos que estarían adornados con gardenias. Había encargado flores para los salones, además de una guirnalda de rosas blancas y gardenias para la puerta principal. Fiel a su promesa, se estaba haciendo cargo de todos los detalles y los gastos. Iba a ser una boda íntima, pero quería que saliera a la perfección. Aunque se trataba de segundas nupcias tanto para ella como para Tom, deseaba que fuera un día que pudieran recordar el resto de sus vidas, sobre todo él. Audrey había contratado a un cuarteto para que amenizara con música de cámara la llegada de los invitados. La ceremonia tendría lugar en el salón. Había pensado en todo. Lo único que le faltaba, para su gran inquietud, era el vestido. Y también a Sarah. Tenía demasiado trabajo en el despacho para permitirse ir de compras. Finalmente su madre la persuadió para que se tomara una tarde libre, y fueron juntas de compras, con excelentes resultados, a Neiman Marcus.

Audrey encontró un vestido de raso de color crudo, corto, con cuentas de cristal en los bajos, los puños y el cuello. Era de manga larga y comedido. También adquirió unos zapatos de raso del mismo color, con hebillas de brillantes falsos, y un bolso a juego. Tom acababa de regalarle unos pendientes de brillantes espectaculares como obsequio de bodas, y la sortija de compromiso era un brillante de diez quilates que dejó boquiabierta a Sarah cuando lo vio. Audrey ya había decidido llevar un pequeño ramo de orquídeas blancas. Iba a ser la viva imagen de la elegancia.

A las cinco de la tarde Sarah todavía no había encontrado

vestido y estaba empezando a inquietarse. Su madre insistía en que no podía ponerse el viejo vestido negro que había llevado los dos últimos años para la fiesta de Navidad del bufete. Como dama de honor tenía que estrenar, y finalmente reparó en un precioso vestido de Valentino de color azul intenso, como los ojos de Sarah. Era de raso, sin tirantes, con una chaquetilla a juego que Sarah podría quitarse después de la ceremonia. Su madre le aconsejó que lo luciera con unas sandalias plateadas de tacón alto. Audrey quería que llevara un ramo de orquídeas blancas más pequeño, y había encargado otro para Mimi para que no se sintiera excluida. Tenía flores de ojal para Tom y sus hijos, y un prendido de gardenias para su hija. Y había contratado a un fotógrafo para que hiciera fotos y lo grabara todo en vídeo. Pese a tratarse de una boda íntima, no se le había escapado ni un detalle. Y Sarah se alegraba de haber encontrado un vestido de su gusto. No quería lucir algo que sabía que no volvería a ponerse. El color del vestido iba muy bien con sus ojos, su piel y su pelo. Era sensual porque le marcaba la figura, pero también discreto gracias a la chaquetilla, y tenía un gran escote en la espalda, algo que, en opinión de Audrey, la favorecía mucho.

—Por cierto, ¿qué hay entre tú y Jeff? —preguntó con naturalidad cuando salieron de Neiman's—. Cada vez que paso por tu casa para dejar algo por la noche o el fin de semana, me lo encuentro allí. No puede ser solo por trabajo. ¿Qué opina su novia de que dedique tanto tiempo a tus reformas?

—Nada —respondió enigmáticamente Sarah, haciendo malabarismos con las bolsas mientras se dirigían al aparcamiento de la plaza Union, donde habían dejado sus respectivos coches.

—¿Cómo que nada? —Por muy bien que le cayera Jeff, Audrey no quería que su hija se metiera en otra relación de la que pudiera salir malherida.

—Han roto —dijo lacónicamente Sarah. Todavía quería llevar el asunto en secreto pese a sentirse más unida a su madre esos días, sobre todo con la inminente boda. Consciente de que iba a mudarse pronto, intentaba pasar más tiempo con ella, y por primera vez en muchos años, lo estaba disfrutando.

—Qué interesante. ¿Han roto por tu causa? —Audrey lo consideraba una buena señal.

—No. Fue antes de nosotros.

—¿De nosotros? —La mujer enarcó una ceja—. ¿Acaso Jeff y tú sois ahora un «nosotros»? —Había empezado a sospecharlo, pero no podía poner la mano en el fuego. Y Sarah no había dicho nada al respecto. Jeff, sencillamente, estaba allí, siempre atento y cortés, cada vez que se dejaba caer por casa de su hija.

—Puede. No hablamos de eso.

Era cierto. Disfrutaban el uno del otro sin poner etiquetas a su relación. Ambos acababan de salir de una relación que no había funcionado. Ambos querían actuar con prudencia, pero eran felices juntos. Más felices de lo que ninguno lo había sido con su anterior pareja.

—¿Y por qué no?

—No necesitamos saberlo.

—¿Y por qué no? —insistió Audrey—. Sarah, tienes treinta y nueve años. No te quedan tantos como para malgastarlos con relaciones que no van a ninguna parte. —Aunque no lo dijo, ambas sabían que Phil había sido un callejón sin salida.

—No quiero ir a ninguna parte, mamá. Me gusta donde estoy. Y también a Jeff. No tenemos planeado casarnos.

Siempre decía eso, pero Audrey estaba convencida de que si su hija encontraba al hombre adecuado, cambiaría de opinión. Quizá esta vez lo había encontrado. Jeff parecía un hombre agradable, competente, inteligente, estable y próspero. ¿Qué más podía pedir? Sarah la preocupaba a veces. La veía demasiado independiente.

—¿Qué tienes en contra del matrimonio? —le preguntó mientras llegaban a los coches y cada una buscaba sus llaves en el bolso.

Sarah titubeó un instante y finalmente decidió sincerarse con su madre.

—Tú y papá. No quiero tener una relación como la vuestra. No podría. —Todavía sufría pesadillas.

Audrey la miró con inquietud y bajó la voz.

—¿Es que Jeff bebe?

Sarah se echó a reír y negó con la cabeza.

—No, mamá, no bebe. O por lo menos no más de lo conveniente. Probablemente yo beba más que él, lo cual tampoco es mucho. El matrimonio me parece demasiado complicado, eso es todo. Solo oyes hablar de parejas que se odian, se divorcian, pagan pensiones y se odian todavía más. ¿Quién necesita eso? Yo desde luego no. Estoy mejor así. En cuanto te casas lo estropeas todo. —Entonces recordó que ese mismo día habían comprado el vestido que su madre iba a llevar en su próxima boda—. Lo siento, mamá. Tom es un hombre maravilloso, y Jeff también, pero el matrimonio no es para mí. Y tampoco creo que a Jeff le entusiasme la idea. Vivió con su pareja catorce años sin casarse.

—Puede que ella fuera como tú. Hoy día las mujeres jóvenes sois criaturas extrañas. Ninguna quiere casarse. Solo los viejos queremos hacerlo.

—Tú no eres vieja, mamá, y estás preciosa con ese vestido. Tom se caerá de espaldas cuando te vea. No lo sé, quizá sea una cobarde.

Audrey la miró con lágrimas en los ojos.

—Lamento mucho lo que tu padre y yo te hemos hecho. La mayoría de los matrimonios no son como el nuestro. —Con un marido alcohólico que la dejó viuda a los treinta y nueve años, la edad de Sarah en esos momentos.

—No, pero los hay, y no quiero correr ese riesgo.

—Yo tampoco quería, pero mírame ahora. Estoy deseándolo. —Audrey estaba feliz y Sarah se alegraba por ella.

—Quizá lo haga cuando tenga tu edad, mamá. Por el momento no hay prisa.

Audrey lo sentía por Sarah, y más la apenaba la posibilidad de que nunca tuviera hijos. Siempre había dicho que no quería ser madre, e incluso ahora, con el reloj biológico haciéndole señas, probablemente seguía pensando lo mismo. Ni hijos ni marido. Lo único que había deseado con verdadera pasión en esta vida era su casa. Y el trabajo, aunque Audrey sospechaba que su hija estaba enamorada de Jeff pero se negaba a reconocérselo. Y Sarah, por mucho que le dijera a su madre, sabía que quería a Jeff. Por eso la asustaba tanto la idea de comprometerse. No estaba preparada, y quizá nunca lo estuviera. Por el momento estaban bien así. Jeff no la presionaba. Solo Audrey lo hacía. Quería que todo el mundo fuera feliz, y ahora que se acercaba su gran momento, pensaba que todo el mundo debería hacer como ella.

—¿Por qué no te preocupas por Mimi y George? —bromeó Sarah.

—Ellos no necesitan casarse a su edad —repuso Audrey con una sonrisa, aunque hacían muy buena pareja y últimamente eran inseparables.

—Quizá ellos lo vean de otro modo. Creo que en la boda deberías lanzarle el ramo a Mimi. Si me lo lanzas a mí, te lo devolveré.

—Mensaje recibido —dijo Audrey con un suspiro.

Sarah sabía muy bien lo que quería y lo que no. Era una mujer muy testaruda.

Subieron a sus respectivos coches contentas de haber encontrado un vestido para la boda. Cuando Sarah llegó a casa, Jeff estaba hablando con los pintores. Casi habían terminado el trabajo. Llevaban, por el momento, seis meses de reformas y todo estaba quedando de maravilla. Aún había detalles que rematar, y los habría durante mucho tiempo, pero la casa estaba preciosa y gracias a Jeff todo se había hecho por debajo del presupuesto previsto. Sarah incluso había terminado la librería, que ahora se hallaba en el estudio llena de libros de derecho, pero con espacio para más. Todo en la casa era perfecto. En los últimos días había estado pensando en encargar las cortinas, por lo menos para algunas habitaciones. Deseaba hacer las cosas poco a poco. En otoño quería empezar a buscar muebles en subastas de anticuarios. Ella y Jeff pensaban que sería divertido hacerlo juntos. Él era un entendido en antigüedades y le estaba enseñando muchas cosas.

—¿Qué tal te ha ido el día? —le preguntó Jeff con una sonrisa.

Sarah dejó las bolsas y se quitó los zapatos con un suspiro. Su madre se tomaba muy en serio lo de ir de compras. Estaba agotada.

—Ha sido un duro día en Neiman's, pero las dos hemos encontrado un vestido para la boda.

Jeff sabía que el tema las había tenido preocupadas.

—Joe y yo estábamos hablando del color para el salón de baile. Creo que deberías optar por un color crema. ¿Qué te parece?

Ya habían decidido que el blanco era demasiado duro, y en un momento de frivolidad Sarah había pensado en un azul celeste, pero le gustaba más la idea del crema. Confiaba en la visión y la intuición de Jeff. Hasta el momento no se había equivocado en sus elecciones y él, pese a ser el arquitecto, respetaba sobremanera la opinión de Sarah. Después de todo, era su casa.

—Me parece bien.

—Estupendo. Ahora ve a darte un baño y disfruta de una copa de vino. Hoy te invito a cenar fuera. —Jeff subió al salón de baile con el pintor para hacer pruebas en las paredes. Los tonos podían variar mucho según cómo les diera la luz.

—A la orden, señor —respondió Sarah mientras ponía rumbo a su cuarto con las bolsas de Neiman's y los zapatos en las manos. Las escaleras la mantenían en forma. Todavía no había empezado a montar el gimnasio en el sótano. Primero quería ocuparse de las cortinas y los muebles.

Jeff apareció en el dormitorio media hora después. Sarah estaba tumbada en la cama, viendo las noticias. Parecía relajada. A veces le encantaba mirarla. Se estiró junto a ella y la rodeó con un brazo.

—Hoy le he hablado a mi madre de nosotros —dijo vagamente Sarah, sin apartar los ojos del televisor.

—¿Y qué ha dicho?

—No mucho. Le caes bien, y también a Mimi. Me soltó el rollo de siempre sobre mi edad, mi última oportunidad, los hijos, bla, bla, bla.

—Traduce, por favor —pidió, intrigado, Jeff—. La parte del bla, bla, bla.

—Opina que debería casarme y tener hijos. Yo no estoy de acuerdo. Nunca lo he estado.

—¿Por qué no?

—No creo en el matrimonio. Pienso que el matrimonio lo estropea todo.

—Eso simplifica las cosas, ¿no es cierto?

—Para mí sí. ¿Y para ti? —Sarah se volvió hacia él con una ligera expresión de preocupación. Nunca habían ahondado en el tema. Como Jeff no se había casado con Marie-Louise, siempre había dado por sentado que opinaba como ella.

—No lo sé, supongo que sí, si no hay otra opción. No me importaría tener un hijo algún día, o dos. Y para el niño probablemente sería mejor que sus padres estuvieran casados, pero si tú lo tienes tan claro, no es algo esencial.

—Yo no quiero tener hijos —repuso Sarah con firmeza. Parecía asustada.

—¿Por qué no?

—Me da miedo. Tener hijos te cambia demasiado la vida. Ya nunca veo a mis amigas. Están todas demasiado ocupadas cambiando pañales y haciendo de chófer. Menudo rollo.

—Hay a quien le gusta —repuso él con cautela.

Sarah lo miró directamente a los ojos.

—En serio, ¿te imaginas a alguno de nosotros con hijos? No creo que estemos hechos de esa pasta. Yo, por lo menos, no. Me gusta mi trabajo. Me gusta lo que hago. Me gusta tumbarme y ver la tele antes de que me saques a cenar sin que tengamos que llamar a un canguro. Te quiero... Adoro mi casa. ¿Por qué complicar las cosas? ¿Y si te sale un niño horrible que se droga o roba coches o que, como la hija de Tom, es ciego y no puede valerse por sí mismo? No podría hacerlo.

—¿No te parece una visión algo pesimista?

—Puede, pero tendrías que haber visto la vida que tuvo mi madre mientras estuvo casada con mi padre. Mi padre era un vegetal, se pasaba el día en el dormitorio, borracho, mientras ella se inventaba excusas para disculparlo. Mi infancia fue una pesadilla. Siempre temía que mi padre llegara tambaleándose cuando tenía amigos en casa o que hiciera algo para abochornarme. Y cuando murió fue aún peor, porque mi madre no paraba de llorar y yo me sentía culpable porque siempre había deseado que se muriera o que por lo menos desapareciera, y cuando lo hizo me dije que la culpa era mía. Finalmente alcancé la edad adulta, y no pienso volver a pasar por eso. De niña no fui feliz y no quiero hacer infeliz a otra persona por mi causa.

—Nosotros no bebemos —razonó Jeff.

Lo miró horrorizada.

—¿Me estás diciendo que quieres tener hijos? —Era toda una novedad, una novedad que no le gustaba nada.

—Algún día —respondió él con franqueza—, antes de que sea demasiado viejo.

—¿Y si yo no quiero? —El pánico se apoderó de Sarah, pero quería saberlo antes de continuar con él. Podía ser una razón para separarse.

—Te querré de todos modos y no te insistiré. Prefiero tenerte a ti a tener un hijo... Pero supongo que en algún momento me gustaría tener las dos cosas.

Sarah no podía dar crédito a sus oídos. Había dado por sentado que Jeff tampoco quería tener hijos. No era una buena noticia.

—Si tuviera un hijo, no me casaría —le desafió, y él rompió a reír y la besó.

—No esperaría menos de ti, cariño. No nos preocupemos por eso ahora. Que pase lo que tenga que pasar.

Eran prudentes, pero después de esa conversación Sarah se dijo que debían serlo aún más. No deseaba ningún desliz, o de lo contrario seguro que Jeff querría llevarlo adelante. No necesitaban pasar por esa dolorosa situación. Pensaba que su vida juntos era perfecta como estaba.

—En cualquier caso, ya soy muy mayor para tener hijos —insistió—. Cumpliré cuarenta el año que viene. Soy demasiado vieja. —Pero ambos sabían que no lo era. Jeff no dijo nada. Estaba claro que el asunto la inquietaba y por el momento no tenía por qué representar un problema. Para ninguno de los dos.

Dejaron el tema, salieron a cenar y disfrutaron de una agradable velada. Sarah le habló de la idea de su madre de alquilar la casa, o partes de la casa, para bodas. Le parecía una buena forma de obtener un dinero extra para comprar los muebles que deseaba. Jeff pensaba que podía ser divertido, aunque algo molesto tener a desconocidos en la casa que podían meterse donde no debían. Él tenía otra idea que creía interesante, pero requería invertir dinero para obtener beneficios y por el momento Sarah necesitaba todo el que tenía para la casa y los objetos que deseaba comprar.

La idea de Jeff era comprar juntos casas en mal estado, restaurarlas y luego venderlas. Le encantaba lo que Sarah había hecho con su casa y dijo que era muy buena restaurando. A ella le gustó la idea, pero le preocupaba a cuánto podía ascender la inversión. Era una idea para un futuro a largo plazo, si lo había. Como lo del matrimonio y los hijos. Se diría que esa noche no podían hablar de otra cosa que no fuera hacer planes para el futuro. Así y todo, le gustaba la idea de restaurar casas. Sabía que le daría mucha pena terminar la casa de la calle Scott. Había disfrutado y seguía disfrutando de cada minuto que le dedicaba.

Esa noche Jeff se quedó con ella, y también el fin de semana. Apenas iba ya a su apartamento, salvo para recoger libros y ropa. Solo había pasado en él unos días desde que lo alquilara. Y en la cena explicó que acababan de hacerle una oferta firme por la casa de Potrero Hill. Marie-Louise le había acribillado a correos electrónicos reclamando su dinero. Hechas las valoraciones, él conservaría el negocio y ella se quedaría con lo que les dieran por la casa. Marie-Louise le dijo que aceptara la oferta y eso hizo. Le había comprado su parte del apartamento en París para habitarlo y montar allí su estudio. Sus catorce años juntos se habían esfumado con una facilidad sorprendente, lo que solo hacía reafirmar la postura de Sarah. Era más fácil no casarse, sobre todo si las cosas no iban bien. Pensaba que Marie-Louise era afortunada. Jeff era un gran hombre. Había hecho todas las gestiones, no le había estafado ni un céntimo y estaba siendo sumamente generoso. Era un ángel en todos los sentidos. Sarah estaba impresionada. Esta vez los dioses la habían sonreído. Y por el momento, solo le interesaba vivir el presente.

21

La boda de Audrey llegó más deprisa de lo que nadie esperaba. Costaba creer que junio estuviera tocando a su fin. Un momento antes estaban organizando la boda y ahora los camareros del catering trajinaban en la cocina, el hombre del vídeo estaba instalando su cámara, la florista había traído los arbolitos y había guirnaldas en la escalera y en la puerta principal. El fotógrafo seguía a todo el mundo por la casa como un misil termodirigido, fotografiando la decoración, los preparativos y a los invitados que iban llegando. Los músicos estaban tocando. Tom y sus hijos se encontraban en el vestíbulo charlando con Sarah y Jeff. Fred había traído a su nueva novia, lo que hizo sonreír a Sarah. No le importaba, ella tenía ahora a Jeff. Y Mimi y George llegaron como salidos de un anuncio de revista para ancianos vitalistas. Mimi lucía un vestido de seda azul celeste con una chaqueta a juego, a tono con el azul más oscuro de Sarah.

Y sin apenas darse cuenta, estaban aguardando a que Audrey descendiera por la gran escalera. Bajó sola, acompañada por la *Música acuática* de Haendel, mirando a Tom con las mejillas surcadas de lágrimas. Estaba tan bonita que dejó a todos sin respiración. Mimi la observaba orgullosa, Sarah estrujó el brazo de Jeff, y Tom, de pie entre sus dos hijos, rompió a llorar mientras contemplaba a la mujer con la que estaba a punto de casarse. Audrey se acercó a él y le tomó del brazo.

El juez que dirigía la ceremonia habló sabiamente de los retos del matrimonio y de la dicha que proporcionaba cuando se trataba de la unión correcta, de su sabiduría cuando era entre dos personas buenas que habían sabido elegir bien. La comida estaba deliciosa. El vino era excelente. La casa estaba espectacular y el mobiliario alquilado por Audrey parecía que formaba parte de ella. A Sarah le cayeron muy bien los hijos de Tom y los varones congeniaron divinamente con Jeff. Era el día idóneo, el momento idóneo, y antes de que nadie pudiera darse cuenta, Audrey apareció de nuevo en lo alto de la escalera con su precioso vestido de raso. El ramo de orquídeas blancas salió volando y aterrizó en el pecho de Mimi. Sarah soltó un suspiro y su madre le lanzó un guiño. El novio arrojó la liga a Jeff y a renglón seguido los invitados se concentraron delante de la casa para lanzar pétalos de rosa a los novios mientras se alejaban en un Rolls alquilado en dirección al Ritz-Carlton, donde pasarían su noche de bodas antes de viajar a Londres. De allí volarían a Montecarlo y luego a Italia para una luna de miel de tres semanas que Tom había organizado minuciosamente mientras seguía las numerosas instrucciones de Audrey. No le molestaba lo más mínimo. De hecho, le encantaba.

Cuando Sarah y su nueva familia política entraron de nuevo en casa, Mimi estaba sentada en el sillón alquilado con una sonrisa en los labios y el ramo todavía en las manos.

—¡Soy la próxima! —exclamó alegremente mientras George fingía un desmayo.

—¡Ni hablar, George! —replicó Jeff con cara de pánico—. Fui yo quien atrapó la liga. ¡Mimi se casará conmigo!

Mimi soltó una risita ahogada y todos rieron al tiempo que los camareros les servían más champán. Ella y George disfrutaron de un último baile mientras la gente joven conversaba.

A Sarah le gustaban sus nuevos parientes y los invitó a hospedarse en su casa siempre que quisieran. Había dos casados y un divorciado, y todos habían acudido con sus hijos, los cuales se estaban portando de maravilla. Audrey tenía ahora una nueva familia al completo que incluía seis nietos, y por un momento Sarah casi sintió celos al pensar que a partir de ese momento la verían con más frecuencia que ella. Mimi era la única familia que le quedaba en San Francisco. Audrey había dejado su apartamento y enviado todas sus cosas a St. Louis para buscarles un sitio en casa de Tom. Había regalado unos pocos muebles a su hija y conservado el resto. Sarah sabía que ella y Mimi iban a notar su ausencia, pero se alegraban por ella. Cuando se alejaba en el Rolls parecía una novia feliz, y Tom un novio orgulloso.

Era tarde cuando los últimos invitados se marcharon. Los camareros seguían limpiando y los arbolitos los recogerían al día siguiente. Sarah subió las escaleras lentamente con Jeff.

—Ha sido una boda preciosa, ¿verdad? —dijo con un bostezo mientras Jeff le sonreía. Le encantaba el vestido de Sarah. Hacía que sus ojos parecieran aún más azules. Sarah se apoyó felizmente en su hombro.

—Preciosa. Fue conmovedor verlos llorar durante la ceremonia. Casi se me saltaron las lágrimas.

—Yo siempre lloro en las bodas, de puro pánico. —Sarah soltó una risita y Jeff meneó la cabeza.

—Eres incorregible.

—Y tú un romántico incurable, por eso te quiero —dijo ella antes de besarle en lo alto de la escalera y subir otro tramo hasta su dormitorio.

Había sido un día perfecto. Para Audrey y Tom y para todas las personas que les querían. Sarah estaba feliz por su madre. Jamás había imaginado que su estrategia tendría semejante resultado y estaba encantada. Les deseaba una larga y feliz vida juntos. Su madre la llamó antes de acostarse para darle las gracias por haberle dejado la casa y decirle lo mucho que la quería. Sonaba increíblemente dichosa.

Esa noche Sarah se apretó con fuerza contra Jeff. Adoraba dormir abrazada a él, y hacer el amor, algo que ocurría con mucha frecuencia. La relación iba viento en popa. Se habían adaptado a una agradable rutina y ella estaba encantada con lo a gusto que Jeff se sentía con su familia, sobre todo con Mimi, a la cual adoraba. Decía que, ya que se negaba a casarse con él, quería que lo adoptara.

—Buenas noches, cielo —susurró Jeff antes de sumergirse en un sueño profundo.

—Te quiero —dijo Sarah, y sonrió al pensar en el ramo que no había cogido porque había rebotado en Mimi.

22

Sarah y Jeff trabajaron en la casa todo el verano. Empezaron a consultar catálogos y a asistir a subastas. Jeff estaba ocupado en un gran proyecto de restauración y remodelación en Pacific Heights que le llevaba mucho tiempo y Sarah tenía mucho trabajo en el despacho.

En agosto se tomaron una semana para ir al lago Tahoe. Pasearon y nadaron, hicieron bicicleta y practicaron esquí acuático en el gélido lago. El fin de semana del día del Trabajo, hacia el final de sus vacaciones, Jeff le recordó que llevaban cuatro meses juntos. Ambos estuvieron de acuerdo en que habían sido los meses más felices de sus vidas. No habían vuelto a sacar el tema del matrimonio y los hijos. Para ellos era más una cuestión teórica. Ninguno tenía ganas de complicarse la vida. Tenían muchas cosas con qué distraerse.

Audrey telefoneaba a menudo desde St. Louis. Estaba ocupada instalándose, redecorando la casa de Tom y familiarizándose con sus hijos. Echaba de menos a Sarah y a su madre, pero ya había decidido que no iría a San Francisco para Acción de Gracias. Había prometido a Tom que se quedaría en St. Louis con sus hijos y Sarah le dijo que ella lo pasaría con Mimi. Ese año quería celebrarlo en su casa, y si todo continuaba como hasta ahora, Jeff también estaría. Le dijo a su madre que no quería ir a St. Louis porque estaba deseando iniciar la tradición en su propia casa, aunque ese año el grupo fuera más reducido sin ella. Por primera vez en su vida le iba a tocar preparar la cena y asar el pavo.

Sarah pasó un otoño muy movido en el bufete. Tenía tres grandes patrimonios que autenticar y los fines de semana trabajaba en la casa. Para ella era una fuente de dicha inagotable y esperaba que siguiera siéndolo durante años. Ella y Jeff iban a subastas y pujaban por muebles en Sotheby's y Christie's, en Los Ángeles y en Nueva York. Ya había adquirido algunas piezas muy bonitas, y también Jeff. Y en octubre Jeff dejó su apartamento. Nunca pasaba tiempo en él. Trasladó sus cosas a casa de Sarah. Ahora disponía de una oficina y un estudio, de un vestidor y un cuarto de baño, y dijo que no le importaba vivir en un dormitorio rosa. De hecho, le gustaba. Pero lo que más le gustaba era Sarah. La amaba de verdad, y ella a él.

Había solucionado con Marie-Louise el tema de la casa y del apartamento en París. El negocio era ahora suyo. Todos los clientes de Marie-Louise pasaron a ser sus clientes. No sabía nada de ella desde agosto y, para su gran sorpresa, tampoco la echaba de menos. Aunque habían pasado catorce años juntos, siempre supo que esa relación no era buena para él. Había puesto mucha energía en ella y ahora que estaba con Sarah, se daba cuenta de la diferencia. Estaban hechos el uno para el otro. Como ella, cada día despertaba sin poder dar crédito a su buena fortuna. Recordaba el viejo dicho de su abuelo de que había una olla para cada tapadera, o una tapadera para cada olla. En cualquier caso, él la había encontrado. La única persona que estaba tan asombrada como él era Sarah, que se sentía igual de afortunada.

Fiel a lo prometido, Sarah celebró la cena de Acción de Gracias en su casa. En la sala de estar ya había un sofá y varias sillas, además de un bonito escritorio antiguo, de modo que tenían donde sentarse y dejar sus bebidas cuando Mimi y George llegaron. A petición de Mimi, Sarah había invitado también a las dos íntimas amigas de su abuela, y a un amigo de Jeff de Nueva York que estaba en la ciudad y no tenía con quién pasar ese día.

Sentados en la sala de estar, los siete formaban un grupo ameno y relajado mientras Sarah y Jeff se turnaban para vigilar el pavo. Sarah tenía pavor de que le quedara crudo o, por el contrario, se le quemara. No era lo mismo sin Audrey. Pero, para su asombro, la cena fue un éxito. Mimi bendijo la mesa y ese año trinchó el pavo Jeff. Hizo un gran trabajo y George dijo que se alegraba de no haber tenido que hacerlo él.

Él y Mimi acababan de regresar de Palm Springs. Sarah había notado que cada vez pasaban más tiempo allí. Decían que el clima era más de su agrado, y a Mimi le gustaban los amigos de George y las cenas a las que asistían. Acababa de cumplir ochenta y tres años pero estaba tan bonita y llena de vida como siempre. George, que apenas le llevaba unos años, se había convertido en una presencia permanente en su vida.

Sarah estaba sirviendo las tartas de frutos secos, manzana y calabaza que comían cada año al final del ágape mientras Jeff se encargaba del helado y la nata, cuando Mimi los miró con cierto nerviosismo y George asintió alentadoramente.

—Tengo algo que deciros —comenzó tímidamente al tiempo que Sarah se volvía hacia ella. Podía intuir lo que se avecinaba. A la edad de Mimi, ¿qué otra cosa podía ser? Su vida transcurría sin incidentes y gozaba de buena salud. Los ojos le chispearon cuando miró primero a Jeff y luego a su nieta—. George y yo vamos a casarnos. —Lo dijo casi en un susurro. Parecía algo abochornada, como si, en cierto modo, fuera una insensatez. Pero se querían y deseaban pasar sus últimos años juntos. La única mala noticia era que se mudaban a Palm Springs. George ya había vendido su casa de la ciudad y Mimi iba a poner la suya a la venta. Utilizarían el apartamento que George tenía en San Francisco cuando viajaran a la ciudad, algo que Sarah sospechaba, con pesar, que no ocurriría a menudo. Lo pasaban mucho mejor en Palm Springs.

—¿Vas a casarte con él y no conmigo? —dijo Jeff con cara de indignación—. Fui yo quien cazó la liga, no él, ¿recuerdas? —añadió, haciéndose el ofendido mientras los demás reían.

—Lo siento, cariño. —Mimi le dio unas palmaditas en la mano—. Me temo que no tendrás más remedio que casarte con Sarah.

—Ni hablar —se apresuró a contestar su nieta.

—Me parece que lo tengo crudo —se lamentó Jeff—. No me quiere como marido.

—¿Se lo has preguntado? —inquirió Mimi con los ojos llenos de extrañeza y optimismo. Le encantaría que Jeff y Sarah se casaran, y sabía que también a Audrey. Lo habían hablado en varias ocasiones.

—No —reconoció Jeff, tomando asiento para disfrutar de su postre mientras Sarah servía champán.

Parecía un *déjà vu* de cuando su madre hizo su anuncio en esa misma mesa, en mayo. Ahora era Mimi la que se casaba. Todas las mujeres de su familia se casaban y se iban a vivir a otra ciudad, pensó Sarah. Ya solo quedaban ella y Jeff en San Francisco. Se sentía sola únicamente de pensar que Mimi iba a marcharse, pero se alegraba por ellos. George estaba radiante y los ojos de Mimi chispeaban.

—Si le pido a Sarah que se case conmigo probablemente me dejará, o como mínimo me echará. Está decidida a vivir en pecado el resto de su vida —se lamentó Jeff, y Mimi rió.

Todos sabían que Jeff y Sarah estaban viviendo juntos y no les molestaba lo más mínimo. Sarah tenía casi cuarenta años y derecho a hacer lo que quisiera.

Desoyendo las protestas de Jeff, Sarah preguntó a los novios para cuándo iba a ser la boda. Todavía no habían decidido la fecha, pero querían que fuera pronto.

—A nuestra edad no podemos permitirnos esperar mucho —dijo alegremente Mimi, como si eso fuera una buena cosa—. Probablemente a George le gustaría casarse en un campo de golf, entre partido y partido. No sabemos si celebrarla aquí o en Palm Springs. Allí tenemos muchos amigos y podría ser demasiado ajetreo —concluyó pensativamente mientras todos brindaban por la pareja.

—¿Por qué no lo celebras aquí, como hizo mamá? —propuso Sarah, recordando el acontecimiento con nostalgia. Se le hacía muy extraño que todas las mujeres mayores de su familia estuvieran contrayendo matrimonio. De repente sintió que la habían dejado sola.

—Sería una terrible molestia para ti —dijo Mimi—. No quiero darte trabajo. Ya estás muy ocupada.

—Nunca estoy demasiado ocupada para ti —insistió Sarah—. Podemos contratar el mismo servicio de catering que utilizó mamá en su boda. Lo hicieron muy bien y lo dejaron todo impecable.

—¿Estás segura? —preguntó, poco convencida, su abuela.

George, en cambio, parecía entusiasmado. Le gustaba la idea, y le recordó que ella había nacido en esa casa. Tenía sentido que se casara allí, por una cuestión sentimental. El amigo de Jeff estaba disfrutando de la conversación y explicó que el año anterior su abuela se había casado en segundas nupcias, se había mudado a Palm Beach y era muy feliz.

—¿Cuándo te gustaría casarte? —preguntó Sarah mientras Jeff seguía interpretando el papel de amante rechazado que a Mimi tanto le gustaba. Siempre se refería a él, cuando hablaba con su nieta, como el «dulce muchacho». Con cuarenta y cinco años recién cumplidos ya no era ningún muchacho, aunque aparentaba menos.

—Habíamos pensado en Nochevieja —intervino George—. Eso nos daría algo que celebrar cada año. Y creo que sería fantástico para tu abuela hacerlo aquí, en esta casa. Significaría mucho para ella.

Mimi se sonrojó. Esa misma mañana le había dicho que no quería dar todo ese trabajo a Sarah, aunque reconoció que le encantaría, de modo que todos lo celebraron.

—¿Lo sabe mamá? —preguntó de repente Sarah. Su madre no le había comentado nada. Mimi asintió.

—Le telefoneamos esta mañana y se lo dijimos después de desearle un feliz día de Acción de Gracias. Me dio su aprobación.

—Traidora —farfulló Jeff—. Soy mucho mejor partido que él. —Miró a George, para regocijo de todos—. Aunque tengo que reconocer que él es mejor bailarín. Cuando bailé con Mimi en la boda de Audrey, la llené de pisotones y le destrocé sus preciosos zapatos azules, así que supongo que no puedo reprochártelo. Pero me has roto el corazón.

—Lo siento, cariño. —Mimi se inclinó y le dio un beso en la mejilla—. Ven a vernos a Palm Springs siempre que quieras. Y tráete a Sarah si lo deseas.

—Más le vale —repuso Sarah, haciéndose la ofendida.

Después de eso se pusieron a hablar de los detalles de la boda. Sarah extrajo una libreta amarilla e hizo una lista de lo que los novios querían. Deseaban algo muy sencillo, únicamente con los familiares más allegados. Y una cena también sencilla. Querían que los casara un pastor y Mimi dijo que el suyo estaba dispuesto a hacerlo en la casa. Querían que la ceremonia fuera a las ocho y la cena a las nueve. Audrey le había dicho esa mañana que ella y Tom asistirían y que probablemente pasarían el fin de semana en Pebble Beach.

—¿En qué se ha convertido de repente mi familia? —protestó Sarah—. ¿En nómadas? ¿Acaso soy la única que quiere vivir en San Francisco?

—Eso parece —respondió Jeff—. No creo que debas tomártelo como algo personal. Sencillamente, se lo pasan mejor en otra parte. —No tenía intención de confesárselo, pero pese a lo mucho que le gustaba Mimi e incluso Audrey, le atraía la idea de tenerla solo para él.

—Uau —dijo de repente Sarah—. Solo tenemos seis semanas para organizar la boda. Mañana llamaré al servicio de catering.

Pero no había invitaciones que enviar ni nada elaborado que organizar. Querían algo muy sencillo. Solo con los familiares más allegados, y en casa, en Nochevieja. Sería más fácil aún que la boda de Audrey y Tom.

Durante las siguientes dos horas hablaron animadamente

del acontecimiento y luego los invitados se prepararon para marcharse. Antes de partir Mimi les explicó que ella y George no iban a ir de luna de miel. Querían algo sencillo, como pasar un fin de semana en el hotel Bel Air de Los Ángeles. A Mimi siempre le había gustado y era un viaje fácil. Jeff dijo que le decepcionaba que no hicieran algo más exótico, como un viaje a Las Vegas, y se despidió de ellos con un fuerte abrazo.

—Caray, qué sensación tan extraña —dijo Sarah en la cocina mientras llenaban los lavavajillas. Jeff le había aconsejado que pusiera dos, y se alegraba de haberle hecho caso. Simplificaba mucho cenas como la de esa noche. Y más aún con la ayuda de Jeff. Siempre colaboraba con ella en esas tareas.

—¿Qué? ¿Que tu abuela se case? Me parece fantástico. Es genial que puedan pasar la vejez acompañados.

—Mimi adoraba a mi abuelo y mi madre temió que fuera a morirse cuando él lo hizo, pero en lugar de eso emprendió una nueva vida y a veces creo que la está disfrutando tanto como la primera. —Esa noche desde luego lo había parecido—. Lo que me produce una sensación extraña es que todas se muden de ciudad. Las tres llevamos muchos años en San Francisco. Mamá vive ahora en St. Louis y Mimi se marcha a Palm Springs.

—Yo sigo aquí —dijo él con voz queda.

—Lo sé. —Sarah sonrió y se inclinó para besarle—. Supongo que eso me obliga a tener una vida de adulta. Cuando ellas estaban aquí siempre me sentía como una niña. Quizá sea eso a lo que me refería con lo de la sensación extraña.

—Quizá —dijo Jeff.

Apagaron las luces de la cocina y subieron al dormitorio, que ahora consideraban de los dos.

Sarah telefoneó a su madre por la mañana y le dijo que era una traidora por haber mantenido el secreto cuando la llamó para desearle feliz día de Acción de Gracias. Audrey la había llamado una segunda vez y tampoco había dicho una palabra.

—No quería estropear la sorpresa. Mimi me pidió que no dijera nada. Me parece fantástico y creo que el clima de Palm

Springs le conviene más. Tom y yo iremos a San Francisco para la boda y pasaremos como mínimo una noche.

—¿Queréis alojaros en casa? —preguntó esperanzada Sarah.

—Nos encantaría.

—Será divertido teneros a todos bajo el mismo techo.

Sarah obtuvo de su madre todos los detalles que necesitaba y el lunes puso manos a la obra. Lo único que Mimi tenía que hacer era comprarse el vestido. Dijo que era demasiado mayor para casarse de blanco. Dos días más tarde telefoneó a Sarah con voz triunfal. Había encontrado el vestido ideal en un color que llamaban champán. Sarah cayó entonces en la cuenta de que también ella necesitaba un vestido. Esta vez se decantó por un terciopelo verde oscuro Y como era Nochevieja, decidió que fuera largo. Audrey dijo que iría de azul marino.

Durante las cinco semanas entre Acción de Gracias y Navidad la vida de Sarah fue una carrera de relevos sin nadie a quien pasarle el testigo. No quería que Mimi se ocupara de nada, pero ella tampoco disponía de tiempo, de modo que al final dijo al servicio de catering que se encargara de todo y repasó con ellos los detalles.

Aparte de eso, seguía haciendo cosas en la casa a fin de dejarla impecable para la boda, asistía a cenas navideñas con Jeff e intentaba organizarse para la Navidad. Jeff estaba eufórico. Después de pasarse años sorteando el pesimismo que se apoderaba de Marie-Louise en esas fechas, como si él tuviera la culpa de todo el acontecimiento, ese año podía celebrarlo por todo lo grande. Cada día llegaba a casa con adornos, regalos y villancicos nuevos, y dos semanas antes de Navidad apareció con un abeto Douglas de seis metros y cuatro hombres para instalarlo al lado de la escalera, tras lo cual llegó con dos coches enteros cargados de adornos. Sarah se echó a reír cuando lo vio. Los villancicos que Jeff tenía puestos en el equipo de música estaban tan altos que Sarah apenas pudo oírle cuando le habló desde lo alto de la escalera. Acababa de coronar el árbol con la estrella.

—¡Esto es como vivir en el taller de Papá Noel! —gritó Sarah, y tuvo que repetirlo tres veces—. Pero no importa, está precioso.

Jeff le agradeció el elogio. Estaba muy satisfecho con su obra, y también ella. Le había comprado una mesa de arquitecto antigua en una subasta que tenía que llegar el día de Nochebuena. Jeff casi se desmayó al verla.

—¡Dios mío, Sarah, es preciosa! —Le encantaba. Le encantaba celebrar la Navidad con ella.

Audrey y Mimi no estaban. Era la primera Navidad que Sarah pasaba sin ellas, pero Jeff hizo que resultara maravillosa. Sarah preparó un pavo pequeño para Nochebuena y fueron juntos a la misa del gallo. Cayó en la cuenta, mientras compartía con Jeff la cena y una excelente botella de vino que él había comprado, de que un año atrás, justo ese mismo día, había hablado a su madre y a su abuela de la casa de la calle Scott. Y ahora allí estaban.

Tampoco olvidaba que un año atrás había pasado sola las vacaciones por quinta vez consecutiva, que Phil estaba en Aspen con sus hijos y ella volvía a quedar excluida. Su vida había cambiado radicalmente en un año y estaba encantada. Adoraba a Jeff y adoraba la casa. El único lado triste era que su familia se había marchado de San Francisco. Evolución. Una veces era buena, otras no. Pero al menos se habían marchado por buenas razones.

Jeff y Sarah pasaron un día de Navidad tranquilo. Él le había regalado un fino brazalete de brillantes y Sarah no paraba de contemplarlo y sonreír. Era muy generoso con ella y el brazalete le gustaba tanto como a él la mesa de arquitecto. Sarah, además, le había llenado un calcetín con un montón de chucherías y hasta una carta de Papá Noel donde le decía que era un niño estupendo, pero que por favor no dejara la ropa sucia tirada por todo el suelo del lavadero a la espera de que otra persona la recogiera. Era su único defecto. No tenía muchos. Y Jeff estaba feliz con todo lo que Sarah había hecho por él durante las fiestas. No tenía nada que ver con su experiencia con Marie-Louise. Sarah era el mejor regalo de Navidad que le habían hecho jamás.

Cinco días después Audrey y Tom llegaron de St. Louis. Sarah sintió entonces que realmente estaban en Navidad. Su abuela y George también aparecieron esa noche. Las dos parejas se hospedaban en su casa y estaba feliz. Jeff la ayudó a cocinar para todos. Y las tres mujeres pasaron largas horas en la cocina charlando. Audrey les habló de su vida en St. Louis. Le encantaba. Tom era aún mejor de lo que había imaginado. Parecía realmente dichosa. Y Mimi estaba eufórica, como era de esperar en una novia. Sarah se alegraba enormemente de tenerlos a todos en casa. Le hacía sentirse de nuevo como una niña.

Al día siguiente, la mañana del último día del año, salieron a desayunar fuera. El personal del servicio de catering ya estaba trabajando en la cocina, y pese a tratarse de una cena para poca gente, los preparativos parecían no tener fin. Pero tanto Mimi como George estaban muy tranquilos. Lo pasaron muy bien todos juntos, riendo y charlando. Los tres hombres hablaron de fútbol y los movimientos bursátiles. Tom y George hablaron de golf. Jeff flirteó con la novia, para deleite de esta, y Audrey y Sarah hablaron de los detalles de la boda y repasaron la lista. Después salieron a dar un paseo y no volvieron a casa hasta la una.

Mimi se metió en otro dormitorio y le dijo a George que no quería verlo hasta la noche. Sarah había quedado con la peluquera y la manicura para que fueran a casa.

Pasaron una tarde deliciosa. Iban a quedarse también esa noche, para ver entrar el nuevo año después la boda. Al día siguiente los recién casados pondrían rumbo a Los Ángeles y Audrey y Tom a Pebble Beach. Jeff y Sarah se quedarían relajadamente en casa. Sarah intentaría pintar dos habitaciones. Estaba hecha toda una experta. Y Jeff tenía que trabajar en un montón de proyectos.

El ajetreo fue tomando posesión de la casa a medida que se acercaban las ocho. Sarah y Audrey subieron para ayudar a

Mimi a vestirse. Cuando entraron en el dormitorio la encontraron sentada en la cama, en bata y con el pelo arreglado, sosteniendo la fotografía de su madre.

Mimi miró a su hija y a su nieta y los ojos se le llenaron de lágrimas.

—¿Estás bien, mamá? —preguntó suavemente Audrey.

—Sí. —Mimi suspiró—. Estaba pensando en lo felices que al principio debieron de ser mis padres aquí... y en que yo nací en esta casa... Me alegro tanto de casarme aquí con George... Siento que es lo adecuado. Estaba pensando que a mi madre le habría gustado. —Miró a Sarah—. Me alegro tanto de que compraras esta casa... Nunca imaginé lo mucho que significaría para mí cuando nos hablaste de ella... parece absurdo decir algo así a mi edad, pero después de toda la tristeza con la que crecí, y después de echar tanto de menos a mi madre, finalmente siento que he vuelto a casa y que me he reencontrado con ella.

Sarah estrechó entre sus brazos a la abuela a la que tanto quería, a la que todos querían, y le habló en susurros.

—Te quiero, Mimi... te quiero mucho... gracias por decir eso.

Hacía que la compra de la casa le pareciera un acierto aún mayor. De hecho, había sido una buena decisión.

23

En el último minuto habían decidido que la boda fuera de etiqueta. Las tres mujeres llevarían vestidos largos, y también las cinco o seis amigas que Mimi había invitado. Los hombres llevarían esmoquin. El novio estaba muy elegante con su pajarita roja y los gemelos de rubí heredados de su abuelo. Para deleite de todos, Jeff se había ofrecido a entregar a la novia y ella había aceptado. Tenía miedo de caerse o de tropezar con el vestido si bajaba sola por la majestuosa escalera. Se sentía más segura con un brazo fuerte en el que apoyarse. No querían ningún percance durante la boda.

—Y dado que no quieres casarte conmigo, Mimi, lo que demuestra tu falta de juicio, he decidido ser generoso y entregarte a George. Aunque debo decir que deberías estar avergonzada por haberme dado falsas esperanzas durante los últimos seis meses. Estaré a tu lado por si cambias de opinión y recuperas la sensatez en el último momento. —A Mimi le encantaban las bromas de Jeff.

La estaba esperando fuera del dormitorio cuando terminó de arreglarse. Salió al pasillo luciendo su vestido de noche color champán y oro claro y sus zapatos de salón dorados. Portaba un ramo de lirios de los valles, la flor favorita de su madre. El novio aguardaba en el vestíbulo con un lirio en la solapa. Audrey y Tom advirtieron con una sonrisa que estaba nervioso.

Estaban charlando en voz baja con el pastor, esperando a Mimi, cuando empezó a sonar música de arpa y violines. Sarah lo había iluminado todo con velas y apagó las luces. Y entonces la vieron llegar. Mimi lucía todavía una figura estupenda y parecía una auténtica princesa cuando descendió lentamente del brazo de Jeff, que tenía un aspecto solemne y distinguido. Mimi le miró y sonrió mientras él le daba palmaditas en la mano. Luego sus ojos encontraron a George y le sonrió. Entonces Sarah se dio cuenta de que Mimi se parecía mucho a Lilli, que simplemente era mayor, pero igual de bella. Poseían la misma chispa pícara en la mirada, la misma pasión por la vida. Era como si la fotografía que Sarah tenía de Lilli hubiera cobrado vida y madurado. Sara sintió de súbito la fuerza de las generaciones que la habían seguido como ondas en el océano. Mimi, su madre, ella y, precediéndolas a todas, Lilli.

Serena, Mimi abandonó elegantemente el brazo de Jeff para tomar el del hombre que estaba a punto de convertirse en su marido. Intercambiaron sus votos delante del pastor con voz clara, firme y tranquila. Luego George besó a la novia, la música sonó de nuevo y todo el mundo rompió a reír, a llorar y a celebrar el acontecimiento, como habían hecho unos meses antes por Audrey.

Jeff besó a la novia y le dijo que la cosa ya era oficial. Le habían plantado en el altar. Mimi le besó y procedió a repartir besos a los presentes, en especial a Audrey y Sarah.

Comenzaron a cenar a las nueve y el champán corrió hasta la medianoche. Las tres descendientes de Lilli besaron a sus hombres al dar las doce y bailaron al son de los violines. No se acostaron hasta pasadas las dos. Había sido una boda perfecta.

Sarah se tumbó en la cama junto a Jeff y sonrió.

—Estoy empezando a sentirme como una organizadora de bodas profesional —rió—. Ha sido precioso, ¿no crees? Estabas muy guapo cuando descendías por la escalera con Mimi.

—Tu abuela ni siquiera temblaba. Estaba más nervioso yo que ella —confesó Jeff.

—El pobre George sí que estaba nervioso. —Sarah le miró fijamente—. Feliz Año Nuevo, cariño.

—Feliz Año Nuevo, Sarah.

Se durmieron abrazados y al día siguiente se levantaron juntos para preparar el desayuno. Fue una mañana festiva y después de desayunar los dos matrimonios ya lo tenían todo listo para partir. Mimi se encontraba en la escalera cuando recordó que había olvidado algo. Los demás estaban en el vestíbulo, charlando, cuando regresó con su ramo de lirios de los valles.

—Anoche olvidé lanzar el ramo —dijo con una sonrisa.

Se detuvo en medio de la escalera. Llevaba puesto un traje de chaqueta rojo, con zapatos de tacón bajo, y el abrigo de visón colgado del brazo. Daba gusto verla. Parecía mucho más joven mientras aspiraba el aroma de las delicadas flores por última vez y se las lanzaba a su nieta. Sarah atrapó el ramo antes de que cayera al suelo, puso cara de sorpresa y luego, como si quemara, lo arrojó de nuevo en dirección a Mimi, que lo agarró con una mano y se lo lanzó a Jeff, que lo cogió con las dos manos y sonrió mientras los demás aplaudían.

—Buena parada —le felicitó George.

Cuando Mimi llegó al pie de la escalera, miró fijamente a Jeff.

—En vista de que Sarah no sabe qué hacer con el ramo, espero que tú sí —dijo, y después de repartir besos, ella y George subieron al taxi que aguardaba fuera, rumbo al aeropuerto. La luna de miel había comenzado. Audrey y Tom se marcharon cinco minutos después a Pebble Beach para jugar al golf en Cypress Point.

Sarah y Jeff se quedaron en el vestíbulo, mirándose. Él todavía tenía el ramo en las manos, y lo dejó lentamente sobre una mesa.

—Se te dan bien las bodas —dijo con una sonrisa, y la rodeó con los brazos.

—Gracias, a ti también —respondió Sarah mientras él la besaba.

24

Pasaron un fin de semana tranquilo. Jeff subió a trabajar a su estudio y Sarah se cambió de ropa y se puso a pintar. En torno a las dos ella le llevó un sándwich y trabajaron hasta la hora de cenar. Comieron las sobras de la boda y después fueron al cine. Jeff había grabado el partido de fútbol en la tele y lo vio cuando regresaron a casa. Fue un día de Año Nuevo perfecto, un agradable contrapunto a los ajetreados días previos a la boda. La casa, más que vacía, parecía tranquila.

—¿Qué se supone que debo hacer con el ramo de Mimi? —preguntó a Jeff al día siguiente, cuando lo encontró dentro de la nevera. Él lo había dejado allí por si ella quería conservarlo. Cada vez que abrían la nevera despedía un aroma embriagador—. ¿Da mala suerte tirarlo?

—Creo que sí —contestó Jeff mientras guardaba la mantequilla—. Pensé que a lo mejor te gustaría conservarlo, como recuerdo de la boda —dijo inocentemente.

—Ya. Seguro que me lo lanzas mientras duermo.

—Ni en sueños, seguro que me parte un rayo mientras lo hago —bromeó Jeff—. Podrías secarlo y devolvérselo a Mimi el año que viene, en su primer aniversario.

—Qué buena idea. Eso haré. —Sarah guardó el ramo en una caja, sobre un estante de la cocina, y trabajaron el resto del día.

El domingo por la noche fueron a una fiesta de unos amigos

de Sarah y el primer lunes del nuevo año arrancó a lo grande. Parecía como si todos los clientes de Sarah hubieran decidido reescribir su testamento ese mes. Se habían aprobado nuevas leyes tributarias y les había entrado el pánico. Estaba de trabajo hasta las cejas. Había prometido a su madre que iría a verla a St. Louis pero no acababa de encontrar el momento. Tenía la sensación de que el trabajo no terminaba nunca. Y la situación de Jeff no era muy diferente. Parecía que todo el mundo hubiera comprado o heredado una casa durante las vacaciones y quisiera que Jeff se la restaurara. El negocio iba bien, pero sin Marie-Louise todo el peso recaía sobre sus hombros y estaba agobiado.

A finales de enero, después de cuatro semanas trabajando día y noche e intentando abarcarlo todo, Sarah pilló un terrible resfriado. En su vida se había encontrado tan mal, y después de una semana de fiebre contrajo una gripe estomacal y se pasó cuatro días yendo y viniendo del cuarto de baño. Jeff sentía lástima por ella y no dejaba de llevarle sopa, zumo de naranja y té. Todo eso solo hacía que aumentar su sensación de náuseas, y finalmente optó por quedarse en la cama, gimoteando.

—Creo que me estoy muriendo —le dijo mientras las lágrimas le caían por las mejillas.

Jeff se sentía impotente, y después de dos semanas le dijo que tenía que ir al médico. Sarah ya lo había pensado y consiguió una cita para el día siguiente. Por la noche llamó a su madre quejándose de lo mal que se encontraba.

—Puede que estés embarazada —dijo Audrey con naturalidad tras escuchar su larga lista de síntomas.

—Qué graciosa. Tengo un resfriado, mamá, no náuseas matutinas.

—Yo tuve resfriados durante todo el tiempo que estuve embarazada de ti. El sistema inmunitario se debilita para que no rechaces al bebé. Y has dicho que llevas cuatro días vomitando.

—Por una gripe estomacal, no por un bebé —espetó Sarah, irritada por el diagnóstico despreocupado y evidentemente erróneo de su madre.

—¿Por qué no te haces la prueba? Hoy día es muy fácil.

—Sé lo que tengo. Tengo una gripe. Todos en el despacho están igual.

—Solo era una idea. Muy bien, entonces ve al médico.

—Es lo que pienso hacer mañana.

Después de eso se quedó en la cama, molesta por lo que su madre acababa de decirle, calculando en silencio. Llevaba un retraso menstrual de dos días, pero solía sucederle cuando enfermaba. En realidad no estaba preocupada. O no lo había estado, hasta que habló con su madre. Ahora sí lo estaba, y empezó a dar vueltas a esa posibilidad. Sería realmente horrible. Era lo último que deseaba. Tenía una vida estupenda, una profesión fantástica, un hombre al que amaba, una casa maravillosa. Y no quería un hijo.

Finalmente se puso tan nerviosa que se levantó, se vistió, fue en coche hasta la farmacia más cercana y compró una prueba del embarazo. Jeff no estaba en casa. Sintiéndose estúpida por lo que estaba haciendo, siguió las instrucciones, hizo la prueba, la dejó sobre el lavabo, regresó a la cama y puso la tele. Media hora después, cuando ya casi se había olvidado del tema, regresó al cuarto de baño para ver el resultado. Sabía que sería negativo. Había ido con mucho cuidado toda su vida, exceptuando uno o dos sustos cuando estaba en la universidad. No tomaba la píldora pero, salvo los días del mes en que sabían que no había peligro, ella y Jeff iban siempre con mucho cuidado.

Cogió la prueba con cara de suficiencia, miró, volvió a mirar y hurgó en la basura en busca del prospecto. En la prueba aparecían dos rayas y de repente no podía recordar si la ausencia de embarazo era una raya o dos. El dibujo era muy claro, para que todo el mundo pudiera entenderlo. Una raya, no embarazada. Dos rayas, embarazada. Miró de nuevo. Tenía que ser un error. Era un positivo falso. La prueba estaba defectuosa. En la caja había otra prueba y volvió a hacérsela. Esta vez aguardó el resultado golpeando el suelo con el pie, sintiendo un nudo en el estómago y mirándose en el espejo. Tenía muy mala cara. Todo

aquello era absurdo. No estaba embarazada. Se estaba muriendo. Consultó la hora y observó el resultado. Dos rayas. Se miró
de nuevo en el espejo y se vio empalidecer.

—Dios mío... ¡Dios mío! ¡No puede ser cierto! —gritó—.
¡No puedo estarlo! —Pero la prueba decía que lo estaba. Tiró
ambas a la basura y se puso a caminar por el cuarto de baño con
los brazos cogidos al cuerpo. Era la peor noticia de su vida—.
¡MIERDA! —gritó, y en ese momento Jeff entró en el cuarto de
baño con cara de preocupación. Acababa de llegar de la oficina.
Audrey tenía razón.

—¿Estás bien? ¿Estabas hablando con alguien? —Jeff pensó
que a lo mejor estaba al teléfono. Tenía muy mala cara.

—No, no, estoy bien. —Pasó por su lado, se metió en la
cama y se cubrió con la colcha.

—¿Te encuentras demasiado mal para ir al hospital?

—Peor —repuso Sarah, casi a gritos.

—En ese caso, nos vamos. No podemos esperar a mañana
o te pondrás aún peor. Probablemente necesites antibióticos.
—Jeff era de la vieja escuela que todavía creía que los antibióticos lo curaban todo. Llevaba toda la semana tratando de convencerla para que los tomara.

—No necesito antibióticos —espetó Sarah, fulminándole
con la mirada.

—¿Ocurre algo? Además de estar enferma, quiero decir.
—A Jeff le daba mucha pena verla así. La pobre llevaba dos semanas encontrándose fatal. Pero, en cualquier caso, le parecía
que estaba sacando las cosas un poco de quicio—. ¿Cuánta fiebre tienes?

—Estoy embarazada. —No tenía sentido ocultárselo. Habría tenido que decírselo tarde o temprano. Jeff se quedó mirándola como si no hubiera comprendido.

—¿Qué?

—Que estoy embarazada. —Sarah rompió a llorar mientras
lo decía. Estaba viviendo una pesadilla. Se encontraba peor que
nunca.

Jeff se sentó a los pies de la cama.

—¿Hablas en serio? —No supo qué otra cosa decir. Sabía que para Sarah no era una buena noticia. Parecía dispuesta a saltar desde el tejado.

—No, hablo en broma. Siempre bromeo sobre los acontecimientos suicidas de mi vida. Por supuesto que hablo en serio. ¿Cómo demonios ha podido ocurrir? Siempre tenemos cuidado.

—No siempre —repuso él con franqueza.

—Bueno, pero no en los días de riesgo. No soy ninguna idiota. Sé lo que hago. Y tú también.

Jeff estaba haciendo memoria, y de repente la miró compungido.

—Creo que pudo ocurrir la noche que se casó tu abuela.

—Imposible, nos quedamos dormidos nada más acostarnos.

—Nos despertamos en mitad de la noche —la corrigió Jeff—. Puede que tú estuvieras medio dormida... No te obligué a hacerlo —dijo con cara de preocupación—. Simplemente lo... hicimos... y nos volvimos a dormir. —Sarah hizo un cálculo rápido y soltó un gemido. Tuvo que ser entonces. Si hubieran querido planearlo, no habrían podido elegir mejor momento. O peor, en este caso.

—¿Es que perdí la cabeza? ¿Tanto bebí?

—Tomaste algunas copas... y mucho champán, supongo. —Jeff la miró con ternura—. A mí me parecía que estabas bien, pero en mitad de la noche te pusiste cariñosa y... estabas tan bonita que... no pude resistirme.

—Oh, Dios —dijo Sarah, saltando de la cama y poniéndose a caminar de un lado a otro—. No puedo creerlo. Voy a cumplir cuarenta años y estoy embarazada. ¡Embarazada!

—No eres tan mayor, Sarah... y quizá deberíamos pensarlo detenidamente... Esta podría ser nuestra última oportunidad. Nuestra única oportunidad. Quizá no sea una noticia tan mala. —Para él no lo era. Para ella, en cambio, era terrible.

—¿Estás loco? ¿Para qué necesitamos un bebé? No queremos un bebé. Por lo menos, yo no. Nunca lo he querido. Te lo dije desde el principio. Siempre fui muy clara al respecto.

—Es cierto —reconoció Jeff—, pero, para serte sincero, me encantaría tener hijos contigo.

—Entonces tenlos tú. —Sarah se paseaba de un lado a otro como si quisiera matar a alguien, a ser posible a Jeff. Pero por dentro se estaba culpando a sí misma.

—Oye, se trata de tu cuerpo. Has de hacer lo que sientas que debes hacer... Simplemente estoy expresando lo que yo siento. Me encantaría tener un hijo contigo —dijo él con dulzura.

—¿Por qué? Nos arruinaría la vida. Tenemos una buena vida. Una vida ideal. Un hijo lo estropearía todo. —Sarah estaba llorando.

Jeff la miró apenado. Había pasado antes por eso. Marie-Louise había abortado dos veces con él. Y por primera vez desde que estaban juntos, Sarah estaba hablando como ella. No era un recuerdo que deseara revivir. Se levantó y se llevó la cartera al despacho. A su regreso, Sarah estaba de nuevo en la cama, enfurruñada. Estuvo varias horas sin dirigirle la palabra. Él se ofreció a hacerle la cena, pero dijo que se encontraba demasiado mal para poder comer.

Jeff le insinuó que hasta que hubieran decidido qué hacer, le convenía comer. Ella lo mandó al infierno.

—Ya lo tengo decidido. Voy a suicidarme, de modo que no necesito comer.

Jeff bajó a la cocina, cenó solo y regresó al dormitorio. Sarah estaba dormida, y tan bonita como siempre. Sabía que había sido un duro golpe para ella. Quería que tuviera el bebé, pero no podía obligarla. Sabía que era Sarah quien debía decidirlo.

Al día siguiente, en la cocina, estuvo callada y huraña. Jeff se ofreció a prepararle el desayuno pero ella procedió a hacerse tostadas y té. Apenas abrió la boca. Se marchó al médico y no le telefoneó. Cuando Jeff llegó por la noche, la encontró en casa, y se dio cuenta de que estaba disgustada. El médico había confirmado el embarazo. No dijo nada y Sarah regresó a la cama. A las nueve se durmió y al día siguiente tenía mejor cara. Durante el desayuno se disculpó.

—Siento haberme comportado como una bruja. Necesito pensar en todo esto detenidamente. No sé qué hacer. El médico dijo que si deseo tener un hijo, probablemente, con mi edad, debería hacerlo ahora. Ahora mismo no quiero, pero puede que algún día sí quiera... y lamente no haberlo tenido. Nunca quise tener hijos. De hecho, la idea me horrorizaba. Pero si algún día deseara tener un hijo, querría que fuera contigo —dijo, y rompió a llorar. Jeff rodeó la mesa del desayuno y la abrazó.

—Haz lo que tengas que hacer. Te quiero y me encantaría tener un hijo contigo, pero si tú no quieres, podré vivir con ello. La decisión es tuya.

La comprensión de Jeff se lo ponía aún más difícil. Sarah asintió con la cabeza, se sonó la nariz y lloró cuando él se marchó a trabajar. En su vida se había sentido tan perdida.

La situación se prolongó dos semanas. Despotricó. Echó pestes. Se torturó e intimidó a Jeff. En todo ese tiempo él solo perdió los nervios en una ocasión y luego lo lamentó. Había pasado por lo mismo con Marie-Louise y al final ella se había deshecho del bebé, las dos veces. Pero Sarah no era Marie-Louise. Simplemente estaba enfadada, disgustada y asustada. No se sentía preparada para ser madre y no quería condenar a un bebé a una vida infeliz. Jeff hasta le propuso matrimonio, pero eso la aterrorizó aún más. Todos los fantasmas del pasado habían vuelto para rondarla, sobre todo su desgraciada infancia con su padre. Pero Jeff no era su padre. Jeff era un buen hombre y ella lo sabía.

Tardó casi tres semanas en tomar una decisión. No lo habló con nadie, ni siquiera con su madre. Lo decidió sola. Era lo más arriesgado que había hecho en su vida. Le dijo a Jeff que no quería casarse con él, al menos por el momento, pero que deseaba tener a su hijo. Jeff casi rompió a llorar. Y esa noche hicieron el amor por primera vez en un mes. Para entonces Sarah estaba de dos meses o casi. Tres semanas después fueron juntos a la primera ecografía y ahí estaba. Una pequeña señal luminosa con un latido. Todo iba bien. Saldría de cuentas el 21 de septiembre. Jeff jamás había estado tan ilusionado en toda su vida.

Sarah tardó más tiempo que él en acostumbrarse a la idea. Pero la primera vez que notó que el bebé se movía, se tumbó en la cama con una sonrisa y comentó que era una sensación extraña. Jeff fue a todas las ecografías, incluso la del quinto mes, donde vieron al bebé chuparse el pulgar. La acompañó a la amniocentesis y cuatro semanas después les comunicaron que el bebé estaba sano y era un niño. A los seis meses de embarazo Sarah seguía sin sentirse preparada pero estaba contenta. Le dio las gracias a Jeff por haber aguantado sus miedos y neurosis y a partir de ese momento se sintió mucho mejor. Era el bebé de los dos, no solo su bebé. Jeff le había propuesto matrimonio en varias ocasiones, pero era más de lo que ella podía asimilar en ese momento. Primero el bebé, luego ya verían. Jeff no cabía de dicha ante la idea de que fueran a tener un hijo. Dijo que era el mejor regalo que le habían hecho en la vida.

Estaban paseando por la calle Union un sábado de agosto, estando Sarah de ocho meses, cuando tropezaron con Phil. Al principio casi no lo reconoció, y entonces él la vio. Parecía sorprendido, y estaba con una chica que aparentaba veinticinco años. Hacía un año y medio que no se veían.

—Caray, ¿qué te ha ocurrido? —dijo él, sonriendo.

Sarah solo podía recordar la última vez que lo vio, en la cama con otra mujer. No habían vuelto a verse desde entonces.

—No tengo ni idea —respondió con cara de pasmo—. Hace ocho meses fui a una fiesta fantástica, bebí hasta perder el conocimiento y al día siguiente me desperté así. ¿Qué crees que me ha ocurrido? —La chica estaba riendo. Phil parecía incómodo, lo cual solo era lógico.

—Caray, yo qué sé —repuso. Estaba preciosa y parecía muy feliz. Sarah advirtió, durante un instante, que estaba arrepentido. Y se alegró. Miró a Jeff con una sonrisa tierna y le presentó a Phil. El famoso Phil del que tanto había oído hablar. Estaba ridículo acompañado de esa chica—. Veo que te has casado —dijo, mirando su enorme barriga.

Sarah comprendió que él no, pero ella tampoco. Y por primera vez se dio cuenta de que quería ser la esposa de Jeff, no solo la madre de su hijo. Todas sus ideas sobre la independencia y la libertad salieron volando por la ventana mientras Phil y su joven novia se alejaban. No quería ser una de ellas. Quería estar con Jeff y con su hijo el resto de su vida. Quería pertenecer a Jeff. De verdad, no solo porque estuvieran viviendo en la misma casa.

—Tiene pinta de imbécil —comentó Jeff mientras la ayudaba a subir al coche. Sarah apenas podía moverse y ambos rieron.

—Lo es. ¿Recuerdas?

—Recuerdo.

Pusieron rumbo a casa y cuando llegaron Sarah se puso a preparar la cena.

Seguía trabajando en el despacho pero empezaba a notarse cansada. Tenía intención de tomarse un permiso de maternidad de seis meses cuando naciera el bebé. Después decidiría si quería trabajar todo el día o solo media jornada. A Jeff le habría encantado que dejara el bufete y se dedicara a restaurar casas con él, pero era ella quien debía decidirlo. Sarah tenía que tomar sus propias decisiones. Siempre lo había hecho. Y al final, siempre tomaba las decisiones acertadas.

Estaban terminando de cenar cuando miró a Jeff con una sonrisa tímida.

—Estaba pensando —comenzó, y él esperó el resto. Se le antojaba que se trataba de algo bueno, pero resultó ser mucho mejor de lo que esperaba—. Estaba pensando que quizá deberíamos casarnos uno de estos días.

—¿Qué te ha hecho decidirlo?

—No sé, quizá haya llegado el momento. No quiero ser una niñata toda mi vida.

Jeff soltó una carcajada.

—Cariño, te aseguro que ahora mismo no pareces una niñata. Pareces la madre de mi hijo.

—Pues creo que también quiero parecer tu esposa. Es un estilo que me gusta.

Jeff se inclinó para besarla. Había empezado a creer que no iban a casarse nunca, pero con el bebé le bastaba. Ella tenía que desearlo, y ahora lo deseaba.

—Cuando tú quieras. ¿Antes de que nazca el bebé?

—No lo sé. ¿Qué opinas tú? Quizá después. —Su madre y Mimi tenían planeado venir para Acción de Gracias, y Sarah quería que estuvieran presentes en su enlace. A lo mejor también quería allí al bebé. No estaba segura—. Lo pensaré y cuando lo tenga decidido te lo comunicaré.

—Sería todo un detalle.

Recogieron juntos la cocina y esa noche, mientras estaba tumbada en la cama, Sarah cayó en la cuenta de que la boda de Mimi había sido un regalo muy especial. Les había traído todo aquello.

25

Sarah había decidido trabajar hasta salir de cuentas. El último día, después del trabajo, sus colegas la agasajaron con una comida para celebrar el futuro nacimiento. Sarah no podía imaginar qué iba a hacer sin el despacho. La idea se le antojaba extraña. Ella era abogada. Iba a un despacho todos los días. Ahora, sin embargo, se disponía a pasarse seis meses en casa cuidando de un bebé. Tenía miedo de que el aburrimiento la volviera loca. Les dijo que probablemente volvería antes de tiempo, y una de las abogadas le dijo que tal vez no querría volver nunca más, algo que Sarah tachó de ridículo. Naturalmente que querría volver. A menos que se asociara con Jeff en el negocio de restaurar casas. Esa posibilidad también la atraía, sobre todo si era con él. Le encantaba la idea de trabajar cada día con Jeff. Se hallaba en un período de transición y cambio. Todo en su vida estaba cambiando, incluido el bebé que llevaba en el vientre. Después de la comida recogió su cartera y se marchó a casa. Y se puso a esperar. Y nada ocurrió. Su médico le dijo que era normal, sobre todo en las mujeres primerizas. La espera la estaba volviendo loca. Ella era muy puntual en todo. Y también lo estaba siendo ahora. Quien no lo estaba siendo era el bebé.

—¿Qué se supone que debo hacer? —se quejó una noche a Jeff.

El bebé llevaba un retraso de diez días. Era el 1 de octubre.

Habían transcurrido exactamente nueve meses desde la boda de Mimi. Ella y George lo pasaban muy bien en Palm Springs y ya nunca viajaban a San Francisco. Pero habían prometido venir en Acción de Gracias para conocer al bebé. Si es que llegaba. A lo mejor nunca lo hacía. Sarah se arrepentía de haber dejado de trabajar, pero estaba demasiado pesada y cansada. Actualmente necesitaba la ayuda de Jeff para levantarse de la cama. Se sentía como la ballena embarrancada. El bebé era enorme.

—Diviértete, disfruta, relájate, ve de compras —propuso Jeff, y ella rió.

—Lo único que me cabe son los bolsos.

—Pues compra bolsos.

Sarah había empezado a quedar nuevamente con sus viejas amigas, las que tenían hijos. Finalmente tenía algo en común con ellas.

Jeff intentaba hacer la mayor parte del trabajo en casa. Quería estar cerca por si ocurría algo o por si Sarah le necesitaba. Habían instalado el cuarto del bebé en la habitación de la infancia de Mimi. Parecía lo más idóneo, dado que el bebé había sido concebido en su noche de bodas y Mimi había nacido en ese cuarto. Su madre la había tenido allí mismo. Lilli, la mujer que había roto tantos corazones y que había muerto tan joven. Sarah tenía cuarenta años y ahora sentía que era la edad adecuada para tener su primer hijo. Había esperado mucho tiempo para que la felicidad entrara en su vida. Primero Jeff y ahora aquello.

Esa tarde salieron a dar un paseo por el barrio. Caminaron hasta la calle Fillmore y a la vuelta Sarah apenas podía subir la cuesta, pero lo consiguió con la ayuda de Jeff. Estaban hablando de la idea de comprar una casa para revenderla. El proyecto la tentaba. Por la noche, después de cenar, siguió pensando en ello mientras se relajaba en la bañera, con las mismas contracciones que llevaba sintiendo desde hacía semanas. No eran aún las contracciones auténticas, solo las de entrenamiento. Las contracciones de Braxton. La estaban preparando para cuando naciera el bebé, si es que lo hacía. Jeff estaba tumbado en la cama, viendo la tele. Entró en una ocasión para asegurarse de que Sarah estaba bien y frotarle la espalda. Ahora le dolía constantemente porque el bebé pesaba mucho. El médico había dicho que le provocaría el parto en una semana, no antes, y que tanto el bebé como ella estaban bien.

Después del baño bajó a picar algo y regresó al dormitorio. Tenía la sensación de que necesitaba moverse. No podía permanecer tumbada y tampoco sentada. El momento se estaba acercando, pero no acababa de llegar. Al día siguiente tenía hora con su médico, y confiaba en que decidiera provocarle el parto. Se sentía preparada.

—¿Estás bien? —Jeff se había pasado la tarde observándola. La notaba inquieta, pero de buen humor.

—Sí. Es solo que estoy cansada de no hacer nada —dijo Sarah, mordisqueando una galleta. Últimamente siempre tenía ardor de estómago y nada conseguía aliviarlo. Pero sabía que pronto desaparecería. Jeff se compadeció de ella cuando regresó trabajosamente a la cama y se levantó tres veces para ir al lavabo. Dijo que la galleta le había dado dolor de barriga.

—¿Por qué no intentas dormir? —propuso él con dulzura.

—No estoy cansada —contestó ella con voz lastimera—. Y me duele mucho la espalda.

—No me extraña. Ven aquí, te la frotaré.

Sara se tumbó de costado y se sintió mejor después del masaje. Luego se quedó dormida mientras él la observaba con una tierna sonrisa.

Estaban siendo los días más dulces de su vida, allí, esperando el nacimiento de su hijo, con Sarah yaciendo a su lado. Al cabo de una hora también él se durmió. Y en mitad de la noche despertó de un sueño profundo. Podía oír a Sarah gimoteando y jadeando en la oscuridad, a su lado. Cuando la tocó, tenía la cara empapada de sudor. Despabilando de golpe, corrió a encender la luz.

—Sarah, ¿estás bien?

—No. —Meneó la cabeza. Apenas podía hablar.

—¿Qué ocurre? ¿Qué notas?

Las contracciones le estaban robando literalmente la respiración. Por fin. Había despertado de un sueño profundo, dando a luz, demasiado atónita para poder avisarle.

Ambos comprendieron entonces que las contracciones en el cuarto de baño habían sido reales, y que la agitación, el dolor de espalda y de barriga se habían debido a que estaba de parto desde hacía un buen tiempo. No habían reconocido ningún síntoma. Jeff le tocó el estómago y consultó la hora. Tenía contracciones cada dos minutos. Les habían indicado que fueran al hospital cuando las tuviera cada diez. El bebé estaba llegando. Jeff no sabía qué hacer. De repente Sarah empezó a gritar. Eran aullidos largos, primitivos, entremezclados con gritos cortos y secos.

—Sarah, cariño, te lo ruego... tenemos que ir al hospital. Ahora.

—No puedo... no puedo moverme... —Gritó de nuevo con la siguiente contracción e intentó incorporarse, pero no pudo. Estaba empujando.

Jeff cogió el teléfono y llamó a urgencias. Le dijeron que dejara la puerta de la casa abierta y no se separara de la parturienta. Pero Sarah no le dejaba irse. Lo tenía fuertemente agarrado del brazo y estaba llorando.

—Vamos... Sarah... tengo que bajar a abrir la puerta.

—¡No! —Se puso morada y le miró aterrorizada. Estaba retorciéndose de dolor y empujando al mismo tiempo, y de repente en la habitación estalló un largo gemido que se mezcló con sus gritos, y un rostro encarnado y brillante, con un pelo negro y sedoso, asomó por entre las piernas de Sarah, los miró a los dos y dejó de llorar. Observados por su hijo, Sarah y Jeff rompieron a llorar y se abrazaron al tiempo que oían las sirenas.

—¡Dios mío! ¿Estás bien? —Sarah asintió. Jeff acarició el rostro del bebé y lo colocó suavemente sobre la barriga de su madre. El timbre de la puerta estaba sonando—. Enseguida vuelvo.

Bajó los escalones de dos en dos, dejó entrar al personal médico y regresó corriendo junto a Sarah.

Los enfermeros examinaron a la madre y al hijo y dijeron que ambos estaban bien. Un enfermero corpulento cortó el cordón, envolvió al bebé en una sábana y se lo entregó a una Sarah radiante. Jeff no podía dejar de llorar. Ella y el bebé formaban la imagen más bella que había visto en su vida. Se los llevaron en la ambulancia para examinarlos en el hospital y Jeff los acompañó. El bebé estaba perfectamente. Tres horas más tarde los enviaron a casa y Sarah telefoneó a Audrey y a Mimi. William de Beaumont Parker había venido al mundo en la misma casa donde había nacido su bisabuela ochenta años antes y donde habían vivido sus tatarabuelos. Los padres no cabían de felicidad. Una gran bendición les había sido otorgada en la casa de Lilli. Sarah sostuvo al bebé, rodeada por los brazos de Jeff, y los tres se quedaron dormidos. Aunque Sarah jamás lo habría creído posible, ese era el día más feliz de su vida.

26

Ese año el día de Acción de Gracias fue más movido de lo habitual. Acudieron Mimi y George, con sus compinches de siempre, y Audrey y Tom volaron desde St. Louis. Sarah amamantaba al pequeño en tanto que Jeff preparaba el pavo con ayuda de Audrey. Cenaron en la gran mesa de la cocina mientras William dormía en su moisés. Sarah tenía mejor aspecto que nunca, Jeff tenía los ojos enrojecidos por la falta de sueño y todo el mundo estaba de acuerdo en que William era el bebé más guapo del mundo. Era un niño sano y precioso. Los padres habían esperado mucho tiempo para tenerlo, pero había llegado en el momento idóneo. A Mimi le encantaba ir a verlo a su antigua habitación. Sarah la había pintado de azul, con ayuda de Jeff para que no tuviera que subirse a la escalera, justo antes de que William naciera.

El banquete, para no romper la tradición, era el mismo de todos los años, y Mimi dijo que las tartas estaban deliciosas.

—Es el bebé más bueno del mundo —declaró con orgullo.

William durmió durante toda la cena y únicamente se despertó cuando Jeff y Sarah subieron después de que Audrey les ayudara a recoger la cocina. El pequeño apenas tenía unas semanas de vida. Pesaba cinco kilos y medio y había nacido pesando algo más de cuatro. George dijo que parecía que tuviera seis meses, y Tom lo acunó con suma destreza, como el gran abuelo que era.

La abuela y la bisabuela cuidaron de William al día siguiente mientras Sarah se vestía. Jeff se estiró en la tercera habitación de invitados para tratar de dormir un poco. No tenía que vestirse hasta las seis. Sarah casi se olvidó de despertarlo, y pidió a Tom que lo hiciera por ella. Tuvieron que zarandearlo dos veces. La paternidad era mucho más agotadora de lo que había imaginado, pero también mucho más bonita. Jeff amaba a Sarah más de lo que la había amado nunca.

Sarah todavía se estaba vistiendo cuando Audrey entró con el bebé para que le diera el pecho. Eso la retrasó media hora, y cuando bajó ya la estaban esperando todos. Mimi tenía al bebé en los brazos. Jeff llevaba un traje azul marino y parecía completamente recuperado. Tom y George estaban a su lado y todas las cabezas se volvieron cuando Sarah descendió lentamente con un vestido blanco hasta los pies. Era una talla más de la que le habría gustado, pero estaba preciosa. El vestido, de un encaje sencillo con manga larga y cuello alto, realzaba su figura, más bonita que nunca aunque algo más voluminosa. Tenía el pelo recogido en un moño suelto adornado con lirios de los valles, a juego con el ramo que llevaba en las manos. Al verla, los ojos de Jeff se llenaron de lágrimas. Llevaba tanto tiempo esperando ese momento... Y la espera había merecido la pena.

Los dos lloraron cuando pronunciaron sus votos y las manos les temblaban cuando se pusieron los anillos, y mientras lo hacían William se despertó y miró a su alrededor. El pastor lo bautizó al mismo tiempo. Como Jeff diría más tarde, fue una boda con servicio completo.

Después comieron, bailaron, bebieron champán y sostuvieron al bebé por turnos. Y finalmente Jeff bailó con su esposa en el salón de baile. Era la primera vez que lo usaban. Ese año tenían previsto celebrar en él una gran fiesta de Navidad. Poco a poco se estaban haciendo a la casa y a su nueva vida. Sarah se había convertido en la señora de Jefferson Parker. Había alargado su permiso de maternidad a un año y acababan de comprar una casa pequeña para reformarla juntos a modo de prueba. Ya verían qué harían después de eso, y cuánto dinero ganaban. Si todo iba bien, Sarah dejaría el bufete. Estaba harta de estudiar leyes tributarias y redactar testamentos.

Mientras bailaba con Jeff pensó en las palabras de Stanley, cuando le decía que no malgastara su vida, que la disfrutara y la saboreara, que mirara hacia el horizonte y no cometiera los errores que había cometido él. Stanley le había dado la posibilidad de hacer las cosas bien. Gracias a la casa Jeff había entrado en su vida... y William... y Tom en la de su madre... Tantas vidas se habían visto afectadas por Stanley y esa casa...

—Gracias por hacerme tan feliz —susurró Jeff mientras el salón de baile giraba a su alrededor, con sus espléndidos dorados y espejos.

—Te quiero, Jeff —dijo sencillamente Sarah. Podía oír a su hijo llorar en los brazos de alguien mientras sus padres bailaban en su noche de bodas. El hijo nacido en casa de Lilli.

Al final todos habían recibido el influjo de Lilli. La mujer que había huido tantos años atrás había dejado una leyenda y un legado tras de sí. Una hija a la que apenas conoció, una nieta que era una gran mujer, una bisnieta que había devuelto la vida a la casa de Lilli con infinita ternura y amor. Y un tataranieto cuyo viaje acababa de comenzar. Las generaciones habían seguido adelante sin ella. Y mientras Sarah bailaba en los brazos de Jeff, sintió que la misteriosa criatura que había sido Lilli descansaba finalmente en paz.

Primer capítulo del próximo libro de

DANIELLE STEEL

SU ALTEZA REAL

que Plaza & Janés publicará en otoño de 2008

1

Christianna miraba por la ventana de su dormitorio hacia la ladera de la colina, bañada por una lluvia torrencial. Observaba a un gran mastín blanco, con el pelo enmarañado y apelmazado por el agua, que escarbaba con entusiasmo en el lodazal. El perro, un montañés del Pirineo que su padre le había regalado ocho años atrás, alzaba de vez en cuando la cabeza hacia ella y agitaba la cola, para luego seguir escarbando de nuevo. Se llamaba Charles, y en muchos sentidos podía considerarse su mejor amigo. Christianna rió divertida, viéndolo perseguir a un conejo que escapó de sus zarpas y se escabulló a toda prisa. Charles ladró furioso y luego volvió a chapotear alegremente en el barro, en busca de una nueva presa. Lo estaba pasando en grande, como también su dueña contemplándolo. El verano ya tocaba a su fin, pero el tiempo aún era cálido. Christianna había regresado a Vaduz en junio, tras pasar cuatro años realizando estudios universitarios en Berkeley. La vuelta a casa se le había hecho un tanto cuesta arriba, y por el momento lo que más agradecía era la compañía de su perro. Aparte de sus primos en Inglaterra y Alemania, y una serie de conocidos repartidos por Europa, su único amigo era Charles. En Vaduz llevaba una existencia aislada y solitaria, como toda su vida, y el reencuentro con sus amigos de Berkeley parecía poco probable.

Christianna siguió a su amigo con la mirada y, al verlo desaparecer en dirección a los establos, salió del dormitorio a toda prisa, decidida a correr en su busca. Agarró el impermeable y unas botas de goma que solía ponerse cuando limpiaba la cuadra de su caballo y bajó corriendo por la escalera de atrás. Contenta de no haberse topado con nadie por el camino, al momento ya estaba fuera, dando traspiés en el barro en pos del gran mastín blanco. Tan pronto como el perro oyó la voz de Christianna llamándolo, acudió al trote y se abalanzó sobre ella con tanto ímpetu que casi la derriba. Charles agitó la cola, sacudiendo agua por todas partes, le echó una pata enfangada encima, y al agacharse ella para hacerle una caricia, se alzó, le lamió la cara y luego salió a escape de nuevo ante las risas de su dueña. Echaron a correr los dos, uno al lado del otro, por el camino de herradura. Llovía demasiado para salir a montar con el caballo.

Cada vez que Charles se apartaba del camino, Christianna lo llamaba, y él vacilaba un instante para enseguida regresar a su lado. Era un perro obediente por lo general, pero ese día corría y ladraba alterado por la lluvia. Christianna estaba disfrutando tanto como él. Casi una hora más tarde, hizo un alto con la respiración entrecortada, y el perro se plantó a su lado jadeante. Decidió entonces emprender el regreso a través de un atajo y, media hora más tarde, ya estaban de nuevo los dos en el punto de partida. La escapada había sido un placer tanto para el perro como para su dueña, y habían terminado tan desgreñados el uno como la otra y con un aspecto a cual más lamentable. La larga melena rubia, casi platino, de Christianna le caía pegada a la cabeza, tenía la cara empapada e incluso las pestañas pegadas unas a otras. No solía maquillarse, a menos que fuera a salir o previera que le tomaran fotos, y ese día llevaba puestos los vaqueros que había traído de Berkeley. Un recuerdo de su vida anterior. Los cuatro años de estancia en aquella universidad habían sido un placer de principio a fin para Christianna. Se había visto obligada a luchar con uñas y dientes para que le permitieran realizar allí sus estudios. Su hermano había cursado sus estudios universitarios en Oxford, y su padre propuso que ella lo hiciera en la Sorbona. Pero Christianna puso tanto empeño por desplazarse a una universidad estadounidense, que él terminó cediendo, si bien a regañadientes. Estudiar tan lejos de casa supuso una liberación para ella y había disfrutado intensamente de cada día que pasó allí, razón por la cual le había resultado tan desagradable el regreso al terminar la carrera en junio. Echaba mucho de menos a sus amigos de la universidad, que formaban ya parte de esa otra vida que tanto añoraba. Pero había vuelto para afrontar sus responsabilidades y cumplir con su deber. Un deber que suponía una carga abrumadora para ella y que únicamente sentía aliviada en momentos como ese, mientras correteaba por el bosque con su perro. El resto del tiempo se sentía encarcelada, condenada a perpetuidad. No tenía a nadie con quien compartir esos sentimientos, y, aun de tenerlo, se habría sentido culpable e ingrata manifestándolos. Su padre era muy bueno con ella. Y él intuía, sin que Christianna le hubiera hecho partícipe de su malestar, la tristeza que embargaba a su hija desde su vuelta de Estados Unidos. Pero nada podía hacer al respecto. Christianna sabía tan bien como él que su infancia, así como la libertad disfrutada en California, habían llegado a su fin.

Cuando llegaron al término del camino, Charles alzó la vista hacia su dueña con una mirada inquisitiva, como preguntando si era preciso regresar.

—Lo sé, tampoco a mí me apetece —le dijo con dulzura mientras le acariciaba el lomo.

Sentía la agradable humedad de la lluvia en su rostro y le traía tan sin cuidado como a su perro que se le empapara la ropa o se le mojara la larga melena rubia. El impermeable le protegía el cuerpo, pero tenía las botas enfangadas. Miró a Charles y se echó a reír: parecía increíble que bajo aquel manto pardusco y enlodado se ocultara su mastín blanco.

El ejercicio le había sentado bien, como también a Charles. El perro meneó la cola sin apartar la mirada de su dueña, y ambos se dirigieron a la casa, si bien a un paso un tanto más decoroso esta vez. Christianna había confiado en acceder disimuladamente a ella por la puerta trasera, pero meter a Charles en la casa, en el lastimoso estado en que se encontraba, iba a resultar algo más arduo. No podía subirlo a las dependencias de arriba con todo ese barro, así que no habría más remedio que pasar por la cocina. Después del paseo por aquel barrizal, su fiel amigo estaba pidiendo un baño a gritos.

Abrió la puerta con mucho sigilo, confiando en pasar inadvertida todo el tiempo que fuera posible, pero nada más cruzar el umbral, Charles se le adelantó con su inmensa mole enfangada y se precipitó en la estancia ladrando eufórico. A esto se le llama entrar con sigilo, se dijo Christianna sonriendo compungida, y miró de soslayo hacia los rostros familiares que la rodeaban como disculpándose. Los empleados que trabajaban en las cocinas de su padre se mostraban siempre amables con ella, y de vez en cuando la acometía el deseo de sentarse con ellos como cuando era niña, a disfrutar de su compañía y del grato ambiente que allí reinaba. Pero esos tiempos también habían quedado atrás. Aquella gente ya no le dispensaba el mismo trato como cuando ella y su hermano Friedrich eran niños. Friedrich le llevaba diez años y en ese momento se encontraba de viaje por Asia, un viaje del que no regresaría hasta pasados seis meses. Christianna había cumplido veintitrés años ese verano.

Charles no dejaba de ladrar y, con sus vehementes sacudidas, había logrado salpicar de barro a casi todos los presentes, pese a los vanos intentos de Christianna por dominarlo.

—Lo siento mucho —se disculpó, y Tilda, la cocinera, se limpió la cara con el delantal, sacudió la cabeza y sonrió afablemente a aquella jovencita que conocía desde la cuna. Acto seguido hizo un gesto en dirección a un muchacho, que se apresuró a sacar de allí al perro—. Se ha puesto perdido —dijo Christianna al joven, deseando encargarse ella misma de bañar a Charles. Le gustaba hacerlo, pero dudaba de que se lo permitieran. Charles lanzó un gañido quejumbroso mientras lo sacaban de allí—. Puedo bañarlo yo misma... —añadió Christianna, pero el perro ya había desaparecido.

—Faltaría más, alteza —replicó Tilda, frunciendo el entrecejo, y luego echó mano de una toalla limpia con la que secar la cara de Christianna también. Si hubiera sido aún una niña, la habría reprendido y amonestado por presentarse de esa guisa—. ¿Le apetece comer algo? —Christianna, que ni siquiera había pensado en la comida, denegó el ofrecimiento con la cabeza—. Su padre se encuentra aún en el comedor. Acaba de terminar la sopa. Podría hacer que le subieran algo a usted también.

Christianna vaciló un momento y finalmente asintió. No había visto a su padre en todo el día, y le gustaba disfrutar de su compañía en los raros momentos de asueto cuando no estaba trabajando. Por lo general siempre se le veía rodeado por algún miembro del personal de palacio, o apurado por alguna reunión inminente. Para él era un lujo comer a solas, especialmente en compañía de su hija. Christianna apreciaba sobremanera los ratos que pasaban juntos. Él era el único motivo grato que la había traído de vuelta a casa. No le quedó otra alternativa, aunque le habría encantado cursar estudios de posgrado por el simple hecho de poder quedarse un tiempo más en Estados Unidos. Pero no se atrevió a plantearlo. Sabía que no se lo permitirían. Su padre la quería en casa. Y ella se sabía doblemente responsable por la sencilla razón de que su hermano no lo era en absoluto. Si Friedrich se hubiera mostrado dispuesto a cumplir con sus responsabilidades, la carga de Christianna habría sido más liviana. Pero era inútil abrigar esas esperanzas.

Dejó el impermeable colgado de una percha en la antecocina y se quitó las botas. Saltaba a la vista la diferencia de tamaño con las demás allí depositadas. Christianna calzaba un pie minúsculo, y era tan pequeñita toda ella que prácticamente parecía una miniatura. Cuando llevaba zapato plano, su hermano se burlaba diciéndole que parecía una niña, sobre todo con aquella melena rubia, que en ese momento colgaba aún mojada sobre su espalda. Tenía las manos pequeñas y delicadas, además de una figura perfecta y en absoluto infantil, aunque era muy menuda y estaba siempre un tanto delgada en exceso. Decían que se parecía a su madre, y algo a su padre también, que era tan rubio como Christianna, aunque tanto él como su hermano eran muy altos: medían casi metro noventa ambos. Su madre, tan bajita como ella, había fallecido cuando Christianna tenía cinco años y Friedrich quince. Su padre no volvió a contraer matrimonio. La señora de la casa era Christianna, y en las cenas y ocasiones importantes solía oficiar el papel de anfitriona. Esa era una de las responsabilidades que le habían sido adjudicadas, y aun sin ser de su agrado, cumplía con su deber por amor a su padre. Padre e hija estaban muy unidos. Él siempre había sido muy consciente de lo duro que era para su hija haber crecido sin madre. Y pese a sus muchas obligaciones, toda la vida había procurado hacer la función de padre y madre para ella, tarea no siempre fácil.

Christianna subió al galope la escalera, con vaqueros, jersey y calcetines. Alcanzó la antesala entre resuellos, dirigió una inclinación de la cabeza a los allí presentes y se deslizó con mucho sigilo en el comedor. Su padre comía solo a la mesa, enfrascado en un montón de papeles, con las gafas puestas y semblante adusto. No había oído a Christianna entrar. Alzó la vista y sonrió viendo a su hija instalarse modosamente en el asiento junto a él. Su alegría al verla era evidente, siempre se alegraba de su compañía.

—¿Dónde has estado metida, Cricky? —Así la llamaba desde pequeña. Le palmeó cariñosamente la cabeza y, al inclinarse ella para darle un beso, advirtió que tenía el pelo mojado—. Has estado fuera mojándote. ¿No habrás salido a montar con la que está cayendo?

Se preocupaba por su hija mucho más de lo que lo hacía por Freddy. Christianna había sido siempre tan poquita cosa, le parecía tan frágil. Desde que un cáncer se llevara a su esposa dieciocho años atrás, había tratado a su hija como el preciado regalo que la niña había supuesto para ambos al nacer. Se parecía tanto a su madre... Su difunta esposa tenía exactamente la misma edad que ahora Christianna cuando contrajo matrimonio con ella. Era francesa, de la Casa de Borbón-Orleáns, la familia real que gobernaba en el país galo antes de la Revolución francesa.

338

Christianna descendía de familias reales por ambas partes. Los antepasados de su padre procedían en su mayoría de Alemania, con primos en Inglaterra. La lengua materna de su padre era el alemán, si bien su esposa siempre se comunicó con él, y también con sus hijos, en francés. A su muerte, y en su memoria, el padre de Christianna siguió hablando con sus hijos en ese idioma. El francés era la lengua en la que Christianna se sentía más cómoda hablando, además de ser su preferida, aunque hablaba también alemán, italiano, español e inglés. Desde su estancia en California, su dominio del inglés había mejorado sobremanera y lo hablaba ya con toda soltura.

—No deberías salir a montar bajo la lluvia —la reprendió su padre cariñosamente—. Pillarás un resfriado, o algo peor. —Desde el fallecimiento de su esposa, le acuciaba el temor excesivo (él mismo así lo reconocía), de que su hija cayera enferma.

—No he estado montando. He salido a correr con el perro —le explicó Christianna. En ese momento, un sirviente depositó la sopa frente a ella, servida en un tazón de Limoges con ribetes dorados y más de doscientos años de antigüedad. La vajilla había pertenecido a su abuela materna, y Christianna sabía que contaban con otros muchos servicios de porcelana igualmente elegantes procedentes del legado paterno—. ¿Estás muy ocupado hoy, papá? —le preguntó en voz baja, a lo que él asintió con la cabeza y apartó sus papeles con un suspiro.

—No más que de costumbre. Hay tantos problemas en el mundo, tantos asuntos imposibles de resolver... Hoy día los problemas de la humanidad son sumamente complejos. Ya nada es tan sencillo como antes.

Las inquietudes humanitarias de su padre eran bien conocidas. Esa era una de las tantas facetas que lo hacían admirable a ojos de Christianna. Su padre era un hombre digno de respeto, al que todos los que lo conocían tenían en gran estima. Era compasivo, íntegro y valiente, un referente para sus hijos. Christianna aprendía de su ejemplo y siempre escuchaba con atención sus consejos. Freddy era mucho más indulgente para consigo mismo y no acostumbraba atender a sus mandatos, ni a sus sabias palabras o requerimientos. Su indiferencia respecto a lo que se esperaba de él hacía que Christianna se sintiera doblemente obligada a atender deberes y respetar tradiciones que correspondían a ambos. Sabiendo la gran decepción que Freddy suponía para su padre, se sentía en la obligación de resarcirlo en cierto modo por ello. Además, Christianna, de hecho, se parecía mucho más a su padre y siempre mostraba gran interés por sus proyectos, especialmente por aquellos relacionados con los pueblos menesterosos de países en vías de desarrollo. En varias ocasiones había participado como voluntaria en dichos proyectos, en zonas depauperadas de Europa, y había encontrado en esa labor una inmensa felicidad.

El príncipe explicó a su hija sus últimas empresas y ella escuchó con interés, aportando de cuando en cuando algún comentario. Sus observaciones eran inteligentes, cuidadosamente meditadas; siempre había sentido un profundo respeto por lo que ella opinara. Lástima que su hijo no poseyera la inteligencia y la voluntad de Christianna. Por otra parte, era plenamente consciente de la sensación de inutilidad que la embargaba desde su vuelta a casa. No hacía mucho le había propuesto trasladarse a París y estudiar derecho o ciencias políticas allí. Sería un modo de mantenerla ocupada y activa mentalmente; además, París quedaba bastante cerca. Ella contaba allí con muchos familiares de la rama materna, con los que podría hospedarse y, dada la cercanía, podría acercarse a Vaduz a menudo. Aunque hubiera sido del agrado de su hija, la posibilidad de alojarse en un apartamento propio, pese a su edad, quedaba descartada por completo. Christianna seguía considerando la propuesta, pero le interesaba mucho más emplearse en algo útil con lo que ayudar directamente al prójimo que retomar los estudios. Freddy se había licenciado en Oxford, tras la insistencia de su padre, y terminado un máster en empresariales por la Universidad de Harvard, pero con la vida que llevaba, de poco le servían esos títulos. El príncipe habría dado su consentimiento para que

Christianna estudiara algo menos convencional, de haber expresado ese deseo, aun cuando la chica era una estudiante excelente y responsable en extremo, razón que le llevó a pensar en derecho o ciencias políticas como materias apropiadas para ella.

Cuando estaban terminando el café, el secretario del príncipe entró en el comedor disculpándose y dirigió una sonrisa a Christianna. Aquel señor ya mayor, al que consideraba como de la familia, había trabajado al servicio de su padre desde que ella tenía memoria. La mayoría de sus empleados llevaba años trabajando para él.

—Siento interrumpir, alteza —dijo con prudencia—. Tiene cita con el ministro de Economía dentro de veinte minutos, y se han recibido nuevos informes sobre el mercado suizo de divisas que tal vez considere oportuno hojear antes de departir con él. Y a las tres y media se presentará aquí nuestro embajador en la ONU.

Christianna comprendió que su padre estaría ocupado hasta la hora de la cena, y era muy probable que se requiriera su presencia en algún acto estatal u oficial. Actos a los que en ocasiones ella lo acompañaba, si así él lo solicitaba. En Vaduz no podía disfrutar de veladas informales con los amigos como en Berkeley. Ahora todo era deber, responsabilidad y trabajo.

—Gracias, Wilhelm. Bajo en unos minutos —respondió su padre en voz baja.

Su secretario se despidió con una discreta reverencia y abandonó la estancia silenciosamente, mientras Christianna, con el mentón apoyado en las manos, seguía sus pasos con la mirada y dejaba escapar un suspiro. Parecía más joven que nunca, y un tanto preocupada, al decir de su padre, que la miraba sonriente. Era tan bonita, tan buena persona... Sabía que desde su regreso las tareas oficiales la abrumaban, tal como él había temido que ocurriría. La responsabilidad y la carga que estas suponían no eran fáciles de sobrellevar para una joven de veintitrés años. Las inevitables limitaciones con las que había de vivir terminarían a buen seguro exasperándola, como a él le había sucedido a su edad. También para Freddy supondrían una carga abrumadora cuando regresara en primavera, aunque él era mucho más artero que su padre o su hermana cuando se trataba de eludir responsabilidades. Su única tarea consistía en divertirse, profesión que desempeñaba con dedicación exclusiva. Desde que había dejado Harvard, vivía entregado por completo al *dolce far niente*. Esa era toda su misión, y no sentía el más mínimo deseo de madurar o cambiar de vida.

—¿No te cansas de lo que haces, papá? Yo me agoto solo de ver lo apretado de tu agenda. —Su padre parecía pasarse la vida trabajando, si bien nunca se quejaba. El sentido del deber formaba parte de su persona.

—Disfruto con lo que hago —respondió con sinceridad—, pero a tu edad no disfrutaba. —Siempre se mostraba franco con ella—. Al principio lo aborrecía. Creo recordar que una vez le comenté a mi padre que me sentía como si estuviera en una cárcel, y él se horrorizó al oírme. Con el tiempo uno termina por acostumbrarse. Tú también te acostumbrarás, hija mía. —No existía alternativa posible para ninguno de los dos, aparte de la que les había sido adjudicada desde la cuna, muchos siglos atrás. Al igual que su padre, Christianna lo aceptaba con resignación.

El padre de Christianna, el príncipe Hans Josef, era el príncipe soberano de Liechtenstein, un principado de ciento sesenta kilómetros cuadrados y 33.000 habitantes, que limita al este con Austria y al oeste con Suiza. El principado, completamente independiente, había mantenido su neutralidad desde la Segunda Guerra Mundial, una neutralidad idónea desde la cual el príncipe pudo desarrollar su interés humanitario por los pueblos oprimidos y menesterosos de todo el mundo. De todas las actividades de su padre, esta era la que más interesaba a Christianna. La política mundial no le merecía tanto interés, mientras que a su padre, por necesidad, le apasionaba. Freddy no sentía interés por ninguna de las dos cosas, aun cuando era el príncipe heredero y futuro soberano en quien su padre abdicaría algún día. En otros países de Europa, a Christianna le habría correspondido el tercer lugar en la línea sucesoria, pero en Liechtenstein la mujer tenía vedado el acceso a la corona, de modo que aun en el caso de que su hermano no ocupara el lugar que le correspondía como soberano, ella nunca llegaría a reinar, y tampoco sentía deseo alguno de hacerlo, pese a que su padre gustaba de decir con orgullo que estaba perfectamente capacitada para ello, mucho más que su hermano incluso. Christianna no envidiaba el papel que habría de heredar su hermano. Bastante tenía con aceptar el suyo. Sabía que a partir del día en que regresara de California, se quedaría a vivir en Vaduz para siempre, cumpliendo con sus deberes y haciendo lo que se esperaba de ella. No tenía otra opción. Se sentía como un purasangre con una única carrera a la vista: apoyar a su padre, en todas las pequeñas menudencias que estuvieran en su mano. Las más de las veces, esa tarea se le antojaba un sinsentido total. En Vaduz sentía como si estuviera desperdiciando su vida.

—A veces detesto mi trabajo —afirmó la joven con franqueza, si bien su padre ya estaba al tanto de ese sentir. En ese momento no tenía tiempo para infundirle ánimos, pues debía reunirse con el ministro de Economía en unos minutos, pero la angustia que percibió en los ojos de su hija le llegó a lo más hondo—. Me siento tan inútil aquí, papá... Con tantos problemas como hay en el mundo, como bien decías hace un momento, ¿qué hago yo aquí, visitando orfanatos e inaugurando hospitales, cuando podría estar en otra parte realizando alguna labor importante?

Sonaba quejumbrosa y triste, y él le acarició cariñosamente la mano.

—Tu labor aquí es importante —repuso—. Estás ayudándome. Yo no tengo tiempo de cumplir con las funciones de las que tú sueles encargarte. Nuestro pueblo valora mucho tu presencia en esos actos. Es justo lo que habría hecho tu madre, de estar viva.

—Ella lo hacía por gusto —replicó Christianna—. Cuando se casó contigo, sabía de antemano la vida que le esperaba. Fue su deseo dedicarse a ello. Yo siempre siento como si no hiciera más que dejar pasar el tiempo.

Ambos sabían que si Christianna seguía los deseos de su padre, terminaría contrayendo matrimonio con alguien de linaje similar, y caso de tratarse de un príncipe soberano como su padre o un príncipe heredero como su hermano, esa vida era la mejor preparación que podía recibir para el futuro. Siempre existía la posibilidad remota de contraer matrimonio con una persona de rango inferior, pero con una alteza real por un lado y un serenísimo soberano por otro, parecía cuando menos improbable que su futuro consorte no descendiera de estirpe real. Su padre nunca lo habría consentido. Los Borbón-Orleáns por parte de madre recibían todos tratamiento de alteza real. Al igual que su abuela paterna. Y al príncipe soberano de Liechtenstein se le daba el tratamiento de alteza serenísima. A Christianna le correspondían ambos por nacimiento, pero su título oficial era el de «serenísima». Estaban emparentados con la Casa de Windsor en Inglaterra —la reina de Inglaterra era prima segunda—, y en la familia del príncipe Hans Josef había Habsburgos, Hohenlohes y Thurn und Taxis. El principado tenía lazos muy fuertes con Austria y Suiza, aunque en ninguno de los países gobernara la monarquía. En cualquier caso, todos y cada uno de los familiares del príncipe Hans Josef y de Christianna y Freddy, así como los antepasados que les precedían, eran de estirpe real. Su padre le tenía dicho, desde que era niña, que al contraer matrimonio debería ceñirse a los límites de su mundo. Christianna no se planteaba otra opción.

El único momento en que su vida no se había visto afectada a diario por su condición real fue durante su estancia en California, tiempo durante el cual había residido en un apartamento en Berkeley, acompañada de dos guardaespaldas, un hombre y una mujer. Solo confesó su condición a sus dos amistades más íntimas, que mantuvieron el secreto religiosamente, como también hizo la administración de la universidad, que estaba al corriente. La mayoría de las personas con las que tuvo trato durante aquellos años no llegó a saber quién era, y Christianna fue feliz así. Le sentó de maravilla aquel inusitado anonimato, liberada de las restricciones y obligaciones que tanto la oprimían desde su juventud. En California, era «casi» una estudiante universitaria más. Casi. Con sus dos guardaespaldas y un príncipe soberano por padre. Cuando le preguntaban a qué se dedicaba su padre siempre respondía con evasivas. Al final, aprendió a decir que trabajaba en derechos humanos o en relaciones públicas, otras veces que en política, respuestas todas ellas en esencia veraces. Nunca utilizó su título mientras estuvo allí. De todos modos, pocas de las personas a las que conoció sabían dónde estaba Liechtenstein, ni que fuera un país con lengua propia. Nunca mencionó que su familia vivía en un palacio real de Vaduz, un castillo del siglo XIV posteriormente reformado en el XVI. Christianna había sido muy feliz con la independencia y el anonimato de sus años universitarios. Pero ahora todo había cambiado. En Vaduz era de nuevo «su alteza serenísima», con todo lo que ello conllevaba. Ser una princesa era como una maldición para ella.

—¿Quieres acompañarme a la audiencia con nuestro embajador en la ONU? —propuso su padre por ver si la animaba un poco.

Christianna dejó escapar un suspiro y dijo que no con la cabeza, mientras él se levantaba ya de la mesa. Ella hizo lo mismo.

—No puedo. Tengo que inaugurar un hospital. No me explico para qué tenemos tantos hospitales. —Sonrió compungida—. Tengo la impresión de que me paso la vida cortando cintas.

Estaba sacando las cosas de quicio, naturalmente, pero en ocasiones era así como se sentía.

—Seguro que apreciarán mucho tu presencia allí —repuso él, y ella sabía que tenía razón. Solo que hubiera deseado ocuparse en algo más útil, trabajar con la gente, ayudarla, procurar mejorar su vida de una forma tangible, en lugar de colocarse un bonito sombrero, un traje de Chanel y las joyas de su difunta madre u otras sacadas de las cámaras de seguridad estatales. La corona que su madre había lucido en la coronación de su padre aún se guardaba allí. Él siempre decía que Christianna la llevaría para su casamiento. El día en que se la ciñó en la cabeza para probársela, se sorprendió de lo mucho que pesaba, tanto como

345

las responsabilidades que conllevaba—. ¿Quieres acompañarme a la cena de esta noche con el embajador? —le propuso su padre mientras recogía sus papeles. No deseaba apremiarla, dado su evidente malestar, pero llegaba tarde a su cita.

—¿Necesitas mi presencia? —preguntó Christianna cortésmente, siempre respetuosa para con su padre. Habría acudido sin protestar si le hubiera dicho que sí.

—No, a decir verdad. Solo si te apetece. Es un hombre interesante.

—Seguro que sí, papá, pero si no necesitas que vaya, preferiría quedarme arriba en vaqueros y leer un rato.

—O jugar con el ordenador —bromeó él.

A Christianna le encantaba comunicarse por correo electrónico con sus amigos de la facultad, con los cuales mantenía correspondencia a menudo, incluso tras su regreso a Vaduz y pese a saber que, inevitablemente, terminaría perdiendo a aquellas amistades. Llevaba una vida tan distinta a la de ellos... Era una princesa absolutamente moderna y una mujer llena de vida, que en ocasiones sentía el peso de ser quien era y de lo que se esperaba de ella como quien arrastra una bola enganchada a una cadena. Sabía que Freddy sentía lo mismo. En los últimos quince años se había convertido en una especie de playboy, objeto de interés de la prensa sensacionalista, que a menudo aireaba sus idilios con actrices y modelos de toda Europa, a la vez que con alguna que otra joven de la realeza. Ese era el motivo que lo había llevado a Asia: escapar de la atención pública y del continuo acoso de la prensa. Fue su padre quien lo animó a que se tomara un descanso por un tiempo. Pronto le tocaría sentar cabeza. El príncipe no tenía las mismas expectativas respecto a su hija, quien al fin y al cabo no habría de heredar el trono. Pero también sabía lo mucho que esta se aburría, razón por la cual le había propuesto cursar estudios en la Sorbona. Hasta él se daba cuenta de que Christianna necesitaba hacer algo más que inaugurar hospitales y cortar cintas. Liechtenstein era un país pequeño, y su capital, Vaduz, una ciudad minúscula. Recientemente también le había propuesto hacer un viaje a Londres y visitar a sus primos y amistades de allí. Ahora que había terminado sus estudios y aún no estaba casada, tenía pocas actividades con las que ocupar el tiempo.

—Nos vemos después de la cena —dijo su padre tras darle un beso en la coronilla. Tenía el pelo húmedo aún y alzó sus enormes ojos azules hacia él. La tristeza que percibió en ellos le encogió el corazón.

—Papá, necesito hacer algo más. ¿Por qué no puedo marcharme como ha hecho Freddy? —Sonaba lastimera, como cualquier chica de su edad que deseara obtener un gran favor de su padre o permiso para hacer algo que él probablemente desaprobaría.

—Porque te quiero aquí conmigo. No aguantaría seis meses sin ti, te echaría de menos demasiado. —Una repentina chispa de malicia destelló en sus ojos. En vida de su madre había sido un padre modelo, y desde entonces había vivido entregado a su familia y responsabilidades. No había otra mujer en su vida, ni la había habido desde la muerte de la madre de Christianna, aunque no por falta de candidatas. Se había dedicado por entero a su familia y su trabajo. La suya era una vida en verdad sacrificada, infinitamente más que la de ella. Pero Christianna sabía, por otra parte, que esperaba ser correspondido—. En el caso de tu hermano —añadió con una sonrisa—, a veces es un gran alivio saberlo lejos. Ya sabes cuánto le gusta llamar la atención.

Christianna soltó una carcajada. Freddy siempre se las ingeniaba para meterse en líos, de los que los medios de comunicación terminaban haciéndose eco. Desde sus tiempos de estudiante en Oxford, el jefe de prensa de la casa real había dedicado gran parte de su tiempo a guardar las espaldas del primogénito. Tenía treinta y tres años, y desde los últimos quince no dejaba de aparecer en la prensa. Christianna solo era objeto de atención mediática cuando participaba en actos institucionales en compañía de su padre o inauguraba hospitales o bibliotecas.

A lo largo de su carrera universitaria, solo se había publicado una fotografía de ella en la revista *People*, tomada en ocasión de un partido de fútbol al que había asistido con uno de sus primos de la casa real británica, unas cuantas fotos más en *Harper's Bazaar* y *Vogue*, y una preciosa imagen de ella vestida con traje de fiesta que sacaron en *Town and Country*, ilustrando un reportaje sobre la realeza. Christianna procuraba pasar inadvertida, lo que complacía a su padre. Freddy era otro cantar, pero él era varón, como el príncipe Hans Josef solía señalar. No obstante, ya había advertido a su hijo que cuando regresara de su periplo asiático, se habrían terminado los devaneos con supermodelos y los escándalos con jóvenes aspirantes al estrellato, y si continuaba llamando la atención, le retiraría su asignación. Freddy se había dado por enterado y prometido buen comportamiento a su vuelta. Pero no tenía ninguna prisa por regresar.

—Nos vemos esta noche, hija mía —dijo el príncipe Hans Josef dándole un cariñoso abrazo y, a continuación, abandonó el comedor mientras el personal hacía reverencias a su paso.

Christianna regresó a sus dependencias del tercer piso. Estas consistían en un hermoso y amplio dormitorio, un vestidor, una elegante salita y un despacho. Allí la aguardaba su secretaria, junto con Charles, tumbado en el suelo. Lo habían bañado, peinado y acicalado de tal manera que ya no parecía ni sombra del perro con el que había estado correteando por el bosque esa misma mañana. El pobre parecía un tanto cabizbajo y meditabundo tras el aseo. Odiaba que lo bañaran. Christianna posó la mirada en él con una sonrisa, sintiéndose más afín a aquel perro que a cualquier otra persona de palacio, incluso tal vez del país entero. También a ella le desagradaba que la peinaran, la acicalaran y estuvieran pendientes de ella. La hacía mucho más feliz corretear con él como esa mañana, mojándose y poniéndose perdida de barro. Dio unas palmaditas a Charles en la cabeza y se sentó a su escritorio, mientras su secretaria alzaba la vista sonriente y le tendía la temida agenda del día. Sylvie de Maréchale era una mujer de nacionalidad suiza, natural de Ginebra, que rondaba la cincuentena, cuyos hijos ya habían crecido y abandonado el nido: dos de ellos vivían en Estados Unidos, otro en Londres y el otro en París. Desde los últimos seis años ella se había hecho cargo de todos los asuntos de la princesa. Pero disfrutaba mucho más con su trabajo ahora que la princesa estaba de vuelta. Su trato era cálido y maternal, y en ella encontraba Christianna alguien con quien al menos conversar y, cuando era necesario, también quejarse de lo aburrida que era su vida.

—Hoy a las tres tiene programado inaugurar un hospital, alteza, y a las cuatro, una visita a una residencia de ancianos. Esta seguramente será breve, y no ha de pronunciar discurso en ninguno de los dos casos. Solo unas palabras expresando su agradecimiento y su admiración por la labor que realizan. Los niños del hospital le harán entrega de un ramo de flores. —En la lista que le tendió figuraban los nombres de las personas que la acompañarían durante el acto y de los tres niños escogidos para hacerle entrega del ramo. Sylvie de Maréchale era una persona escrupulosamente organizada; siempre proporcionaba a Christianna la información imprescindible. En caso de necesidad, la acompañaba en sus desplazamientos. Y dentro de palacio, la ayudaba en la organización de pequeñas veladas para las figuras destacadas que el padre de Christianna le rogaba agasajar o incluso con las cenas de postín para jefes de Estado. Acostumbrada a regentar su propia casa de manera impecable, ahora enseñaba a Christianna a dirigir la suya, cuidando todo detalle y prestando atención a todas las menudencias que hacían que la velada en cuestión marchara sobre ruedas. Sus instrucciones eran perfectas, su gusto exquisito, y su amabilidad para con su joven jefa infinita. Era la secretaria perfecta para una joven princesa y poseía un grato sentido del humor con el que sabía levantar el ánimo de Christianna cuando la notaba abrumada—. Mañana inaugura una biblioteca —añadió con tacto, sabiendo lo harta que estaba la princesa de actos semejantes, y eso después de llevar tan solo tres meses en casa. Christianna aún sentía su retorno a Vaduz como una condena—. Mañana tendrá que pronunciar un discurso —advirtió—, pero por hoy se libra.

Christianna parecía pensativa, absorta en la conversación

mantenida con su padre. No sabía dónde aún, pero sí que quería marcharse. Tal vez cuando Freddy regresara, así su padre no se sentiría tan solo. Sabía lo mucho que detestaba su ausencia. Quería a sus hijos, disfrutaba con su compañía, y por muy soberano que fuera, gozaba con ellos más que con nada en el mundo, tanto como había amado a su mujer, a la que aún añoraba.

—¿Quiere que le escriba el discurso de mañana? —se ofreció Sylvie. No era la primera vez que lo hacía y se le daba muy bien. Pero Christianna denegó el ofrecimiento con la cabeza.

—Ya lo escribiré yo. Esta noche mismo. —Escribir discursos le recordaba sus deberes universitarios. Se dio cuenta de que incluso eso añoraba, y además, sería algo en lo que entretenerse.

—Dejaré en su escritorio una hoja con los datos de la nueva biblioteca —se ofreció Sylvie y luego echó un vistazo al reloj y dio un respingo ante lo tarde que era—. Mejor que vaya vistiéndose, alteza. Ha de salir dentro de media hora. ¿Puedo ayudarla en algo? ¿Ir por algo?

La princesa sacudió la cabeza. Sabía que Sylvie se refería a ir a la cámara de seguridad para sacar alguna joya, pero las únicas alhajas con las que Christianna solía adornarse eran el collar de perlas de su madre y los pendientes a juego, joyas obsequio del príncipe Hans Josef a su esposa. Llevarlas significaba mucho para ella. Y su padre siempre se alegraba de ver a Christianna luciendo joyas de su madre. Inclinó la cabeza en dirección a Sylvie y salió del despacho para cambiarse, seguida por su fiel Charles.

Media hora más tarde ya estaba de vuelta en el despacho, ataviada como toda una princesa. Vestía un traje de Chanel azul pálido con una flor blanca y un lazo negro en el cuello. Y llevaba un bolsito de piel de cocodrilo que su padre le había traído de París, a conjunto con unos zapatos negros también de piel de cocodrilo, el collar de perlas con los pendientes a juego de su madre y unos guantes blancos de cabritilla guardados en el bolsillo del traje. Lucía un aspecto elegante a la vez que juvenil, con su larga melena rubia recogida en una coleta larga y bien peinada. Salió impecable del Mercedes que la condujo hasta las puertas del hospital y saludó al director y al personal de administración del centro con calidez y gentileza. Pronunció unas palabras de agradecimiento, reconociendo la labor que iban a llevar a cabo y luego se detuvo a charlar y estrechar la mano de las personas que acudieron en tropel a la escalinata de entrada para verla. Todos se quedaron embelesados ante su belleza, juventud y lozanía, ante lo elegante de su traje, la naturalidad de su trato y su sencillez en todos los aspectos. Como en todas las comparecencias públicas, en las que representaba a su padre y a la casa real, Christianna se esmeró todo lo posible por causar buena impresión y, mientras se alejaba de allí en el Mercedes, todos los congregados a la puerta del hospital le dijeron adiós con la mano, como hizo ella, con sus impecables guantes blancos de cabritilla. La visita había sido un éxito rotundo para todos los participantes.

Christianna reclinó la cabeza en el asiento un minuto, de camino a la residencia de ancianos, pensando en los rostros de los niños a los que acababa de besar. Desde que había asumido sus funciones oficiales en junio, había besado a centenares de ellos. Le resultaba difícil de creer, e incluso más difícil de aceptar, que en eso consistiría toda su labor para el resto de sus días: en cortar cintas, inaugurar hospitales, bibliotecas y centros de la tercera edad, en besar a niños y ancianas y estrechar manos a diestro y siniestro para luego alejarse en su vehículo oficial saludando con la mano. No deseaba ser ingrata, ni faltar al respeto a su padre, pero odiaba intensamente esa labor.

Sabía muy bien lo afortunada que era en muchos sentidos. Sin embargo, solo pensar en ello y en la futilidad de su vida presente y futura la deprimía profundamente. Christianna seguía con los ojos entornados al estacionar el vehículo en el que viajaba frente a la residencia de ancianos, y cuando el guardaespaldas que la acompañaba a todas partes le abrió la puerta, observó dos lágrimas resbalando lentamente por sus mejillas. Christianna esbozó una sonrisa para él y para el público que aguardaba a su comparecencia con semblante ilusionado y expectante, y se enjugó las lágrimas con una mano envuelta en piel de cabritilla.

La casa, de Danielle Steel
se terminó de imprimir en junio del 2009
en Edamsa Impresiones S.A. de C.V.
Av. Hidalgo No. 111, Col. Fracc. San Nicolás Tolentino C.P. 09850,
Del. Iztapalapa, México, D.F.